近代学术名家大讲堂

葛剑雄　主编

俞平伯讲红楼梦

Yu Pingbo Jiang Hongloumeng

俞平伯 著

凤凰出版传媒集团　凤凰出版社

图书在版编目（CIP）数据

俞平伯讲红楼梦 / 俞平伯著. -- 南京 : 凤凰出版社，2011.1（2012.2重印）
（近代学术名家大讲堂）
ISBN 978-7-5506-0092-8

Ⅰ. ①俞… Ⅱ. ①俞… Ⅲ. ①《红楼梦》研究 Ⅳ. ①I207.411

中国版本图书馆CIP数据核字(2010)第247792号

书　　名　俞平伯讲红楼梦
著　　者　俞平伯
责任编辑　韩凤冉
出版发行　凤凰出版传媒集团
　　　　　凤凰出版社(原江苏古籍出版社)
　　　　　南京市中央路 165 号　邮编 210009
　　　　　发行部电话 025—83223462
集团网址　凤凰出版传媒网　http://www.ppm.cn
照　　排　江苏凤凰制版有限公司
印　　刷　南通印刷总厂有限公司
　　　　　南通市通州经济开发区朝霞路 180 号　邮编:226300
开　　本　718×1000 毫米　1/16
印　　张　17.75
字　　数　264 千字
版　　次　2011 年 1 月第 1 版　2012 年 2 月第 2 次印刷
标准书号　ISBN 978-7-5506-0092-8
定　　价　29.00 元
(本书凡印装错误可向承印厂调换,电话:0513—80237871)

《近代学术名家大讲堂》总序

葛剑雄

学术研究需要长期的积累，也需要一代又一代的传承。有了前人的成果，后人才能有发展的基础。如果没有前人的成果，后人不得不重复前人的研究，而且未必能达到前人的高度，“广陵绝响”是人类学术史上经常不得不面对的千古遗恨。要是人类的学术研究成果始终能得到传承，人类能取得的进步肯定要大得多。

秦始皇时代，多数儒家经典被付之一炬，或者被禁止传播。博士伏生将《尚书》藏在墙壁间，秦汉之际的战乱过后大部分已经遗失，只剩下二十九篇。伏生就以此为基础，终身传授《尚书》。在他九十余岁时，汉文帝派晁错去他家学习。此时伏生已口齿不清，由他女儿转述才大致完成传授。尽管由于双方所操方言的差异，导致晁错的一些误解，但基本内容还是得以流传。“薪尽火传”，靠的是火种不灭。中华文明能够长盛不衰，并发扬光大，靠的就是一代代的火种。

印刷术的发达在很大程度上保证了书籍的流传，但人为的破坏还是会使有些书籍从此毁灭，往往使一门学问后继无人。而且，对严谨的学者来说，总会有一些研究的心得或某项具体成果来不及整理成文，或者因种种原因没有发表，只能靠口耳相传。

从孔子杏坛讲学，到现代大学开设的各种课程，讲课一直是传授学术的重要途径。学者的论著当然应该以自己的研究成果为主，重在创新；但讲课的目的是向学生传授，应该系统总结某一方面的学术史和全部成果，并不限于教师本人的研究领域和成果。中国的学术传承过程中,相当多的学者毕生从事教学,并没有留下什么个人著作,却使学术的薪火代代相传。而且,以传授学问为目的的讲稿或著作会较多注意受众的接受能力,更适合普及的要求。由于时代所限,这些著作在引文方面经常有不符合现代学术规范的现象,甚至有引文错讹之处。本次整理中均未作修改,以存学术著作原貌。

20 世纪是中国学术史上承上启下的关键时代,中国的现代学科都是在这一阶段建立起来的,中国的传统学术也在这一阶段实现了现代化转型,或者在现代学科中得到延续。但 20 世纪前期天灾人祸频仍,加上种种学术以外的原因,不少学术成果无法正常传播,有些虽未失传,却长期无人问津。直到近年,还有些自以为颇有发明创新的论著,其实只是由于没有充分了解前人的学术积累而作的无效重复。还有些学术论著虽曾发表,但流传不广,今天更不便查阅,没有发挥应有的作用。

近年来,社会对传统文化的学习和研究提出了更迫切的要求,整理和出版(包括重版)名家的讲义、讲稿及普及性的学术论著成为当务之急。凤凰出版社编辑出版这套《近代学术名家大讲堂》丛书,就是出于这样的目的,相信会受到读者的欢迎。

目　录

红 楼 梦 辨

序

顾颉刚

平伯做这部书，取材于我的通信很多，所以早先就嘱我做一篇序。我一直没有功夫做。到现在，这部书快要出版了，使我不得不在极冗忙的生活中抽出一点功夫来把它做了。

我原来想，凡是一种风气必有它的来源：自从有了《红楼梦》之后，“模仿”、“批评”和“考证”的东西如此的多，自然由于读者的注意，但为什么做出的东西总是肤浅的模仿、尖刻的批评和附会的考证？这种思想的来源是在何处？我要解释这三类东西的来源，很想借了这一篇序文，说明肤浅的模仿出于《尚书》之学，尖刻的批评出于《春秋》之学，附会的考证出于《诗经》之学。它们已有了二千年的历史，天天在那里挥发它们的毒质，所以这种思想会得深入于国民心理，凡有一部大著作出来，大家就会在无意之中用了差不多的思想，做成这三类东西，黏附在它的上面。《红楼梦》的本身不过传播了一百六十余年，而红学的成立却已有了一百年，在这一百年之中，它们已经闹得不成样子，险些儿把它的真面目涂得看不出了。我很愿意在这篇序文上把从前人思想的锢蔽和学问的锢蔽畅说一回，好使大家因打破了旧红学而连及其余同类的东西。但这个意思的内容太复杂了，不是一序所能容，也不是忙中抽闲所能做，所以写了一点就没有续下。等将来有空的时候，再作为专篇的论文罢。

关于《红楼梦》作者的历史，续作者的历史，本子的历史，旧红学的错误，适之先生在《红楼梦考证》上说得很详了。关于《红楼梦》的风格，作者的态度，续作者的态度，续作者的依据，……平伯这部书上也说得很详了。

我要说的，就是这一部书的历史。

一九二一年三月下旬，适之先生的《红楼梦考证》初稿作成。但曹雪芹的事迹和他的家庭状况依然知道的很少。那时候，北京国立学校正是为着索薪罢课，使我有功夫常到京师图书馆里，做考查的事。果然，曹寅的著述找到了，曹家的世系也找到了。平伯向来欢喜读《红楼梦》，这时又正在北京，所以常到我的寓里，探询我们找到的材料，就把这些材料做谈话的材料。我同居的潘介泉先生是熟读《红楼梦》的人，我们有什么不晓得的地方，问了他，他总可以回答出来。我南旋的前几天，平伯、介泉和我到华乐园去看戏。我们到了园中，只管翻着《楝亭诗集》，杂讲《红楼梦》，几乎不曾看戏。坐在我们前面的人觉得讨厌了，屡屡回转头来，对我们瞧上几眼。介泉看见了，劝我们道："不要讲了，还是看戏罢！"

适之先生的初稿里，因为程伟元序上说，"原本目录一百二十卷，今所藏只八十卷，殊非全本"，疑心后四十回的目录或者是原来有的。平伯对于这一点，自始就表示他的反对主张；那时的证据，是：既有了"因麒麟伏白首双星"的回目，就不应当再有"薛宝钗出闺成大礼"的回目。我回南之后，平伯即来信道：

> 我日来翻阅《红楼梦》，愈看愈觉后四十回不但本文是续补，即回目亦断非固有。前所谈论，固是一证；又如末了所谓"重沐天恩"等等，决非作者原意所在。况且雪芹书既未全，决无文字未具，而四十回之目已条分缕析如此……
>
> 我想，《红楼》作者所要说的，无非始于荣华，终于憔悴，感慨身世，追缅古欢，绮梦既阑，穷愁毕世。宝玉如是，雪芹亦如是。出家一节，中举一节咸非本旨矣……（四月廿七日）

这是他给我的第一封信。后来这些主张渐渐的推论出来，就成了这一部书的骨干。

从此以后，我们一星期必作一长信；适之先生和我也是常常通信。我对于《红楼梦》原来是不熟的，但处在适之先生和平伯的中间，就给他们逼上了这一条路。我一向希望的辨论学问的乐趣，到这时居然实现。我们三人的信件交错来往，各人见到了什么就互相传语，在几天内大家都知道了。适之先生常常有新的材料发见；但我和平伯都没找着历史上的材料，所以专在《红楼梦》的本文上用力，尤其注意的是高鹗的续书。平伯来信，屡屡对于高鹗不得曹雪芹原意之处痛加攻击；我因为受了阎若璩辨《古文尚书》的暗示，专想寻出高鹗续作的根据，看后四十回与前八十回如何的联络。我的结论是：高氏续作之先，曾经对于本文用过一番功夫，因误会而弄错固是不免，但他决不敢自出主张，把曹雪芹意思变换。平伯对于这点，很反对我，说我做高鹗的辨护士。他论到后来，说：

> 弟不敢菲薄兰墅，却认定他与雪芹的性格差得太远了，不适宜于续《红楼梦》。（六月十八日）

这是他进一步的观察，从作者的性格上剖析出来，眼光已超出于文字异同之上了。后来又说：

> 我向来对于兰墅深致不满，对于他假传圣旨这一点尤不满意；现在却不然了。那些社会上的糊涂虫，非拿原书孤本这类鬼话吓他们一下不可。不然，他们正发了团圆迷，高君所补不够他们的一骂呢！（八月八日）

这是他更进一步的观察，不但看出高鹗的个人，并且看出高鹗的环境了。他有了这一种的见解，所以他推论曹高二家的地位可说是极正确的。

一个暑假里，我们把通信论《红楼梦》作为正式的功课，兴致高极了。平伯信中的话很可以见出这时的情状，他说：

> 弟感病累日，顷已略瘳；惟烦忧不解，故尚淹滞枕褥间；每厌吾身之赘，嗟咤弥日，不能自已。来信到时，已殆正午，弟犹昏昏然偃卧。发函雒诵，如对良友，快何如之！推衾而起，索笔作答，病殆已霍然矣。吾兄此信真药石也，岂必杜老佳句方愈痁哉！（六月十八日）

又说：

> 京事一切沉闷，（新华门军警打伤教职员，）更无可道者；不如剧谈《红楼》为消夏神方，因每一执笔必奕奕如有神助也。日来与兄来往函件甚多，但除此以外竟鲜道及余事者，亦趣事也。（同上）

有了这样的兴致，所以不到四个月，我们的信稿已经装订了好几本。

末了，平伯又提议一个大计划，他想和我合办一个研究《红楼梦》的月刊，内容分论文、通信、遗著丛刊、板本校勘记等；论文与通信又分两类，(1) 把历史的方法做考证的，(2) 用文学的眼光做批评的。他愿意把许多《红楼梦》的本子聚集拢来校勘，以为校勘的结果一定可以得到许多新见解。假使我和他都是空闲着，这个月刊一定可以在前年秋间出版了，校勘的事到今也可有不少的成绩了。但一开了学，各有各的职务，不但月刊和校勘的事没有做，连通信也渐渐的疏了下来。

去年二月，蔡孑民先生发表他对于《红楼梦考证》的答辨。最奇怪的，这个答辨竟引不起红学的重兴，反而影响到平伯身上，使得他立刻回复以前的兴致，做成这部书。当时平伯看见了这篇，就在《时事新报》上发表一篇回驳的文字。同时，他又寄我一信，告我一点大概；并希望我和他合做《红楼梦》的辨证，就把当时的通信整理成为一部书，使得社会上对于《红楼梦》可以有正当的了解和想象。我三月中南旋，平伯就于四月中从杭州来看我。我因为自己太忙，而他在去国之前尚有些空闲，劝他独力将这事担任了。他答应我回去后立刻起草，果然他再到苏州时，已经做成一半了。

夏初，平伯到美国去，在上海候船，我去送他，那时他的全稿已完成了，交与我，嘱我代觅抄写的人，并切嘱我代他校勘。不幸我的祖母去世，悲痛之中，不复能顾及这些事情；虽是请人抄录，直等到近年底时方始抄好，我一点也没有校过。这时平伯又因病回国了，我就把全稿寄回北京，请他自校。现在出版有期，从此，我们前年的工作就得到一个着落，平伯辨证《红楼梦》的志愿已经达到一部分了。平伯将来如有闲暇，《红楼梦》上可以着手的工作正多，集本校勘实在是最重要的一桩。从将来看现在，这一部书只算得他发表《红楼梦》研究的开头咧！

平伯在自序上说这书是我和他二人合做的，这话使我十分抱愧。我自知除了通信之外，没有一点地方帮过他。他嘱我作文，我没有功夫；他托我校稿子，我又没有功夫。甚至于嘱我做序，从去年四月说起，一直到了今年三月，才因为将要出版而不得不做；尚且给烦杂的职务逼住了，只得极草率地做成，不能把他的重要意思钩提出来。我对他真是抱歉到极步了！

我祝颂这部书的出版，能彀随着《红楼梦》的势力而传播得广远！我更祝颂由这部书而发生出来的影响，能彀依了我的三个愿望：

第一，红学研究了近一百年，没有什么成绩；适之先生做了《红楼梦考证》之后，不过一年，就有这一部系统完备的著作。这并不是从前人特别糊涂，我们特别聪颖，只是研究的方法改过来了。从前人的研究方法，不注重于实际的材料而注重于猜度力的敏锐，所以他们专欢喜用冥想去求解释。猜度力的敏锐固然是好事体，但没有实际的材料供它的运用，也徒然成了神经过敏的病症；病症一天深似一天，眼睛里只看见憧憧往来的幻象，反自以为实际的事物，这不是自欺欺人吗！这种研究的不能算做研究，正如海市蜃楼的不能算做建筑一样。所以红学的成立虽然有了很久的历史，究竟支持不起理性上的攻击。我们处处把实际的材料做前导，虽是知道的事实很不完备，但这些事实总是极确实的，别人打不掉的。我希望大家看着这旧红学的打倒，新红学的成立，从此悟得一个研究学问的方法，知道从前人做学问，所谓方法实不成为方法，所以根基不坚，为之百年而不足者，毁之一旦而有余。现在既有正确的科学方法可以应用了，比了古人真不知便宜了多少；我们正应当善保这一点便宜，赶紧把旧方法丢了，用新方法去驾驭实际的材料，使得嘘气结成的仙山楼阁换做了砖石砌成的奇伟建筑。

第二，《红楼梦》是极普及的小说，但大家以为看小说是消闲的，所谓学问，必然另有一种严肃的态度，和小说是无关的。这样看小说，很容易养成一种玩世的态度。他们不知道学问原没有限界，只要会做，无所往而不是学问；况且一个人若是肯定人生的，必然随处把学问的态度应用到行事上，所以这一点态度是不可少的。这部书出版之后，希望大家为了好读《红楼梦》而连带读它；为了连带读它而能感受到一点学问气息，知道小说中作者的品性、文字的异同、版本的先后，都是可以仔细研究的东西，无形之中，养成了他们的历史观念和科学方法。他们若是因为对于《红楼梦》有了正当的了解，引伸出来，对于别种小说以至别种书，以至别种事物，都有了这种态度了，于是一切“知其当然”的智识都要使它变成“知其所以然”的智识了，他们再不肯留下模糊的影像，做出盲从的行为。这是何等可喜的事！

第三，平伯这部书，大部分是根据于前年四月至八月的我们通信。若是那时我们只有口谈，不写长信，虽亦可以快意一时，究不容易整理出一个完备的系统来。平伯的了解高鹗续书的地位，差不多都出于我们的驳辨；若是我们只管互相附和，不立自己的主张，也不会逼得对方层层剥进。我们没有意气之私，为了学问，有一点疑惑的地方就毫不放过，非辨出一个大家信服的道理来总不放手，这是何等地快乐！辨论的结果，胜的人固是可喜，就是败的人也可以明白自己的误解，更得一个真确的智识，也何等地安慰啊！所以我希望大家做学问，也像我们一般的信札往来，尽管讨论下去。越是辨得凶，越有可信的道理出来。我们的工作只有四个月，成绩自然不多；但四个月已经有了这些成绩，若能继续研究至四年乃至四十年，试问可以有多少？这一点微意，希望读者采纳。我们自己晓得走的路很短，倘有人结了伴侣，就我们走到的地方再走过去，可以发见的新境界必然很多。发见了新境界，必然要推倒许多旧假定，我们时常可以听到诤言，自然是十分快幸；然而岂但是我们的快幸呢！

一九二三，三，五。

引　　论

我从前不但没有研究《红楼梦》底兴趣，十二三岁时候，第一次当他闲书读，且并不觉得十分好。那时我心目中的好书，是《西游》、《三国》、《荡寇志》之类，《红楼梦》算不得什么的。我还记得，那时有人告诉我姊姊说："《红楼梦》是不可不读的。"这种"像煞有介事"的空气，使我不禁失笑，觉得说话的人，他为什么这样傻？

直到后来，我在北京，毕业于北大，方才有些微的赏鉴力。一九二〇年，偕孟真在欧行船上，方始剧谈《红楼梦》，熟读《红楼梦》。这书竟做了我们俩海天中的伴侣。孟真每以文学的眼光来批评他，时有妙论，我遂能深一层了解这书底意义、价值。但虽然如此，却还没有系统的研究底兴味。

欧游归来的明年，——一九二一——我返北京。其时胡适之先生正发布他底《红楼梦考证》，我友顾颉刚先生亦努力于《红楼梦》研究，于是研究底意兴方才感染到我。我在那年四月间给颉刚一信，开始作讨论文字。从四月到七月这个夏季，我们俩底来往信札不断，是兴会最好的时候。颉刚启发我的地方极多，这是不用说的了。这书有一半材料，大半是从那些信稿中采来的。换句话说，这不是我一人做的，是我和颉刚两人合做的。我给颉刚的信，都承他为我保存，使我草这书的时候，可以参看，他又在这书印行以前，且在万忙之际，分出工夫来做了一篇恳切的序。我对于颉刚，似乎不得仅仅说声感谢。因为说了感谢，心中的情感就被文字限制住了，使我感到一种彷徨着的不安。颉刚兄！你许我不说什么吗？我蠢极了，说不出什么来！

至于我大胆刊行这本小书，不羞自己底无力，这一段因缘，颉刚也代我申明了。他说：

> 既有兴致做，万不可错过机会；因为你现在不做，出国之后恐不易做，至早当在数年以后了。
>
> 这种文字，看似专家的考证，其实很可给一班人以历史观念。
>
> 有了这篇文字，不独使得看《红楼》的人对于这部书有个新观念，而且对于书中的人也得换一番新感情，新想象，从高鹗的意思，

回到曹雪芹的意思。（一九二二，四，七。）

但他这些过誉的话，我这小书是担当不起的。我只希望《红楼梦辨》刊行之后，渐渐把读者底眼光移转，使这书底本来面目得以显露。虽他所谓，从高鹗的意思，回到曹雪芹的意思，我也不能胜任，却很想开辟出一条道路，一条还原的道路。我如能尽这一点小责任，就可以告无罪于作者，且可告无罪于颉刚了。小小的担子，在弱者身上是重的，我恐不免摔一交啊！

这书共分三卷。上卷专论高鹗续书一事，因为如不把百二十回与八十回分清楚，《红楼梦》便无从谈起。中卷专就八十回立论，并述我个人对于八十回以后的揣测，附带讨论《红楼梦》底时与地这两个问题。下卷最主要的，是考证两种高本以外的续书。其余便是些杂论，作为附录。

这书匆促中草就，虽经校订，恐仍不免有疏漏矛盾之处，只好在再版时修正了。因原稿底草率，印行时文字殆不免有讹脱，这对于读者尤觉得十分抱歉的。

一九二二，七，八，平伯记。

上卷

一　论续书底不可能

《红楼梦》是部没有完全的书，所以历来人都喜欢续他。从八十回续下的，以我们现在所知道的，已有三种：(1) 高鹗续的四十回，即通行本之后四十回。(2) 三十回的续书，原书已佚，作者姓名亦无考。(3) 作者姓名，及回目均无考，从后人底笔记上，知道曾有这么一本底存在。这三个本子，我在下边，都有专篇去考证，批评。至于从高本百二十回续下去的，如《红楼圆梦》、《绮楼重梦》……却一时也列举不尽，而且也没有列举底必要。我在这书中也不愿加以论列，免得浪费笔墨。这类的续书，大约以《红楼复梦》为最早，且附有几条凡例，略有些关系；我在最后有一篇附录论及。还有一类续书是从(3)种，所谓旧时真本续下去的，我却自己没有见过，只听得朋友述说而已。自(2)种续下的书，却自来没听人说及。

从高鹗以下，百余年来，续《红楼梦》的人如此之多，但都是失败的。这必有一个原故，不是偶合的事情。自然，续书人底才情有限，不自量力，妄去狗尾续貂，是件普遍而真确的事实，但除此以外，却还有根本的困难存在，不得全归于"续书人才短"这个假定。我以为凡书都不能续，不但《红楼梦》不能续；凡续书的人都失败，不但高鹗诸人失败而已。

我深相信有这一层根本的阻碍，所以我底野心，仅仅以考证、批评、校勘《红楼梦》而止，虽明知八十回是未完的书，高氏所续有些是错了的，但决不希望取高鹗而代之，因为我如有"与君代兴"的野心，就不免自蹈前人底覆辙。我宁可刊行一部《红楼梦辨》，决不敢草一页的"续红楼梦"。

如读者觉得续书一事，并不至于这样的困难，绝望，疑心我是"张大其词”，那么，我不妨给读者诸君一个机会，去作小规模的试验。如试验成功，便可以推倒我底断案。我们且不论八十回以后，应当怎样地去续；在八十回中即有两节缺文，大可以去研究续补底方法。(1) 第十六回秦钟死时，这已在戚本《红楼梦》补足了，我们可以不管。(2) 第三十五回，黛玉在院内说话，宝玉叫快请，下文便没有了，到第三十六回，又另起一事，了不和这事相干。黛玉既来了，宝玉把她请了进来，两人必有一番说话；但各本这节都缺，明系中有缺文待补。这不过一页的文章，续补当然是极容易的，尽可以去试验一下。如这节尚且不能续得满意，那续书这件事，就简直可以不必妄想了。

因为前后文都有，所以这一段缺文底大意，并非全不可知的。我愿意把材料供给愿续书的人。上回写宝玉挨打之后，黛玉来看他，只说了两三句话，便被凤姐来岔断，黛玉含意未申，便匆匆去了。后来宝玉送帕子去，黛玉因情不自禁，题了三首诗。本回黛玉看众人进怡红院去，想起自己底畸零而感伤。《红楼梦》写钗黛喜作对文，宝钗看金莺打络子，已有了一段文字；则黛玉之来亦当有一段相当的文字。况且“通灵玉”是极重要的，宝钗底丫头为宝玉打络子，为黛玉所见(依本回看，莺儿正打络，黛玉来了)，必不能默然无言的。所以这次宝黛谈话，必然关照到两点：(1) 黛玉应有以报宝玉寄帕之情，且应当有深切安慰宝玉之语。(2) 黛玉见人打络子，必然动问，必然不免讥讽嫉妒。

小小的一节文字，大意已可以揣摩而得，我竟一字不能下笔；更不用说八十回后如何续下去了。我底才短，自然是个原因，但决不是惟一的原因。我现在再从理论上，申论续书底困难。先说一般续书底困难，然后再说到续《红楼梦》底困难。

凡好的文章，都有个性流露，越是好的，所表现的个性越是活泼泼地。因为如此，所以文章本难续，好的文章更难续。为什么难续呢？作者有他底个性，续书人也有他底个性，万万不能融洽的。不能融洽的思想、情感和文学底手段，却要勉强去合做一部书，当然是个“四不像”。故就作者论，不但反对任何人来续他底著作；即是他自己，如环境、心境改变了，也不能勉强写完未了的文章。这是从事文艺者底应具的诚实。

至就续者论，他最好的方法，是抛弃这个妄想；若是不能如此，便将陷于不可解决的困难。文章贵有个性，续他人底文章，却最忌的是有个性。因为如表现了你底个性，便不能算是续作；如一定要续作，当然须要尊重作者底个性，时时去代他立言。但果然如此，阻抑自己底才性所长，而俯仰随人，不特行文时如囚犯一样未免太苦，且即使勉强成文，也只是"尸居余气"罢了。我们看高鹗续的后四十回，面目虽似，神情全非，真是"可怜无补费精神"的事情！我从前有一信给颉刚，有一节可以和这儿所说对看：

> 所以续书没有好的，不是定说续书的人才情必远逊于前人，乃因才性不同，正如其面，强而相从，反致两伤。譬如我做一文没有写完，兄替我写了下去，兄才虽胜于我，奈上下不称何？若兄矜心学做我文，则必不如弟之原作明矣。此固非必有关于才性之短长。……（一九二一，六，十八，信）

而且续《红楼梦》，比续别的书，又有特殊的困难，这更容易失败了。第一，《红楼梦》是文学书，不是学术底论文，不能仅以面目符合为满足。第二，《红楼梦》是写实的作品，如续书人没有相似的环境、性情，虽极聪明，极审慎也不能胜任。譬如第三十五回之末，明明短了一节宝黛对语文字；当说的什么事也可以知道。但我们心目中并无他俩底性格存在，所以一笔也写不出。他们俩应当说些什么话，我们连一字也想不起来。文学不是专去叙述事实，所以虽知道了事实，也仍然不中用的。必得充分了解书中人底性格、环境，然后方才可以下笔。但谁能有这种了解呢？自然全世界只有一个人，作者而已。再严格说，作者也只在一个时候，做书底时候。我们生在百年之后，想做这件事，简直是个傻子。

高鹗亦是汉军旗人，距雪芹极近，续书之时，尚且闹得人仰马翻，几乎不能下台。我们那里还有续《红楼梦》底可能？果然有这个精神，大可以自己去创作一部价值相等的书，岂不痛快些。高鹗他们因为见不到此，所以摔了一交。我并不责备高氏底没有才情，我只怪他为什么要做这样傻的事情。我在下边批评高氏，有些或者是过于严刻的；但读者要知道这是续书应有的失败，不是高氏一个人底失败。我在给颉刚的一信中，曾对于高氏，作较宽厚的批评：

> 但续作原是件吃力不讨好的事，我也很不敢责备前人。若让我

> 们现在来续《红楼梦》，或远逊于兰墅也说不定。……我们看高氏续书，差不多大半和原意相符，相差只在微细的地方。但是仅仅相符，我们并不能满意。我们所需要的，是活泼泼人格底表现。在这一点上，兰墅可以说是完全失败。（一九二一，六，三十。）

高鹗底失败，大概是如此，以外都是些小小的错误。我在下文，所以每作严切的指斥，并不是不原谅他，是因为一百二十回本通行太久了，不如此，不能打破这因袭的笼统空气。所攻击的目标，却不在高氏个人。

这篇短文底目的：一则说明我宁写这一书而不愿续《红楼梦》底原因；二则为高鹗诸君，作一个总辨解，声明这并非他们个人底过失（那些妄人，自然不能在内）；三则作"此路不通"的警告，免将来人枉费心力。

一九二二，六，十七。

二　辨原本回目只有八十

我们要研究《红楼梦》，第一要分别原作与续作；换句话说，就是先要知道《红楼梦》是什么。若没有这分别的眼光，只浑沦吞枣地读了下去，势必被引入迷途，毫无所得。这不但研究《红楼梦》如此，无论研究什么，必先要把所研究的材料选择一下，考察一下，方才没有筑室沙上的危险。否则题目先没有认清，白白费了许多心力，岂不冤枉呢？

《红楼梦》原书只有八十回，是曹雪芹做的；后面的四十回，是高鹗续的。这已是确定了的判断，无可摇动。读者只一看胡适之先生底《红楼梦考证》，便可了然。即我在这卷中，下边还有说及的；现在只辨明"原本回目之数只有八十"这一个判断。

自从乾隆壬子程伟元刻的高鹗本，一百二十回本行世以后，八十回本便极少流传，直到民国初年，有正书局把有戚蓼生底序的抄本八十回影印，我们方才知道《红楼梦》有这一种本子。但当时并没发生一点影响，也从没有人怀疑到"原本究有多少回书"这一个问题。直到一九二一年四月，胡适之先生发表他底一文，方才惹起注意，而高氏续书这件事实方才确定。

但胡先生在当时因程伟元底话，并不因此否定后四十回之目底存在。程伟元底《红楼梦》序上说：

> 然原本目录一百二十卷，今所藏只八十卷，殊非全本。……不佞以是书既有百二十卷之目，岂无全璧？……

胡先生在《红楼梦考证》初稿里说：

> 当日抄本甚多，若各本真无后四十回的目录，程伟元似不能信口胡说。因此，我想当时各抄本中大概有些是有后四十回目录的。（附亚东本《红楼梦》卷首）

但他在原文改定稿中却表示怀疑，略引我底话作说明。可见胡先生也有点不信任程伟元底序文了。（见《胡适文存》卷三）

我告诉诸君，程伟元所说的全是鬼话，和高鹗一鼻孔里出气，如要作《红楼梦》研究，万万相信不得的。程氏所以这样地说，他并不是有所见而云然，实在是想"冒名顶替"，想把后四十回抬得和前八十回一样地高；想使后人相信四十回确是原作，不是兰墅先生底大笔。这仿佛上海底陆稿荐，一个说"我是真正的"，一个说"我是老的"，一个说"我是真正老的"，正是一样的把戏。

原来未有一百二十回本以前，先已有八十回抄本流传。高鹗说：

> 予闻《红楼梦》脍炙人口者几廿余年，然无全璧，无定本向曾从友人处借观，窃以染指尝鼎为憾。今年春，友人程子小泉过予，以其所购全书见示。……（高本自序）

这所以赐教我们的，明显的有好几点：(1) 他没有续书以前，《红楼梦》已盛行二十余年了。(2) 流行的抄本极多，极杂，但都是八十回本，没有一部是完全的。(3) 这种八十回抄本，高氏曾经见过；很有憾惜书不完全之意。(4) 直到一七九一年春天，他方才看见全书，实在是到这时候，他方续好。

既在高程两人未刊行全书以前，社会上便盛行八十回本的《红楼梦》；这当然，百二十回本行世不免有一点困难。而且后四十回，专说些杀风景的话，前途底运命尤觉危险。因这两重困难，程高二位便不得不掉一个谎。于是高氏掩饰续书之事，归之于程伟元；程氏又归之于"破纸堆中"、"鼓担上"。但这样的奇巧事情，总有些不令人相信。那就没有法子，程伟元只得再造一个谣言，说原本原有一百二十回底目录。看他说

"既有百二十卷之目，岂无全璧?"他底掉谎底心思——为什么掉谎——昭然若揭了！

而且这个谎，掉得巧妙得很，不知不觉的便使人上当。一则当时抄本既很庞杂没有定本，程伟元底谎话一时不容易对穿。譬如胡先生就疑心当时抄本既很多，或者有些是有百二十回底目录的。这正是有人上程氏底当一个例子。二则高作四十回，与目录是一气呵成的。明眼人一看，便知道决非由补缀凑合而成。如承认了后四十回底目录是原有的；那么，就无形地得默认后四十回也是原作了。到读者这样的一点头，高鹗和程伟元底把戏，就算完全告成。他们所以必先说目录是原有的，正要使我们承认"本文是原作"这句话，正是要掩饰补书底痕迹，正是要借作者底光，使四十回与八十回一起流传。

果然，这个巧妙的谎，大告成功。读者们轻轻地被瞒过了一百三十年之久，在这一时期中间，续作和原作享受同样的崇仰，有同广大的流布。高氏真是撒谎的专家，真是附骥尾的幸运儿。他底名姓虽不受人注意；而著作却得了十倍的声价。我们不得不佩服程高两位底巧于作伪，也不得不怪诧一百三十年读者底没有分析的眼光(例外自然是有的)。

但到一九二一以后，高鹗便有些倒霉了，他撒的大谎也渐渐为人窥破，立脚不住，不但不能冒名顶替，且每受人严切的指斥。俗语说得好："若要人勿知，除非己莫为。"天下那里有永不插穿的西洋镜！

我在未辨正四十回底本文以先，即要在回目上面下攻击；因为回目和本文是相连贯的，若把回目推翻了，本文也就有些立脚不住。从程高二人底话看，作伪底痕迹虽然可见；但这些总是揣想，不足以服他们底心。我所用的总方法来攻击高氏的，说来也很简单，就是他既说八十回和四十回是一人做的，当然不能有矛盾；有了矛盾，就可以反证前后不出于一人之手。我处处去找前后底矛盾所在，即用八十回来攻四十回，使补作与原作无可调和，不能两立。我们若承认八十回是曹雪芹做的，就不能同时承认后四十回也是他做的。高鹗喜欢和雪芹并家过日子，我们却强迫他们分居，这是所谓对症下药。

我研究《红楼梦》，最初便怀疑后四十回之目，写信给颉刚说："后四十回不但本文是续补，即回目亦断非固有。"(一九二一，四，二十七。)后来颉刚来问我断论底依据,我回他一封信上举了三项(1)后四十回中写宝玉结局,和回目上所标明的,都不合第一回中自叙底话,而《红楼梦》确是一部自传的书。(2)史湘云底丢却,第三十一回之目没有关照。(3)本文未成,回目先具,不合作文时底程序。(一九二一,五,四。)

(1)(2)两节所述,现在看来,尚须略加修正,且留在下面说。(3)节的话,引录如下:

> 我们从做文章底经验,也可以断定回目系补作的。因为现在已证明四十回之文非原有的,我们也可以推想得出回目底真假。一篇文字未落笔之先,自然有一个纲要,但这个大抵是不成文的,即使是成文,也是草率的。真正妥当的节目底编制,总在文字写定之后。雪芹既无后四十回之文,决不会先有粲若列眉,对仗工整的后四十回之目。先有确定成文的题目,然后依题做文章,在考场中有之。而在书室中做文底程序,应是:
>
> 概括草率的纲要——文字——成文固定的节目。
>
> 若使回目在前,文字在后;简直是自己考试自己,车儿在马前了。我想,有正书局印行的抄本,八十回后无文无目,却是原书底真面目。

这些话虽不是重要,却也是就情理推测的,可以作主要证据底帮助。现在说到正面的攻击文字。因有许多议论批评的话,将在本卷以下各篇,及中卷内详说。这里只简单地举出证据,使读者一目了然矛盾之所在,而深信回目不是原作所有。这样,已尽本篇应有的职责。至于高作底详细批评,已在下面另有专篇,这里不复说一遍了。

最显明的矛盾之处,是宝玉应潦倒,而目中明写其"中乡魁";贾氏应一败涂地,而目中明写其"延世泽";香菱应死于夏金桂之手,而目中明写"金桂自焚身"。其余可疑之处尚多,现在先把这最明白的三项,列一对照表,以便参阅。

这可以不必再加什么说明,矛盾的状况,已显然呈露。若说四十回之目是原有的,请问下表所列,应作何解释?作者底疏忽决不至此;因这类冲突实在太凶了,决非疏忽所可以推诿的。若果然是由于疏忽,这也未免太疏忽了。且又何以解于《红楼梦》八十回这样的精详细密?我们能相信《红楼梦》作者疏忽到如此程度吗？

曹雪芹底话	高鹗所补的回目
风尘碌碌，一事无成， 一技无成，半生潦倒， 自己无才，不得入选， 当此蓬牖茅椽，绳床瓦灶， （以上均见第一回，） 贫穷难耐凄凉。 （第三回，宝玉赞）	宝玉中乡魁 （第一百十九回）
	复世职政老沐天恩 （第一百七回）
运终数尽，不可挽回。 （第五回，宁荣二公语） 自杀自灭，一败涂地。 （第七十四回探春语）	沐皇恩贾家延世泽 （第一百十九回）
自从两地生孤木， 致使芳魂返故乡。 （第五回香菱册词）	施毒计金桂自焚身 （第一百三回）

我给颉刚信中所述的第二项，这儿没有列入表中。因为“白首双星”一回，下半部虽没有照应，但只可以证四十回是续书，不足以充分证明回目底非原作。我在那时把“白首双星”解得太拘泥了，疑惑作者意在写宝玉湘云成婚，以金麒麟为伏脉。我实在不甚了解，“因麒麟伏白首双星”，究竟是怎么一回事情？所以在那信上说：

> 这回之目怎样解法？何谓？因何谓伏？何谓双星？在后四十回本文中，回目中，有一点照应没有？（一九二一，五，四。）

我那时胸中只有宝湘成婚这一种解释，所以断定后四十回之目既没有照应，便是高鹗补的（如宝湘成婚非见回目不可）。自从发见了后三十回本的《红楼梦》，得了一种新想象新解释，湘云底结局，即不嫁宝玉，也可以照顾到这回底暗示；那么，从这一点论，可谓对于回目无甚关系了（湘云与他人成婚，本可以不见回目的）。既无甚关系，在这节中，当然宜从删削。关于湘云底结局这个问题，下数篇中尚须详说一番。

在那信上还有一层意思，也在这里被我削去。我从前以为宝玉应终于贫穷，不见有出家之事，所举的证据是：

（1）雪芹即是宝玉，雪芹无出家之事。

（2）第一回中有“晨风夕月阶柳庭花”诸话，不是出家人底光景。

（3）第三回赞宝玉有“贫穷难耐凄凉”之语。若甘心出家，何谓“难耐凄凉”乎？

而高作第一百十九回，明有“宝玉却尘缘”之文；故当时以为这也是“回目是续的”一个佳证。后来我被颉刚“贫穷之后也许真是出家”一语劝服，便不以高氏写此点为甚谬。但第一百十六回，“得通灵幻境悟仙缘”，却始终以为是要不得。宝玉即使出家，也决不会成仙，这从第一回中语可以看出。这回有补缀底痕迹，却也明显。

以外，第一百九回之目，稍有些可疑。高本八十回中，虽没写柳五儿之死，但戚本却明明叙出，她是死了。如依戚本为正，那么，所谓“五儿承错爱”，又是一点大破绽。高本自身虽幸免矛盾，但也许因他要补这一节文字，所以把五儿之死一节原文删了，也说不定的。我在这里，又不免表示一点疑惑。

我们以外不必再比附什么，即此为止，已是证明“回目是经过续补的”这个断语。而且，回目底续下，定是从八十一回起笔的，不是从八十回，也不是从八十二回。我们且不管以外的证据，如戚蓼生、程伟元、张船山他们底话；只就本书论本书，已足证“原本回目只有八十”这个命题而有余。我对颉刚说：

> 我们很相信雪芹即宝玉，无论宝玉或出家或穷困潦倒，总没有做举业，登黄甲，这是无可疑的；因为既可以找雪芹实事做旁证，又可以把本书原文做直证。既已绝对否认这个，因之我们也该绝对的否认现存后四十回目是原来的。这不但是“中乡魁”露了马脚，在紧接原书之第一回，即第八十一回已如此。续书第一回就说“奉严词两番入家塾”，这明是高鹗先生底见解来了，所以终之以“中乡魁”“延世泽”等等铜臭话头。（一九二一，六，九。）

入家塾即是为中举底张本。中举一事非作者之意，因之入家塾一事亦非作者之意。第八十一回之目，既已不合作者之意，可见八十一回以后各回之目都是高氏一手续的。换句话说，便是原本底回目，只有八十；亦不多一回，多一回已八十一了，亦不少一回，少一回只七十九了。重言以申明之，原本回目，与本文相同，都只有八十之数。程伟元高鹗两人底话，全是故意造谣，来欺罔后人的。

一九二二，六，十九。

三 高鹗续书底依据

我们既已知道现行本底后四十回底本文，回目都是高鹗一手做的；就可以进一步去考察这四十回底价值。从偏好上，我对于高作是极不满意的，但却也不愿因此过于贬损他底应得的地位。我不满意于高作底地方，在下篇详论。现在先从较好的方面着笔，就是论高氏底审慎，他续书底依据所在。

在未说以前，我不能不声明一下。我非高鹗，不能知道他当时下笔底光景；换句话说，我所没找着的，不能就武断他没有依据，只可以说我们不知道有什么依据罢了。可找着的依据，自然都在原书八十回内；但因我底疏漏，未必能全举出，读者只可以当作举例看。

最初，颉刚是极赏识高鹗的。他说："我觉得高鹗续作《红楼梦》，他对于本文曾经细细地用过一番功夫，要他的原文恰如雪芹底原意。所以凡是末四十回的事情，在前八十回都能找到他的线索。……我觉得他实在没有自出主意，说一句题外的话，只是为雪芹补苴完工罢了！"（一九二一，五，十七，信）

他底话虽然有些过誉，但大体上，也是很准确的。高鹗补书，在大关节上实在是很仔细，不敢胡来。即使有疏忽的地方，我们也应当原谅他。况且他能为《红楼梦》保存悲剧的空气，这尤使我们感谢。这点意思，已在《红楼梦底风格》一节文中说及了。

我们现在从实际上，看他续书底依据是什么？我先举几件，在后四十回的荦荦大事，试去推究一下。

一、宝玉出家

(1) 空空道人遂因空见色，自色悟空；遂改名情僧，改《石头记》为《情僧录》。（第一回）

(2) 甄士隐听了《好了歌》,随着跛足道人飘飘而去。(同上)

(3) 贾雨村游智通寺,门旁有一副对联,下联是“眼前无路想回头”。雨村想道:“……其中想必有个翻过筋斗来的也未可知……”走入看时,只见一个龙钟老僧在那里煮饭。(第二回)

(4) 警幻说:“或冀将来一悟,未可知也。”“快休前进,作速回头要紧!”(第五回)

(5) “说不得横了心,只当他们死了,横竖自家也要过的;如此一想,却倒毫无牵挂,反能怡然自悦。”(第二十一回)

(6) 第二十二回之目是“听曲文宝玉悟禅机”。

(7) 宝玉道:“什么大家彼此!他们有大家彼此,我只是‘赤条条无牵挂’的!”言及此句,不觉泪下。他占偈道:“是无有证,斯可云证。无可云证,是立足境。”他做的一支《寄生草》是:“肆行无碍凭来去。茫茫着甚悲愁喜?纷纷说甚亲疏密?从前碌碌却因何?到如今,回头试想真无趣!”(第二十二回)

(8) 和尚念的诗是:“沉酣一梦终须醒,冤债偿清好散场!”(第二十五回)

(9) 黛玉道:“我死了呢?”宝玉道:“你死了,我做和尚。”(第三十回)

(10) 宝玉笑道:“你死了,我做和尚去。”(第三十一回)

(11) 宝玉默默不对。自此,深悟人生情缘,各有分定,只是每每暗伤,不知将来葬我洒泪者为谁?(第三十六回)

二、宝玉中举

(1) “嫡孙宝玉一人,聪明灵慧,略可望成。”(第五回)

(2) 众清客相公们都起身笑道:“今日世兄一去,二三年便可显身成名的了!”(第九回)

(3) 黛玉笑道:“好!这一去可是要蟾宫折桂了。”(同)

按,这是高鹗底误会。第五回所引文下,尚有“吾家数运合终”一语,可见上边所说是反语。第九回清客们底话,随口点染,并无甚深义的。至于黛玉底话,也是讥讽口吻。颉刚说:“其实这一句也不过是黛玉习常的讥讽口吻,作者未必有深意。要是这句作准,那第十八回里,宝钗也对宝玉说:‘亏你今夜不过如此,将来金殿对策,你大约连赵钱孙李都忘了呢!’

也可以算宝玉去会试了。”(一九二一,五,十七,信)

三、贾氏抄家

(1)“陋室空堂,当年笏满床;衰草枯杨,曾为歌舞场。蛛丝儿结满雕梁,绿纱今又糊在篷窗上。”“因嫌纱帽小,致使锁枷扛。”(第一回)

(2)偶遇荣宁二公之灵,嘱吾云:“吾家自国朝定鼎以来,功名奕世,富贵流传,已历百年,奈运终数尽,不可挽回。”(第五回)

(3)秦氏道:“常言,‘月满则亏,水满则溢’;又道是:‘登高必跌重。’如今我们家赫赫扬扬,已将百载;一日倘或乐极生悲,若应了那句‘树倒猢狲散’的俗语,岂不虚称了一世诗书旧族了!”“便是有罪,他物可入官,这祭祖产业,连官也不入的。”(第十三回)

(4)探春道:“你们别忙,自然连你们抄的日子有呢。你们今日早起,不曾议论甄家,自己家里好好的,——抄家,果然真抄了。咱们也渐渐的来了。”(第七十四回。这回之目是“抄检大观园”。)

(5)“才有甄家的几个人来,还有些东西,不知是做什么机密事。”尤氏听了道:“甄家犯了罪,现今抄没家私,调取进京治罪,怎么又有人来?”老妈妈道:“才来了几个女人,气色不成气色,慌慌张张的,想必有瞒人的事。”(第七十五回)

(6)王夫人说甄氏抄家事,贾母甚不自在。(同)

(7)第七十五回之目是“异兆发悲音”。本文上说:“忽听那边墙下有人长叹之声。大家明明听见,都毛发竦然。……恍惚闻得祠堂内槅扇开阖之声,只觉得阴气森森,比先更觉凄惨起来。”

高鹗补抄家一节文字,本此。他写宁府全抄了,也本此。《红楼梦》写宁国府底腐败,极有微词,将来自应当有一种恶结果。且“树倒猢狲散”、“有罪家产入官”说在秦氏口中。甄家被抄事,又从尤氏一方面听来。异兆发悲音,又专被贾珍他们听见。再证以第五回,“造衅开端实在宁”等处,可见将来被祸,宁府尤甚。高氏写此等处非无根据,但到末尾数回,自己完全推翻了上边所说的,实在是他底大错。

四、贾氏复兴

(1)“昨怜破袄寒,今嫌紫蟒长。”(第一回)

(2)秦氏冷笑道:“否极泰来,荣辱自古周而复始……”(第十

三回)

我所找着的,可以替他作辨护,只有这两条。而其实都靠不住。(1)或指一人一事而言,未必是说贾氏复兴,我疑心是指李纨贾兰底事情。(2)秦氏所说,正是反话,所以在下边紧接一句,"岂人力所能常保的?"她又说:"万不可忘了那盛筵必散的俗语。"可见她无非警告凤姐,处处预作衰落时底打算,不致将来一败而不可收拾,并非作什么预言家。后来因凤姐毫不介意,且更威福自恣,以致一败涂地,应了荣宁两公底"运终数尽"的话。高鹗把这个看得太拘泥了,不恤忽略书中以外的许多暗示,这一点上,我不愿意为他辨护。他为什么要如此?续在下篇再论。

五、黛玉早死

(1)"昨日黄土陇头堆白骨……"(第一回)

(2)和尚说:"……只怕他的病,一生也不能好的!"(第三回)

(3)"欠泪的,泪已尽。"(第五回)

(4)黛玉道:"我作践了我的身子,我死我的!……偏要说死!我这会就死!……正是了,要是这样闹,不如死了干净!""死活凭我去罢了!"(第二十回)

(5)黛玉续偈说:"无立足境,方是干净!"(第二十二回)

(6)葬花诗上说:"红消香断有谁怜?……桃李明年能再发,明年闺中知有谁?……却不道人去梁空巢亦倾!……明媚鲜妍能几时?一朝飘泊难寻觅。……天尽头,何处有香丘?未若锦囊收艳骨,一抔净土掩风流。……未卜侬身何日丧,侬今葬花人笑痴,他年葬侬知是谁?试看春残花渐落,便是红颜老死时,一朝春尽红颜老,花落人亡两不知!"(第二十七回)

(7)林黛玉的花颜月貌,将来亦到无可寻觅之时。(第二十八回)

(8)"况近日每觉神思恍惚,病已渐成。医者更云:'气弱血亏,恐致劳怯之症。'我虽为你知己,但恐不能久待;你纵为我知己,奈我薄命何!"(第三十二回)

(9)"那黛玉还要往下写时,觉得浑身火热,面上作烧。……只见腮上通红,真合压倒桃花,却不知病由此深。"(第三十四回)

(10)黛玉近日又复嗽起来,觉得比往常又重。宝钗来望她,黛玉道："不中用，我知道我的病是不能好的了。""生死有命，富贵在天，也不是人力可强求的。今年比往年反觉又重些似的！"说话之间，已咳嗽了两三次。（第四十五回）

（11）黛玉抽着的诗签，是一枝芙蓉花，题着"风露清愁"，有一句诗，道是："莫怨东风当自嗟。"（第六十三回）

（12）黛玉做的《柳絮》词，有"飘泊亦如人命薄，空缱绻，说风流！"（第七十回）

（13）黛玉和湘云联句有"冷月葬诗魂"之句。湘云道："只是太颓丧了些。你现病着，不该作此凄清奇谲之语。"（第七十六回）

（14）妙玉笑道："有几句虽好，只是过于颓败凄楚。此亦关于人之气数而有……"（同）

（15）黛玉叹道："我睡不着，也并非一日了！大约一年之中，通共也只好睡十夜满足的！"湘云道："你这病就怪不得了！"

（16）宝黛推敲《晴雯诔》中底字句。宝玉说："莫若说，'茜纱窗下，我本无缘；黄土陇中，卿何薄命！'"黛玉听了，陡然变色。虽有无限狐疑，外面却不肯露出。（第七十九回）

这不过随便翻检着，可举的已有十六条之多。如仔细寻去，八十回中暗示黛玉之死，恐怕还多着呢。高鹗补书，以事迹论，自然不算错；只是文章不见高明，这也容我在下篇批评。

六、宝钗与宝玉成婚

（1）《红楼梦曲》——"都道是金玉良缘，……空对着山中高士晶莹雪，……纵然是齐眉举案，到底意难平！"（第五回）

（2）第八回高本底回目，是"贾宝玉奇缘识金锁，薛宝钗巧合认通灵"。

（3）同回宝玉到宝钗处，宝钗看他底那块玉，口里念道："莫失莫忘，仙寿恒昌。"……莺儿嘻嘻的笑道："我听这两句话，倒像和姑娘项圈上的两句话是一对儿！"宝玉拿宝钗底项圈看，是"不离不弃，芳龄永继"，因笑问："姐姐，这八个字倒与我的是一对儿！"

（4）谁想贾母自见宝钗来了，喜他稳重和平。……（第二十二回）

（5）宫中所赐端午节物，独宝钗和宝玉一样。

(6) 宝玉听黛玉提出"金玉"二字,不觉心里疑猜。

(7) 宝钗因有,"金锁是和尚给的,等日后有玉的方可结为婚姻"等语,所以总远着宝玉。

(8) 宝玉忽然想起"金玉"一事来,再看宝钗形容,比黛玉另有一种妩媚风流,不觉就呆了。(以上四条,均见第二十八回。)

(9) 薛蟠说:"从前妈妈和我说:你这金,要拣有玉的才可配。"(第三十四回)

(10) 贾母道:"提起姊妹们……都不如宝丫头。"(第三十五回)

(11) 宝玉笑道:"……明儿不知那一个有福的消受你们主儿两个呢!"见莺儿娇腔宛转,语笑如痴,早不胜其情了,那堪更提起宝钗来!(同回)

(12) 第三十六回之目是:"绣鸳鸯梦兆绛芸轩",事迹是宝玉睡了,宝钗代袭人绣他兜肚上底鸳鸯。宝玉在梦里喊骂,"什么金玉姻缘!"

(13) 王夫人托宝钗照应家务说:"好孩子,你还是个妥当人,……你替我辛苦两天,照看照看。"(第五十五回)

(14) 宝钗做的《柳絮》词是:"……好风凭借力,送我上青云。"(第七十回)

以外提金玉之处尚多,零零散散,一时也举不尽。虽然宝钗宝玉成婚,另有多少困难不易解决。但我们看了这些证据,就不得不承认作者或有使钗玉团圆这个意思。若我们要做翻案文字,就先得要把这些暗示另换一个解释,而且是很自然、清楚、不牵强的解释。这当然是极不容易的事。某补本底作者使宝钗早卒,不知是怎样写法的?悬揣起来要处处为作者圆谎,恐怕不很可能。高鹗在这一点上,我也不敢轻菲薄他。

七、宝钗守寡——宝玉弃她而出家

(1) 薛姨妈道:"姨妈不知宝丫头古怪呢、他从来不爱这些花儿粉儿的。"(第七回)

(2) 宝钗念支《寄生草》与宝玉听,内有"没缘法,转眼分离乍,赤条条,来去无牵挂"之语。后来宝玉就因此"悟禅机"。(第二十二回)

(3) 宝钗底灯谜是:"梧桐叶落纷离别,恩爱夫妻不到冬。"(同回，戚本不作此。）

（4）贾政忖道："……看来皆非福寿之辈。"（同回）

（5）宝钗听见宝玉在梦中喊骂说："和尚道士的话，如何信得；什么金玉姻缘，我偏说木石姻缘！"宝钗不觉怔了。（第三十六回）

（6）宝钗房中，布置得十分朴素。贾母说："使不得。……年轻的姑娘们，房里这样素净，也忌讳。……"（第四十回）

高鹗补宝玉娶宝钗后做和尚这段文字，正本此。

八、黛死钗嫁在同时

（1）"昨日黄土陇头堆白骨，今宵红绡帐里卧鸳鸯。"（第一回，《好了歌》注）

我以前不懂高氏为什么定要把事情写得如此淋漓尽致，定要说，"当时黛玉气绝，正是娶宝钗这个时辰"？（第九十八回）现在才恍然了。这两句话，是否应作这般解释，这是另一问题了。

九、元春早卒

（1）元春底册词说："二十年来辨是非，……虎兔相逢大梦归。"

（2）《红楼梦曲恨无常》折中说："喜荣华正好，恨无常又到。……儿命已入黄泉。天伦啊！须要退步抽身早。"（均见第五回）

（3）凤姐梦可卿同他说："眼前不日又有一件非常喜事，真是烈火烹油，鲜花着锦之盛；要知道也不过是瞬息的繁华，一时的欢乐，……"（第十三回）

（4）元妃底灯谜是："……一声震得人方恐，回首相看已化灰。"（第二十二回）

高鹗补元春事完全根据在此。所以写贾母梦见元春，她还劝贾母，"荣华易尽，须要退步抽身"。（第八十六回）高氏又明叙元春死在甲寅年十二月十九日，而十二月十八日立春，已交卯年寅月。这明是比附"虎兔相逢"了。（第九十五回）

十、探春远嫁

（1）她底册子，画着两人放风筝，一片大海，一只大船，船上有一女子，掩面泣涕之状。诗云："……清明涕送江边望，千里东风一梦遥。"

(2)《红楼梦曲分骨肉》折云："一帆风雨路三千，把骨肉家园齐来抛闪。……自古穷通皆有定，离合岂无缘？从今分两地，各自保平安。"

(3)她底灯谜是风筝，词曰："……游丝一断浑无力，莫向东风怨别离。"(第二十二回)

(4)她做的柳絮词，是半首《南柯子》，是："……也难绾系也难羁，一任东西南北各分离。"(第七十回)

这很明显，高氏写探春嫁在海疆，系从册子上看来的。(第一百十六回，宝玉重见册子，影影有一个放风筝的人儿。)但在第一百十九回上，写他归宁一次，实在是"画蛇添足"，大可不必。总之，高氏不善写述悲哀这个毛病，到处都流露着①。

十一、迎春被糟蹋死

(1)册子画一恶狼，追扑一美女，有欲啖之意，词曰："子系中山狼，得志便猖狂。金闺花柳质，一载赴黄粱！"(第五回)

(2)曲子里也说："……叹芳魂艳魄，一载荡悠悠。"(同)

(3)第八十回写迎春归宁，在王夫人房中哭诉一节文字。

所以高氏在第一百九回上写迎春说："可怜我只是没有再来的时候了！"又明叙结婚年余，被孙家搓磨，以致身亡。这儿所谓年余，正与册子曲子上底一载相映射。

十二、惜春为尼

(1)册子中"一所大庙，里面有一美人在内看经独坐，其判云：'勘破三春景不长，缁衣顿改昔年妆。可怜绣户侯门女，独卧青灯古佛旁！'"

(2)曲子中《虚花悟》折："将那三春看破，……闻说道，西方宝树唤婆娑，上结着长生果。"(均见第五回)

(3)周瑞家的到惜春处，惜春笑道："我这里正和智能儿说，我明儿也剃了头，同他作姑子去……"(第七回)

(4)尤氏笑道："这会子又做大和尚，又讲起参悟来了。""可知

① 高鹗写探春嫁后颇得意，其依据在第六十三回，探春出的诗签，注云"必得贵婿"，故此节补文却不甚错。惟写她嫁后归宁，则无据。

你真是心冷嘴冷的人。”惜春道：“怎么我不冷！……”（第七十四回）

（5）探春道：“这是他向来的脾气，孤介太过，我们再扭不过他的。”（第七十五回）

以外如有正本上底惜春一谜，当然不得为高氏所依据。高氏写宝玉重游太虚幻境以后，惜春为尼之时，宝玉重述册子语一次，尤为这是他补书底依据底明证。（第一百十八回）后来惜春住在栊翠庵，大约是想应合那册子上底大庙了。（第一百二十回）但栊翠不过是点缀园林的一个尼庵，似乎不可以说是大庙。高氏在这一点上，也远不如后三十回底作者，写得这般痛快。

十三、湘云守寡

（1）册子上画着几缕飞云，一湾逝水，其词曰：“……展眼吊斜晖，湘江水逝楚云飞。”

（2）曲子《乐中悲》折：“……厮配得才貌仙郎，……终久是云散高唐，水涸湘江。……”

高氏对于这两条不但误解了，且所补湘云传，亦草率之至。他只用“姑爷很好，为人又和平”等语，（第一百六回）来敷衍曲子上底“厮配得才貌仙郎”。又说她丈夫成了痨病，（第一百九回）后来死了，湘云立志守寡；（第一百十八回）就算应合“云散水涸”了。至于金麒麟这一段公案，几乎一字不提。即在第八十三回，周瑞家的和凤姐，谈了半天金麒麟，也并无关于湘云底姻缘。所以高氏写湘云，几乎是无所依据。

十四、妙玉被污

（1）册子上画着一块美玉，落在污泥之中。词曰：“欲洁何曾洁，云空未必空。可怜金玉质，终陷淖泥中！”

（2）曲子中《世难容》折：“……却不知好高人愈妒，过洁世同嫌。……到头来，依旧是风尘肮脏违心愿，好一似无瑕白璧遭泥陷。……”（均见第五回）

高鹗在第一百十二回，写妙玉被人轻薄，本此。但他只写她不知所终，虽在第一百十七回，隐隐约约地说她被杀，也只是“梦话”罢了。他又何尝能充分描写出所谓“风尘肮脏违心愿”呢？凡看到这些地方，我总觉得后四十回只是一本账簿。即使处处有依据，也至多不过是本很精细的账簿而已。

十五、凤姐之死

(1)她底册词说:“……哭向金陵事更哀!”

(2)曲子上说:“……反算了卿卿性命……终有个家亡人散各奔腾;……”(均第五回)

(3)八十回内写她贪财放债,逼害人命,有好几处。(如第十五回、第十六回、第六十九回、第七十二回等等。)

高鹗因此写凤姐家私,以重利盘剥故被抄;(第一百五、一百六回)又写贾琏后来和她感情淡薄。第一百六回,贾琏啐道:“……我还管他么!”第一百十三回,“看着贾琏并不似先前的恩爱……竟像不与他相干的。”在她临死的时候又写:“琏二奶奶说些胡话,要船要轿的,说‘到金陵归入册子去’。”袭人又和宝玉明提册子,可见是受“哭向金陵事更哀”这句话底暗示。(所引见一百十四回)高氏如此写“返金陵”自然是胡闹;况且册子上还有一句,“一从二令三人木”,他又如何交代?

十六、巧姐寄养于刘氏

(1)她底册子是一座荒村野店,有一美人在那里纺绩,其判曰:“势败休云贵,家亡莫论亲;偶因济刘氏,巧得遇恩人。”

(2)曲子《留余庆》折云:“留余庆,忽遇恩人,……幸娘亲,积得阴功。……休似俺那爱银钱,忘骨肉的狠舅奸兄。”(均第五回)

(3)刘老老命她底名为巧姐儿;又说:“……或有一时不遂心的事,必然遇难成祥,逢凶化吉,都从这‘巧’字儿来!”(第四十二回)

后四十回,巧姐底结局,全本此。因画上有荒村野店,美人纺绩,所以后来嫁给一庄家人,姓周的。(第一百十九、第一百二十回)因为有“家亡莫论亲”,及“爱银钱忘骨肉的狠舅奸兄”;所以写巧姐将为王仁(狠舅)、贾环、贾芸(奸兄)等所盗卖,而他们所以要如此办,因为外藩肯花银子。(第一百十八、第一百十九回)因为明叙“济刘氏”,“积阴功”,“留余庆”,“巧得遇恩人”,“逢凶化吉,遇难成祥”等语,所以巧姐被刘氏救去,依然父女团圆,夫妻偕老。(第一百十九、第一百二十回)高氏补巧姐传,可谓一句题外的话也没有说,只是文笔拙劣,叙述可笑罢了。

十七、李纨因贾兰而贵

(1)贾兰年方五岁,已入学攻书。李氏惟知侍亲教子。(第四回)

(2) 册子上画一盆茂兰，旁有凤冠霞帔的美人，判云："桃李春风结子完，到头谁似一盆兰？"

(3) 曲子《晚韶华》折云："……只这戴珠冠，披凤袄，……气昂昂头戴簪缨，光灿灿胸悬金印，威赫赫爵禄高登……"（均第五回）

(4) 贾兰做了一首诗，呈与贾政看。贾政看了，喜不自胜。（第七十五回）

(5) 众幕宾见了贾兰做的《姽婳词》便皆大赞："小哥儿十三岁的人就如此，可知家学渊源，真不诬矣！"贾政笑道："稚子口角，也还难为他。"（第七十八回）

以外恐怕提到贾兰聪慧好学的地方还有，只在一时不能遍举了。高氏写贾兰中了一百三十名举人，又说，"兰桂齐芳家道复初"，都是从这些看来的。（第一百九回、第一百二十回）更清楚的是，宝玉临走时，对李纨说："日后兰哥还有大出息，大嫂子还要戴'凤冠霞帔'呢。"（第一百十九回）这明是故意作册子底照应。

十八、秦氏缢死

(1) 册子上画着高楼，上有一美人悬梁自尽。（第五回）

(2) 秦氏死了，合家无不纳闷，都有些疑心。（第十三回，《金玉缘》本如此。亚东、有正两本均作伤心，非有正本更以纳闷为纳叹，更谬。）

秦氏死在第十三回中，似乎无关涉高氏，但他因为前八十回将真事写得太晦了，所以愿意重新提一提，使读者可以了然。第一百十一回上说鸳鸯上吊，只见灯光惨淡，隐隐有个女人，拿着汗巾子，好似要上吊的样子；后来细细一想，方知道是东府里的先蓉大奶奶。鸳鸯想道："……他怎么又上吊呢？"后来她解下一条汗巾，按着秦氏方才立的地方拴上。她死了以后，只见秦氏隐隐在前。高鹗如此写法，可见他也相信秦氏是缢死的。但如此写出，未免有些活见鬼，不成文理。秦氏之引诱鸳鸯，仿佛如世俗所传的缢鬼要找替身。这实在大类三家村里老婆子底口吻，是《红楼梦》底大侮辱。至于原书叙秦氏缢死，怎样地写法？为什么要这样地写？这都在另一篇上详论。

十九、袭人嫁蒋玉函

(1) 册词道："枉自温柔和顺，空云似桂如兰。堪羡优伶有福，谁

知公子无缘!"(第五回)

(2) 袭人说:"去定了。"宝玉听了,自思道:"谁知这样一个人,这样薄情无义呢!"(第十九回)

(3) 蒋玉函唱的曲子,有"配凤鸾","入鸳帏"等语;说的酒令,有"并头双蕊","夫唱妇随"等语;说的酒底,是"花气袭人知昼暖"。(袭人以此命名,见第三回)后来又被薛蟠明白叫破。(第二十八回)

(4) 宝玉与蒋玉函,换汗巾,而宝玉底松花汗巾原是袭人底。后来宝玉又把琪官赠的大红汗巾,结在袭人腰间。(第二十八回)

(5) 晴雯被逐,宝玉大不满意袭人,所以他说:"你是头一个出了名的至善至贤的人,……焉得有什么该罚之处? ……"袭人细揣此话,直是宝玉有疑她之意,竟不好再劝了。(第七十七回)

(6)《芙蓉女儿诔》中有:"孰料鸠鸩恶其高,鹰鸷翻遭罦罬。薋葹妒其臭,茝兰竟被芟锄,……偶遭蛊虿之谗,……诼谣謑诟,出自屏帷;荆棘蓬榛,蔓延窗户。既怀幽沉于不尽,复含罔屈于无穷。……呜呼! 固鬼蜮之为灾,岂神灵之有妒? 毁诐奴之口,讨岂从宽! ……"(第七十八回)

从这几点看,高鹗写袭人薄幸,自然不算错。以我看来,他补的书,写袭人一节文字,还是最可使人满意的。即如他写宝玉走后,袭人方嫁,也非了无依据的。蒋玉函说的酒令是,"女儿悲,丈夫一去不回归";(第二十八回)当然不能和袭人无关。(因通首皆似暗射袭人终身。)高氏在第一百二十回,明点"好一个柔顺的孩子",正是照应册子上所谓"枉自温柔和顺,空云似桂如兰"。惟他以袭人不能守节,所以贬在又副册中,实在离奇得很。册子中分"正"、"副"、"又副",何尝含有褒贬的意义? 高氏在这一点上,却真是"向壁虚造"了。

二〇、鸳鸯殉主

(1) 鸳鸯冷笑道:"……不然,还有一死! ……"

(2) "伏侍老太太归了西,我也不跟着我老子娘哥哥去;或是寻死,……"(均第四十六回)

高氏补此节,大约从这些地方看出作者底意思。但鸳鸯说的话,都是"死"与"做姑子"双提;何以高氏定说他是殉主? 想是因这般写法,文笔可以干净些,也未可知。再不然就是大观园中人做姑子的太多了,(如芳官、四儿、惜春、紫鹃等）不得不换一番笔墨，去写鸳鸯。

以外大观园诸婢底结局，也多少和前八十回有些照应。如平儿扶正（第一百十九回），则本于平日贾琏和他底恩爱，及平儿厚待尤二姐。（第二十一回、第四十四回、第六十九回。）补五儿一段文字，则因第六十回、第六十一回，应有照应。（第一百九回）写莺儿后来服侍宝玉（第一百十八回），则本于第三十五回。只有小红和贾芸一段公案却未了结。麝月抽着了荼蘼签，也未见有结局。但这些都是微细琐碎之处，亦不足深论。

后四十回中还有许多大事，也可以约略考见其线索。

（一）薛文起复惹放流刑。（第八十五回）

（1）薛蟠打死了冯渊，避祸入京，住在贾宅梨香院，被贾氏子弟引诱得薛蟠比当日更坏了十倍。（第四回）

（2）第四十八回之目是，“滥情人情误思游艺”。似乎下边还有文章，不见得就此太平无事。

（二）宴海棠贾母赏花妖。（第九十四回）

（1）宝玉道：“……今年春天已有兆头的。这阶上好好的一株海棠花，竟无故死了半边，我就知道有坏事！……所以这海棠，亦是应着人生的！”（第七十七回）

（三）证同类宝玉失相知。（第一百十五回）

（1）贾雨村说甄宝玉底性情，完全与宝玉相同。（第二回）

（2）宝玉入梦，见甄宝玉和自己一样。

甄宝玉自然是宝玉底影子，并非实有其人；但何必设这样一个若有若无的人呢？这不但我们不解，即从前人也以为不可解。（如江顺怡君）高氏想也觉得这样写法太没有道理；所以极力写甄宝玉是个世俗中人，使与宝玉作对文。但他虽然作了翻案文字，也依然毫无道理，不脱前人底窠臼。

（四）“得通灵幻境悟仙缘。”（第一百十六回）

（1）甄士隐梦到太虚幻境。（第一回）

（2）贾宝玉梦到太虚幻境。（第五回）

但他何以要使宝玉去重游幻境呢？这因为不如此，宝玉不能看破红尘，飘然远去。所以他说：“两番阅册，原始要终之道。历历生平，如何不悟？”（第一百二十回）但其实这样写法，是可以不必的。

还有两件大事，似有线索，又似乎没有；我也不敢断定，在这里略说一说。(1)第一百三回，夏金桂自己服毒。(2)第一百十二回，赵姨娘赴冥司受报应。这两事似乎从同一的依据而来，就是在第五回，所谓"冤冤相报岂非轻"。而赵姨底死，写这层意思，尤为明显，故回目上有"死雠仇"之语。但依我底眼光看，《红楼梦曲》中所谓"冤冤相报"，是专指秦氏与宁府之事，似不与金桂赵姨二人相干。但高氏补这两回书，是否以此为依据，原不可知。他或者是以意为之的，或者是另有所依据而我们不知道。这两种情况都可以讲得通，所以现在也不深加批评了。

高氏所补的四十回底依据所在，已大约写出；虽不见详备，也大致差不多了。我们离高鹗一百多年，要想法搜寻他作文时的字簏中物，当然是劳而无功。但我以为如此一考，更可以使读者恍然于后四十回之出于补缀，不是雪芹底原本。这就是这篇文字所以要作底意义。

但是，高氏补书，除有依据之外，还有一种情形要加注意的，就是文情底转折。往往有许多地方，虽并无所依据，而在行文方面，却不得不如此写，否则便连串不下。所以我们读高氏续作，虽然在有些地方是出于他杜撰的，只要合于文情，也就不可轻易菲薄他。我们要知道，有依据的，未必定是好；反之，没有依据也未必定是不好。高鹗续书是否有合于作者底原意，是一件事；续书底好歹又是一件事，决不能混为一谈。所以虽承认了高氏底审慎，处处有所依据，但我们依然可以批评这书底没有价值。在另一方面想，我们说高作完全出杜撰，一点不尊重作者底意旨，却也可以推重这书有独立的声价。只是就续《红楼梦》说，两个条件不能不双方并顾；一方固然要有所依据，那一方又要文情优美，因为如没有依据，便不成为"《红楼梦》底续作"；如文字不佳，那又不成为好书了。所以我们所要求于续书人的，——高鹗在内——是一部很好的《红楼梦》底续书。

高氏自然到处都不能使我们惬意。但他底杜撰之处实在不很多。有许多地方，虽然说是杜撰，但却另有苦衷，不得不作如此写的。续书中最奇特的一段文字是宝玉失通灵，及后来和尚送玉。(第九十回、第一百十六回)既是要他失玉，又何必复得？况且，玉底来去，了无踪迹，实在奇怪。说得好听些，是太神秘了；不好听呢，便是情理荒谬。且不但这一段而已，即第九十六回，"瞒消息凤姐设奇谋"，以我们眼光看来，何必写得贾氏一家如此阴险？况且，所谓"奇谋"，实际上连一个大也不值，岂不可笑，这些地方，我们自然不能佩服。

但如仔细想一想，便可以知道高氏作文底因由，不得因为没有依据，便一棒打杀。失通灵，得通灵底必要，高氏自己曾经说明，不劳我们底悬揣。我们看：

此玉早已离世：一为避祸，二为撮合。从此夙缘一了，形质归一。……（第一百二十回）

所谓避祸，当然是指查抄；但查抄未必有碍于宝玉（即贾琏也始终无恙），何必避呢？这实在不甚可解。至于所谓“撮合”的是什么，却极易明了，即所谓金玉之缘。我们试想，如黛玉竟死，宝玉应作何光景？是否能平安地娶了宝钗？这个答案，也不必自己瞎猜；只看紫鹃诓宝玉，黛玉要回家去，宝玉是什么光景的？（第五十七回）以外宝玉和黛玉誓同生死的话，在八十回中屡见。宝玉曾告诉紫鹃一句打趸的话，我们不妨征引一下：

活着，咱们一处活着；不活着，咱们一处化灰，化烟，如何？（第五十七回）

我们既不能承认，宝玉是薄情、打谎语的人；那么，怎样能使金玉团圆？宝玉对于宝钗原非毫无情愫，但黛玉一死，宝玉决不能再平安度日，如何再能结合数年的夫妇？这个实际上的困难，在行文时候，必然要碰到的。既然碰到了，就不能不想个解决的方法。高氏想的方法，便是失玉。

“失玉”是不是好的方法，是另一件事。但我们却不能不承认，这是方法之一。而且，想用这个方法的人，也不止高氏一人。在三十回本的佚本里，我曾考出有“甄宝玉送玉”这一回事，看事情底空气，大约和高作是差不多的。既然“玉”烦人送，当然是丢了；不然，玉在身边，何劳甄宝玉先生来送呢？至于那本上写玉是怎样遗失的？我们不知道。像高本写失玉，却实在是个奇谈。

高氏所以写失玉，因为不如此金玉不能团圆；所以写送玉，因为不如此宝玉不能出家。“宝玉出家”，和“宝钗出闺”，这是续作里底两件大事；而以失玉送玉为关键。不明白这个缘故，轻易来批评高氏补书底不小心，这实在不能使他心服的。

至于我所以不满意于他的，却并不在为什么要如此，只在怎样地这个问题上面，第九十四回写失玉这个光景，实在人情之外，且亦在文情之外。真成所谓“来无迹，去无踪”了。（第九十五回，妙玉扶乩语。）高氏是平淡无奇这样一个人，却喜欢弄笔墨，做那些离奇光怪的文字；于是无往而不失败。八十回内写甄士隐，贾宝玉游“幻境”，已觉东方的浪漫色彩太浓厚了；但总还“不远情理”。至于高氏写通灵玉无端而去，无端而来，那竟很像圣灵显示的奇迹，与全书描写人情的风格，枘凿不相合。我们不得不承认这是高氏底失败。我也明知道，要把“失玉”、“送玉”，写得十分的入情入理，是很困难的；但我始终不敢轻易赞成高鹗底补笔。我以为高氏如以续书为甚难，则大可以搁笔，不必拿狗尾来续貂；如以为尚不甚难，则应当勉为其难，不应逃于神怪。

即宝钗嫁时，凤姐设奇谋，也无非是要度过这个困难，使他俩得以成婚，一方又可以速黛玉之死，使文字格外紧凑些。以外并无别的深意可说，在八十回中，也并没有什么依据可寻。总之，高鹗补这几回，要如此写法，完全为结束宝黛两人底公案，使不妨碍金玉姻缘，我们可以原谅他。但他底大病，并不在凭空结撰，却在文笔拙劣，情事荒唐这两点上。这个毛病，在四十回中几乎处处流露，也不仅仅在这两三回内。即完全有依据的，也依然不能藏拙啊。

但是高氏无缘无故的杜撰文字，在四十回内却也未始没有，这我们更不能为他强辨。即如宝玉中举，虽我替他勉强找了几条根据，其实依然薄弱得很，高氏岂能借这个来遮羞？我们试看关于宝玉中举的文字有多少回？

第八十一回——奉严词两番入家塾。

第八十二回——老学究讲义警顽心。

第八十四回——试文字宝玉始提亲。

第八十八回——博庭欢宝玉赞孤儿。

第一百十八回——警谜语妻妾谏痴人。

第一百十九回——中乡魁宝玉却尘缘。

一共书只四十回，说宝玉做举业的，倒占了二十分之三。这真是不知其命意所在？如稍为看仔细一点，宝玉实无中举底必要；即使高氏要写他高魁乡榜，也不必写得如此累赘。高氏此等地方，可谓愚极且迂极了。

还有一节，也是无缘无故的文字。第八十九回，“蛇影杯弓颦卿绝粒”。写黛玉忽然快死了，忽然又好了，这算怎么一回事呢？“失玉送玉”还有可说的，至于这两回中写黛玉，简直令人莫名其妙。上一回生病，下一回大好了；非但八十回中万没有这类荒唐的暗示，且文情文局，又如何可通？说要借此催定金玉姻缘，也大可不必。什么事情不可以引起钗玉姻事，定要把黛玉要得忽好忽歹？况且到第九十四回，黛玉已完全无病，尤其不合情理。黛玉底病，应写得渐转渐深。怎么能忽来忽去呢？在这一点上，高氏非但卤莽，而且愚拙。

大观园诸人底结局，高氏大都依据八十回中底话补出。只有香菱传补得最谬，且完全与作者底意思相反。胡适之先生曾据第五回册子原文，来驳高氏底不合，我极为同意。（胡说见《胡适文存·红楼梦考证》。）高氏这一点看不清楚，最不可解；因为第五回、第八十回暗示香菱被金桂磨折死，不为不明显，以高鹗底小心审慎，何致于盲目不知，铸了大错。这竟使我诧异极了。[①]

我这节文字底目的，原要考定高鹗续书底依据，并不是要指斥他底过失。只因四十回中也有许多无根之谈——即是没有依据的——也得顺笔叙出，所以不免说了些题外的话。其实，关于高作优劣底批评，应当留作下一篇讲，不是本篇底责任。本篇底大意，只是要证实颉刚这句话："后四十回的事情，在前八十回都能找到他的线索。"

一九二二，五，十五。

四　后四十回底批评

高鹗续书底依据是什么？我在上篇已约略叙明了，现在只去评判续作四十回底优劣。我在上篇已说过，文章底好坏，本身上的，并不以有依据或者没有依据为标准。所以上篇所叙高氏依据什么补什么，至多只可以称赞他下笔时如何审慎，对于作者如何尊重，却并不能因此颂扬四十回有文学底声价。本篇底目的，是专要评判后四十回本身上的优劣，而不管他是有依据与否。本来这是明白的两件事，万不能混为一谈。

---

① 高氏写香菱不死，后来扶正，这个大错误，现在看来也是由于误解第六十三回，香菱抽着的诗笺，是"连理枝头花正开"。我们应当注意这"正"字底意义，明言此正是她底团圆时节；反言之，则连理花不久便将凋谢的。高鹗因不解此意，故下文弄错了。（一九二二年八月，在波定谟记。）

但我为什么不惮烦劳，要去批评后四十回呢？这因为自从百二十回本通行以来，读者们心目中总觉得这是一部整书，仿佛出于一人之手。即使现在我们已考定有高氏续书这件事情，也不容易打破读者思想上底习惯。我写这节文字，想努力去显明高作底真相，使读者恍然于这决是另一人底笔墨了。在批评底时候，如高作是单行的，本没有一定拿原作来比较的必要；只因高作一向和原本混合，所以有些地方，不能不两两参照，使大家了解优劣所在，也就是同异所在。试想一部书如何会首尾有异同呢？读者们于是被迫着去承认确有高氏续书这件事情。这就是我写这节文字底目的了。

而且，批评原是主观性的，所谓"仁者见仁智者见智"。两三个人底意见尚且不会相同，更不要说更多的人。因为这个困难，有许多地方不能不以原书为凭藉；好在高氏底著作，他自己既合之于《红楼梦》中，我们用八十回来攻四十回，也可以勉强算得"以子之矛攻子之盾"了。我想，以前评《红楼梦》的人，不知凡几，所以没有什么成绩可言，正因为他们底说话全是任意的，无标准的，是些循环反覆的游谈。

我在未说正文以前，先提出我底标准是什么？高作四十回书既是一种小说，就得受两种拘束：(1) 所叙述的，有情理吗？(2) 所叙述的，能深切的感动我们吗？如两个答案都是否定的，这当然，批评的断语也在否定这一方面了。本来这两标准，只是两层，不是两个；世上原少有非情理的事，却会感人很深的。在另一方面想，高作是续《红楼梦》而作的，并非独立的小说；所以又得另受一种拘束，就是"和八十回底风格相类似吗？所叙述的前后相应合吗？"这个标准，虽是辅助的，没有上说的这般重要，却也可以帮助我们去评判，使我们底断语，更有力量。因为前八十回，大体上实在是很合情理，很能感人的，所以这两类标准，在实用上并没有什么明确的界限。

我们要去批评后四十回，应该扫尽一切的成见，然后去下笔。前人底评语，至多只可作为参考之用。现在最通行的评是王雪香底，既附刻在通行本子上，又有单行本。因王氏毫无高鹗续书这个观念，所以对于后四十回，也和前八十回有同样的颂赞，且说得异常可笑，即偶然有可取之处，也极微细，不足深数。

我们试看，后四十回中较有精采，可以仿佛原作的，是那几节文字？

依我底眼光是：

第八十一回，四美钓鱼一节。

第八十七回，双玉听琴一节。

第八十九回，宝玉作词祭晴雯，及见黛玉一节。

第九十、九十一回，宝蟾送酒一节。

第一百九回，五儿承错爱一节。

第一百十三回，宝玉和紫鹃谈话一节。

以外较没有毛病的，如妙玉被劫，(第一百十二回)袭人改嫁(第一百二十回)这几节文字，但也草率得很，比第七十七回，写晴雯之死，相差已甚多。至于上边所列举的那几节，虽风格情事，尚可仿佛原作，但除宝蟾送酒一节以外都是从模仿来的。前八十回只写盛时，直到七十回后方才露些衰败之兆，但终究也说得不甚明白。所以高氏可以模仿的极少，因为无从去摹仿，于是做得乱七八糟了。我们把所举的几条较有精采的一看，就知道是全以八十回做张本，并非高氏自己一个人底手笔。所以能较好，正因为这些事情较近于原作所曾经说过的，故较有把握。我们归纳起来说一句话，就是：

凡高作较有精采之处是用原作中相仿佛的事情做蓝本的，反之，凡没有蓝本可临摹的，都没有精采。

这第二句断语，尚须在下边陆续证明。这第一句话，依我底判断看，的确是如此的，不知读者觉得怎么样？王雪香在评语里，几乎说得后四十回，没有一回不是神妙难言的。这种嗜好，真是“味在酸咸之外”了。

我现在更要进一步去指斥高作底弊病。如一回一节的分论，则未免太嫌麻烦，且亦无甚关系。我先把四十回内最大的毛病，直说一下，听候读者底公决。

一、宝玉修举业，中第七名举人。(第八十一、八十二、八十四、八十八、一百十八、一百十九回。)

高鹗费了九牛二虎之力，写了六回书，去叙述这件事，却铸了一个大错。何以呢？(1) 宝玉向来骂这些谈经济文章的人是“禄蠹”，怎么会自己学着去做禄蠹？又怎么能以极短之时期，成就举业，高魁乡榜？说他是奇才，决奇不至此。这是太不合情理了，谬一。(2) 宝玉高发了，使我们觉得他终于做了举人老爷。有这样一个肠肥腹满的书中主人翁，有何风趣？这是使人不能感动的，谬二。(3) 雪芹明说："一技无成，半生潦倒"，"风尘碌碌"，"独自己无才不得入选"等语，怎么会平白地中了举人呢？难道曹雪芹也和那些滥俗的小说家一般见识，因自己底落薄，写书中人大阔特阔，以作解嘲吗？既决不是的！那么，高氏补这件事，大违反作者底原意，不得为《红楼梦》底续书，谬三。

在我底三标准下，这件事没有一点可以容合的；所以我断定这是高鹗底不知妄作，不应当和《红楼梦》八十回相混合。王雪香是盲目赞成高作的，但他也说："宝玉诗词联对灯谜俱已做过，惟八股未曾讲究……"(第八十四回，评)王氏因为不知后四十回是高氏的手笔，所以不敢非议，但他也似乎有些觉得，宝玉做八股，实在是破天荒的奇事。他还有一节奇妙的话"宝玉厌薄八股，却有意思博取功名，不得不借作梯阶。"(第八十二回，评)这真是对于宝玉大施侮辱。他何以知道他想博得功名？且既肯博取功名，何以厌薄八股？这些都是万讲不通的。王氏因努力为高鹗作辨护士，所以说了这类"大可怪笑"的奇谈。

但高鹗为什么做这件蠢事呢？这实在因他底性格与曹氏不同，决不能勉强的。看高氏自己说："又复稍示神灵，高魁贵子，方显得此玉是天奇地灵锻炼之宝，非凡间可比。"(第一百二十回，甄士隐语)这真是很老实的供招。高鹗总觉得玉既名通灵，决不能不稍示神通，而世间最重要的便是"高魁乡榜"。若不然，岂不是辜负了这块通灵玉？他仿佛说，如宝玉连个举人也中不上，还有什么可宝的在呢？这并不是我故意挖苦高氏，他的确以为如此的。"只有这一入场，用心作了文章，好好的中个举人出来，……便是儿子一辈子的事也完了！"(第一百十九回，宝玉语)他明明说道，只要中一个举人，一辈子的事就完了。这是什么话！他把这样的胸襟，来续《红楼梦》，来写贾宝玉，安得不糟！又岂有不糟之理！雪芹是个奇人，高鹗是个俗人，他俩永不会相了解的，偏偏要去合做一书，这如何使得呢！我最不懂，高氏补书离雪芹之死，只有二十七年，何以一点不知道《红楼梦》是一部作者自传，且一点不知道曹雪芹底身世。想是因雪芹潦倒了一世，为举人老爷所不屑注意的也未可知。但既是如此，他又为什么很小心地去续《红楼梦》？

二、宝玉仙去，封文妙真人。(第一百二十回)

高氏写宝玉出家以后只有一段。"贾政……忽见船头上微微的雪影里面一个人，光着头，赤着脚，身上披了一领大红猩猩毡的斗篷，向贾政倒身下拜。……却是宝玉……只见船头来了一僧一道，夹住宝玉……飘然登岸而去。”后来贾政来追赶他们，只听他们作歌而去，倏然不见，只有一片白茫茫的旷野了。贾政还朝陛见，奏对宝玉之事，皇上赏了个文妙真人的号。（第一百二十回）

这类写法，实不在情理之中。作者写甄士隐虽随双真而去，也是“神龙见首不见尾”，却还没有这么样的神秘。被他这样一写，宝玉简直是肉身成圣的了，岂不是奇谈？况且第一百十九回，虚写宝玉丢了，已很圆满；何必再画蛇添足，写得如此奇奇怪怪？高鹗所以要如此写，想是要带顾一僧一道，与第一回、第二十五回相呼应。但呼应之法亦甚多，何必定作此呆笨之笔？所以依事实论，是不近情理；依风裁论，是画蛇添足。至于写受封真人之号，依然又是一种名利思想底表现。高鹗一方面羡慕白日飞升，一方面又羡慕金章紫绶；这真是中国人底代表心理了。王雪香批评这一节文字，恭维他是“良工心苦”，想也是和高鹗有同样的羡慕的。

三、贾政袭荣府世职，后来孙辈兰桂齐芳。贾珍仍袭宁府三等世职。所抄的家产全发还。贾赦亦遇赦而归。（第一百七、一百十九、一百二十回）

这也是高氏利禄薰心底表示。贾赦贾珍无恶不作，岂能仍旧安富尊荣？贾氏自盛而衰，何得家产无恙？这是违反第一个标准了。以文情论，《风月宝鉴》宜看反面。（第十二回，《红楼梦》亦名《风月宝鉴》）应当曲终奏雅，使人猛省作回头想，怎么能写富贵荣华绵绵不绝？这是不合第二标准。以原书底意旨论，宝玉终于贫穷，（第一、第五回）贾氏运终数尽，梦醒南柯，（第五、第二十九回）自杀自灭，一败涂地，（第七十四回）怎能“沐天恩”、“延世泽”呢？这不合第三个标准了。只有贾兰一支后来得享富贵，尚合作者之意；以外这些，无非是向壁虚造之谈。王雪香对于这点，似不甚满意，所以说：“甄士隐说‘福善祸淫兰桂齐芳’，是文后余波，助人为善之意，不必认作真事。”（第一百二十回，评）这明明是不敢开罪高鹗——其实王氏并不知道——强为饰词了。既已写了，为什么独独这一节不必认作真事呢？

四、怡红院海棠忽在冬天开花，通灵玉不见了。（第九十四回）

五、凤姐夜到大观园，见秦可卿之魂。（第一百一回）

六、凤姐在散花寺拈签，得“衣锦还乡”之签。（同回）

七、贾雨村再过甄士隐。茅庵火烧了，士隐不见。（第一百三回）

八、宝玉到潇湘馆听见鬼哭。（第一百八回）

九、鸳鸯上吊时，又见秦氏之魂。（第一百十一回）

十、赵姨娘临死时，鬼附其身，死赴阴司受罪。（第一百十二回）

十一、凤姐临死时，要船要轿，说要上金陵归入册子去。（第一百十四回）

十二、和尚把玉送回来。宝玉魂跟着和尚到了“真如福地”，重阅册子，又去参见了潇湘妃子，碰着多多少少的鬼，幸亏和尚拿了镜子，奉了元妃娘娘旨意把他救出。（第一百十五、一百十六回）

十三、宝玉跟着僧道成仙去。（第一百二十回）

这十条都是高氏补的。读者试看，他写些什么？我们只有用雪芹底话，“倏尔神鬼乱出，忽又妖魔毕露”，来批评他。这些话头，在事实上果然万不会有；在写实的文学上也万不该有；在八十回书以后，实在万不可以有。但是高鹗竟老实不客气，刻在书上。这类弄鬼装妖的空气，布满于四十回中间，令人不能卒读。而且文笔之拙劣可笑，更属不堪之至。第一百十六回文字尤惹人作呕。且上边所举，只是些最不堪的，以外这类鬼怪文字还多呢。（如第九十五回，妙玉请拐仙扶乩；第一百二回，贾蓉请毛半仙占卦，贾赦请法师拿妖。）读者试看，前八十回笔墨何等洁净。即如第一回、第五回、第二十五回，偶写神仙梦幻，也只略点虚说而止，决不如高鹗这样的活见鬼。第十二回，写跛足道人与《风月宝鉴》，是有寓意的。第十六回，写都判小鬼，是一节滑稽文字。这些都不是高氏所能藉口的。且高作之谬，还在其次，因为谬处可以实在指出；最大的毛病是“文拙思俗”，拙是不可说的，俗是不可医的。至于怎样的拙和俗，我也难以形容，读者自己去审察罢。

古人说得好，“读其书想见其为人”。我们读高本四十回，也真可以想见高氏底为人了。他所信仰的，归纳起来有这三点：（1）功名富贵的偶像，所以写“中举人”，“复世职”，“发还家产”，“后嗣昌盛”。（2）神鬼仙佛的偶像，所以四十回中布满这些妖气。（3）名教底偶像，所以宝玉临行时必哭拜王夫人，既出家后，必在雪地中拜贾政。况且他在序言上批评《红楼梦》，不说什么别的，只因“尚不谬于名教”，所以“欣然拜诺”。

啊！我们知道了！高鹗所赏识的，只是不谬于名教的《红楼梦》！其实《红楼梦》谬于名教之处很多，高氏何必为此谬赞。他真是盲于心兼盲于目了。其余荒谬可笑之处还不止此。

十四、宝钗以手段笼络宝玉，始成夫妇之好。（第一百九回）

这真是我们贵中国底传统思想了。因为有了夫妇底名分，所以就公然献媚，也无损人格底尊严，也不谬于名教的。高氏写此节之意，想是为后文宝钗有子作张本。（王雪香也如此说）但宝钗怀孕，何必定在前文明点？即使要写明，又何必写宝钗如此不堪，弄什么“移花接木”之计？妻子对于丈夫，用什么计来献媚争宠，这是什么话！况且以平日宝钗之端凝，此事更为情理所必无。雪芹原意要使闺阁昭传，（第一回）像他这样写法，简直是污蔑闺阁了。这对于我所假设的三个标准，处处违谬。高氏将何以自解？我常常戏说，大观园中人死在八十回中的都是大有福分。如晴雯临死时，写得何等凄怆缠绵，令人掩卷不忍卒读；秦氏死得何等闪铄，令人疑虑猜详；尤二姐之死惨；尤三姐之死烈；金钏之死，惨而且烈。这些结局，真是圆满之至，无可遗憾，真可谓狮子搏兔一笔不苟的。在八十回中未死的人，便大大倒霉了，在后四十回中，被高氏写得牛鬼蛇神不堪之至。即如黛玉之死，也是不脱窠臼，一味肉麻而已。宝钗嫁后，也成为一个庸劣的中国妇人。钗黛尚且如此，其余诸人更不消说得了。

十五、黛玉赞美八股文字，以为学举业取功名是清贵的事情。（第八十二回）

这也是高氏性格底表现。原文实在太可笑了，现在节引如下：“黛玉道：‘……内中也有近情近理的，也有清微淡远的，……也觉得好，不可一概抹倒。况且你要取功名，这个也清贵些。’宝玉……觉得不甚入耳，因想：‘他从来不是这样的人，怎么也这样势欲熏心起来？’……只在鼻子眼里笑了一声。”这节文字，谬处且不止一点。（1）黛玉为什么平白地势欲熏心起来？（2）黛玉何以敢武断宝玉要取功名？在八十回中，黛玉几时说过这样的话？（3）以宝黛二人底知心恩爱，怎么会黛玉说话，而宝玉竟觉得不甚入耳，在鼻子眼里笑了一声？在八十回中曾否有过这种光景？（4）宝玉既如此轻蔑黛玉，何以黛玉竟能忍受？何以黛玉在百二十回中，前倨后恭到如此？

这些疑问，如高鹗再生，我必要索他底解答；为高氏作辨护士的人，也必须解答了这些疑问，方才能自圆其说。如有人以为《红楼梦》原有百二十回的，也必须代答一下才行。如不能答，便是高鹗无力续书底证据，便是百二十回不出于一手底证据。

至于反面的凭据，在八十回中却多极了。宝玉上学时，黛玉以“蟾宫折桂”作讥讽。（第九回）宝玉说：“林姑娘从来说过这些混账话不曾？”（第三十二回）宝黛平常说的话，真是所谓“竟比自己肺腑中掏出来的还觉恳切”，怎么到了第八十二回，竟会不甚入耳起来？这岂不是大笑话？以外八十回中写宝黛口角，无非是薄物细故，宝玉从来没有当真开罪黛玉的时候；怎么在这回中，竟以轻藐冷淡的神情，形之于词色呢？在这些地方，虽百高鹗，也无从辨解的。

而且我更不懂，高氏写这段文字的意旨所在。上边所批评的各节，虽然荒谬，还有可以原谅之处；这节却绝对的没有了。他实在可以不必如此写的，而偏要如此写法，这真是别有肺肠令人莫测。即王雪香向来处处颂赞他的，也说不出道理来。他只说：“作者借宝黛两人口中俱为道破。”为什么要借两人口中？为什么要道破？这依然是莫名其妙的话。

十六、黛玉底心事，写得太显露过火了，一点不含蓄深厚，使人只觉得肉麻讨厌，没有悲恻怜悯的情怀。（第八二、第八三、第八九、第九十、第九五、第九六、第九七、第九八回）

这都是我主观上的批评，原不是定论。或者同时有人以为高氏补这几回书是很好的，也尽可以的。因为这是文学的手段底优劣，所以也无从具体的用八十回来参较他两个。至于“合否情理”这个标准，应用在这儿也不甚生效；因为高作这些地方底毛病，并不是十分不合情理，是不合黛玉平常的身分、性格。我们只可以用第二标准来批评他；但这个标准，却是主观色彩很浓厚的，不能引到明确的断论。现在姑且引几条太显露的，我以为劣的，如下：

看宝玉的光景，心里虽没别人，但是老太太，舅母，又不见有半点意思；深恨父母在时，何不早定了这头婚姻。又转念一想道：“倘若父母在别处定了婚姻，怎能彀依宝玉这般人才心地？不如此时尚有可图。”“好！宝玉！我今日才知道你是个无情无义的人了！”“好哥哥！你叫我跟了谁去！”（均见第八十二回）

黛玉大叫一声道：“这里住不得了！”一手指着窗外，两眼反插上

去。(第八十三回)

宝玉近来说话,半吐半吞,忽冷忽热,也不知他是什么意思?(第八十九回)

或者因我之事,拆散了他们的金玉也未可知?(第九十五回)

宝玉!宝玉!你好!……(第九十八回)

这些都太过露,全失黛玉平时的性情。第八十三回所写,尤不成话。第八十二回写黛玉做梦,第八十九回写她绝粒,都是毫无风趣的文字。且黛玉底病,忽好忽歹,太远情理。如第九十二回,黛玉已"残喘微延",第九十四回又能到怡红院去赏花;虽说是心病可以用心药治,但决不能变换得如此的神速。且这节文字,在文情上,似乎是个赘瘤。高氏或者故意以此为曲折,但做得实在太不高明,只觉得麻烦而且讨厌。至于第九十五回,黛玉以拆散金玉为乐事。这样的幸灾乐祸,毫不替宝玉着急,真是毫无心肝,又岂成为黛玉?写她临死一节文字,远逊于第七十七回之写晴雯,只用极拙极露的话头来敷衍了结,这也不能使读者满意。总之,以高鹗底笨笔,来写八面玲珑的林黛玉,于是无处不失败。补书原是件难事,补亲见亲闻的《红楼梦》则尤难;高氏不能知难而退,反想勉为其难,真是太不自量了。

十七、后来贾氏诸人对于黛玉,似大嫌冷酷了,尤以贾母为甚。(第八十二、第九十六、第九十七、第九十八回)

这也是高作不合情理之处。第八十二回,黛玉梦中见众人冷笑而去;贾母呆着笑:"这个不干我事。"第九十六回,写凤姐设谋,贾母道:"别的事,都好说!林丫头倒没有什么。"第九十七回,鸳鸯测度贾母近日疼黛玉的心差了些,不见黛玉的信儿,也不大提起。又说:"黛玉见贾府中上下人等都不过来,连一个问的人都没有。"又说:紫鹃想道,"这些人怎么竟这样狠毒冷淡?"第九十八回,王夫人也不免哭了一场;贾母说:"是我弄坏了他了!但只是这个丫头也傻气。"

这几节已足够供我们批评的材料。贾氏诸人对于黛玉这样冷酷,文情虽非必要,情理还有可通。至于贾母是黛玉底亲外祖母,到她临死之时,还如此的没心肝,真是出乎情理之外。八十回中虽有时写贾母较喜宝钗,但对于黛玉仍十分钟爱,郑重,空气全不和这几回相似。像高氏所补,贾母简直是铁石心肠,到临尸一恸的时候,还要责备她傻气,这成什么文理呢！所以高氏写这一点，全不合三标准。况且即以四十回而论，亦大可不必作此等文字。高氏或者要写黛玉结局分外可怜些，也未可知。但这类情理所必无的事情，决不易引动读者深切的怜悯。高氏未免求深反惑了！

十八、凤姐不识字。（第九十二回）

这是和八十回前后不相接合的。我引八十回中文字两条为证：

凤姐会吟诗，有“一夜北风紧”之句。（第五十回）

“凤姐……每每看帖看账，也颇识得几个字了。”后来看了潘又安底信，念给婆子们听。（第七十四回）

这是凤姐识字底铁证，怎么在第九十二回里，说凤姐不认得字呢？这虽是与文情无关碍，但却与前八十回前言不接后语，亦不得不说是文章之病。

十九、凤姐得“衣锦还乡”之签，后来病死了。（第一百一、一百十四回）

这不但是与八十回不合，即在四十回中已说不过去了。她求的签是：“……于今衣锦返家园。”后来宝钗说：“这‘衣锦还乡’四字里头还有原故……”这似乎在后文应当有明确的照应，方合情理。那知道凤姐后来竟是胡言乱语的病死了，临死的时候，只嚷到金陵去。至于“衣锦”两字，并无照应。说是魂返金陵，那里有锦可衣？魂能衣锦或否，高氏又何从知道？说是尸返金陵，则衣锦作为殓衣释，也实在杀风景得很。况且书中既说，贾氏是金陵人氏，则归葬故乡情事之常，又何独凤姐？又何必求签方才知道呢？高氏所作不合前八十回，还可以说两人笔墨不能尽同。至于四十回中底脱枝失节，则无论如何，高氏无所逃罪。况且相去只十四回，高鹗虽健忘也不至此。我想，与其说高鹗底矛盾，不如说高鹗底迂谬。程伟元说他是“闲且惫矣”，真是一点不错。他如不闲，怎么会来续书？他如不惫，怎么会续得如此之乱七八糟呢？

二〇、巧姐年纪，忽大忽小。（第八四、第八八、第九二、第一〇一、第一一七回）

这也是全在四十回中的，是高作最奇谬的一节文字，不但在情理之外，且几乎在想象之外了！我们不能不详细说一说，先把这几回文字约举如下。

(A) 奶子抱着巧姐儿,用桃红绫子小绵被儿裹着,脸皮发青,眉梢鼻翅微有动意。(第八十四回)

这明是婴儿将抽筋底光景,看这里所说,她至多不得过两三岁。

(B) 那巧姐儿在凤姐身边学舌,见了贾芸,便哑的一声哭了。(第八十八回)

小儿学舌也总不过三岁,且见生人便哭,也明白是婴儿底神情。

(C) 巧姐跟着李妈认了几年字,已有三千多字,且念了一本《女孝经》,又上了《列女传》。宝玉对她讲说,引了许多古人;如文王后妃、姜后、无盐、曹大家、班婕妤、蔡文姬……等,共二十二人。巧姐说:这些也有念过的,也有没念过的,现在我更知道了好些。后来她又说,跟着刘妈学做针线,已会扎花儿,拉锁子了。(第九十二回)

即以天资最聪明的而论,这个光景至少已是七八岁了,况且书上明说已认了几年字,又会做精细的活计,决非五六三四岁的孩子可知。且巧姐言语极有条理,且很能知道慕贤良,当然年纪也不小了。即小说以夸张为常例,亦总不过七八岁。其实在实际上,七八岁的孩子,能如此聪明是百不见一的。算她仅七八岁,已是就小说论,不是以事实看。但这个假设,依然在四十回中讲不过去。巧姐万不能如此飞长,像钱塘江潮水一样。第九十二回距第八十八回只有四回,在四回之中,巧姐怎么会暴长起来?不可解一。从第七十一回到第一百十回,总共不过三年;(第七十一回,贾母庆八旬,第一百十回贾母卒,年八十二岁。)而巧姐已在四回之中已过了几年,——至少亦有三年,因两年不得说几年——这光阴如何能安插得下?三十九回中首尾三年,四回中亦是三年;则其余的三十五回,岂不是几乎不占有时间的,这如何能够想象?不可解二。

但这还可以疏忽作推诿,小说原是荒唐言,大可不必如此凿方眼;上边所论,不过博一笑而已,未必能根本打销高作底声价,只是笑话却并不以此为止,这却令我们难乎为高鹗辨解。

(D) 巧姐儿哭了,李妈狠命的拍了几下,向孩子身上拧了一把。那孩子哇的一声,大哭起来了。(第一〇一回)

巧姐被拧,连话都不会说,只有大哭的一法,看这个光景她不过三岁,至多亦以四岁为限。若在四岁以上,决不至于被拧之后连话都不说的;况且如巧姐能说话,婆子亦决不敢平白地拧他一把。可见其时,巧姐确是不会说话的，至多也不过会学舌。既然如此，请看上文慕贤良之事，应作何解释？念书、认字、做针线的孩子，过了些时候（九回书），反只会啼哭，连话都不会说了。这算怎么一回事？孩子长大了，重新还原。这算怎么一回事？长得奇，缩得更奇；长得快，缩得更快。这又算怎么一回事？在描写人情的《红楼梦》中，夹进这样光怪陆离的幻想，我不能不佩服高氏底才高胆大。一百年来，这样“奇而又奇”的奇迹，没有一个人敢提出来加以疑惑的，我不能不佩服读者底“不求甚解”。巧姐长得太快，还可以粗忽来推诿。至于长了又缩小，这无论何人，不能赞一词的，而竟没有人批评过。评《红楼梦》的人如此之多，这样的怪事，偏不以为怪，大约都是抱“见怪不怪其怪自败”这个主义的。王雪香只以巧姐长得太快为欠妥，其实何止欠妥而已，简直是不通而又不通。像这类事情，正应当在“六合之外”，岂能混入情理之中。我们既认定《红楼梦》是部情理中的书，就不能不竭力排斥高鹗补作的四十回。

(E) 巧姐儿年纪也有十三四岁了。（第一百十七回）

十六回以后，她又飞长了。说这十六回书，有十年的工夫，这无论如何是不可信的。（我们知道，前八十回，只有首尾九年）既不可信，她底生长，又成了一种奇迹。巧姐长了又缩，缩了又长，简直是个妖怪，不知高氏是什么意思？十二钗惟巧姐年最小，所以八十回中绝少提及，只写了些刘老老底事情，终非巧姐传底正文。后四十回中被高氏如此一续，巧姐真可谓倒霉之至，至于高鹗为什么写他底事情如此神怪，其原因很难懂；大约他本没有注意到这些地方，只是随意下笔。慕贤良一回专为巧姐作传，拿来配齐十二钗之数，所以勉强拼凑些事情，总要写得漂亮一点，方可以遮盖门面，他却忘了四回以前所写的巧姐是什么光景的。于是她就暴长了一下。后来凤姐病深，高氏要写巧姐年幼，孤露可怜，以形凤姐结局底悲惨。于是她就暴缩一下。到书末巧姐要出嫁，却不能不说她是十三四岁；因为这已是最小的年龄。于是她又暴长了。高氏始终没有注意她底年龄，所以才闹了这么一个大笑话。百余年来的人，有崇拜偶像的心理，而又不知后四十回是高续的，所以大家都是见怪不怪。且他们读书也只是去消闲下酒，也未必能综观前后，仔细推求，也无怪其“冥然罔觉”了。但现在的我们读《红楼梦》时却要知道，巧姐传是全缺的；高鹗所补，完全是驴唇不对马嘴，了不相干的。若混为一谈，不分皂白，作者有知，又岂能容受这种侮辱呢！

巧姐慕贤良一回，还有一点谬处，就是所描写的绝不是宝玉。宝玉向来不肯作这类迂谈的，在这儿却平空讲了无数的名教中人，贞烈贤孝的妇女，给巧姐听。这真是不谬于名教的《红楼梦》，高氏可以踌躇满志了。但宝玉为人却顿成两橛，未免说不过去。后四十回写宝玉，竟是个势利名教中人；只于书末撒手一走，不知所终，这是非常可怪的。不但四十回中的宝玉不和八十回的他相类似，即四十回中，宝玉前后很像两个人，并与失玉送玉无关，令人无从为他解释。高氏对于书中人物底性情都没有一个概括的观念，只是随笔敷衍，所以往往写得不知所云，亦不但是宝玉一人。不过宝玉是书中主人翁，性格尤难描画，高氏更没处去藏拙罢了。

上列二十条，是四十回中最显著的毛病，以外不重要的地方可笑之处自然还多。如香菱之痼疾，没有提到，自然地全愈了；以平儿底精细，连水月庵馒头庵都分不清楚，害凤姐吐血；（第九十三回）以紫鹃底秀慧，而写她睡着，远远有吆呼之声；（第八十二回）小红和贾芸有恋爱关系，后来竟了无照应，她只和丰儿做了个凤姐底随身小婢，毫不占重要的位置；麝月抽了荼蘼花签，却并无送春之事；以外零零碎碎的小毛病——脱枝失节，情理可笑的——自然还有，只是一时不能备举，且与大体无关，亦可以不必备举了。

高作底详评，已如上所说了。但我们要更综合地批评一下，这方才尽这篇文字底责任。我以前给颉刚的信曾起诉高氏有五条，都是零碎的，而颉刚却归纳成为三项。我底五条是：（1）宝玉不得入学中举。（2）黛玉不得劝宝玉读时文。（3）宝钗嫁后，不应如此不堪。（4）凤姐、宝钗写得太毒，且凤姐对于黛玉，无害死她的必要。（5）宝玉出家不得写得如此神奇。（一九二一，六，十八，信）

颉刚回信上说："你起诉高鹗的五条，我都不能为他作辨护士。我以为他犯的毛病归纳起来有三项：（1）他自己是科举中人，所以满怀是科举观念，必使宝玉读书中举。（2）他也中了通常小说'由邪归正'的毒，必使宝玉到后来换成一个人。（3）他又中了批小说者'诛心'的成见，必使凤姐宝钗辈实为奸恶人。我疑心在他续作时，或已有批本，他也不免受批评人的暗示。"（一九二一，六，二十四，信）

他虽没有考定有正本上评注底年代，但颇已疑心高氏曾及见这类的评语。现在我们知道，有正本评注，即不在高鹗之前，至少必和他是同时；可见高氏受评注底暗示，这个假定，颇有证实底可能。颉刚所归纳的三条，我以为理由十分充足，无再申说底必要。我们现在要进一步去讨论高鹗续书底目的，和他底性格与作者底比较；下了这样的批评，方才能彻底估定后四十回底价值。我们真要了解一种作品，非先知道他底背景不可，专就作品本身着眼，总是肤浅的，片面的，不公平的。

我们第一要知道，高鹗只是为雪芹补苴完功，使此书“颠末毕具”，他并没有做《红楼梦》底兴趣，且也没有真正创作《红楼梦》底可能。我给颉刚的信上说：

> 因为雪芹是亲见亲闻，自然娓娓言之，不嫌其多；兰墅是追迹前人，自然只能举其大概了结全书。若把兰墅底亲见亲闻都夹杂写了进去，岂不成了一部“四不像”的《红楼梦》！……总之，红楼梦全书若照雪芹做法，至少亦不止一百二十回，兰墅补了四十回是最少之数了。所以有些潦草了结的地方，我们尽可以体谅兰墅的。（一九二一，六，十八，信）

这是说明高氏补书这般草率仓忙的缘故。因他不是曹雪芹，因他胸中没有活现的贾宝玉、十二钗；所以不容得他不草率仓忙。这决非是高氏底大过失。我们看比他较早的补本，也只有三十回，其中仓忙草率想正和高作相同，（见下卷）可见这是续书不可免的缺陷了。

我更要去说明高作底草率仓忙，到什么程度。换句话说，就是后四十回是怎样结构成功的？以我底眼光看，四十回只写了主要的三件事，第三项还是零零碎碎的，其实最主要的只有两项。

(1) 黛玉死，宝玉做和尚。

(2) 宝玉中举人。

(3) 诸人底结局，很草率的结局。

第三项汇聚拢来可算一项，若分开来看，却算不了什么。因为向来的观念，无论写什么总是“有头有尾”才算完结，所以高氏只得勉强将书中人底结局点明一下。至于账簿式的结局，那就不在他底顾虑中了。

老实说，四十回只写了(1)(2)两项，而第二项是完全错了的。我们可用这个来估定高作底价值。我这归纳的结果，是可以实证而非臆想的。试把各回分配于各项之下：

(1) 第八十二回，病潇湘痴魂惊恶梦。

第八十三回，上半节写黛玉之病深。

第八十四回，试文字宝玉始提亲。

第八十五回，唱的戏是《冥升》和《达摩渡江》。

第八十七回，黛玉弹琴而弦忽断。

第八十九回，蛇影杯弓颦卿绝粒。

第九十一回，宝黛谈禅，黛说"水止珠沉"，宝说"有如三宝"。

第九十六回，瞒消息凤姐设奇谋，泄机关颦儿迷本性。

第九十七回，黛玉焚稿。

第九十八回，黛玉卒。

第一百四回，宝玉追念黛玉。

第一百八回，死缠绵潇湘闻鬼哭。

第一百十五回，和尚送通灵玉。

第一百十六回，得通灵幻境悟仙缘。

第一百十七回，阻超凡佳人双护玉。

第一百十八回，警谜语妻妾谏痴人。

第一百十九回，宝玉却尘缘。

(2) 所引各回，见《高鹗续书底依据》一篇中，共有六回。

(1)项最多占了十七回，(2)项也占了六回，单是这两项已占全书之半数。以外便是些零碎描写、叙述，大部分可以包括在(3)项中。只有抄家一事不在其内，但高氏却不喜欢写这件事，所以在抄家之时，必请出两位王爷来优礼贾政，既抄之后又要"复世职""沐天恩"。可见高氏当时写这段文字，真是不得已而为之，并非出于本心。他底本心，只在于使宝玉成佛做祖，功名显赫。如没有第二项，宝玉中举事，那九十八回黛玉卒时，便是宝玉做和尚的时候了。他果然也因为如此了结，文情过促，且无以安插宝钗。而最大的原因，仍在宝玉没有中举。他以为一个人没有中举而去做了和尚，实在太可惋惜了。我们只看宝玉一中举后便走，高氏底心真是路人皆见了。

高氏除写十二钗还有些薄命气息，以外便都是些"福寿全归"的。最是全福是宝玉了。他写宝玉底结局，括举为三项：

(1) 宝玉中第七名举人。

(2) 宝玉有遗腹子,将来兰桂齐芳。

(3) 宝玉超凡入圣,封文妙真人。

他竟是富贵神仙都全备了。神仙长生不老,寿考是不用说的了。高鹗写贾氏亦复如此,虽抄了家,依然富贵荣华,子孙众多,全然不脱那些小说团圆迷的窠臼,大谬于作者底本意。但我们更要去推求他致谬底原由,不能不从作者和高氏底性格底比较下手。我给颉刚一信上说:

> 我们还可以比较高鹗和雪芹底身世,可以晓得他俩见解底根本区别。雪芹是名士,是潦倒不堪的,是痛恶科名禄利的人,所以写宝玉也如此。兰墅是热中名利的人,是举人,(将来还中进士,做御史)所以非让宝玉也和他一样的中个举人,心里总不很痛快。我们很晓得高鹗底"红学"很高明,有些地方怕比我们还高明些。但在这里,他却为偏见拘住了,好像带了副有颜色的眼镜,看出来天地都跟着变了颜色了。所以在那里看见了一点线索——其实是他底误认——便以为雪芹原意如此,毫无愧色的写了下去,于是开宗明义就是"两番入家塾"。雪芹把宝玉拉出学堂,送进大观园;兰墅却生生把宝玉重新送进学堂去。……(一九二一,六,九。)

在另一信上又说:

> 总之,弟不敢菲薄兰墅,却认定他和雪芹底性格差得太远了,不适宜于续《红楼梦》。若然他俩性格相近一点,以兰墅之谨细,或者成绩远过今作也未可知。(一九二一,六,十八。)

我是再三申说,高氏底失败,不在于"才力不及",也不在于"不细心谨慎",实在因两人性格嗜好底差异,而又要去强合为一,致一百二十回成了两橛,正应古语所谓"离之双美合之两伤"。我曾有一意见,向颉刚说过:

> 《红楼梦》如再版,便该把四十回和前八十回分开。后四十回可以做个附录,题明为高鹗所作。既不埋没兰墅底一番苦心和他为人底个性,也不必强替雪芹穿这一双不合式的靴子。(一九二一,六,九。)

高作底庸劣我们知道了,他底所以如此,我们却可以原谅他。总之,说高鹗不该续《红楼梦》是对的,说高鹗特别续得不好,却不见得的确;因为无论谁都不适于续《红楼梦》，不但姓高的一个人而已。但高鹗既冒充了雪芹，抖了近一百年，现在偶然倒霉一下，也不算委屈他了！

高鹗冒名顶替，是中国文人底故态，也是一种恶习，我决不想强为他辨护。但在影响上，高氏底僭号却不为无功，这虽非他本意所在，而我们却不得不归功于他。

《红楼梦》既没有完全现存的八十回实在是一小部分，并且还是比较不重要的部分，所以高非补书不可。前八十回全是纷华靡丽的文字，若没有煞尾，恐怕不免引起一般无识读者底误会。他们必定说："书上并没说宝走黛死，何以见得不团圆呢？"当他们豪兴勃发的时候必定要来续狗尾，也必定要假传圣旨依附前人。《红楼梦》给他们这一续，那糟糕就百倍于现在了。他们决定要使宝玉拜相封王，黛玉夫荣妻贵，而且这种格局深投合社会底心理，必受欢迎无疑。他们决不辨谁是谁，只一气呵成的读了下去。雪芹这个冤枉却无处去诉，而乌烟瘴气亦不知如何了局。总之，污蔑而已，侮辱而已！幸而高氏假传圣旨，将宝黛分离，一个走了，一个死了，《红楼梦》到现在方才能保持一些悲剧的空气，不至于和那才子佳人的奇书，同流合污。这真是兰墅底大功绩，不可磨灭的功绩。即我们现在约略能揣测雪芹底原意，恐怕也不能说和高作后四十回全无关系。如没有四十回续书，而全凭我们底揣测，事倍功半定是难免的。且高氏不续，而被妄人续了下去，又把前后混为一谈，我们能有研究《红楼梦》底兴趣与否，也未始不是疑问。这样说来，高氏在《红楼梦》总不失为功多罪少的人。

妙得很啊！就事论事，宝走黛死都是高氏造的谣言，雪芹只有暗示，并未正式说到的，而百年来的读者，都上了高氏这一个大当，虽有十二分的难受，至多也只好做什么《红楼圆梦》、《鬼红楼梦》……这类怪书，至多也只能把黛玉从坟里拖出来，或者投胎换骨，再转轮回。他们决不敢做一部原本《红楼梦》，冒了曹雪芹底名姓，这真是痛快极了！他们可惜不知道，原本只有八十回，而八十回中黛玉是好好的活人，原不必劳诸公底起死回生的神力。高鹗这个把戏，可谓坑人不浅。我真想不到"假传圣旨"有这样大的威权。

从这里，高氏借大帽子来吓唬人的原因，也可猜想了。我从前颇怀疑：高氏补书这一事既为当时闻人所知，他自己又不深讳，为什么非假托雪芹不可，非要说从鼓担上买来的不可？现在却恍然有悟了。高鹗谨守作者底原意，写了四十回没有下场的，大拂人所好的文字，若公然题他底大名，必被社会上一场兜头痛骂，书亦不能传之久远；倒不如索性说是原本，使他们没处去开口的好。饶你是这样，后来还有一班糊涂虫，从百二十回续下去。这可见社会心里，容留不住悲剧的空气，到什么程度。若只有八十回本流传，其危险尤不堪设想。所以高氏底续书，本身上的好歹且不去讲他，在效用上看，实在是《红楼梦》底护法天王，万万少他不得的。我们现在应该感谢高氏替我们开路，更应该代作者感谢他扫清妖孽的一种大功绩。我从前颇以高鹗续书假托雪芹为缺憾，现在却反释然了。

我想不到后四十回底批评做得这样冗长，现在就把他结束，以数语作为总评。

高鹗以审慎的心思、正当的态度来续《红楼梦》；他宁失之于拘泥，不敢失之于杜撰。其所以失败：一则因《红楼梦》本非可以续补的书，二则因高鹗与曹雪芹个性相差太远，便不自觉的相违远了。处处去追寻作者，而始终赶他不上，以致迷途；这是他失败时底光景。至于混四十回于八十回中，就事论事，是一种过失；就效用影响而论，是一种功德；混合而论是功多而罪少。

失败了，光荣地失败了！

是我对于高作底赞扬和指斥！

一九二二，六，十八。

五　高本戚本大体的比较

《红楼梦》本子虽多，但除有正书局所印行的戚本以外，都出于一个底本，就是程伟元刻的高氏本。所以各本字句虽小有差异，大体上却没有什么重要的区别，即使偶有数处，也决不多的。我虽在实际上，没有能拿各本去细细参较一下，但这个断语却至少有几分的真实。至于高本和戚本，因为当时并无关系，所以很有些不同；虽然也不十分夥多，显著，却已非高氏各本底差异可比了。这是我草这篇底缘故。

大家知道，高本是一百二十回，回目是全的；戚本只有八十回，连回目也只有八十。看戚蓼生底序上说，实在他所看见的只有八十回书。原来戚氏行辈稍前于高鹗，所以补书一事决非戚氏所知。且他也并没有补书底志愿，戚氏在这一点上，是很聪明的。他说：

> 乃或者以未窥全豹为恨，不知盛衰本是回环……作者慧眼婆心，正不必再作转语。……彼沾沾焉刻楮叶以求之者，其与开卷而寤者几希！（戚本序）

他知道八十回后必定是由盛而衰，以为不补下去，也可以领悟得，不必去下转语了。他又以为抱这种“刻舟求剑”的人，是沾沾之徒；可见不但高鹗挨骂，即我们也不免挨骂了！

我们既承认戚蓼生那时所见的《红楼梦》，回目本文都只有八十之数，就不能不因此承认程伟元所说原本回目有一百二十，是句谎话。（程语见高本程序）程氏所以说谎，正因可以自圆其说，使人深信后四十回也是原作。其实“回目只有八十”，极易证明，决非程氏一语所能遮掩得过，我在前边，已有专篇论及了。

既如此，就较近真相这一个标准下看，戚本自较胜于高本；因为高鹗既续了后四十回，虽说“原文未敢臆改”，但既添了这数十回，则前八十回有增损之处恐已难免。高氏原曾明说前八十回曾经他校订，换句话说，就是经他改窜。至于改得好不好，这又是另一问题。

但这两本底优劣区分，却又不如此简单。为什么呢？（1）高氏校书，并非全以己意为准，曾经过一番“广集各本校勘，准情酌理，补遗订讹”的工夫。且高本出后，即付排付刊，不容易辗转引起错误。（2）戚本直到最近方才影印，百余年来，只以钞本流传，难免传钞致误。且戚本一序，并非亲笔写的；所以戚蓼生虽前于高鹗，但戚本未必是当时的原本，或者竟是很晚的抄本，也说不定的。既断不定这是戚氏所见的原钞本，或是后来的传钞本，就不能武断这本底真的年代。以我底主观的眼光推测，这决是辗转传钞后的本子，不但不免错误，且也不免改窜。

两本既互有短长，我也不便下什么判断，且也觉得没有显分高下底必要。现在只把大体上不同之处说一说，至于微细的差异，这是校勘本书人底事，不是在这里所应当注意的。我们先论两本底回目。戚本不但没有后四十回之目，即八十回之目亦每与高本不同。现在选大异的几回列表如下：

(1) 第五回
- 高——贾宝玉神游太虚境，警幻仙曲演《红楼梦》。
- 戚——灵石迷性难解仙机，警幻多情秘垂淫训。

(2) 第八回
- 高——贾宝玉奇缘识金锁，薛宝钗巧合认通灵。
- 戚——拦酒兴李奶姆讨厌，掷茶杯贾公子生嗔。

(3) 第九回
- 高——训劣子李贵承申斥，嗔顽童茗烟闹书房。
- 戚——恋风流情友入家塾，起嫌疑顽童闹书堂。

(4) 第十七回
- 高——大观园试才题对额，荣国府归省庆元宵。
- 戚——大观园试才题对额，怡红院迷路探深幽。

(5) 第二十五回
- 高——魇魔法叔嫂逢五鬼，通灵玉蒙蔽遇双真。
- 戚——魇魔法姊弟逢五鬼，红楼梦通灵遇双真。

(6) 第二十七回
- 高——滴翠亭宝钗戏彩蝶，埋香冢黛玉泣残红。
- 戚——滴翠亭杨妃戏彩蝶，埋香冢飞燕泣残红。

(7) 第三十回
- 高——椿龄画蔷……
- 戚——龄官画蔷……

(8) 第六十五回
- 高——贾二舍偷娶尤二姨，尤三姐思嫁柳二郎。
- 戚——膏粱子惧内偷娶妾，淫奔女改行自择夫。

(9) 第八十回
- 高——美香菱屈受贪夫棒，王道士胡诌妒妇方。
- 戚——懦弱迎春肠回九曲，娇怯香菱病入膏肓。

从上表看，(1)(5)(6)三项高本均较戚本好。戚本肉麻可厌，高本则平实通达。(3)(7)均戚本佳。龄官不得说“椿龄”，李贵受斥不应列入回目。(8)可谓无甚好歹，高本较直落些而已。(4)因分回不同，故目亦不同。(2)(9)两项，不能全以回目本身下判断。

我们先说(4)项。戚本之第十七回，较高本为短，以园游既毕宝玉退出为止；所以回目上只说“怡红院迷路探深幽”。至于黛玉剪荷包一事，戚本移入第十八回去。高本之第十七回，直说到请妙玉为止，关涉元春归省之事，所以回目上说“荣国府归省庆元宵”。这两本回目所以不同，正因为分回不同之故。我们要批评回目底优劣，不如批评分回底优劣较为适当些。

现行的亚东书局本，这两回分回方法完全依照高本，而改了回目。

他所改的出于杜撰无所依据，不免太鲁莽些。如古人底书偶有未妥之处，可凭主观的意见乱改；那么，一改再改之后，何从再看见原来的面目呢！所以我以为亚东本之第十七回目，作“疑心重负气剪荷包”是不妥贴的。

至于高戚两本底分回，我以为是戚本好些，理由有三：(1) 从游园后宝玉退出分回，段落较为分明。(2) 教演女戏，差人请妙玉，和高本第十八回开头所叙各事相类，都是作元春归省底预备，这处不得横加截断，分成两橛。(3) 第十七回“荣国府归省庆元宵”，第十八回“皇恩重元妃省父母”，实在是太重复了。且在第十七回中，高本也并无庆元宵之事，回目和本文不相符合。以这三个原因，我宁以戚本为较佳。汪原放君以为怡红院是贾妃所定的名字，不能先说，为戚本病。我却以为无甚大关系。贾政等迷路的地方是将来的怡红院，回目上先提一下有何不可？汪君在这里，又似乎太拘泥了些。

第(2)项就回目底文字批评，高本似乎较好；就本文底事实对看，两本简直是半斤八两；就书中大意看，这就不容易说了。第八回共叙述三件事：(1) 钗玉互看通灵金锁；(2) 宝黛两人在薛姨妈处喝酒；(3) 宝玉回去摔茶杯。高本之目，只说了(1)项，虽然扼要，未免偏而不全。戚本之目，包举(2)(3)两项，却遗漏了本回最重要的(1)项，亦属不合。总之，两本这一回之目，犯了同一个毛病，就是只说了一部分不能包举全体；不过高本回目较为稳妥漂亮，戚本用“贾公子”，不合全书体例，未免不伦不类。

若就书中大意作批评，这就很不容易说了。我们试想，高戚两本，这一个回目是完全不同的，不但字面不同，意义亦绝不同，在八十回书内实为仅见。这一点上我们须得加一番考虑。我们第一要知道，这决非仅是一本传钞底歧异，是两本底区别。戚本眉批上说：“作者点明金玉，特不欲标入回目，明明道破耳。”反过来说，高本是欲明明道破的。高本第八回之目如此，明是作后文金玉成婚底张本；而戚本却只有八十回，没有前后照应底必要，所以不欲明明道破。依我看来，戚本之回目或者是较近真的。

我先假定八十回中本文回目，多少经过高氏底改窜，我们看高鹗底《红楼梦》引言上说：

……今复聚集各原本，详加校阅，改订无讹。……

这还是有依据的改正，不是臆改。但下一条又说：

……其间或有增损数字处，意在便于披阅，非敢争胜前人也。

这是明认他曾以己意改原本了。虽他只说增损数字，但在实际上，恐怕决不止数字。他虽说，“非敢争胜前人”；但已可见他底本子，有许多地方，为前人所未有。不然，他又何必要自解于“争胜前人”这一点？

最可笑的，他对于自己做的后四十回，反装出一副正经面孔，说什么“至其原文，未敢臆改。”他自己底大作，已经改了又改，到自以为尽善尽美了，方才付印，如何再能臆改呢？这真是高氏欺人之谈，无非想遮掩他底补缀的痕迹，无奈上文已明说后四十回无他本可考，所谓“欲盖弥彰”了。

既承认了这个假定，那么，第八回之目，就可以推度为高氏底改笔——臆改或有依据的。高氏为什么要如此呢？因为可以判定金玉姻缘，使他底“宝钗出闺成礼”一节文字，铁案如山，不可摇动。至于戚本，回目数与原本同，自然没有这个必要。作者即有意使金玉团圆，也不必在回目中明明道破，使读者一览无余。高氏却有点做贼心虚，不得不引回目以自重了。这原是一种揣测，不能断定，不过却是很可能的揣测罢了。

对于(9)项，我也有相同的批评。就第八十回之目本身而论，高本是较为妥当。即以此回本文及上回之目参看，高本也很好。戚本这一个回目有两个毛病：(1) 第七十九回，既说贾迎春误嫁中山狼，这回又说“懦弱迎春肠回九曲”，未免有重复之病。(2) 第八十回本文先叙香菱受屈，后叙迎春归宁诉苦，即使要列入回目，亦当先香菱而后迎春，何得颠倒？

但高本这回目却甚可疑，不得不说一说。王道士诌妒妇方，不过随意行文，略弄姿态，并无甚深意，无列入回目之必要。此可疑一。高氏后来写香菱，有起死回生之功，闹了一个大笑话。这里若照戚本作“香菱病入膏肓”，岂不自己打嘴巴。这显有改窜的痕迹，可疑二。但戚本这回目亦非妥善，我们也不能断定原本究竟作什么。

在论两本子底回目以后，有一句话可以说的。我想，《红楼梦》既是未曾完稿的书，回目想是极草率的，前后重复之处原不可免。到高鹗补了后四十回，刊板流传，方才加以润饰，使成完璧。所以高本底回目，若就文字上看，实在要比戚本漂亮而又妥当；正是因为有这番修正底工夫。而戚本回目底幼稚，或者正因这个，反较近于原本。我们要搜讨《红楼梦》底真相，最先要打破"原书是尽善尽美的"这个观念。否则便不免引入歧途。即如第八十回之目，我以为原本或者竟和戚本相仿佛，亦未可知。高鹗一则因他重复颠倒，二则因不便照顾香菱底结局，于是把他改了。

两本回目底异同既明，我们于是进而论到两本底本文。这自然是很繁琐的，我只得略举大概，微细的地方一概从省。但即是这样论列，已是很繁重的了。

自然最重要的是第一回。作者论此书底效用，在高本上说：

……复可破一时之闷，醒同人之目……

只愿世人当那醉余睡醒之时……把此一玩……

戚本却作：

复可悦世之目，破人愁闷……

只愿他们当那醉饱淫卧之时……把此一玩……

这真是所谓"失之毫厘谬以千里"了！在这些地方，刻本自然不可菲薄。我们把这两条分别解一下，优劣自见。

高　本	戚　本
"醒同人之目"，指我辈而言，明以外不与。 "破一时之闷"，指自己底闷怀。 "醉余睡醒"，觉悟之初。	"悦世之目"，指世俗、世间而言。 "破人愁闷"，指他人底愁闷。 "醉饱淫卧"，沉沦之日。

依高本看，《红楼梦》是文学，是唤醒痴迷、陶写性灵的；依戚本看，《红楼梦》是闲书，是争妍取媚，喷饭下酒的。这实是很紧要的关键，不可以不详辨。

在这回里，戚本还有两节很荒谬的文字，高本也是没有的。引如下：

市井俗人喜看理治之书者甚少，爱看适情闲文者特多。

因见上面虽有指奸责佞、贬恶诛邪之语，亦非骂世之旨。及至君仁臣良，父慈子孝，凡伦常所关之处，皆是称功颂德，眷眷无穷，实非别书可比。

可怜！《红楼梦》才脱了"优孟衣冠"，又带上"方头巾"了。情不可适，反在《红楼梦》中来讲求理治；这是什么话！贬恶诛邪，称功颂德，眷眷于伦常，岂真是“一脸之红荣于华衮，一鼻之白严于斧钺”吗？这又是什么话！我从前曾说过戚本大谬之处甚多，凡这些地方都可以作证。这也并非传钞之误，实在是后来人有意加添改窜的。这层意思，后文再须详说。

在第二回里，有一点高本是错了，应照戚本改正。如戚本不发见，这个矛盾是无法解决的。王雪香《红楼梦存疑》里面说：“一回云‘生元春后次年即生衔玉公子’，后复云‘元春长宝玉二十六岁’，又言‘在家时训诂宝玉’……”（一回疑是二回之误，训诂疑是训过之误。）他已见到这点上欠妥。但现在把戚本和高本对举，这就不成为问题。

> 第二胎生了一位小姐（元春），……不想次年又生了一位公子（宝玉）……（高本）

因有“次年”一词，所以前后矛盾。戚本这回文不作次年，却作后来，便一点问题没有了。这是抄本可以校刻本底错误底一个例子。

还有一处，也是高本底疏漏，应照戚本补的。第十六回尾，写秦钟临死光景，有鬼判及小鬼底一节谈话。高本只写众小鬼抱怨都判胆怯为止，下边接一句“毕竟秦钟死活如何”，这回就算完了。到第十七回开场，秦钟却已死了，与情理未免有两层不合：(1) 宝玉特意去别秦钟的，自应当有一番言语，文情方圆。(2) 因宝玉来了，都判吓慌，明是下文要放秦钟还阳与宝玉一叙；否则直白叙去即可，何必幻出小鬼判官另生枝节？依高本这么说，岂不是都判见识反不如小鬼，秦钟就这般闷闷而死的，不但文情欠佳，即上下文势亦不连贯。我以为这回之末，众鬼抱怨都判以后，应照戚本补入这一节。

> 都判道：“放屁！俗语说的好，天下官管天下民。阴阳并无二理，别管他阴，也别管他阳没有错了的。”众鬼听说，只得将他魂放回；哼了一声，微开双目，见宝玉在侧，乃勉强叹道：“怎么不早来？再迟一步，也不能见了！”宝玉携手垂泪道：“有什么话，留下两句？”秦钟道：“并无别话！以前你我见识，自为高过世人，我今日才知自误了！以后还该立志功名，以荣耀显达为是。”说毕，便长叹一声，萧然长逝了。（“自”“为”中间疑脱一“以”字）

补了这段文字，却是妥当得多。虽然秦钟最后一语，有点近于“禄蠹”底口吻；但他临命时或不能不悔，正与第一回语相呼应。以外各处口吻底描写，事迹底叙述，亦都合式，很有插入底资格。

第二十二回制灯谜，两本有好几处不同。现在分项说明：

（1）高本上惜春没有做灯谜，戚本却是有的。她底灯谜是“佛前海灯”。文曰：

> 前身色相总无成，不听菱歌听佛经。莫道此生沉墨海，性中自有大光明。

依我看，三春既各有预兆终身之谜，惜春何得独无。况此谜亦甚好，应照戚本补入为是。

（2）高本中黛、钗各有一谜；而戚本中黛玉无谜。高本所谓黛玉之谜，戚本以为宝钗所作，高本宝钗之谜，不见于戚本。所以——

> 朝罢谁携两袖烟……

这一首七律，打的是更香，高本以为是黛玉底，戚本却以为是宝钗底。至于——

> 有眼无珠腹内空，荷花出水喜相逢。梧桐叶落纷离别，恩爱夫妻不到冬。

高本以为是宝钗所作的，戚本上却完全没有。这一点也很奇怪。这一谜极重要——依高本看——可以断定宝钗底终身是守寡；何以戚本独独没有？我也疑心，这是高氏添入的，专为后文作张本而设，和改第八回之目是一个道理。

（3）宝玉一谜，打的是镜子，高有戚无。我依文理看，戚本是对的，应照他删去为是。因为本回下面凤姐对宝玉道：“适才我忘了，为什么不当着老爷撺掇，叫你也作诗谜儿？”她既说是忘了，是明明没有撺掇贾政，叫宝玉作谜。若宝玉已做了极好的诗谜，凤姐岂能拿这个来吓唬宝玉呢？这是极容易明白，不消多说的。

戚本虽也有好处，但可发一笑的地方，却也不少。如高本第二十五回，“贾政心中也着忙。当下众人七言八语，……”文气文情都很贯串，万无脱落之理。而戚本却平白地插进一段奇文，使我们为之失笑。

> 贾政等心中也有些烦难，顾了这里，丢不了那里。别人慌张自不必讲。独有薛蟠更比诸人忙到十分了，又恐薛姨妈被人挤倒，又恐薛宝钗被人瞧见，又恐香菱被人臊皮，知道贾珍等是在女人身上做工夫的，因此忙的不堪；忽一眼瞥见了林黛玉风流婉转，已酥倒那

里。当下众人七言八语。……(“倒”“那”中间疑脱一“在”字)

不但文理重沓不通,且把文气上下隔断不相连络。请问在举家忙乱的时候,夹写薛蟠之呆相,成何文法?评注人反说:“忙中写闲,真大手眼,大章法!”这真是别有会心,非我辈所知了。

高本第三十七回,贾芸给宝玉的信,末尾有“男芸跪书,一笑”。这是错了。书中叙贾芸写信,文理不通有之,万不会在“男芸跪书”之后,加上“一笑”一词。这算什么文法?一看戚本便恍然大悟了。戚本这一处原文作“男芸跪书一笑”,一笑是批语,不是正文,所以夹行细写。高本付刻时,因一时没有留心,将批语并入正文,从此便以误传误了。但高氏所依据的钞本,也有这批语,和戚本一样,这却是奇巧的事。

第四十二回,宝玉看宝钗为黛玉拢发,这一段痴想,高本写得极风流,戚本却写得很煞风景。我并引如下:

宝玉在旁看着,亦觉更好,不觉后悔;不该令他抿上鬓去,也该留着,此时叫他。替他抿上去。

(第一及第三之他是指黛玉,第二之他指宝钗。)

宝玉……叫我替他抿去。(戚本)

(“我”是宝玉自指。)

这一个“我”字错得好利害啊!照高本看,宝玉不愧“意淫”之名;被戚本这一误,宝玉简直堕落到情场底饿鬼道。高本所写的光景、情趣,何等的风华可喜;生生被一个“我”字糟蹋了。凡这等地方,虽只有一字之差,却所关很大,我不得不辨一下。

且不但风格底优劣迥殊,即以文词底结构论,这个“我”字万万安他不下。为什么呢?上文明有“也该留着”一兼词,(高戚两本同)正为说明此语之用,言当初不该让黛玉自己拢发,最好留着,一起让宝钗替他抿上去。若宝玉想自己为黛玉拢发,何必说什么留着?因为即使是留着,也与宝玉无干。宝玉在这回书上本没有替黛玉抿发,何必惋惜呢?而且上文所谓“只觉更好”一兼词,如下文换了“我”字,又应当作何解释?宝钗替黛玉抿发,所以能说更好。以如此好的风情,而宝玉要亲自出马,岂不是煮鹤焚琴,大杀风景呢?这类谬处,都是后来传钞人底一己妄见,奋笔乱改所致。他们因被这好几个他字搅扰不清,依自己底胸襟,莫妙于换一我字,方足以写宝黛底亲昵。我们看戚本底眉评,就可以恍然于这类妄人底见解了。（戚本这回眉评说："今本将我字改作他字不知何意？"）

第四十九回，写香菱与湘云谈诗之后，宝钗笑话她们；高戚两本有繁简底不同，而戚本却很好，可以照补。

"……又怎么是温八叉之绮靡，李义山之隐僻；痴痴颠颠，那里还像两个女儿呢？"说得香菱湘云二人都笑起来。（高本）

"……李义山之隐碎。放着现在的两个诗家不知道，提那些死人作什么？"湘云听了，忙笑问："现在是那两个？好姐姐，告诉我！"宝钗笑道："呆香菱之心苦，疯湘云之话多。"二人听了都大笑起来。

戚本所作，不但说话神情，极其蕴藉聪明；且依前后文合看，这后来宝钗一语，万万少不得的。因为如高本所作，宝钗说话简直是教训底口吻，别无甚可笑，二人怎么会都笑起来？必如戚本云云，方才有可笑之处，且妙合闺阁底神情。否则，一味的正言厉色，既不成为宝钗，又太杀风景了。

第五十三回，写贾母庆元宵事，戚本较高本多一大节文字，虽无大关系，却也在可存之列。现在引如下：

原来绣这璎珞的，也是个姑苏的女子，名唤慧娘。因他亦是书香宦门之家，他原精于书画，不过偶然绣一两件针线作耍，并非世卖之物。凡这屏上所绣之花卉，皆仿的是唐宋元各名家的折枝花卉；故其格式皆从雅本来，非一味浓艳匠工可比。每一枝花侧，皆用古人题此花之旧句，或诗或歌不一，皆用黑绒绣出草字来，且字迹勾踢转折轻重连断，皆与笔写无异，亦不比市绣字迹，倔强可恨。他不仗此获利，所以天下虽知，得者甚少。凡世宦富贵之家，无此物者甚多。当今称为"慧绣"。竟有世俗射利者，近日仿其针迹，愚人获利。偏这慧娘命夭，十八岁便死了，如今再不能得一件的了。所有之家亦不过一两件而已，皆惜若宝玩一般。更有那一干翰林文魔先生们，因深惜慧绣之佳，便说这"绣"字不能尽其妙，这样针迹，只说一"绣"字，反似乎唐突了，便大家商议了将"绣"字隐去，换了一个"纹"字；所以如今都称为"慧纹"。若有一件真慧纹之物，价则无限。贾府之荣，也只有两三件。上年将两件已进了上，目下只剩这一副璎珞，一共十六扇。贾母爱之，如珍如宝，不入请客各色陈列之内，只留在自己这边，高兴摆酒时赏玩。

这虽没有深意，却决不在可删之列，不知高本为什么少此一节。或者高鹗当时所见各抄本,都是没有这一节的,也未可知。现在看这节文字,很可以点缀繁华,并不芜杂可厌。

最奇特的,是戚本第六十三回写芳官一节文字。芳官改名耶律雄奴这一件事,高本全然没有,在宝玉投帖给妙玉以后,便紧接着平儿还席的事。戚本却在这里,插入一节不伦不类的文字。因为原文甚长,不便全录,只节引有关系的一节:

> 宝玉忙笑道:"……既这等再起个番名,叫耶律雄奴,二音又与匈奴相通,都是犬戎名姓。况且这两种人,自尧舜时便为中华之患,晋唐诸朝,深受其害。幸得咱们有福,生在当今之世,大舜之正裔,圣虞之功德,仁孝,赫赫格天,同天地日月亿兆不朽。所以凡历朝中跳梁猖獗之小丑,到了如今,不用一干一戈,皆天使其拱俛,缘远来降。我们正该作践他们为君父生色。"芳官笑道:"……何必借我们,你鼓唇摇舌,自己开心作戏,却自己称功颂德?"宝玉笑道:"所以你不明白。如今四海宾服,八方宁静,千秋万载,不用武备。咱们虽一戏一笑,也该称颂,方不负坐享升平了。"……

这竟全是些梦话,不但全失宝玉底口吻、神情,而且文词十分恶劣,令人作呕。即看文章前后气势,也万万不能插入这一节古怪文字。但戚本何以要增添这么多的梦话?这不会是传钞之误,我以为是有意添入的。我们且参看第五十二回,真真国女子底诗末联,高本作"汉南春历历,焉得不关心";戚本却作"满南"。这个缘故,便可以猜想而得了。

以作者底身世、环境,及所处的时代而论,绝不容易发生民族思想。即使是有的,在当时森严的文禁之下,也决不会写得如此显露;以作者底心灵手敏,又决不会写得如此拙劣。我以这三层揣想,宁认高本为较近真相的,戚本所作是经过后人改窜的。

为什么要改窜?这是循文索义便可知晓的。至于在什么时候经过改窜,却不容易断定了。第一,这决不是戚蓼生所及见的,也不是他底改笔。因为戚氏生在乾隆中年,曾成进士,做官,决非抱民族主义的人,且亦决不敢为有民族思想的书做序。第二,这数节文字底插入,似在高本刊行之后,我疑心竟许是有正书局印行时所加入的。因为戚本出世底时代,正当民国元年;这时候,民族思想正弥漫于社会,有正书局底老板,或者竟想以此博利,也未可知。这虽是无据之揣想,却可以姑备一说。我看这几节文字底显露，生硬，很不像清代文人之笔。（有正书局印行戚本，确在民国元年，我那时在上海，曾见过这个本子。但我现在手头之本，却写的是“民国九年三月初版”，这真不知其命意所在？读者必有在民九以前，见过戚本的，可以作我说底印证。）

全回文字几全不同的，是第六十七回。高鹗底引言曾说：“如六十七回此有彼无，题同文异……”果然我们把两本第六十七回一对看，回目虽相同，本文却是大异。这相异之处，或者是戚本之真相，与上边所说经后人改窜的有些不同。这自然，我不能全然征引来比较，只好约略说一点。

戚本这回文字，比高本多出好几节，举重要的如下：

（1）宝玉、黛玉、宝钗一节谈话。（卷七，五页）

（2）宝玉和袭人谈话。（七页）

（3）袭人和凤姐一大节谈话，并说巧姐底可爱。（九页）

（4）凤姐和平儿谈尤二姐事，明写凤姐设计底狠毒。（十一、十二页）

多少相仿，而文字不同的又有两节：

（1）赵姨娘对王夫人夸宝钗一节。（六页）

（2）凤姐拷问家童一节。（十、十一页）

总说一句，全回文字都几乎全有差异，是在八十回中最奇异的一回，且在高鹗时已经如此的。我们要推求歧异底来源，只得归于抄本不同之故；但抄本何以在这一回独独多歧，当时的高氏，也没有能说明，我们也只好“存而不论”了。

至于优劣底比较，从大体上看，高本是较好的。譬如凤姐拷问家童一节，高本写得更有声色；凤姐和平儿谈话，及设计一节，高本只约略点过，较为含蓄。第一项中底（1）（2）两节文字，都可有可无，有了并不见佳。只第二项底（1）节，戚本似不坏。第一项中底（3）节，戚本虽稍见长，不如高本底简洁，但描写神情口吻颇好；说巧姐可爱一节文字，尤不可少。巧姐是书中重要人物之一，而八十回中很少说及，戚本多这一节极为适当。优劣本是相对的，我只就主观的见解，以为如此。

戚本在第六十九回，又多了一节赘瘤文字，大可以删削的。这回正写凤姐如何处置尤二姐及秋桐，戚本却横插一节前后不接的怪文。现在引如下：

……一面带了秋桐来见贾母与王夫人等，贾琏也心中纳罕。那日已是腊月二十日，贾珍起身先拜了宗祀，然后过来辞拜贾母等人。合族中人直送到洒泪亭方回，独贾琏贾蓉送出，三日三夜方回，……且说凤姐……

在"纳罕""且说"之间这一节文字，高本上都是没有的。戚本却添了四行字，实在没有道理。不但上文没有说贾珍要到那里去，下文没有说回来，踪迹太不明了。且正讲凤姐，为什么要夹写贾珍远行，文理未免有些"欠通"。即写贾琏、贾蓉送行送了三日三夜方回，也不像话。贾珍去了，后来没写他回来，却已自己回来了，更不像话。（第七十一回）但如没有这一节，同回贾琏说："家叔家兄在外"，却没有着落。只有这一个理由，可以为这一节作辨解。

在同回，戚本有一节极有意义的文字，远胜高本，很可以解嘲的。戚本上说：

只见这二姐面色如生，比活着还美貌。贾琏又搂着大哭，只叫："奶奶！你死的不明！都是我坑了你！"贾蓉忙上来劝："叔叔，解着些儿。我这个姨娘，自己没福。"说着，又向南指大观园的界墙。贾琏会意，只悄悄跌脚说："我想着了终究对出来，我替你报仇。"

高本把这一节完全删了，只在下边添写"贾琏想着他死得不分明，又不敢说"一语，作为补笔，却不见好。因这节文字，可以断定凤姐底结局，极为紧要，万无可删之理。且尤二姐暴死，以凤姐平素之为人，贾琏又何得不怀疑？故以文情论，这一节亦是断断乎不可少的，何况描写得极其鲜明而深刻呢？

第七十回，高本也有一点小小的疏漏，应依戚本改正。现引戚本一节，括弧中的是高本所没有的文字。

只见湘云又打发翠缕来说："请二爷快去瞧好诗。"（宝玉听了，忙问："那里的好诗？"翠缕笑道："姑娘们都在沁芳亭上，你去了便知。"）宝玉听了，忙梳洗了出来，果见黛玉……都在那里……

高本既少了括弧中的一节，下文所谓"那里"便落了空。不如戚本明点沁芳亭，较为妥贴。亚东本依此添入，是。

第七十五回，有一节文字，我觉得戚本好些。现在把两本所作并列如下：

> 尤氏……一面洗验，丫头只弯腰捧着脸盆。李纨道："怎么这样没规矩！"那丫头赶着跪下。尤氏笑道："我们家下大小的人，只会讲外面假礼，假体面，究竟做出来的事都彀使的了！"（高本）

> 小丫环炒豆儿捧了一大盆温水，走至尤氏跟前，只弯腰捧着。银蝶笑道："……奶奶不过待咱们宽些，在家里不管怎样罢了。你就得了意，不管在家在外，当着亲戚也只随便罢了。"尤氏道："你随他去罢，横竖洗了就完事了。"炒豆赶着跪下。（下同）（戚本）

这虽是不甚关紧要的文字，但依高本，却很不合说话时底情理。李纨责备小丫头底没规矩，而尤氏即大发牢骚，说外面讲礼貌的人，作事都够使的，岂不是当面骂人？况且书中写李纨平素和易，怎么这一回对于小事如此的严声厉色？戚本所作似很妥当，补尤氏说"随他去罢"一语，亦是应有的文章。

还有一节底异文，虽论不到谁好谁歹，却是很有趣的。高鹗底四十回，在第一百九回，有"候芳魂五儿承错爱"一大节很有精采的文章，柳五儿明明是个活人。但据戚本，八十回中柳五儿已早死了。我引戚本独有的一节文字：

> 王夫人笑道："你还强嘴！我且问你：前年我们往皇陵上去，是谁调唆宝玉要柳家的五儿丫头来着？幸而那丫头短命死了！……"（第七十七回）

所以若依戚本去续，那五儿承错爱一节，根本上是要不得的。但高本底第七十七回，因没有这一节文字，前后还可以呼应，我们也不能判什么优劣，只能说他们不相同而已。

但却有两层题外的揣想，可以帮助我们的。（1）高鹗所见的各钞本，戚本并不在内；因为高氏如见有一种钞本上面明写五儿已死，他决不会作第一百九回这段文章。（2）再不然，便是高鹗曾经修改过八十回本，将这一节文字删去，使他底补作不致自相矛盾。这两层揣想，必有一个是真实的，但我却不能断定是那一个。

就两本底本文，回目底大体约略比较一下，已占了这么长的篇幅，恐怕还因我翻检匆忙，仍不免有遗漏之处。好在我并不是要做校勘记，即脱略了几处，也无甚要紧。倒是篇幅底冗长，使读者感到沉闷，我却深抱不安的。现在只说一点零碎的话，拿来结束本篇。有正书局印行的戚本，上有眉评，是最近时人加的，大约即在有正书局印行本书的时候。看第三回眉评，曾说西餐底仪节，可见是最近人底笔墨了。这位评书人底见解，实在不甚高明。他所指出戚本底佳胜之处，实在未必处处都佳；他所指出两本底歧异之点，实在有些是毫无关系。到真关重要的异文，他反而不说了。我当时如就这眉评来草本篇，其失败必远过于现在。因为他底不可靠，所以仍费了我很多的翻检底功夫。这是我在这里表示遗憾的。

戚本还有一点特色，就是所用的话几乎全是纯粹的北京方言，比高本尤为道地。我因为这些地方不关重要，所以在上文没有说到，但分条比较去虽是很小，综观全书却也是个很显著的区别，不能不说一说。雪芹是汉军旗人，所说的是他家庭中底景况，自然应当用逼真的京语来描写。即以文章风格而言，使用纯粹京语，来表现书中情事亦较为明活些。这原是戚本底一个优点，不能够埋没。惟作眉评人碰到这等地方，必处处去恭维一下，实在大可不必。他们总先存着一个很深的偏见，然后来作评论，所以总毫无价值可言。王雪香底高本评语，也是一味的滥誉，正犯了同一的毛病。我作这篇文字，自以为是很平心的，如应了“后之视今，亦犹今之视昔”这句老话，那却就糟了！

一九二二，六，十六。

中 卷

六 作者底态度

大家都喜欢看《红楼梦》,更喜欢谈《红楼梦》,但本书底意趣,却因此隐晦了近二百年,这是一件很不幸的事情。其实作书底意趣态度,在本书开卷两回中已写得很不含糊,只苦于读者不肯理会罢了! 历来“红学家”这样懵懂,表面看来似乎有点奇怪;仔细分析起来,有两种观察,可以说明迷误底起源。

第一类“红学家”是猜谜派。他们大半预先存了一个主观上的偏见,然后把本书上底事迹牵强傅会上去,他们底结果,是出了许多索隐,闹得乌烟瘴气不知所云。他们可笑的地方,胡适之先生在《红楼梦考证》一文中,已说得很详备的了。这派“红学家”有许多有学问名望的人,以现在我们底眼光看去,他们很不该发这些可笑的议论。但事实上偏闹了笑话。

为什么呢? 这其中有两个原故:(1) 他们有点好奇,以为那些平淡老实的话,决不配来解释《红楼梦》的。(2) 他们底偏见实在太深了,所以看不见这书底本来面目,只是颜色眼镜中的《红楼梦》。从第一因,他们宁可相信极不可靠的传说,(如董小宛明珠之类)而不屑一视雪芹先生底自述,真成了所谓“目能见千里之外,而不能自见其眉睫”了。从第二因,于是有把自己底意趣投射到作者身上去。如蔡孑民先生他自己抱民族主义,而强调《红楼梦》作者持民族主义甚挚,书中本事在吊明之亡,揭清之失等等。(《石头记索隐》)作者究竟有无这层意思,其实很不可知;因为在本书里并无确证,那些傅会的话似无足信。以我想来,曹家是正白旗汉军,并且是大族。雪芹生在这个环境中间,未必主张排满吊明的。我这层揣想,虽不能证实,但很可以知道蔡先生这个判断,是含有多少偏见在内的。总之,求深反浅,是这派“红学家”底通病。

第二类"红学家"我们叫他消闲派。他们读《红楼梦》底方法，那更可笑了。他们本没有领略文学底兴趣，所以把《红楼梦》只当作闲书读，对于作者底原意如何，只是不求甚解的。他们底态度，不是赏鉴，不是研究，只是借此消闲罢了。这些人原不足深论，不过有一点态度却是大背作者底原意。他们心目中只有贾氏家世底如何华贵，排场底如何阔绰，大观园风月底如何繁盛，于是恨不得自己变了贾宝玉，把十二钗做他妻妾才好。这种穷措大底眼光，自然不值一笑；不过他们却不安分，偏要做《红楼梦》底九品人表，那个应褒，那个应贬，信口雌黄，毫无是处，并且以这些阿其所好底论调，强拉作者来做他底同志。久而久之，大家仿佛觉得作者原意也的确是如此的；其实他们几时考究过书中本文来，只是随便说说罢了。

这两段题外的文章，却很可以帮助我们了解《红楼梦》作者底真态度，可以排除许多迷惑，不致于蹈前人底覆辙。我们现在先要讲作者做书底态度。

要说作者底态度，很不容易。我以为至少有两条可靠的途径可以推求：第一，是从作者自己在书中所说的话，来推测他做书时底态度。这是最可信的，因为除了他自己以外，没有一个人能完全了解他底意思的。雪芹先生自序的话，我们再不信，那么还有什么较可信的证据？所以依这条途径走去，我自信不致于迷路的。第二，是从作者所处的环境和他一生底历史，拿来印证我们所揣测的话。现在不幸得很，关于雪芹底事迹，我们知道的很少；但就所知的一点点，已足拿来印证推校我们从本书所得的结果。我下面的推测都以这两点做根据的，自以为虽不能尽作者底原意，却不至于大谬的。

《红楼梦》底第一、第二两回，是本书底楔子，是读全书关键。从这里边看来，作者底态度是很明显的。他差不多自己都说完了，不用我们再添上废话。

（1）《红楼梦》是感叹自己身世的，雪芹为人是很孤傲自负的，看他底一生历史和书中宝玉底性格，便可知道；并且还穷愁潦倒了一生。所以在本书楔子里说道：

> 风尘碌碌，一事无成。
>
> 当此日……以致今日，一技无成，半生潦倒之罪，编述一集以告

天下。

那娲皇只用了三万六千五百块，单单剩下一块未用，弃在青埂峰下。谁知此石自经煅炼之后，灵性已通，……因见众石俱得补天，独自己无才不得入选，遂自怨自愧，日夜悲哀。

无才可去补苍天，枉入红尘若许年。此系身前身后事，倩谁记去作奇传？

石兄，你这段故事，据你自己说来有些趣味，故镌写在此。身后有馀忘缩手，眼前无路想回头。

其中想必有个翻过筋斗来的也未可知。（以上引文，皆见《红楼梦》第一、第二两回。）

从这些话看来，可以说是明白极了。石头自怨一段，把雪芹怀才不遇的悲愤，完全写出。第二回贾雨村论宝玉一段，亦是自负。书中凡贬宝玉只是牢骚话头，不可认为实话。如第三回《西江月》一词，似骂似赞，痛快之极。一则曰："行为偏僻性乖张，那管世人诽谤？"二则曰："天下无能第一，古今不肖无双。"世人诽谤可以不顾，正足见雪芹特立独行，翛然物外。无能不肖，虽是近于骂，而第一无双，则竟是赞。凡书中说宝玉处，莫不如此，足见雪芹自命之高，感愤之深，所以《红楼梦》一书，如箭在弦上，不得不发。书原名《石头记》，正是自传底一个铁证。既晓得书中以作者——即宝玉——为主体，所以一切叙述情事，皆只是画工底后衬，戏台上底背景，并不占最重要的位置。世人读《红楼梦》只记得一个大观园，真是"买椟还珠"啊！

（2）《红楼梦》是情场忏悔而作的。雪芹底原意或者是要叫宝玉出家的，不过总在穷途潦倒之后，与高鹗续作稍有点不同。这层意思，也很明显，可以从《红楼梦》一名《情僧录》看出。所以原书上说：

知我之负罪固多。

更于书中间用梦幻等字，都是此书本旨，兼寓提醒阅者之意。

空空道人遂因空见色，由色生情，传情入色，自色悟空，遂改名情僧，改《石头记》为《情僧录》。东鲁孔梅溪题曰，《风月宝鉴》。（见第一回）

警幻说："……或冀将来一悟，未可知也。"

"快休前进，作速回头要紧！"（均见第五回）

书中类此等甚多，此处不过举两个例子来证实这层揣想罢了。

照高鹗补的四十回看，宝玉亦是因情场忏悔而出家的。宝玉之走，即由于黛玉之死，这是极平常的套话。许多札记小说上，往往一个情场失意者，后来做了和尚，或者道士，入山不知所终。我们看得都厌了，雪芹先生何至于如此落人窠臼呢？依我悬想，宝玉底出家，虽是忏悔情孽，却不仅由于失意。忏悔底原故，我想或由于往日欢情悉已变灭，穷愁孤苦，不可自聊，所以到年近半百，才出了家。书中甄士隐、智通寺老僧，皆是宝玉底影子。这些虽大半是我底空想，但在书中也不无暗示。十二钗曲名《红楼梦》，现即以之改名《石头记》。《红楼梦曲引子》上说："奈何天，伤怀日，寂寥时，试遣愚衷；因此上演出这悲金悼玉的《红楼梦》。"《飞鸟各投林曲》末尾说："好一似食尽鸟投林，落了片白茫茫大地真干净。"(第五回)秦氏说："三春去后诸芳尽，各自须寻各自门。"(第十三回)从此等地方看来，似十二钗底结局，皆为宝玉所及见的。所以开宗明义第一回就说："曾历过一番梦幻之后"，又说："忽念及当日所有之女子。"既曰曾历过梦幻，则现在是梦醒了；既曰当日所有，则此日无有又可知。总之，宝玉出家既在中年以后，又非专为一人一事而如此的。颉刚以为甄士隐是贾宝玉底晚年影子，这层设想，我极相信。宝玉底末路尽在下边所引这几句话写出。

> 士隐乃读书之人，不惯生理、稼穑等事，勉强支持一二年，越发穷了。士隐……急忿怨痛，已有积伤，暮年之人，贫病交攻，竟渐渐的露出那下世的光景来。(第一回)

从这里看去，宝玉出家除情悔以外，还有生活上底逼迫，做这件事情底动机。雪芹底晚年，亦是穷得不堪的，更可以拿来做证据了。如敦诚赠诗，有"环堵蓬蒿屯"之句，有"举家食粥酒常赊"之句，虽文人之笔不免浮夸，然说举家食粥，则雪芹之穷亦可知。在本书上说宝玉后来落于穷困也屡见。

> 蓬牖，茅椽，绳床，瓦灶。
>
> 陋室空堂，当年笏满床；衰草枯杨，曾为歌舞场；蛛丝儿结满雕梁，绿纱今又糊在篷窗上，……
>
> 金满箱，银满箱，转眼乞丐人皆谤。(见第一回)
>
> 贫穷难耐凄凉。(见第三回《西江月》宝玉赞)

高鹗以为宝玉仿佛成了仙佛去了；但雪芹心中底宝玉，即是他自己，是极飘零憔悴的苦况的。必如此，红楼方成一梦，而文字方极其摇荡感慨之致；否则都是些肠肥脑满的话头，将使读者不可耐了。我以阮籍底《咏怀诗》，有几句很可以拿来题《红楼梦》。

嘉树下成蹊，东园桃与李。西风吹飞藿，零落从此始。繁华有憔悴，堂上生荆杞。……

这寥寥数语，较续作底四十回，更可以说明作者底怀抱了。

(3)《红楼梦》是为十二钗作本传的。除掉上边所说感慨身世、忏悔情孽这两点以外，书中最主要的人物，就是十二钗了。在这一方面，《水浒》和《红楼梦》有相同的目的。大家都知道，《水浒》作者要描写出他心目中一百零八个好汉来。但《红楼梦》作者底意思，亦复如此。他亦想把他念念不忘的十二钗，充分在书中表现出来。这层意思虽很浅显，而自来读《红楼梦》的人都忽略了，闹出许多可惜的误会。为什么知道雪芹是要为十二钗作传呢？这亦是从他自己底话得来的，我引几条如下：

但书中所记何事何人？……忽念及当日所有之女子，一一细考较去，觉其行止识见皆在我之上，我堂堂须眉，诚不若彼裙钗。

知我之负罪固多；然闺阁中历历有人。万不可因我之不肖自护己短，一并使其泯灭也。

我虽不学无文，又何妨用假语村言敷衍出来，亦可使闺阁昭传。……

其中只不过几个异样女子，或情，或痴，或小才微善；…………竟不如我半世亲见亲闻的这几个女子……但观其事迹原委，亦可消愁破闷。

后因曹雪芹于悼红轩中……又题曰，《金陵十二钗》。（均见第一回）

这竟是极清楚的话，无须我再添什么了。既认定雪芹意思是要使闺阁昭传，那么，有许多"红学家"简直是作者底罪人了。他们总以为《红楼梦》作者要糟蹋闺阁的；所以每每说，这里边底女子没有一个好的。其实这是他们底意思，作者几时说来？就是在第六十六回，柳湘莲说：

你们东府里除了两个石头狮子干净，只怕连猫儿狗儿都不干净。

但这说的是宁国府，并没有说大观园里的人个个不干净。依我们富于常识的眼光看《红楼梦》，（那些“红学家”底脑筋，是富于玄学性的。）十二钗除秦氏凤姐以外，都不见得有什么暧昧的事情。即使是有之，作者既没有说，我们也不可任意污蔑闺阁。这类卤莽灭裂的论断，非特表现其读书能力底薄弱，并自认人格底破产了。

还有一种很流行的观念，虽较上一说近情理一点，但荒谬的地方，却并不减少。他们以为《红楼梦》是一部变相的《春秋经》，以为处处都有褒贬。最普通的信念，是右黛而左钗。因此凡他们以为是宝钗一党的人——如袭人凤姐王夫人之类——作者都痛恨不置的。作者和他们一唱一和，真是好看煞人。但雪芹先生恐怕不肯承认罢。

我先以原文证此说之谬，然后再推求他们所以致谬底原因。作者在《红楼梦》引子上说：

> 悲金悼玉的《红楼梦》。

是曲既为十二钗而作，则金是钗玉是黛，很无可疑的。悲悼犹我们说惋惜，既曰惋惜，当然与痛骂有些不同罢。这是雪芹不肯痛骂宝钗的一个铁证。且书中钗黛每每并提，若两峰对峙双水分流，各极其妙莫能相下，必如此方极情场之盛，必如此方尽文章之妙。若宝钗为三家村妇，或黄毛鸦头，那黛玉又岂有身份之可言。与事实既不符，与文情亦不合，雪芹何所取而非如此做不可呢？雪芹大约会先知的，所以他自己先声明一下，对于上述两种误会，作一个正式的抗辨。他在第一回里说：

> 况且那野史中，或讪谤君相，或贬人妻女，奸淫凶恶，不可胜数；更有一种风月笔墨，其淫秽污臭，最易坏人子弟。……在作者不过要写出自己的两首情诗艳赋来，故假捏出男女二人名姓，又必旁添一小人拨乱其间，如戏中小丑一般。

第一句话是驳第一派的，第二句话是驳第二派的，试想雪芹若不是个疯子，他怎会自己骂自己呢？依第一派，大观园里没有一个好人，这明明是“讪谤君相贬人妻女”了。依第二派说，宝黛好事被人离阻，这又明明是“假捏出男女二人，一小人拨乱其间”了。雪芹若是疯子，何以解于《红楼梦》底价值？雪芹如不疯，又何以解于“大不近情自相矛盾”呢？

这两派底谬处已断定了。现在分析致谬底原因：第一派所以如此，因为他们解释《红楼梦》底本事完全弄错了。《红楼梦》是本于亲见亲闻按自己底事体情理做的，他们却以为《红楼梦》是说的人家底事情。《红楼梦》是一部自传，这是最近的发见，以前人说的很少，（有却也是有的，不过大家都不相信注意。如江顺怡做的《读红楼梦杂记》，就说《红楼梦》所记之事，皆作者自道其生平。）所以很不能怪他们。况且他们未读《红楼梦》以前，先有一部《金瓶梅》做底子，（看雪芹所指野史大约就是《金瓶梅》，或其他一类的书。）拿读《金瓶梅》底眼光来读《红楼梦》，自然要闹一个很凶的笑话。既以为是人家底事情，贬斥讪谤，自然是或有的；但若知道这是他自己底事情，即便有这类的事，亦很应该"胳膊折了往袖子里藏"啊。（《红楼梦》于秦氏多微词，即是为此。）

第二派底致谬底原因有两层：（1）他们最初是上了高鹗续作底当了。第一个公布后四十回是高君补的，是胡适之先生。（这句话原见于张船山底诗注，在我曾祖曲园先生《小浮梅闲话》曾引过他；但那时候从来没有人注意到。所以这一点，我们要归功于胡先生。）他们那时候，自然相信《红楼梦》是百二十回的。从后四十回看宝钗、袭人、凤姐都是极阴毒并且讨厌的；读者既不能分别读去，当然要发生嫌恶宝钗一派人底情感。其实后四十回与《红楼梦》作者很不相干，单读八十回本的《红楼梦》，我敢断言右黛左钗底感情，决不会这样热烈的。（2）既然同失意者——黛玉——表同情，既然对于"钗党"有先入的恶感；这颜色眼镜已经带上了，如何再能发见作者底态度、感情这类状态，从主观上投射到客观方面，是很容易的。自己这般说，不知不觉的擅定作者也这般说。作者究竟如何说法，他老实没有知道的。于是凡他所喜欢的人，作者定是要褒的；他所痛恨的，作者定是要贬的。读者底威权竟可使作者惟命是听起来，这也未免太大了罢！

作者做书底三层意思，我这几段芜杂的文字里已大致表现清楚了。作者底真态度虽不能备知，却也可以窥测一部分。那些陈袭的误会解了许多，也替作者雪了许多冤枉。在下篇更要转入较重要的一部，就是从这种态度发生的文章风格如何的问题。

一九二二，六，二三，改定。

七　《红楼梦》底风格

上篇所说有些偏于考证的，这篇全是从文学的眼光来读《红楼梦》。原来批评文学底眼光是很容易有偏好的，所以甲是乙非了无标准。俗语所谓，“麻油拌韭菜，各人心里爱”；就是这类情景底写照了。我在这里想竭力避免那些可能排去的偏见私好，至于排不干净的主观色彩，只好请读者原谅了。

平心看来，《红楼梦》在世界文学中底位置是不很高的。这一类小说，和一切中国底文学——诗、词、曲，在一个平面上。这类文学底特色，至多不过是个人身世性格底反映。《红楼梦》底态度虽有上说的三层，但总不过是身世之感，牢愁之语。即后来底忏悔了悟，以我从楔子里推想，亦并不能脱去东方思想底窠臼；不过因为旧欢难拾，身世飘零，悔恨无从，付诸一哭，于是发而为文章，以自怨自解。其用亦不过破闷醒目，避世消愁而已。故《红楼梦》性质亦与中国式的闲书相似，不得入于近代文学之林。即以全书体裁而论，亦微嫌其繁复冗长，有矛盾疏漏之处，较之精粹无疵的短篇小说自有区别。我极喜欢读《红楼梦》，更极佩服曹雪芹，但《红楼梦》并非尽善尽美无可非议的书。所以我不愿意因我底偏好，来掩没本书底真相，作者天分是极高的，如生于此刻可以为我们文艺界吐气了；但不幸他生得太早，在他底环境时会里面，能有这样的成就，已足使我们惊诧赞叹不能自已。《红楼梦》在世界文学中，我虽以为应列第二等，但雪芹却不失为第一等的天才。天下事情，原有事倍功半的，也有事半功倍的。我们估量一个人底价值，不仅要看他底外面成就，并且要考察他在那一种的背景中间成就他底事业。古人所说“成败不足论英雄”，正是这个意思了。

至于在现今我们中国文艺界中，《红楼梦》依然为第一等的作品，是毫无可疑的。这不但理论上很讲得通，实际上也的确如此。在高鹗续书那时候，已脍炙人口二十余年了。自刻本通行以后，《红楼梦》已成为极有势力的民众文学，差不多人人都看，并且人人都喜欢谈，所以京师竹枝词，有“开口不谈《红楼梦》，此公缺典定糊涂”之语，可见《红楼梦》行世后，人心颠倒之深。（此语见清同治年间，梦痴学人所著的《梦痴说梦》所引)即我们研究《红楼梦》底嗜好,也未始不是在那种空气中间养成的。

《红楼梦》底风格,我觉得较无论那一种旧小说都要高些。所以风格高上底缘故,正因《红楼梦》作者底态度与他书作者底态度有些不同。

我们有一个最主要的观念,《红楼梦》是作者底自传。从这一个根本观念,对于《红楼梦》风格底批评却有很大的影响。既晓得是自传,当然书中底人物事情都是实有而非虚构;既有实事作蓝本,所以《红楼梦》作者底惟一手段是写生。有人或者觉得这样说法,未免轻量作者底价值了。其实有大谬不然的;虚构很容易,也并不可贵,写实貌易而实难,有较高的价值。世人往往把创造看作空中楼阁,而把写实看作模拟,却不晓得想象中底空中楼阁,也有过去经验作蓝本,若真离弃一切的经验,心灵便无从活动了。虚构和写实都靠着经验,不过中间的那些上下文底排列,有些不同罢了。写生既较逼近于事实,所以从这手段做成的作品所留下的印象感想,亦较为明活深切,即是在文学上的价值亦较高了。

《红楼梦》作者底手段是写生。他自己在第一回,说得明明白白:

> 其间离合悲欢,兴衰际遇,俱是按迹寻踪,不敢稍加穿凿,致失其真。
>
> 因见上面大旨不过谈情,亦只实录其事。

《红楼梦》底目的是自传,行文底手段是写生,因而发生下列两种风格。我们看,凡《红楼梦》中底人物都是极平凡的,并且有许多极污下不堪的。人多以为这是《红楼梦》作者故意骂人,所以如此;却不知道作者底态度只是一面镜子,到了面前便须眉毕露无可逃避了。妍媸虽必从镜子里看出,但所以妍所以媸的原故,镜子却不能负责。以我底偏好,觉得《红楼梦》作者第一本领,是善写人情。细细看去,凡写书中人没有一个不适如其分际,没有一个过火的;写事写景亦然。我第一句《红楼梦》赞:"好一面公平的镜子啊!"

我还觉得《红楼梦》所表现的人格,其弱点较为显露。作者对于十二钗,一半是他底恋人,但他却爱而知其恶的。所以如秦氏底淫乱,凤姐底权诈,探春底凉薄,迎春底柔懦,妙玉底矫情,皆不讳言之。即钗黛是他底真意中人了,但钗则写其城府深严,黛则写其口尖量小,其实都不能算全才。全才原是理想中有的,作者是面镜子,如何会照得出全才呢?这正是作者极老实处,却也是极聪明处,妙解人情看去似乎极难,说老实话又似极容易，其实真是一件事底两面。《红楼梦》在这一点上，旧小说中能比他的只有《水浒》。《水浒》中有百零八个好汉，却没有一个全才。这两位作者，大概在这里很有同心了。至于俞仲华做《荡寇志》，则有如天人的张叔夜，高鹗续《红楼梦》，则有如天人的贾宝玉。其对于原作为功为罪，很无待我说了。

《红楼梦》中人格都是平凡这句话，我晓得必要引起多少读者底疑猜；因为他们心目中至少有一个人是超平凡的。谁呢？就是书中的主人翁，贾宝玉。依我们从前浑沦吞枣的读法，宝玉底人格确近乎超人的。我们试想一个纨袴公子，放荡奢侈无所不至的，幼年失学，长大忽然中举了。这便是个奇迹，颇含着些神秘性的了。何况一中举便出了家，并且以后就不知所终了，这真是不可思议，易卜生所谓"奇事中的奇事"。但所以生这类印象，我们都被高先生所误，因为我们太读惯了一百二十回本的《红楼梦》，引起不自觉的错误来。若断然只读八十回，便另有一个平凡的宝玉，印在我们心上。

依雪芹底写法，宝玉底弱点亦很多的。他既做书自忏，决不会像现在人自己替自己登广告啊。所以他在第一回里，即屡次明说。在第五回《西江月》又自骂一起，什么"富贵不知乐业，贫穷难耐凄凉"。这怕也是超人底形景吗？是决不然的。至于统观八十回所留给我们，宝玉底人格，可以约略举一点。他天分极高，却因为环境关系，以致失学而被摧残。他底两性底情和欲，都是极热烈的，所以警幻很大胆的说："好色即淫，知情更淫"；一扫从来迂腐可厌的鬼话。他是极富于文学上的趣味，哲学上的玄想，所以人家说他是痴子；其实宝玉并非痴慧参半，痴是慧底外相，慧即是痴底骨子。在这一点作者颇有些自诩，不过总依然不离乎人情底范围。这就与近人底吹法螺有差别了。

依我们底推测，宝玉大约是终于出家；但他底出家，恐不专因忏情，并且还有生计底影响，在上边已说过了。出家原是很平凡的，不过像续作里所描写的，却颇有些超越气象。况且做和尚和成仙成佛，颇有些不同。照高君续作看来，宝玉结果是成了仙佛，却并不是做和尚。所以贾政刚写到宝玉的事，宝玉就在雪影里面光头赤脑披了大红斗篷，向他下拜，后来僧道夹之而去，霎时不见踪迹（事见第百二十回）。试问世界上有这种和尚么？后来皇帝还封了文妙真人，简直是肉体飞升了。神仙佛祖是超人,和尚是人,这个区别无人不清楚的。雪芹不过叫宝玉出家,所以是平凡的。高鹗叫宝玉出世,所以是超越的。《红楼梦》中人格是平凡的这个印象,非先有分别的眼光读原书不可,否则没有不迷眩的。

在逼近真情这点特殊风格外,实事求是这个态度又引出第二个特色来。《红楼梦》底篇章结构,因拘束于事实,所以不能称心为好;因而能够一洗前人底窠臼,不顾读者底偏见嗜好。凡中国自来底小说,都是俳优文学,所以只知道讨看客底欢喜。我们底民众向来以团圆为美的,悲剧因此不能发达,无论那种戏剧小说,莫不以大团圆为全篇精采之处,否则就将讨读者底厌,束之高阁了。若《红楼梦》作者则不然;他自发牢骚,自感身世,自忏情孽,于是不能自已的发为文章,他底动机根本和那些俳优文士已不同了。并且他底材料全是实事,不能任意颠倒改造的,于是不得已要打破窠臼得罪读者了。作者当时或是不自觉的也未可知,不过这总是《红楼梦》底一种大胜利,大功绩。《红楼梦》底效用,看他自己说:

> ……亦可使闺阁昭传,复可破一时之闷,醒同人之目;……只愿世人当那醉余睡醒之时,或避世消愁之际,把此一玩。

《红楼梦》作者既希望世人醉余睡醒之后,把此一玩,则反言之,醉睡中间的世人,原不配去读《红楼梦》的;既曰"醒同人之目",则非同人,虽得读《红楼梦》,也是枉然的。这些话表面看来很和平,内里意思,却是十分愤激。

《红楼梦》底不落窠臼,和得罪读者是二而一的;因为窠臼是习俗所乐道的,你既打破他,读者自然地就不乐意了。譬如社会上都喜欢大小团圆,于是千篇一律的发为文章,这就是窠臼;你偏要描写一段严重的悲剧,弄到不欢而散,就是打破窠臼,也就是开罪读者。所以《红楼梦》在我们文艺界中很有革命的精神。他所以能有这样的精神,却不定是有意与社会挑战,是由于凭依事实,出于势之不得不然。因为窠臼并非事实所有,事实是千变万化,那里有一个固定的型式呢?既要落入窠臼,就必须要颠倒事实;但他却非要按迹寻踪实录其事不可,那么得罪人又何可免的。我以为《红楼梦》作者底第一大本领,只是肯说老实话,只是做一面公平的镜子。这个看去如何容易,却实在是真真的难能。看去如何平淡,《红楼梦》却成为我们中国过去文艺界中第一部奇书。我因此有一种普通的感想,觉得社会上目为激烈的都是些老实人,和平派都是些大滑头啊。

在这一点上，最早给我一种暗示的是友人傅孟真先生。他对我说："《红楼梦》底最大特色，是敢于得罪人底心理。"《红楼梦》开罪于一般读者底地方很多，最大的却有两点：(1) 社会上最喜欢有相反的对照。戏台上有一个红面孔，必跟着个黑面孔来陪他，所谓"一脸之红荣于华衮，一鼻之白严于斧钺"。在小说上必有一个忠臣，一个奸臣；一个风流儒雅的美公子，一个十不全的傻大爷；如此等等，不可胜计。我小时候听人讲小说，必很急切地问道："那个是好人？那个是坏人？"觉得这是小说中最重要，并且最精采的一点。社会上一般人底读书程度，正还和那时候的我差不许多。雪芹先生于是狠狠的对他们开一下顽笑。《红楼梦》底人物，我已说过都是平凡的。这一点就大拂人之所好，幸亏高鹗续了四十回，勉强把宝玉抬高了些，但依然不能满读者底意。高鹗一方面做雪芹底罪人，一方面读者社会还不当他是功臣。依那些读者先生底心思，最好宝玉中年封王拜相，晚年拔宅飞升。(我从前看见一部很不堪的续书，就是这样做的。)雪芹当年如肯照这样做去，那他们就欢欣鼓舞不可名状，再不劳续作者底神力了！无奈他却偏偏不肯，宝玉亦慧，亦痴，亦淫，亦情，但千句归一句，总不是社会上所赞美的正人。他们已经皱眉有些说不出的难受了。十二钗都有才有貌，但却没有一个是三从四德的女子；并且此短彼长，竟无从下一个满意的比较褒贬。读者对于这种地方，实在觉得浑身不自在起来；从来究竟忍耐不住，到底做一个九品人表去过过瘾方才罢休。我们在这里很可以估量作者底胆识，和读者底程度了。

但作者开罪社会心理之处，还有比这个大的。《红楼梦》是一部极严重的悲剧，书虽没有做完，但这是无可疑的。不但宁荣两府之由盛而衰，十二钗之由荣而悴，能使读者为之怆然雪涕而已。若细玩宝玉底身世际遇，《红楼梦》可以说是一部问题小说。试想以如此之天才，后来竟弄到潦倒半生，一无成就，责任应该谁去负呢？天才原是可遇不可求的，即偶然有了亦被环境压迫毁灭，到穷愁落魄，结果还或者出了家。这类的酷虐，有心的人们怎能忍受不叹气呢？即以雪芹本身而论，虽有八十回的《红楼梦》可以不朽；但以他底天才看来，这点成就只能说是沧海一粟，余外都尽量糟蹋掉了，在文化上真是莫大的损失，又何怪作者自怨自愧呢！

不幸中之大幸，他晚年还做了八十回书，否则竟连名姓都湮没无闻了。即有了《红楼梦》，流传如此之广，但他底家世名讳，直等最近才考出来。从前我们只知道有曹雪芹，至多再晓得是曹寅底儿子。（其实是曹寅底孙子）以外便茫然了。即现在我们虽略多知道一点，但依然是可怜得很。他底一生详细的经历，依然不知道；并且以后能知道的希望亦很少，因为材料实在太空虚了。我们想做曹雪芹先生年表，正不知道什么时候才成功呢？

这半部绝妙的悲剧，为我们文艺界空前的杰作，但读者竟没有能力去赏鉴他，这岂不是冤枉了？他们笃守他们老师太老师传授下的团圞迷，若不遵守这个，无论做得如何好法，终究是野狐禅，不是正宗。他们对于这类悲剧下的批评，是没有收梢。以为收梢非团圞不可，收梢即是变名的团圞；所以不团圞就是没有收梢了，没有收梢便不成为正宗好书。这种的三段论法所以谬的地方，正因最先假定的前提，便是痴人说梦；那么，以后当然全是一片梦话了。为什么收梢非团圞不可呢？他们可有点说不出，大约只可回答："自古如此不得不然耳！"这类习俗的见解，何能令我们心服呢？

高鹗使宝玉中举，做仙做佛，是大违作者底原意的。但他始终是很谨慎的人，不想在《红楼梦》上造孽的。我很不敢看轻他底价值，正因他已竭力揣摩作者底意思，然后再补作那四十回。决不敢卤莽灭裂自出心裁。我们已很感激他这番能尊重作者底苦心。高鹗既非曹雪芹，文章本来表现人底个性，有许多违反错误是不能免的。若有人轻视高君续作，何妨自己把八十回续一下，就知道深浅了。高鹗既不肯做雪芹底罪人，就难免跟着雪芹开罪社会了，所以大家读高鹗续作底四十回大半是要皱眉的。但是这种皱眉，不足表明高君底才短，正是表明他底不可及处。他敢使黛玉平白地死去，使宝玉娶宝钗，使宁、荣抄家，使宝玉做了和尚；这些都是好人之所恶，虽不是高鹗自己底意思，是他迎合雪芹底意思做的，但能够如此，已颇难得。至于以后续做的人，更不可胜计，大半是要把黛玉从坟堆里拖出来，叫她去嫁宝玉。这种办法，无论其情理有无，总是另有一种神力才能如此。必要这样才算有收梢，才算大团圞，真使我们脸红说话不得。即雪芹兰墅相见在地下，谈到这件事怕亦说不出话来呢！

现在我们从各方面证明原本只八十回，并且连回目亦只八十，这是完全依据事实，毫不杂感情上的好恶。但许多人颇赞成我们底论断，却因为只读八十回便可把这些讨人厌的东西一齐扫去，他们不消再用神力把黛玉还魂，只很顺当的便使宝黛成婚了。他们这样利用我们底发见，来成就他们师师相承的团圆迷，来糟蹋《红楼梦》底价值，我们却要严重的抗争了。依作者底原意做下去，其悲惨凄凉必十倍于高作，其开罪世人亦必十倍之。放心罢，在《红楼梦》上面，决不能再让你们来过团圆瘾！

我们又知道《红楼梦》全书中之题材是十二钗，是一部忏悔情孽的书。从这里所发生的文章风格，差不多和那一部旧小说都大大不同，可以说《红楼梦》底个性所在。是怎样的风格呢？大概说来，是“怨而不怒”。前人能见到此者，有江顺怡君。他在《读红楼梦杂记》上面说：

> ……正如白发宫人涕泣而谈天宝，不知者徒艳其纷华靡丽，有心人视之皆缕缕血痕也。

他又从反面说《红楼梦》不是谤书：

> 《红楼》所记皆闺房儿女之语，……何所谓毁？何所谓谤？

这两节话说得淋漓尽致，尽足说明《红楼梦》这一种怨而不怒的态度。

我怎能说《红楼梦》在这点上，和那种旧小说都不相同呢？我们试举几部《红楼梦》以外，极有价值的小说一看。我们常和《红楼梦》并称的是《水浒》、《儒林外史》。《水浒》一书是愤慨当时政治腐败而作的，所以奖盗贼贬官军。看署名施耐庵那篇《自序》，愤激之情，已溢于词表。“《水浒》是一部怒书”，前人亦已说过。（见张潮底《幽梦影》上卷）《儒林外史》底作者虽愤激之情稍减于耐庵，但牢骚则或过之。看他描写儒林人物，大半皆深刻不为留余地，至于村老儿唱戏的，却一唱三叹之而不止。对于当日科场士大夫，作者定是深恶痛疾无可奈何了，然后才发为文章的。《儒林外史》底苗裔有《二十年目睹之怪现状》、《广陵潮》、《留东外史》之类。就我所读过的而论：《留东外史》底作者，简直是个东洋流氓，是借这部书为自己大吹法螺的，这类黑幕小说底开山祖师可以不必深论。《广陵潮》一书全是村妇嫚骂口吻，反觉《儒林外史》中人物，犹有读书人底气象。作者描写的天才是很好的，但何必如此尘秽笔墨呢？前《红楼梦》而负盛名的有《金瓶梅》，这明是一部谤书，确是有所为而作的，与《红楼梦》更不可相提并论了。

以此看来，怨而不怒的书，以前的小说界上仅有一部《红楼梦》。怎样的名贵啊！古语说得好："物希为贵"，但《红楼梦》正不以希有然后可贵。换言之，那不希有亦依然有可贵的地方。刻薄嫚骂的文字，极易落笔，极易博一般读者底欢迎，但终究不能感动透过人底内心。刚读的时候，觉得痛快淋漓为之拍案叫绝；但翻过两三遍后，便索然意尽了无余味，再细细审玩一番，已成嚼蜡的滋味了。这因为作者当时感情浮动，握笔作文，发泄者多含蓄者少，可以悦俗目，不可以当赏鉴。缠绵悱恻的文风恰与之相反，初看时觉似淡淡的，没有什么绝伦超群的地方，再看几遍渐渐有些意思了，越看得熟，便所得的趣味亦愈深永。所谓百读不厌的文章，大都有真挚的情感，深隐地含蓄着，非与作者有同心的人不能知其妙处所在。作者亦只预备藏之名山，或竟覆了酱缸，不深求世人底知遇。他并不是有所珍惜隐秘，只是世上一般浅人自己忽略了。"知我者希，则我者贵"，这句话亦是无可奈何的譬解罢。

愤怒的文章容易发泄，哀思的呢，比较的容易含蓄，这是情调底差别不可避免的。但我并不说，发于愤怒的决没有一篇好文章，并且哀思与愤怒有时不可分的。但在比较上立论，含怒气的文字容易一览而尽，积哀思的可以渐渐引人入胜，所以风格上后者比前者要高一点。《水浒》与《红楼梦》底两作者，都是文艺上的天才，中间才性底优劣是很难说的；不过我们看《水浒》，在有许多地方觉得有些过火似的，看《红楼梦》虽不满人意的地方也有，却又较读《水浒》底不满少了些。换句话说，《红楼梦》底风格偏于温厚，《水浒》则锋芒毕露了。这个区别并不在乎才性底短长，只在做书底动机底不同。

但这些抑扬的话头，或者是由于我底偏好也未可知。但从上文看来，有两件事实似乎已确定了的。(1) 哀而不怒的风格，在旧小说中为《红楼梦》所独有。究竟这种风格可贵与否，却是另一问题；虽已如前段所说，但这是我底私见，不敢强天下人来同我底好恶。(2) 无论如何，嫚骂刻毒的文字，风格定是卑下的。《水浒》骂则有之，却没有落到嫚字。至于落入这种恶道的，决不会有真好的文章，这是我深信不疑的。我们举一个实例讲罢。《儒林外史》与《广陵潮》是一派的小说。《儒林外史》未始不骂，骂得亦未始不凶，但究竟有多少含蓄的地方，有多少穿插反映的文字，所以能不失文学底价值。《广陵潮》则几乎无人不骂，无处不骂，且无人无处不骂得淋漓尽致一泄无余，可以喷饭，可以下酒，可以消闲，却不可以当他文学来赏鉴。我们如给一未经文学训练的读者这两部小说看，第一遍时没有不大赞《广陵潮》的；因为《儒林外史》没有这样的热闹有趣，到多看几遍之后，《儒林外史》就慢慢占优越的地位了。这是我曾试验过的不同于揣想空论。

《红楼梦》只有八十回真是大不幸，因为极精采动人的地方都在后面半部。我们要领略哀思的风格，非纵读全书不可；但现在只好寄在我们底想象上，不但是作者底不幸，读者所感到的缺憾更为深切了。我因此想到高鹗补书底动机，确是《红楼梦》底知音，未可厚非的。他亦因为前八十回全是纷华靡丽文字，恐读者误认为诲淫教奢之书，如贾瑞正照“风月宝鉴”一般；所以续了四十回以昭传作者底原意。他所以在引言上说：“……实因残缺有年，一旦颠末毕具，大快人心，欣然题名，聊以纪成书之幸。”可知高君补书并非如后人乱续之比，确有想弥补缺憾的意思。所以他说：“大快人心”，“成书之幸”。但高鹗虽有正当的动机，续了四十回书，而几处处不能使人满意。我们现在仍只得以八十回自慰，以为总比全然没有好了一点。康君白情说得好：“一半给我们看，一半留给我们想。”（《草儿》第三二页）这是我们底无聊的慰藉啊！

一九二二，六，二五，改定。

八 《红楼梦》底年表

有些事情，非表不明。至于综合地概观一人底生平，或一事的流变，尤非年表不办。可惜《红楼》作者底生平事迹绝少流传，要作满人意的《曹雪芹年谱》，在现今的状况下，总还是不可能。我读这书的时候，戏会萃那些有关系的事情，分年列表，以备自己底参考。写成之后，觉得虽有些是托之揣测，但大致不甚谬，很可以帮助喜欢研究《红楼梦》的人，所以现在把他列入本卷。将来如有所得，当然还得经过几番的修正，这只是草稿罢了。

现在首写年份，再列事实。每节下须说明的，附在每节之后。

一七一五，清康熙五十四年，曹頫为江宁织造。 （曹雪芹是頫之子，说见《胡适文存》卷三，二二四页。）
一七一九，清康熙五十八年，曹雪芹生于南京。 （曹氏三世为织造，在江宁、苏州两处。《四松堂集》诗注说，“雪芹随其先祖寅之任”；虽经胡先生考订其有误。但雪芹曾随其尊长，在江宁织造任上，却决无可疑的。敦敏赠诗有“秦淮残梦忆繁华”，即是一证。雪芹底生年，也经胡先生考定，在一七一九年。 〔《努力周报》第一期〕他假定雪芹享年四十五；如雪芹不及四十五而卒，那生年便须移后了。敦诚挽曹雪芹诗有“四十年华付杳冥”之句，虽未必是整四十岁，也未必便是四十五岁。胡先生只说，雪芹享年至多不得过四十五岁。现在即以胡先生所说，也总不致于大错，相差至多不过五年。总之，无论如何，雪芹生时，必在曹頫江宁织造任上。他底生日，依《红楼梦》叙宝玉生日推算，大约在初夏，四五月间。〔第六十二回〕）
一七二八，雍正六年，曹頫卸江宁织造任。雪芹随他北去。 （曹頫卸任之后做些什么，我们不知道。看《红楼梦》，大约调回北京去了。这时候，雪芹大约只九岁余，想也回北方去了。）
一七三〇，雍正八年，《红楼梦》从此起笔，雪芹十一岁。
一七三二，雍正十年，凤姐谈南巡事，宝玉十三岁。依这里所假定的推算，雪芹也是十三岁。
一七三七，乾隆二年，书中贾母庆八旬。
一七三八，乾隆三年，八十回《红楼梦》止此。雪芹十九岁。 （这四条的依据，不得不说明一下。胡先生曾说过，《红楼梦》中只有记南巡一节，是历史上的事实。〔《胡适文存》，卷三，二二一页〕第十六回原文如下： 凤姐道：“……若早生二三十年，如今这些老人家也不薄我没见世面了。说起当年太祖皇帝仿舜巡的故事……我偏偏的没赶上。” 凤姐这句话是当为说话时的年代。康熙帝南巡六次，最晚这一次，在四十六年，西历一七〇七年。从此往下推算二三十年，则凤姐说话时，当为一七二七——一七三七之间。以平均计算，下推二十五年，则当为一七三二年。这时候，书中的宝玉正十二三岁。〔第二十三回〕雪芹底年纪，依我们推算，大约也在十三岁左右，恰恰相合。 我们既认定《红楼梦》是实写曹家事；那么，书中的贾母，即是曹寅之妻。曹寅死于一七一二年，享年五十五。通常夫妇配合，女小于男，即算是同年，到隋赫德接任的时候，她也只七十一岁。下推九年为一七三七，正是“庆八旬”这个时候。书中庆八旬，在第七十一回；下距八十回终了，只一年余。这是一看《红楼梦》便可知的。书中写她底生日，在八月初三，〔第七十一回〕接着写赏中秋，〔第七十五回〕写“蓉桂竞芳之月”，〔第七十八回〕知这几回是一年内底事情。后来宝玉病了一月以后，又在房中保养过了百日，到天齐庙去还愿；知道已到次年了。〔蓉桂竞芳之月，应是九月。病了一月已是十月过了。再调养百日，当然又是一年了。〕

续 表

这些噜苏，拘泥的考辨，却颇有些关系；因为不如此就不能断定《红楼梦》全书共说的几年底事，是那几年底事。我先从凤姐说话的时候，立一标准，假定为一七三二年。又从本书考出，从第二回到第七十八回，共有八年。且看：

珠虽夭亡，幸存一子，取名贾兰，今方五岁……〔第二回〕贾兰的是一首七言绝句，……众宾见了，便皆大赞："小哥儿十三岁的人就如此……"〔第七十八回〕

本书底第一第二两回，都是引论，到第三回才入正文，写黛玉进荣府，第二天便去访李纨。所以入书之初，正当贾兰五岁之时，到第七十八回，明写他已十三岁了；这可证从开首到此，共写了八年底事情。从第七十八回到第八十回，又约略有五个月的光景。而征《姽婳词》，正当九月，则八十回末已入次年可知。故我断定八十回书，共前后有九年，至多不过十年。

从第十六回，凤姐说话时，上推三年，为一七三〇。从一七三〇下推九年，为一七三八。再从此上推一年便是贾母八十岁的时候，正是一七三七。

这些推算，虽带些揣想的色彩，但对于大体也无碍。上下相差，至多不过四五年，也就可以算平均的准确了。我现可以告诉读者的，是《红楼梦》八十回所叙的事，当雪芹十一岁到十九岁。书中所谓荣宁两府及大观园都在北京。关于书中地点问题，下有专篇详论。）

一七三九——一七五七，乾隆四年——二二年，这十八年之中，雪芹遭家难，以致困穷不堪，住居于北京之西郊。

（我们知道《红楼梦》八十回中贾氏尚未中落，宝玉尚是安富尊荣；可见曹家凋零决在一七三八之后。一七五七，敦诚赠诗有。"环堵蓬蒿屯"之语，可见此时雪芹已很穷了，或已穷得很久了。我们假定在这个时期中间，不过就最远的起讫而言，将来曹家事实续有发见，自然还应当缩短，方才精确。至于知道雪芹住在北京西郊，也是从敦诚敦敏底诗中看出来的。敦诚说："不如著书黄叶村"，〔《寄怀曹雪芹》〕"日望西山餐暮霞。"〔《赠曹芹圃》〕敦敏说："碧水青山曲径遐，薜萝门巷足烟霞。"〔《赠曹雪芹》〕又说："野浦冻云深，柴扉晚烟薄。山村不见人，夕阳寒欲落。"〔《访曹雪芹不值》〕这些诗都成于一七五七之前后数年中，可见是时住在北京城外。京东无山，且敦诚明说西山，可证雪芹住在北京之西郊。）

一七五四——一七六三，乾隆十九——二八年，雪芹三十五至四十四岁(?)，作《红楼梦》八十回。

（以敦诚诗中所谓"著书黄叶村"看去，知雪芹做《红楼梦》大约即在一七五七上下数年间。因为以我们所知，雪芹一生未有别的著作；则敦诚所谓著书，大约就是指作《红楼梦》，且证以本书底话也极为相符。我试引几条为证。

(1) 半年潦倒之罪……

(2) 甄士隐年过半百。

(3) 如何两鬓又成霜?〔以上第一回〕

(4) 雨村以为翻过筋斗来的，是一个龙钟老僧。〔第二回〕

续 表

但看了本书，似乎雪芹著书之时，已甚老了。而在实际上，他至多活了四十五岁，未免有些不合。然文人之笔，原是随情涉兴，也不妨故意写得衰老些，使文情格外生动。总之，雪芹著书，决在中年，却是无可疑惑的。至于我假定著书有十年工夫，这原不过是个悬想。但看本书第一回所谓“后因曹雪芹于悼红轩中披阅十载”，则八十回书底成就，大约总非三五年底事情了。我底假定，或者与当时事实不甚相远。）
一七六二，乾隆二七年，雪芹作长歌谢敦诚。敦诚答赋《佩刀质酒歌》。
一七六四，乾隆二十九年，曹雪芹卒于北京，年四十余，无子，有妇孀居。（《努力》第一期，引敦诚诗并注。）
一七六五，乾隆三十年，《红楼梦》初次流行。 （高鹗说：“藏书家抄录传阅，几三十年矣。”他做这引言，是在一七九二年，上推二十七年，为一七六五，正当作者身后之第一年，或稍前后的几年中。）
一七六九，乾隆三十四年，戚蓼生中己丑科进士。 （戚蓼生是做有正本《红楼梦》序的。做序之时，大约在中进士之后。戚氏科名，见余姚戚氏家谱。）
一七七〇，乾隆三十五年，《红楼梦》盛行。 （高鹗说：“闻《红楼梦》脍炙人口者，几廿余年。”他既说“廿余年”，想必不止二十年。假定以二十二年计算，大约在这时候，这书已很通行了。）
一七八八，乾隆五十三年，高鹗中戊申科举人。 （高氏先中举，后补书；所以非让宝玉也中个举人，方才惬意。）
一七六五——一七八八，乾隆三十——五十三年，佚本后三十回的《红楼梦》成。
一七九一，乾隆五十六年，高鹗补《红楼梦》四十回。
一七九二，乾隆五十七年，程伟元本——一百二十回本——初成。从此以后，方才有了百二十回的《红楼梦》。
一八〇五，嘉庆十年，陈刻《红楼复梦》成。 （这虽是很恶劣的乙类续书，但因为他年代很早，恐怕是一部最早的乙类续书。依书中序看，则这书脱稿于一七九九，嘉庆四年。
一八六九，同治八年，愿为明镜室主人，江顺怡底《读红楼梦杂记》刻成。

上列这表，原是草创的，既不完备，也不的确，只是一种综括研究底初步。有许多滥俗的续书底年代，因为我没有这些书，所以也没有写进去。好在这些败纸，弃之亦无足惜，更犯不着费一番考证底工夫。我希

望于最短时间，将这表抹掉，重做一个正式的年表。

一九二二，五，十八。

九 《红楼梦》底地点问题

上篇专说“时”底问题，现在要转到“地”底问题上去。我觉得这个问题底解决，很有点困难，就在本篇也只罗列各种可能的揣测，略就我个人底倾向而已，并不能有很确定的断案。这原是不无遗憾，但研究底事业，解析困难之所在，也是一步工夫，原不应当急急去求鲁莽的断语。颉刚有两节话，说得最好：

> 我们虽是愈研究愈觉得渺茫，但总是向着光明处走。可以考实的总考实了，有破绽的地方也渐渐的发见了。这很可以安慰我们的劳苦。（一九二一，六，十四，信。）
>
> 我以为现在并不是要求一切的结论，只是把各种矛盾窒碍的地方聚集拢来，备将来结论的参考。（一九二一，六，二十四，信。）

《红楼梦》底地点问题，既不能完全解决，只得以这两节话来解嘲了。未入正文以前，我先说一个根本的假定，就是《红楼梦》所叙述的各处，确有地底存在，大观园也决不是空中楼阁，这个假定所根据的有两点：(1)《红楼梦》是部“按迹寻踪”的书，无虚构一切之理。(2)看书中叙述宁荣两府及大观园秩序井井，不像是由想象构成的。而且这种富贵的环境，应当有这样一所大的宅第，园林。既承认《红楼梦》确有地底存在，就当进一步去考订“究竟在那里”这个问题。但因考订这个问题，却留给我们无数的荆棘。

以现在的我们所知道的这样少，当然不能解决《红楼梦》底事实，发现于某城之某街坊，当然不能很精细的去指出《红楼梦》底地点。如那些妄人，说大观园便是北京底什刹海。又说黛玉底葬花冢，在陶然亭之旁；（其实陶然亭有一香冢，了不与葬花事相干）他们真是胆子不小，竟好意思把这些鬼话写在书上。（见蒋瑞藻《小说考证》所引）即如袁枚说大观园便是随园，也是信口开河，自己夸耀，以我们考订，毫无影响的。所以这篇所讨论的，只是《红楼梦》一书所写的各事，是在南或在北？再进一步，亦只问是在南京或在北京？决不学他们这样的不知妄说，定要指出大观园是在某街某巷，方始显示他们底博洽古今。[1]

因为只辨明或南或北，已使我们陷于迷惑底中间，更不用说进一步的话。我们先从本书看，得到的有些什么？如悬想起来，似乎很应当有个解决的方法。南北底风土人情，差异本很明显，而八十回书又非短篇之比。岂有从八十回书中，看不出一点所在地方底风土人情？只要有一两点看出，便可以断定这个问题了。这样说法原是不错，但可惜实际上没有这般简单，也没有这般称心如意。

本书中明说出地点的，有下列各项：

(1) 黛玉、宝钗到贾府去，都说是入都；而京都是专指北京而言。(第三、第四回)

(2) 贾雨村选了金陵应天府，辞了贾政，择日到任。(第三回)

(3) 贾雨村对冷子兴说："去岁我到金陵，……那日进了石头城，从他老宅门前经过，街东是宁国府，街西是荣国府，……大门外虽冷落无人。……"(第二回)

(4) 贾敬不肯回原籍来，只在都中城外和那些道士们胡羼。(第二回)

(5) 凤姐册词有"哭向金陵事更哀"之语。(第五回)

(6) 贾母说："我和你太太、宝玉立刻回南京去！"(第三十三回)

以外恐怕还有些证据，就想及的已有这六条，且已足够用了。雨村底话，每使人起误解，以为说书中事实是在南京，其实不然。我们看他说"老宅"，说"门外冷落无人"，都是没有人住着底铁证。贾母说回南京去，尤为明显。书中说京都、都中，皆指北京；于南京必曰石头城、金陵、南京。叙述时必曰原籍，自称必曰老家。这可见《红楼梦》底地方，是在北京。

本书除明点地方以外，从叙述情景中，还有可以证明是在北方的。颉刚有一信说得最为详细，现在引录如下，不用我再来申说。

---

① 友人汪敬熙先生曾听他底父亲说，《红楼梦》中大观园遗址在北京西城，今为内务府塔氏之园，革命以后，曾有人进去看过。汪君之父，则听一苏君谈说如此。信否未可知，情理或有之，记此备考。(一九二二，八，十五，在美国波定谟记)

贾家如在南方，何以有炕？炕于书中屡见。如第三回黛玉到王夫人处，写“临窗大炕”上怎样怎样。如第八回宝玉到薛姨妈处，听说宝钗在里面，他“忙下炕来……掀帘一步进去，先就看见宝钗坐在炕上作针线。”又如第六回刘老老到贾琏住宅，“刘老老和板儿上了炕，平儿和周瑞家的对面坐在炕沿上。”又说：“听得那边说道摆饭，……忽见两个人抬了一张炕桌来，放在这边炕上，桌上碗盘摆列。……”又写凤姐坐处，“南窗下是炕，炕上大红条毡。……”又如第十六回宝玉到秦钟家，李贵道：“秦相公是弱症，未免炕上挺扛的骨头不受用。……”（平按，又如第二十五回，贾环来到王夫人炕上坐着，命人点了蜡烛，装腔做势的抄写。后来宝玉靠着枕头，在王夫人身后倒下，贾环将蜡烛向宝玉验上一推。又如戚本第七十七回，晴雯将死之时，睡在芦席土炕上。这也都是北方砖炕底光景，明非南方之事。）从以上几则看来，王夫人条说是“临窗”，凤姐条说是“南窗下”，这是北京砖炕的安置处。南方便是炕床，也都安在北首靠墙的。宝钗在炕上作针线，巧姐屋里的炕上又是吃饭处所，秦钟又是睡在炕上：这都是北方砖炕的许多用处，不似南方的炕床只做客人坐位的。至于刘老老坐在这里的炕，平儿坐在对面的炕，可见屋里砌炕的多，决不是南方情景了。

其他所说像北方房屋样子的，就记忆所及，也有几处。(1) 第十四回说，“宝玉外书房完竣，支领买纸料糊裱”，可见房屋是纸裱的。(2) 第七十九回说，“咱们如今都系霞彩纱糊的窗格”，可见窗格是用纱糊的。这些在南方都没有。房屋结构尤其像北方。不过我对于这上的名目制度不甚明了，不敢提出来判断。

本来这书上的事实是使人确信他在北京的，所以明斋主人《总评》内也说：“白门为六朝佳丽地，系雪芹先生旧游处，而全无一二点染，知非金陵之事。……又于二十五回云‘跳神’，五十七回云‘鼓楼西’，（刚案，南京也有鼓楼，这不能断定北京）……明辨以晰，益知非金陵之事。”不过我们已有了《随园诗话》的先入之见，不敢信他在北京罢了。假使我们能约略知道曹雪芹的生平，他在《红楼梦》中的生涯，自然可以确定他的所在。（一九二一，六，十四，信。）

颉刚当时所表示的希望，现在虽勉强地达到；但“确定所在”这个断语，依然还得半悬着。这因为本书中有些光景，确系在江南才有的。若径断为北方之事，未免不合。例如：

第四十回，贾母众人先到潇湘馆，一进门，只见两边翠竹夹路，土地上苍苔布满。后来刘老老被青苔滑倒。

第二十六回，凤尾森森，龙吟细细，正是潇湘馆。同回，林黛玉也不顾苍苔露冷，独立花阴之下。

第十七回，潇湘馆有千百竿翠竹遮映。同回，贾政等过了荼蘼架，又入木香棚，蔷薇院，怡红院中满架蔷薇。

第三十回，宝玉到了蔷薇架。此时正是五月，那蔷薇花叶茂盛之际。

第四十一回，妙玉对贾母说，喝的是旧年蠲的雨水。

第四十九回，目录是"琉璃世界白雪红梅"，本文是"栊翠庵中有十数株红梅，如胭脂一般"。

第五十回，宝玉乞红梅，大家做红梅花诗。

第二十八回，行酒令时，蒋玉函拿起一朵木樨来。

看他写大观园中有竹，有苔，有木香，荼蘼，蔷薇，冬天有红梅，席面上有桂花，喝的是隔年雨水；怎么能说是北方的事情？第二十八回点木樨，或者可以说是盆景中的；但栊翠庵却有梅林，潇湘馆布满苔痕，又将如何解释？竹子我在北京还见过；至于梅林却从来未见，只听见人说某旗下亲贵有一枝梅花，是种在地下的，交冬时须搭篷保护。他自己很以为名贵，名之曰"燕梅"。这可见北京万不会有成林的红梅存在。至于北京居民亦万无以雨水为饮料之理；因北京屋顶，都是用灰泥砌瓦，且雨水稀少，下雨之时，颜色污浊，决不可饮。这是住过北京的人同有的经验，不是我信口开河。而且我所举的也并不全备，以外这类事例还多。如第七十八回，说"蓉桂竞芳"，第七十九回说"蓼花菱叶"，说"夏家把几十顷地种着桂花"，都不很像北方底景象。

这应当有一个解释。若然没有，则矛盾的情景永远不能消灭，而结论永远不能求得。我勉强地为他下一个解释，只是自己总觉得理由不十分充足；但除此以外，更没有别的解释可以想象，除非推翻一切的立论点，承认《红楼梦》是架空之谈。果然能够推翻，也未始不好，无奈现在又推翻不了这个根本观念。我底解释是：

这些自相矛盾之处如何解法，真是我们一个难题。或者可以说由于《红楼梦》传世抄本纷多，后虽定为一本，抵牾之处尚未尽去。或者此等处本作行文之点缀，无关大体，因实写北方枯燥风土，未免杀尽风景。我想，有许多困难现在不能解决的原故，或者是因为我们历史眼光太浓厚了，不免拘儒之见。要知雪芹此书虽记实事，却也不全是信史。他明明说“真事隐去”，“假语村言”，“荒唐言”，可见添饰点缀处是有的。从前人都是凌空猜谜，我们却反其道而行之，或者竟矫枉有些过正也未可知。你以为如何？（一九二一，六，十八，信）

我在当时亦觉得我们未免太拘迂了。《红楼梦》虽是以真事为蓝本，但究竟是部小说，我们却真当他是一部信史看，不免有些傻气。即如元妃省亲当然实际上没有这回事，（清代妃嫔并无姓曹的）里面材料大半从南巡接驾一事拆下来运用的。这正是文字底穿插，也是应有的文学手腕，所以上列各项，暂且只好存而不论，姑且再换一条道路去走一下，看能够走得通吗？我这种怀疑的态度，曾对颉刚宣示：

从本书中房屋树木等等看来，也或南或北，可南可北，毫无线索，自相矛盾。此等处皆是所谓“荒唐言”，颇难加以考订。（一九二一，六，三十。）

因本书底内容混杂，不容易引到结论。我们只得从曹雪芹底身世入手，从外面别的依据入手，或者可以打破这重迷惑。颉刚对于这一点极有功绩。他先辨明大观园决不是随园，把袁枚底谎语拆穿。这样一来，《红楼梦》是南方的事，在外面看，已少了一个有力的帮手。颉刚说：

但我又要疑大观园不即是随园。雪芹是曹寅的孙，我们又确相信雪芹即宝玉，而《红楼梦》是写实事的书，那么书中贾母即曹寅之妻，贾母入书时已近八十了。曹寅死时，年五十一岁，夫妇即算是同年，算到隋赫德接曹頫之任，她不过七十一岁；此时曹家当然搬还北京，这园也不久卖与隋氏了。如何能看他改造起来？……但说大观园决不在南京，也是不能。（1）书名《石头记》，当是石头城中事。（2）是书屡说“金陵十二钗”，贾王史薛各家，因是可说金陵籍而住在都中的，逃不了金陵二字；至于黛玉妙玉与南京一点没有关系，何以也入“金陵十二钗”之内？（一九二一，六，五。）

我回他一信，对于上半节完全赞成，他所怀疑的两点，我却以为不成大问题。我说：

> 石头是作者自寓，《石头记》是自记其生平，不必定说是石头城里底事情。“金陵十二钗”乃概括言之，不必太泥，或视为作者底一点疏忽亦无不可。（一九二一，六，九。）

但这还是从书中事实对看，而生“随园非大观园”这个疑惑。颉刚后来又给我两信，直接地证实随园决非大观园。袁枚本是个极肉麻的名士，老着脸说“大观园者，即余之随园也”。被颉刚这一逐细驳辩，真是痛快之至。颉刚说：

> 袁枚生于一七一六，与雪芹生岁不远。他说，“相隔已百余年矣”，可见此老之糊涂！本来我在《江南通志》、《江宁府志》及《上元县志》上查，都没有说小仓山是曹家旧业。曹寅是有名的人，往来的名士甚多，他有了园，一定屡屡见之诗歌，为什么《楝亭诗钞》里只有一个西轩，别人诗词里也不见说起？可见府志书的不载，正好反证曹家并无此园了。（一九二一，六，十四。）
>
> 袁枚所记曹家事，到处错误。大观园不在南京，我日来又续得数证：(1)《续同人集》上，张坚赠袁枚一诗的序中原说：“白门有随园，创自吴氏。”适之先生没有引他的序，而只引他的“瞬息四十年，园林数主易”一语，以为“数”即不止隋、袁两家。现在既知尚有吴氏，则吴、隋、袁三家亦可称“数”了。(2) 袁枚《随园记》作于乾隆十四年三月，记上说他的经过次序：(甲)买园，(乙)翻造，(丙)辞官，(丁)迁居。这许多事情必不是三个月所能做的，则买园当然在乾隆十四年之前。但十三年正是他修《江宁府志》的时候，志书局里的采访是很详的，曹家又是有名人家，如果他们有了这园，岂有不入志之理？他这部志我虽尚没有寓目，但看他《随园记》的不说，后来续纂府志的不载，便可推知他的志上也是没有的了。他掌了府志还不晓得，他住入了园内还不记上，而直等看见了《红楼梦》之后方说大观园即随园，这实在教人不能相信！明斋主人《总评》里说：“袁子才《诗话》谓纪随园事，言难征信，……不过珍爱备至而硬拉之，弗顾旁人齿冷矣。”恐确是这个样子。（一九二一，六，二十四，信）

他两信所说，真是铁案如山，不可摇动。从此，《红楼梦》之在南京，已无确实的根据，除非拉些书中花草来作证。而这些证据底效力究竟是很薄弱的。因文人涉笔，总喜风华；况江南是雪芹旧游之地，尤不能无所怀忆。何必定说，处处实写北地底尘土，方为合作。看全书八十回，涉及南方光景的，只有花草雨露等等，则中间的缘故也可以想象而得了。且我们更可以借作者底生平，参合书中所叙述，积极地证明《红楼梦》之在北京。

雪芹生年假定为一七一九，迟早也只在数年之中。曹頫卸任后，当然北去，雪芹大约只有九岁上下；而书中宝玉入书时已十一二岁，我们既确信雪芹即宝玉，则《红楼梦》开场叙事，已明在北京。证一。

书中凤姐说，早生二三十年就可以看见太祖皇帝仿舜巡的故事。太祖皇帝是指清康熙帝。我们若是坐定她说话时，是在康熙末次南巡后之二三十年（一七二七——一七三七）；则入书时极早曹頫适罢官，极迟曹家已搬回北京十年了（因隋赫德接曹頫之任在一七二八年）。以平均计算，大约在一七三二年左右，曹氏已早北去。证二。

曹頫卸任时，曹寅之妻至多七十多岁；而书中明写贾母庆八旬，明系在北京底事情，证三。（参看上篇，《红楼梦底年表》。）

故以书中主要明显的本文，曹氏一家底踪迹，雪芹底生平推较，应当断定《红楼梦》一书，叙的是北京底事。从反面看，却没有确切的保证，可以断定《红楼梦》是在南方的；袁枚底话是个大谎，书中有些叙述，是作文弄姿，无甚深意的。

话虽这样说，我们现在从大体上，如此断定了；但究竟非无可怀疑的。我总觉得疑惑没有销尽，而遽下断语，是万分危险的；所以在这里，判决书已下之后，却声明得保留将来的“撤销原判”底权利。

可疑的有好几项：(1) 曹頫已免官北去，雪芹年尚幼小——十岁以下——怎么会有这样富贵温柔的环境，像书中所描写的？这一个疑问比较还容易解答。且看第二回中冷子兴说：“古人有言，‘百足之虫，死而不僵。’如今虽说不似先年那样兴盛，较之平常仕宦之家，到底气象不同。”这正如俗语所谓：“穷穷穷，还有三条铜！”曹氏三世四任为江宁织造，兼巡盐御史，当清康熙物力殷足之时，免官之后自然还有余荫，可及子孙，怎么会骤穷起来？且曹家搬回之后，或在北京再兴旺几时，也未可知。看书中贾政甚得皇帝底赏识，曾放学差；或者曹頫也有这类经历，也很难说。（可惜曹頫自免织造任后，事迹无考，不能证实这层揣想。）即没有这事，雪芹做了几年的阔公子，总是可能的。

(2) 但颉刚另表示一种疑惑，却无法解答。他说："曹家搬回北京后，已无袭职可言，为何书上犹屡屡说及这一回事？"（一九二一，六，十四，信）这个姑留为悬案，我不愿强作解人。

(3) 敦敏送雪芹诗有"秦淮残梦忆繁华"之句，敦诚怀雪芹诗有"扬州旧梦久已绝"之句；看他们所说的"旧梦""残梦"，似即指所谓"红楼梦"而言。但一个说秦淮，一个说扬州，好像《红楼梦》所说的事，是在这两处——江南，江北，——决不是在北京。如照我们这样说，雪芹十岁内随父北旋，后来从没到过南方；则何所谓"忆繁华"，又何所谓"旧梦绝"？上节犹是小节，这真是大不可解了！充其极量，可以推翻本篇一切的论证。

所以说了半天，还和没有说以前所处的地位是一样的。我们究竟不知道《红楼梦》是在南或是在北？绕了半天的弯，问题还是问题，我们还是我们，非但没有解决底希望，反而添了无数的荆棘，真所谓"所求愈深所得愈寡"了！但我们却决不灰心，困难正足以鼓励我们。无论如何，总要比袁枚他们随意胡言好一点。说了半天，还是颉刚说得最好："我们现在不是要求一切的结论，只是把各种矛盾窒碍的地方聚集拢来，备将来结论的参考。"我们在路上，我们应当永久在路上！

一九二二，六，二十。

十　八十回后的《红楼梦》

《红楼梦》只有八十回，八十回以后那里还有《红楼梦》？所以这个标题严格地解释是不很通的。但从戚蓼生、高兰墅以来，凡读《红楼梦》的人都说这书是没有完全，即以我们底眼光看也是如此。这可见现存的《红楼梦》虽只有八十回，而《红楼梦》却不应当终于八十回；换句话说，即八十回以后应当还有《红楼梦》。只可惜实际上却找不出全璧的书，只有狗尾续貂的高鹗底一百二十回本，这自然不能使爱读《红楼》的人满意。这节小文专想弥补这个缺陷，希望能把八十回以后原来应有的——可以考见的——面目显露一二。这本是一个很大胆的企图，妄想，恐不免终于失败。但我被迫于研究这书底兴味，不得不轻率地负荷这个担子，虽然我自知是个无力的人。我总竭力避免不知妄说这个毛病，虽然妄说终是难免的。

八十回以后全是黑漫漫的长夜，而我却偏要从其间去辨别路途，自然得借重一盏明灯。以我们所知的作者身世是这样地少，决不够引路底需要，这使我更添一重困难。现在可以勉强当作灯烛的，只有原书八十回。因为一书首尾每有照应，可以由前推后；而且八十回的留下的煞尾底暗示又不算很少。这仿佛是洞口底微明，使入洞的朋友，至少有几丈的光明，可以借他看见洞内一切的伟丽。但几丈以外，则为光明之力所不能及，只好去暗中摸索，凭着自己底猜详。我以为猜详是变形的瞎说，菽麦不辨，鹿马不分，是常有的现象；虽说得天花乱坠，而究竟无可信的价值。所可信的，还只在几丈之内，光明所及的地方，是凭我们底目，不是凭我们底想。我写这节文字，即抱这个态度，宁少说，说得简略些，老实些，不完全些。这全是应有的缺陷，不是我一个人底过失。至于夸张敷衍，想当然才是求真理底蟊贼，我们应当尽力去排斥。虽然，《红楼梦》研究是学问界中底沧海一粟，无有甚深甚广的价值；我总认定搏兔得用狮子底全力，方才可免兔脱的危险。

曹氏为什么只做了八十回书便戛然中止？以我们揣想，是他在那时病死了。《红楼梦》到八十回并不成为一段落，以文章论，万无可以中止之理；可见那时必有不幸的偶然事发生，使著书事业为之中断。看敦诚赠诗有“著书黄叶村”之语，事在一七五七年，假定为著《红楼梦》之时；下距雪芹之卒只八年（雪芹卒于一七六四）。而《红楼梦》八十回底成就，依本书第一回看，有十年之久。可见书未完成而作者衰病以卒，确是可能的事。颉刚也这么揣想。他说：“……不久，他竟病死了，所以这部书没有做完。”（一九二一，五，十，信。）这原仅仅是揣想，无可证明的，但除此更无较近情理的，我们故勉强采用了这个。

《红楼梦》既是残本，那么，现存的八十回是当全书底几分之几？这也不容易径直解答，因全书并没有真的存在，如何能衡量出一个确定的比例。依本书八十回内所叙的事比看，似八十回至多可当全书之半（即全书应当有一百六十回），至少可当全书九分之四（即全书一百八十回）。这原是粗略地计算，但已可见现行的一百二十回本和已佚的一百十回本都是后人底手笔决非原书了。我在《石头记底风格与作者底态度》一文里说：

依我底眼光，现存的八十回只是《石头记》底一小半，至多也不过一半，真要补完全书，至少也得八十回，像现在所有的四十回决不够的。因《石头记》以梦幻为本旨，必始于荣华终于憔悴，然后梦境乃显。现存的八十回正是荣华未谢之时，说不到穷愁潦倒，更说不到自色悟空。以前八十回行文格局推之，以后情事即极粗略写去，亦必八十回方可。就事实论，截至现存八十回看；十二钗已结局者只一可卿，将尽者有迎春，巧姐则尚未正式登场。副册中将下世者有香菱，已死者有晴雯，金钏，尤二姐，尤三姐，其余大观园中人物均尚无恙。知其结局虽极匆匆，亦决非四十回所能了。况且宝玉将由富贵而贫贱，由贫贱而衰病，由衰病而出家；若曲折尽量写去，即百回亦不嫌其多，况乃仅仅四十回。观高君续作末数回，匆促忙乱之象，不是行文，大类写账，可见原作决不止百二十回之数。

若依大情大体看，结果亦正复相同。《石头记》本演色空(见第一回)；由梦中人说，色是正，空是反，由梦后人说，空是正，色是反。所以道士给贾瑞的风月宝鉴，有正反两面，其实骷髅才是镜子底真正的正面。作者做书时当然自居为梦醒的人，故《石头记》又名《风月宝鉴》，正是这个意思。既晓得《石头记》中底色是书底反面，那么，现存的八十回不过一段反跌文字，正文尚在其后，依文格推断，反跌文字已占了八十回，正文至少亦得八十回方能相称。不然，岂不头重脚轻呢？况且前八十回备记风月繁华之盛，若无后文一振便味同嚼蜡；惟其前荣后悴，然后方极感叹无聊之致。(《学林》第一卷第三号)

八十回后，回目约有多少，已说明了。我们便要研究结构与事实这两点。事实呢，比较还有些可以推求，容在下文说。结构却因不见原书，简直无从悬揣，即使可以悬揣，也总是不可靠的。我已声明，本篇不愿罗列没有依据的话；所以关于八十回后底结构问题，我愿付缺如，一字不提，自安于不知。我只消极地说一句，决非是高鹗底一百二十回本底样子，虽然或者许有相似的地方。我怎么能知道呢？因为事实既有了差异，不得再有很相同的结构。

八十回后的《红楼梦》原有三方面可以讨论：(1) 回目之数，(2) 结构，(3) 事实。现在(1)项约略说了一点，(2)项是无可说的，只剩(3)项了。而(3)项底内容，可考见的却比较(1)(2)丰富得多，所以成了本文底主干题目。自此以下，专在这一点上研究。

八十回后底书中事实，可依照八十回中底书中事实，大略分为四项：(1) 贾氏，(2) 宝玉，(3) 十二钗，(4) 众人。我逐一明简地去说明。有许多例证前已引过全文的，只节引一点。怀疑的地方也明白叙出，使读者知我所以怀疑之故。

(一) 贾氏——贾氏后来是终于衰败，所谓“树倒猢狲散”，这是无可疑的。虽然以高鹗这样的势利中人，尚且写了抄家一事。至于高本以外的两种补本，在这一点上也正相同，且描写得更凄凉萧瑟。这可谓“人有同心”了！所以大家肯公认这一点，没有疑惑，是因八十回中底暗示太分明了，使人无可怀疑；且文章一正一反也是常情，可以不必怀疑。既然如此，似乎在这里可以不必多说，我们看了高本，便可以知原本之味。但在实际上却没有这样简单。

贾氏终于衰败虽确定了，但怎样地衰败？衰败以后又怎么样？却并没有因此决定。这就是本节应讨论的题目。我先列举三补本底写法：(1) 高鹗补的四十回，贾氏是抄家，抄家以后又复世职，发还家产。(2) 三十回补本，贾氏子孙流散，一败涂地。(3) 所谓旧时真本的补本，荣宁籍没备极萧条。三本中(2)项写得最利害；(3)项亦差不多；(1)项却写到复兴，即抄家时也只约略说过。这三本底批评，各有专篇，不在这里说。我们且讨论这两个问题。

贾家是怎样地衰败的？这有两个可能的答语：(1) 渐渐的枯干下去，(2) 事败罹法网，如抄家之类。我们最初是相信第一个解答，最近才倾向于第二个了。要表示我们当时的意见，最好是转录那时和颉刚来往的信，我当初因欲求“八十回后无回目”这个判断底证据，所以说：

> 抄家事闻兄言无考，则回目系高补，又是一证。(一九二一，五，四，信。)

颉刚后来又详细把他底意见说了一番：

> 贾家的穷，有许多证据可以指定他不是由于抄家的：
>
> (1) 如今生齿日繁，事务日盛，主仆上下，安富尊荣的尽多，运筹谋画者无一；其日用排场费用，又不能将就省俭，如今外面的架子虽

未甚倒,内囊却也尽上来了!(第二回,冷子兴对贾雨村说的话)

(2) 林黛玉常听得母亲说,他外祖母家与别家不同。他近日所见的这几个三等仆妇,穿吃用度,已是不凡。(第三回)

(3) 贾宅族中凡有的子侄,……都是那些纨袴气习,……今日会酒,明日观花,甚至聚赌嫖娼无所不至。(第四回)

(4) 外面看着虽是烈烈轰轰,不知大有大的难处,说与人也未必信呢!(第六回,凤姐对刘老老说)

(5) 可卿死后,贾珍拍手道:"如何料理,不过尽我所有罢了!"又贾珍托凤姐办丧事,说:"只求别存心替我省钱,要好看为上。"(第十三回)

(6) 平儿向凤姐说,"我们二爷那脾气,油锅里的还要捞出来花呢!"(第十六回)

(7) 赵嬷嬷道:"咱们贾府正在姑苏扬州一带监造海船,修理海塘,只预备接驾一次,把银子化的像淌海水似的!"(第十六回)

(8) 贾妃在轿内看了此园内外光景,因点头叹道:"太奢华过费了!"……贾妃极加奖赞,又劝以后不可太奢了,此皆过分。……贾妃……再四叮嘱:"倘明岁天恩仍许归省,不可如此奢华靡费了!"

由以上八条归纳起来,贾家的穷不外下列几项缘故:

(甲) 排场太大,又收不小;外貌虽好,内囊渐干。(1)(2)(4)

(乙) 管理宁府的贾珍,管理荣府的贾琏,都是浪费的巨子。其他子弟也都是纨袴气习很重。一家中消费的程度太高,不至倾家荡产不止。(3)(5)(6)

(丙) 为皇室事件耗费无度。(7)(8)

所以贾氏便不经抄家,也可渐渐的贫穷下来。高鹗断定他们是抄家,这乃是深求之误。(一九二一,五,十七,信。)

但他后来渐渐觉得高氏补这节是不很错的,虽然仍以为原书不应有抄家这件事,他说:

籍没一件事虽非原书所有,但书上衰败的预言实在太多了;要说他们衰败的状况,觉得"渐渐的干枯"不易写,而籍没则既易写,又明白:高鹗择善而从,自然取了这一节。(一九二一,六,十,信。)

我在六月十八日复他一信,赞成他底意见。这时候,我们两人对于这点,实在是骑墙派；一面说原书不应有抄家之事，一面又说高鹗补得不坏。以现在看去，实在是个笑话。我们当时所以定要说，原书不写抄家事，有两个缘故：(1) 这书是纪实事，而曹家没有发见抄家的事实(以那时我们所知)。(2) 书中并无应当抄家之明文。至于现在的光景，却大变了，这两个根据已全推翻了，我们不得不去改换以前的断语。

现在我们得从三方面去观察这个问题。(1) 从本书看，(2) 从曹家看，(3) 从雪芹身世看。若三方面所得的结果相符合，便可以断定"书中贾氏应怎样衰败"这个问题。我们知道，从本书看，确有将来事败抄家这类预示，且很觉明显不烦猜详。(所引各证见上卷《高鹗续书底依据》及下卷《后三十回的红楼梦》)我们又知道，曹家虽尚未发见正式被抄没的证据，但类似的事项却已有明证，很可以推测后来应有这么一回事。这一点胡适之先生说得最明白。我引他底话：(他原文上面引谢赐履一折，从略不引，但应当参看。)

> 这时候，曹頫(雪芹之父)虽然还未得罪，但谢赐履折内已提及两事：一是停止两淮应解织造银两，一是要曹頫赔出本年已解的八万一千余两。这个江宁织造就不好做了。我们看了李煦的先例，就可以推想曹頫的下场也必是因亏空而查追，因查追而抄没家产。(《胡适文存》，卷三，二二七页)

这虽非抄家，但追赔八万多两银子也就和抄家差不多。所以胡先生这个揣想，大致是确实的。(惟我以本书底年代推看，抄家似不应在曹頫卸任之时，恐尚须移后十余年。)即我们如考查雪芹底身世也可以揣测他家必遭逢不幸的变局，使王孙降为寒士，虽然不一定是抄家。我们知道，雪芹幼年享尽富贵温柔的人间福分，所以才有《红楼梦》；(看书中的宝玉便知)但在中年(三十多岁)，已是赤穷，几乎不能度日了。敦诚寄怀雪芹诗，在一七五七年，中已有"于今环堵蓬蒿屯"之句，可见他已落薄很久了。(如假定雪芹生于一七一九，到敦诚作诗时，雪芹年三十八。)后来甚至于举家食粥，(一七六一，敦诚赠诗)则家况之赤贫可知。但曹氏世代簪缨，曹雪芹之父尚及身为织造，怎么会在十年之内，由豪华骤转为寒畯，由吃莲叶羹的人降为举家食粥？(依本书看，八十回终了时雪芹已有十九岁，到他三十岁后便已赤贫，可见境遇底剧变即在此十年之中。)要解释这个，自然不便采用"渐渐枯干"这个假定。虽然"渐渐枯干"，也未始不可使他由富贵而贫贱;但总不如假定有抄家这么一回事,格外圆满,简截。我总不甚相信,在短时期内,如不抄家,曹家会衰败到这步田地。况且本书上明示将有抄家之事,尤不容有什么疑惑。上边颉刚所归纳的三项,也是实有的现象,但书中贾氏底衰败,并不以此为惟一的原因,也不以此为最大的原因。最大的原因还是抄家。因为"渐渐枯干"与抄家是相成而不相妨的。我们并不能说,如是由于抄家便不许有"渐渐枯干"这类景象,或者有了"渐渐枯干"的景象,便不许再叙抄家事。我以为《红楼梦》中的贾氏,在八十回中写的是渐渐枯干,在八十回后便应当发见抄家这一类的变局,然后方能实写"树倒猢狲散"、"食尽鸟投林"这种的悲惨结果,然后宝玉方能陷入穷境,既合书中底本旨,也合作者底身世,然后方完成"按迹寻踪不失其真"的《红楼梦》。

这样看来,原书如叙贾氏底结局,大致和高本以外的两补本差不多;和高本也差不多,只是没有贾氏重兴这回事。我们本来还有一点没有正式提到,就是衰败以后怎么样?这可以不必讨论,从上边看,读者已知道,衰败便是衰败,并没有怎么样。高鹗定要把贾氏底气运挽回来,实在可以不必,我已在《高作后四十回底批评》中详说了。

(二)宝玉——因为"红楼"本是一梦,所以大家公认宝玉必有一种很大的变局在八十回以后。这一点是共同的观察,可以不必怀疑讨论。但变局是什么?却不容易说了。以百年来大家所揣测的,只有两种:(1)穷愁而死,(2)出家。如联合起来还有一种,(3)穷愁而后出家。

究竟这三种结局,是那一种合于作者底原意,我们无从直接知晓。我们只可以从各方面去参较,求得较逼近的真实;如此便算解决了。我最初是反对高鹗底写法——宝玉出家——以为宝玉应终于贫穷。我对颉刚说:(已见《辨原本回目只有八十》这一文中的,不再引。)

> 我想《红楼》作者所要说的,无非始于荣华,终于憔悴,感慨身世,追缅古欢,绮梦既阑,穷愁毕世。宝玉如是,雪芹亦如是。出家一节,中举一节,咸非本旨矣。盲想如是,岂有当乎?(一九二一,四,二七。)

> 由盛而衰,由富而贫,由绮腻而凄凉,由骄贵而潦倒,即是梦,即是幻,即是此书本旨,即以提醒阅者;(第一回)过于求深,则反迷失其本旨矣。我们总认定宝玉是作者自托,即可以以雪芹著书时的光

景，悬揣书中宝玉应有的结局。……究竟此种悬想是否真确，非有他种证明不可，现在不敢确说。（一九二一，五，四）

我当时所持的最大理由，是宝玉应当贫穷，在书中有明文，（第三回，宝玉赞）而雪芹也是贫穷的，更可为证。当时却不曾全然说明书中相反的暗示（宝玉出家），只勉强解释了几个，中间有些遁词。颉刚先是赞成我这一说的，后来却另表示一种很好的意见，我于是即被他说服了。我们来往的信上说：

曹雪芹想象中贾宝玉的结果，自然是贫穷，但贫穷之后也许真是出家。因为甄士隐似即是贾宝玉的影子——（一）"秉性恬淡，不以功名为念。"（二）到太虚幻境，扁额对联都与宝玉所见同。（三）"封肃便半用半赚了，略与他些薄田破屋，士隐乃读书之人，不惯生理稼穑等事，强勉支持一二年，越发穷了。"（四）他注释《好了歌》云："陋室空堂，当年笏满床；……绿纱今又糊在蓬窗上。……"——甄士隐随着跛足道人飘飘去了，贾宝玉未必不随一僧一道而去。要是不这样，全书很难煞住，且起结亦不一致。所以高鹗说宝玉出家，未必不得曹雪芹本意。

宝玉不善处世，不能治生，于是穷得和甄士隐的样子，"暮年之人，贫病交攻，竟渐渐的露出那下世的光景来"；于是"眼前无路想回头"，有出家之念。（一九二一，五，十七，颉刚给我的信。）

论宝玉出家一节见地甚高，弟只见其一未见其二也。贫穷与出家原非相反，实是相因；出家固不必因贫穷，但贫穷更可引起出家之念。甄士隐为宝玉之结果一影，揆之文情，自相吻合。雪芹自己虽未必定做和尚，但也许有想出家的念头；我们不能因雪芹没出家便武断宝玉也如此。……我们不必否认宝玉出家，我们应该假定由贫穷而后出家。（一九二一，五，二十一，复颉刚信。）

这明是从(1)说（终于贫穷）变成(3)说底信徒了。（贫穷后出家）我当时所以中途变节，一则由于宝玉出家，书中明证太多，没法解释；（《高鹗续书底依据》一文中，约举已有十一项，恐还不能全备。）二则若不写宝玉出家事，全书很难结束，只是贫穷，只是贫穷，怎么样呢？且与开卷楔子不相照应，文局也嫌疏漏。我因这两层考虑，不得不择善而从，做颉刚底门下了。

至于各补本作者底意见,也可以约略点明,作为参考。高鹗写宝玉是不贫穷而出家;所谓旧时真本底作者,主张宝玉不出家而贫穷;——沦于击柝之役——三十回本底作者和我们一样,主张他贫穷之后再出家。三十回本发现得最晚,有许多地方,暗合我们底揣想,这是我们所最高兴的。我现在将三说分列如下:

(1) 贫穷——所谓旧时真本,我底初见。

(2) 出家——高鹗四十回本。

(3) 贫穷后出家——后三十回,我们底意见。

究竟谁是谁非,只好请作者来下判断。八十回中既并有"贫穷和出家"这两种预示,或者我们底主张较为近真些。但各人都有自是的成见,预示又每每含糊,可以作种种不同的解释;所以是非底判断还是不容易下的。而且,我们现在已知道雪芹以穷愁而卒,并没有做和尚,这也未始不是(1)说底护符。但我们始终以为行文不必凿方眼,雪芹虽没有真做和尚,安见得他潦倒之后不动这个心思?又安见得他不会在书中将自己底影子——贾宝玉——以遁入空门为他底结局?所以宝玉虽即是雪芹,雪芹虽没有出家,而我们却偏相信宝玉是出家的。这是违反了逻辑底形式,但我们思想底障碍便是这个形式。因为形式是死的,单简的,事实是活的,复杂的;把形式处处配合到事实上,便是一部分思想谬误底根源。我本不应当说这些题外的迂谈,但这是我们对于自己底主张底辨解。

(三) 十二钗——名为十二钗,这儿可以讨论的结局,实只有十一人,因秦可卿死于第十三回,似不得在此提及。且秦氏结局作者已写了,更无揣测底必要。我在这篇之下,另有一短篇,专论秦氏之死,作本篇底附录。

论十二钗底结局是很烦琐,且太零碎了,恐不易集中读者底注意。现在我把十一人底结局分为三部分论列。那三部呢?(A) 无问题的,(B) 可揣测的,(C) 可疑的。(A)部底结果大致与高本所叙述差不多,相异只在写法上面。(B)(C)两部问题很多,而(C)犹觉纠葛。我不避麻烦,慢慢地一步一步的走去。但文词芜杂,恐不足以引人入胜,这是要求读者原谅的。

(A) 无问题的——共有七人:元春,迎春,探春,惜春,李纨,黛玉,妙玉。怎么说是无问题呢?因她们底结局,在八十回中,尤其在第五回底册子曲子中，说得明明白白。即高鹗补书也没有大错，不足以再引人起迷惑。所谓无问题底意义，就是结局一下子便可直白举出，不必再罗列证据，议论。且有些证据，已在《高鹗续书底依据》一文中引录，自无重复底必要。我用最明简的话断定如下：

元春早卒，迎春被糟蹋死，探春远嫁，惜春为尼，李纨享晚福，黛玉感伤而死，妙玉堕落风尘。

这七人中又应当分为两部分：(1) 无可讨论的，(2) 须略讨论的。无问题而须讨论，这不是大笑话吗？但我所谓无问题是说没有根本的问题须解决，并不是以为连一句话都不消说得。以我底意见，元春迎春应归入(1)项，以外的五人可归入(2)项。(1)项可以不谈，我们只说(2)项。

为什么定要哓哓然说不休呢？因为这五人在高鹗本上写得稍有些错误，如全然不付讨论，势必使读者全然信服高氏底话，而以为作者原意也如此。这虽不甚关紧要，因为高氏错得并不利害；但作者之意被人误会，这是本篇应负的责任，不能轻易放过。且我也不想多说，有许多话已在前数篇中说到，可以参看。我也只用明简的言词，把无问题底意义，加上一点限制。

探春底册子、曲子、灯谜、柳絮词都说得很飘零感伤的；所以她底远嫁，也应极飘泊憔悴之致，决不是嫁与海疆贵人，很得意的，(此处稍有修正，见上卷第三章注①)后来又归宁一次，出跳得比前更好了。(高氏底写法)因为这样写法，并没有什么薄命可言；为什么她也入薄命司？(第五回)惜春底册子上画了一座大庙，应当出家为尼，不得在栊翠庵在家修行。这两处均应以后三十回本写法为正。

看李纨底终身判语，有"珠冠凤袄"、"簪缨"、"金印"、"爵禄高登"等语，可见她底晚来富贵，不仅如高氏所言，贾兰中举而已。又曲子上说，"抵不了无常性命"，"昏惨惨黄泉路近"等语，似李纨俟贾兰富贵后即卒，也并享不了什么福。这一点高本因只有四十回书，简直没有提起。我并不怪高氏，只是声明原来的意思应当如此。

黛玉因感伤泪尽而死，各本相同，无可讨论。只是高鹗写"泄机关颦儿迷本性"一回，却大是赘笔，且以文情论亦复不佳。从八十回中看，并无黛玉应被凤姐宝钗等活活气死的明文，所以高鹗底写法，我认为无根据，不可信任。我并不是定说八十回后决无这类文字，我是说八十回中既没有明文,我们不能知道他究竟是怎么样。我只是疑怀不下判断,我只是消极地警告读者,不要上高氏底当。我觉得以黛玉底多愁多病,自然地也会夭卒的,高氏所写未免画蛇添足,且文情亦欠温厚蕴藉,虽没有积极的确证,但高作本未尝有确证。

妙玉是后来"肮脏风尘"的,高鹗写他被劫被污,也不算甚错。但作者原意既已实写了贾氏底凋零,一败而不可收拾;则妙玉不必被劫,也可以堕落风尘。所以高氏写这一点,我也认为无根据。妙玉后来在风尘中,我们知道了,承认了;但怎样地落风尘,我们却老老实实不知道,即使去悬揣也是不可能。

(B) 可揣测的——有二人:凤姐,她底女儿巧姐。所谓"可揣测",是什么意义?就是说八十回中虽有确定的暗示,但我们却不甚明了他底解释;所以一面是不能断定她们底结局,(不明了)在另一面又不能说是"可疑"。(确定的暗示)这是(A)(C)两项底间隙型;是可以悬拟,不可以断言的;是可以说明,不可以证实的。我们姑且去试一试,先把假定的判断写下来。

凤姐被休弃返金陵,巧姐堕落烟花,被刘老老救出。

当然,不消再说得,这判断是不确定,不真实的;只是如不写下来,恐不便读者底阅览,使文章底纲领不明。我先说凤姐之事,然后再说到她底女儿。

凤姐被休,书中底暗示不少,举数项如下:

(1) 册词云:"一从二令三人木,哭向金陵事更哀!"

(2) 第二十一回,贾琏说:"多早晚才叫你们都死在我手里呢!"

(3) 第六十九回,(戚本)贾琏哭尤二姐说:"终究对出来,我替你报仇。"

(4) 第七十一回,邢夫人当着大众,给凤姐没脸。

(1)项容再论。上列三项如综括起来,则(2)(3)是不得于其夫,(4)是不得于其姑,都是被休底因由。而(1)项尤为明证。"人木"似乎是合成一个休字,但因全句无从解析,姑且不论。即"哭向金陵事更哀"一语,即足以为证而有余。我们既知道,贾家是在北京,则凤姐如何会独返金陵?如说归宁,何谓"哭向"?何谓"事更哀"?高鹗说她是归葬金陵,也不合情理,我在《后四十回底批评》已痛加驳斥了。

因为要解释所谓“返金陵”，只有被休这一条道路；且从八十回所叙之情事看，凤姐几全犯所谓“七出之条”，而又不得于丈夫翁姑，情节尤觉吻合。我敢作“被休弃返金陵”这个假设的断案，以此，但为什么始终不敢断言呢？这是因“一从二令三人木”句，无从解释；一切的证据总不能圆满之故。我虽觉得是千真万确了，但有一点证据不能解释清楚，这是没有法子的事情，只得存疑了。

巧姐遭难被刘老老救去，这是从八十回去推测可以知的，高鹗且也照这个补书；所以实在可以说是无问题。我所以把她列入(B)项，只因为我有一点独创的新见，愿意在这里说明。

依高鹗写，巧姐是将被她底“狠舅奸兄”卖与外藩做妾，而被刘老老救了去，住在村庄上，后来贾琏回家，将他许配与乡中富翁周氏；这实在看不出怎么可怜，怎么薄命。巧姐到刘老老庄上，供养得极其周备，后来仍好好地回家，父女团圆。这不知算怎么一回事！高先生底意思可谓奇极！

依我说，巧姐应被她底“狠舅奸兄”卖了；这时候，贾氏已凋零极了，凤姐已被休死了，所以他们要卖巧姐，竟无有阻碍，也无所忌惮。巧姐应被卖到娼寮里，后来不知道怎样，很奇巧的被刘老老救了，没有当真堕落到烟花队里。这是写凤姐身后底凄凉，是写贾氏末路底光景，甚至于赫赫扬扬百年鼎盛的大族，不能荫庇一女，反借助于乡村中的老妪。这类文情是何等的感慨！

我这段话，读者必诧异极了，以为这无非全是空想却说得有声有色，仿佛“像煞有介事”，未免与前边所申明的态度不合了。其实我所说的，自然有些空想的分子，但证据也是有的。容我慢慢地说。读者没有看见第一回《好了歌注》吗？中间有一句可以注意。

择膏粱，谁承望流落在烟花巷。

这说的是谁？谁落在烟花巷呢？不但八十回中没有是当然，即高本四十回中也是没有的。这原不容易解释。意思虽一览可尽，但指的是谁，却不好说。依我底揣摹，是指巧姐。“择膏粱”这一兼词，“择”字应当注意。这句如译成白话，便是“富贵家的子弟来说亲事，当时尚且要选择，谁知道后来她竟流落在烟花巷呢！”这个口气，明指的是巧姐。因她流落在烟花巷里，所以有遇救的必要，所以叫做“死里逃生”。若从高氏说，巧姐将卖与外藩为妾，邢夫人不过一时被蒙，决不愿意把孙女儿作人婢妾，这事底挽回，何必刘老老？高氏所以定要如此写，其意无非想勉强照应前文，在文情决非必要。可知作者原意不是如此的。而且，关于巧姐事，八十回中屡明点"巧"字，则巧姐必在极危险的境遇中，而巧被刘老老救去。高本所写，似对于"巧"字颇少关合。我底揣想如此，至于是不是，凭读者底评判。

(C) 可疑的——有二人：湘云，宝钗。而湘云底结局，尤为可疑。所谓可疑，是指八十回中有多歧的证据，或者竟是相矛盾的，使我们无论如何，难得着圆满的解释。所以在这一项中，虽假设的判断也不能有了。我只把可疑的事情底标题写在下边，然后说明一番。

(1) 宝钗嫁宝玉之事，(2) 湘云嫁宝玉之事，(3) 湘云守寡，或早卒之事。

一方面想，宝钗与宝玉成婚，似毫不成问题，竟可列入(A)项中去。但我为什么把他列入(C)项？这自然也可以说是一种偏见，但我愿意把我底偏见告诉诸君。

钗玉成婚一事所以不免可疑，有两个根源：(1) 湘云底结局问题不能解决，因此宝钗底结局也不免摇动。(2) 本身的可疑。湘云之事下节详说。这节仅说明本身的可疑。我们知道，《红楼梦》暗示金玉姻缘之事可谓多极了。我在《高鹗续书底依据》一文中，约略举示已有十四项之多。以这么多的预示，似乎可以无须再怀疑了，但在实际上，我却仍不免怀疑。我举两条八十回中关于宝钗底暗示，与钗玉成婚相矛盾的，如下：

> 近因今上崇尚诗礼，征采才能，降不世之隆恩，除聘选妃嫔外，凡世宦名家之女，皆得报名达部，以备选择为公主郡主入学陪侍，充为才人赞善之职。……薛蟠……一来送妹待选。(第四回)
>
> 宝钗底册词，是"金钗雪里埋"。(第五回)

第四回之文可谓怪极。如钗、玉将来成婚，何必作此迂腐可笑之赘语？不可解一。薛蟠入都，何事不可借口，偏要说送妹待选？不可解二。第五回之文也很奇怪。如宝钗嫁了宝玉，真是美满的姻缘，何谓雪里埋？不可解三。

以外关于版本底区别，可疑的也有两处：(1) 第八回之目，高本明写金锁通灵，而戚本之目全异。(2) 第二十二回，高本宝钗之谜有"恩爱夫妻不到冬”之语，而戚本全没有，反说了什么“晓筹不用鸡人报”。我们知道，“绛帻鸡人报晓筹”，是唐人底早朝诗，是宫禁内底光景。我们原不敢认戚本是一定对的；但何以在有关系的地方，偏有这类的异同？这实不能令我无疑。

总之，以大多数的证据而论，作者底原意是偏向于钗玉成婚的；但矛盾暧昧之处，却颇费解释。我对颉刚说：

> 你举宝钗与宝玉成婚之证，这是我向来的疑惑。我并没有断定什么，就因为对这些矛盾的证据没法解释，……我只把另一方面提出，请大家注意。除此以外，我无从推论到结果。我从原书事实，找不到一个完满调和的假定。（一九二一，五，二十一，信。）

这个一年前的困难光景，到现在还是依然。宝钗底结局究竟原本是应当如何的，我可以说是无所知。依八十回底大势推测，宝钗似乎终于和宝玉成婚。但后来文情，有无局面突变这类事情发现，实在不能悬想。因为突变是没有线索可寻的，若线索分明，便不成为突变了。我想，如婚事将成，而局面突变，在文章上也是一格；但不知道八十回后有这么一回事吗？

宝钗底结局，既我们不能断言，所以三补本底作者底意见也不能一样。三十回本与四十回本是相同，都写钗嫁后而宝玉出走。这我们可以说他是正宗。旧时真本上写钗早卒，至于她嫁宝玉与否无可考。我在这文，又作宝钗入宫的揣想。所以宝钗可能的结局，应如下表：

（1）嫁宝玉而宝玉出家。

（2）早卒。＜ 未嫁而卒。／嫁后卒。

（3）被选入宫。

我虽曾作（3）项的揣想，在大体上，仍偏向于第（1）项；因为依据较（2）（3）为充足些。但也究不能断言是如此，至多只是说大概如此罢了。

讲到湘云底结局，更觉麻烦得很，因为八十回中所说，实在太多歧，且太暧昧了。我一年来总是百思不得其解，有时勉强承认颉刚底第三十一回之目经过改窜这一说，但这也是没奈何的办法。

我们先说湘云嫁宝玉之事，我最初就怀疑到这一点，在一九二一年五月四日一信上说：

最奇怪令人注意的，莫过于第三十一回，“因麒麟伏白首双星”一语。……又如：

（一）宝玉因湘云有麒麟，故取之。（第二十九回）

（二）翠缕与湘云明辨阴阳配偶之理。（第三十一回）

（三）宝玉说：“倒是去了印平常，若丢了这个我就该死了！”可见麒麟之事非偶然，非闲文。（第三十二回）

（四）李婶娘说：“怎么那一个带玉的哥儿，和那一个挂金麒麟的姐儿，……”特意双提“金玉”，似非无意。（第四十九回）

其余别的话，可以供我们胡揣湘云底结局的，还有：

（一）《红楼梦曲》云：“厮配得才貌仙郎，（疑指宝玉）博得个地久天长。”（即所谓白首双星）

（二）第二十一回写湘云睡态，宝玉爱洗残水，湘云为宝玉梳头，均极工细明活，非无意之笔。

即此等考虑都视为比附穿凿；但“因麒麟伏白首双星”应怎样解法？何谓因？何谓伏？何谓双星？在后四十回本文中，回目中，有一点照应没有？……或假定作者疏忽，但曹雪芹似不应如此糊涂。此书虽不免有支离之处，但都是小节目，不可与此相提并论。

我在这信中，对于湘云嫁宝玉案，略倾向于肯定一方面。但我始终因本书中钗、玉成婚底预示太多了，故不敢断言，只表示一种疑虑而已。颉刚底态度，也正复相同，直到六月十日给我一信，方假定第三十一回之目是后人改的，而同时又作湘云不嫁宝玉这个断案。他说：

史湘云的亲事，三十一回，王夫人道：“前日有人家来相看，眼见有婆婆家了。”三十二回，袭人说：“大姑娘，我听前日你大喜呀！”可见湘云自有去处。

因为除掉他这一说，那时更没有较好的假定；我对于这案底态度，于是从肯定渐渐转成否定。但他所谓回目经人改窜究竟只是个悬想，所以这问题并不得视为解决了。后来等我发见了三十回本，才得了一个较圆满的解释，就是湘云不嫁宝玉，而却借金麒麟作媒介。这么一来，所谓“因”“伏”顿然清楚，且不碍钗、玉底姻缘，又不消假定有改窜回目这回事。我们总循障碍最少的路上去走，于是暂时相信这一说，否认宝玉湘云底姻缘。虽也不是定论，但疑云确已渐渐散了。

若论到湘云嫁后底结局是怎么样？这直到最近仍无法解决，只得承认作者自己底矛盾。可能的结局大别有两种，各在八十回中有根据，而又相冲突的。我先把两种结局底依据，写录下来。甲种又分(A)(B)两项，这是由于解释底歧异，并非有根本上的区别。

(甲) 不终的夫妇

(A) 湘云早卒——我们所主张

(B) 湘云守寡——高鹗说

这一说底依据是：

转眼吊斜晖，湘江水逝楚云飞。(第五回，湘云册词)

终久是云散高唐，水涸湘江。(同回，《红楼梦曲·乐中悲》)

(乙) 偕老的夫妇——所谓旧时真本底作者

他底依据是：

“因麒麟伏白首双星”。(第三十一回目录)

这是明显的矛盾，如不解决，便无法去处置湘云。颉刚起先以为这是作者自己底矛盾；后来因发见了“旧时真本”，于是遂推翻第三十回之目，以为是经后人窜改的。他更揣想，以为窜改这回目的人，便是所谓旧时真本底作者。他底两时期底意见，都在他给我的信中发表。

> 再看史湘云的册子、曲子，颇有他自己早死的样子，并不似与宝玉同度贫穷凄凉的生活的；何以会有“因麒麟伏白首双星”这一段情境呢？这本是作者矛盾之处，续作者自不易圆拢来。(一九二一，五，十七，信。)

这是他底初见，一方说明这是作者底疏忽，一方又说湘云底结局是应早卒，不是守寡。我也觉得从册子、曲子看，湘云是应当早卒的；因为水逝云飞，是很快的变动，是夭折底象征。但“早卒”、“守寡”相差不多，尚不成为大问题。最主要的还是(甲)(乙)两说底冲突。因为两不相下，只得归罪于作者。但颉刚后来的意见，便想根本推翻(乙)说了。他说：

> 我对于这所谓旧时真本，有两个假定：(1) 这是补本，(2) 这补本在高鹗之先，为高鹗所及见；于是可见“因麒麟伏白首双星”这个回目，便是补作人的改笔，用来照顾他自己煞尾时“宝湘成婚”的一段情事的。我把他们致误致疑的步骤，假定如下：
>
> (1) 曹雪芹要写出黛玉的嫉妒，所以借这“小物”引起一篇极深

挚的宝黛言情文字。

(2) 补作的人看原文中既有金麒麟的巧合,想宝湘二人应当有夫妇的缘分,但原文中处处露出宝玉与宝钗结婚的预言,所以结果只得写宝钗早卒,(按,颉刚之意,似以为他是写宝钗嫁后早卒)宝湘在贫贱中偕老。

(3) 这部补书做完了,作者觉得宝湘成婚在八十回太没呼应,所以改了一个回目,确定他们的婚配。

(4) 高鹗看了这部补作,觉得不满意,所以把他打翻,自己另做,使湘云结果仍照曲子、册子,与原文中散见的说话,而丢了金麒麟的一事。但这个回目,因为在原文之内,他未敢臆改。(程排本高鹗《引言》中语)

(5) 这回目的原名,给补作者改了,后人无从知道。补本里湘云的结果,又为高鹗改了。遂使我们读着,感到矛盾的情境,徒然疑到雪芹原文的抵牾;或者以为高鹗的粗忽,不能曲尽雪芹之意。……

但高鹗所以不以这样补为然,而自己另是那样补的缘故,也有数种:……

(1) 书中处处说黛玉要早死,而处于他反面的宝钗,处处说他厚福,并无早死之意。所以与其写宝钗早卒,不如写宝玉出家。宝钗不死,则史湘云决不会与宝玉成婚配。

(2) 曲子里又说:"厮配得才貌仙郎,博得个地久天长,准折得幼年时坎坷形状,终久是云散高唐,水涸湘江。这是尘寰中消长,数应当,何必枉悲伤!"这"准"与"终久"的挈合词,极显明起初很满意而后来大失望的样子。可见雪芹之意,原是要他嫁一个可意的夫婿,但终究是无可奈何的病死了,折不得幼时的坎坷。这正是"不终的夫妇",如何会变成"白首的双星"?曲子里说他幼时坎坷,并不是说他迟暮乞丐;曲子里说他早年失偶,并不是说他老年好合。补作的人泥于金麒麟的一物,不恤翻了曲子的案,这是他的不善续。……(一九二一,六,十,信。)

颉刚这番话,说得自然极好。他这假定,拿来解释一切困难,也极方便。我当时没有比这更好的假设,于是承认他底话,为暂时的断论。(一九二一,六,十六,信。)但他底话,我后来仔细想去,仍是很可疑的。现在把我底疑惑列为四项：

（1）回目经改窜，既没有显著的痕迹，也没有记载底明文，只是一种悬想。

（2）既原本并没有“白首双星”之文，补书人决不容易轻轻抛弃“通灵金锁”这件公案，因区区两个麒麟，擅定宝玉湘云底配偶。我们现在会疑心到宝玉湘云有姻缘之分，正因为“白首双星”这回明文的缘故。如单是有这样一节文字，提到两个金麒麟，很不容易引起人底猜测。

（3）高鹗补书，上距雪芹之卒，只二十七年。若重要的回目，经人改窜，他岂得丝毫不知，反听其存在，自相矛盾？况且他于印书时，曾用各本参较一番；难道各本中竟没有保存这回原来的目录的？

（4）佚本三十回底作者，年代更先于高氏，也依照这回之目底暗示来补书，未尝稍有所怀疑；更可证这回之目是未经改窜的。我因这些考虑，不能再承认颉刚之说为定论，于是仍回到于本来的地位，而一无所知，只有许多的“？”留在脑子里面。现在综括起来，最大的问题有两个：（1）就是颉刚底话，无论湘云是早卒，是守寡，总是个不终的夫妇，怎么能说“白首双星”？（2）若说第三十一回之目是改过的，有什么证据？以我们所知，三补本在这一点上是相同的。且高鹗何以敢于推翻补本底结构，却不敢改正他所改的回目？说是由于不知，似无不知之理。

至于各家底揣想，各不相同；但对于上列的问题，没有一个能解答的。我罗列各说如下，附带一点消极的批评。

（一）湘云嫁后，（非宝玉，亦不关合金麒麟）丈夫早卒，守寡。（高鹗）

〔按：这说一则误解册子、曲子；二则不合“白首双星”的预示。〕

（二）湘云嫁宝玉，流落为乞丐，在贫贱中偕老。（所谓旧时真本）

〔按：这说违反册子、曲子底预示，且湘云为乞丐太没来由。〕

（三）湘云嫁后，（非宝玉，关合金麒麟）……（后三十回本）

〔按：这说因不完全，所以不知道是怎么样？但总不能解决这个矛盾，这是可以想见。〕

（四）湘云嫁后，（非宝玉，不关合金麒麟）夭卒。（顾颉刚）

〔按：这说是不承认“白首双星”这个回目的，所以本身上可以自圆其

说。但回目底改窜，没有证实，是一缺陷。〕
以徘徊旁皇的我，并不想非议他们，只是表白这问题底如何困难罢了。我再把自己底揣想也写下来。我以为湘云虽不嫁宝玉，但她底婚姻须关合金麒麟（我不信回目是经改窜的），嫁后夭卒。我这意见，实与（三）说相同，不过填满了他底空白。但这一填满，便不能免有缺陷。让我自己来批评，我底话也违反"白首双星"底预示。我对于自己这说底辨解，是假定作者自己底互相矛盾。

本来第三十一回之目，原有两部分的暗示：（1）因金麒麟而伏有姻缘，（2）这是白首偕老的姻缘[①]。如两点全和其余的相矛盾，这是大疏忽，我们不敢轻诬作者的。但只有（2）点与其余的相矛盾，那便算不得什么，只可以说偶然疏忽而已。况且，《红楼梦》本是未完的书，没有经过详细的删定；那么，这种疏忽，也可以原谅作者的。换句话说，我们即假定作者在这一点上没有注意到，也算不得厚诬前人。以我现在所处的地

① 第三十一回之目直到最近我受他人底启示，方得到一个新解释，虽然我也不知道是不是。现在姑且写下，供读者参考。依他说，此回系暗示贾母与张道士之隐事，事在前而不在后。所谓"白首双星"即是指此两老；所谓"因""伏"，"麒麟"，即是说麒麟本是成对的，本都是史家之物，一个始终在史家，后为湘云所佩，一个则由贾母送与张道士，后入宝玉手中。因此事不可明言，故曰"伏"也。此说颇新奇，观之本书，亦似有其线索，试引如下：

张道士……是当日荣国公的替身，……他又常往两府里去的，凡夫人小姐都是见的。

张道士……说着，两眼流下泪来。贾母听了，也由不得满脸泪痕。

贾母因看见有个赤金点翠的麒麟，便伸手拿起来笑道："这件东西好像是我看见谁家的孩子也带着一个的。"（以上均见第二十九回）

翠缕与湘云论阴阳之后，湘云瞧麒麟时，伸手擎在掌上，只默默不语，正自出神。（第三十一回）

湘云见物默默出神，史太君与张道士说话下泪，这空气似乎有些可怪，不像平常的叙述法。如依此说解释第三十一回之目，则湘云之结局，既不必嫁宝玉，亦不必关合金麒麟，大约是嫁后早卒，一面应合册子曲子底暗示，一面不妨碍回目之文。于是我们两人念念不忘的问题，"湘云底结局总是个不终的夫妇，怎么能说白首双星？"简直是不成问题了。

但这全是一面之词，未为定论。第一，既作者欲暗示一暧昧之事，则此目应移到第二十九回，不得在第三十一回上。第二，我们既认定此书是自传，又似乎不得作如此描写，更不得明白点破。故此说我亦不深信，姑存之备异闻而已。颉刚也说："新解似乎有些附会，不敢一定赞成。"（一九二二，十二，九，记。）

位，逼迫我去采用颉刚最初的见解。

（四）杂说众人——本书最重要的事实，已在上三部中约略包举。现在说到一些零碎的事情，姑且从无统系中找个统系。现在把宝玉、十二钗以外的众人底事情，我以为须更正高本底错误的，分为两项：(A) 贾氏诸人，(B) 副册又副册中的人物。

贾氏诸人可以略说的——因为略有些关系——只有邢夫人、贾环、赵姨娘。以外那些不相干的，自然不应当浪费笔墨。我们先说邢夫人与凤姐底关系。我以为贾母死后，邢夫人与凤姐必发生很大的冲突，其结果凤姐被休还家。这也是八十回后应有的文章。

从书中我们知道凤姐是邢夫人之媳，而王夫人之内侄女。因贾母在堂，所以两房合并，王夫人与凤姐掌握家政，而邢夫人反落了后。贾母死后，凤姐当然得叶落归根，回到贾赦这一房去，并不能终始依附王夫人。书中曾明说过应有这么一回事：

> 平儿道："何苦来操这心！……依我说，纵在这屋里（王夫人处）操上一百分心，终久是回那边屋里去的（邢夫人处）……"（第六十一回）

这已无可疑了。但凤姐回到那边屋里以后，又怎么样呢？以我揣想，应和邢夫人发生大冲突。怎么知道呢？从八十回中推出来的。我们看，凤姐平素作威作福，得罪了多少下人，而邢夫人又是禀性愚弱，多疑的人；（第四十六、第五十五、第七十一回）两方面凑合，那些下人岂有不去在邢夫人面前搬弄是非的理？贾氏那些下人底恶习，凤姐说得最明白："坐山看虎斗，借刀杀人，引风吹火，站干岸儿，推倒油瓶不扶，都是全挂子的武艺！"（第十六回）在这样空气下边，贾母死后，凤姐失势，自然必当有恶剧才是。而且，邢夫人和凤姐底冲突，贾母在时，八十回中已见端倪了。

> 嫌隙人有心生嫌隙。（第七十一回目录）
>
> 邢夫人自为要鸳鸯讨了没意思，贾母冷淡了他……自己心内，早已怨忿；又有在侧一干小人，心内嫉妒，挟怨凤姐，便挑唆得邢夫人着实憎恶凤姐。
>
> 鸳鸯说："……那边大太太，当着人给二奶奶没脸。"（均第七十一回）

这三节话，简直就是我上边所说的证据。邢夫人果然是因小人底挑唆，着实憎恶凤姐，果然是故意与凤姐为难。贾母在日，凤姐得势之时尚且如此，则贾母身后，凤姐无权之时，又将如何？其必不会有好结果，亦可想而知的。且贾琏因尤二姐之死，本有报仇底意思，（第六十九回）再重之以婆媳交閧，岂有不和凤姐翻脸的？凤姐既身受两重的压迫，又结怨于家中上下人等，（如赵姨娘、贾环等）贾母死了，王夫人分开了，则被休弃返金陵，不但是可能，简直是必有的事情。册子上一座冰山，是活画出墙倒众人推的光景。而与邢夫人交恶一事，犹是冰山骤倒底主因之一。

我们再说贾环、赵姨娘与宝玉之事。我也以为八十回后必不能没有这一场恶剧。颉刚也曾经有这见解。他说：

> 我疑心曹雪芹的穷苦，是给他弟兄所害，看《红楼梦》上，个个都欢喜宝玉，惟贾环母子乃是他的怨家；雪芹写贾环，也写得卑琐猥鄙得很：可见他们俩有彼此不相容的样子，应当有一个恶果。但在末四十回里，也便不提起了。
>
> 宝玉那时，不相容的弟兄握了势可以欺他了，庇护他的祖母也死了，他又是不懂世故人情，不会处世，于是他的一房就穷下来了。（一九二一，五，十，信。）

颉刚已代我说了许多话，我只引几节八十回中底话来作证就完了。凡一部有价值的文学书籍，必不会有闲笔，必不肯敷衍成篇。以《红楼梦》这样的精细，岂有随便下笔，前后无着落之理？我们只看八十回中写贾环母子与宝玉生恶感这类事情，写得怎样地出力，便知道必有一种关照在后面。若不如此，这数节文章，便失了意义，成为无归的游骑了。我把前人所谓“言不空生论不虚作”，断章取义，介绍到《红楼梦》来。我觉得一部好的文学，便是一队训练完备布置妥贴的兵，决不许露出一点破绽在敌军——读者——底面前。

宝玉与贾环母子底仇怨，八十回中屡见：如第二十回贾环说宝玉撵他；第二十五回，贾环将蜡烛向宝玉脸上推；第三十三回，贾环在贾政前揭发宝玉底阴私，使他挨打。但最明显，一看便知道必有后文的，是第二十五回，“魇魔法叔嫂逢五鬼”。这回底色彩在八十回最为奇特，决非随意点缀的闲文可比。我引几节最清楚的话：

> 赵姨娘听了答道：“罢！罢！再别提起！如今就是榜样儿。我

> 们娘儿们跟得上这屋里那一个儿？”
>
> “怎么暗里算计？我倒有个心，只是没这样的能干人。”
>
> “……难道就眼睁睁的看人家来摆布死了我们娘儿两个不成？”
>
> “果然法子灵验，把他两人绝了，这家私还怕不是我们的？”

这四节赵姨娘底话，表现他们所以要害宝玉底缘故，十分明白。（凤姐将来被休时，从这里看，也应当受贾环母子底害。）(1) 因自己不如人，而生嫉妒。(2) 我不害人，人将害我，不能相容。(3) 如害了宝玉，偌大家产便归于贾环之手。有这三个因，于是贾环母子时时想去算计宝玉。赵姨娘幸灾乐祸的心理也在第二十五回里表出。

> 赵姨娘在旁劝道：“……哥儿已是不中用了，不如把哥儿的衣服穿好，让他早些回去，也免得他受些苦；……”

以这种“祸起萧墙”的空气，等贾母死后，自无不爆发之理。可见颉刚底悬揣，是大半可信的。我在这里，又联想到贾氏底败，其原因不止一桩；约略计来，已有大别的三项：(1) 渐渐枯干——上文颉刚所举示的各证。(2) 抄家——我所举示的各证，及上文底情理推测，曹家事实底比较。(3) 自杀自灭——如这儿所说的便是。而第七十四回探春语尤为铁证。

> 可知这样大族人家，若从外头杀来，一时是杀不死的！这可是古人说的，“百足之虫死而不僵！”必须先从家里，自杀自灭起，才能一败涂地呢！

这是很明显的话，她上面说“抄家”，下面接着说“自杀自灭”，上面说“先从”，下面说“才能”，可见贾氏底衰败，原因系复合的，不是单纯的。我以为应如下列这表，方才妥善，方才符合原意。

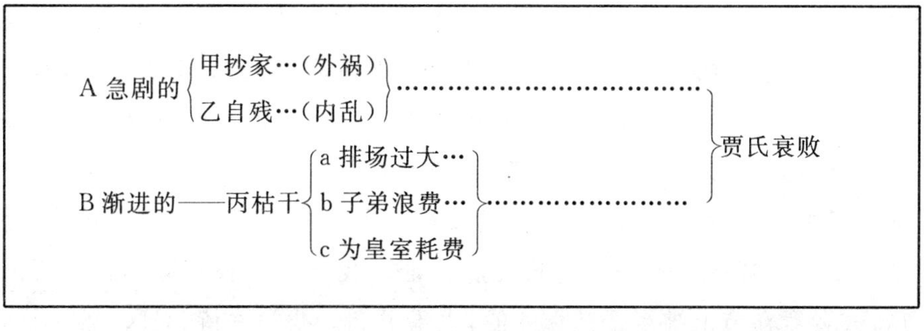

从上表看，像高氏所补的四十回，实在太简单了，不能从多方面下

手。原来写复合的成因是很难的，只为实际上复因多而单因少：所以文学如以严格地写实为主，便不许舍难取易。高鹗却不见得明白这个道理，只是马马糊糊的把账一了，就算完事。

这些话原应该列入(1)项中说，在这儿是题外的文章；但我因从贾环母子与宝玉冲突一事，又想到这一段意思，便拉杂地写下来。好在只在一文中间，前后尽可以参看。本来文章分段，是因才力薄的不得已的办法，如果当真能“文如其旨”，最好是一气呵成，而能使读者一样的眉目清朗，不支不蔓，这才是真正的文学手段，可惜我不能啊！分段原是大略的指标不能十分机械地去限制。思想底径路，最好用李后主底词句来描写，所谓“剪不断，理还乱”的便是了！

贾氏诸人底结局中贾兰是很分明的，在李纨底册子曲子上面，明写他大富大贵。我以为贾兰将来应是文武双全的，不应仅仅中举人。不但是第五回所暗示的如此。即第二十六回，宝玉看见他射鹿，问他做什么？贾兰回说，演习骑射，也是一证。本来满洲是尚弓箭的，贾兰将来文武双全，也是意中的事。但这一点，如原本果真这么写去，却没有什么好；因为太富贵气了。这倒很像高氏底笔墨；但高鹗在这里偏又不这么写，不知又为了什么？我想，高鹗自己中了个举人，只知世间只有举人最阔，也未可知。但这自然是开顽笑的话。

以外副册、又副册中人物，我所知道的离完全竟很远，现在只挑些可说的说。因为不关重要，所以也简单地说。

(1) 香菱是应被夏金桂磨折死的。我引胡先生底话：

> 第五回的“十二钗副册”上写香菱结局道：“根并荷花一茎香，平生遭际实堪伤。自从两地生孤木，致使芳魂返故乡。”两地生孤木，合成“桂”字。此明明说香菱死于夏金桂之手，故第八十回说香菱“血分中有病，加以气怨伤肝，内外挫折不堪，竟酿成干血之症，日渐羸瘦，饮食懒进，请医服药无效。”可见八十回的作者明明要香菱被金桂磨折死……(《胡适文存》卷三)

他说得再确实没有了，但我还得稍添补一下。戚本第八十回之目是“娇怯香菱病入膏肓”，也是香菱将死底一证。我又以为香菱应死在元宵节后，或者竟在节上被夏金桂害死的，也未可知。我举一诗为证。第一回，甄士隐抱着女儿(香菱)，和尚对她念了一偈，其文是：

> 惯养娇生(出于名门)笑你痴,(采香菱)菱花空对雪澌澌。(言与薛蟠并无恩爱)好防佳节元宵后,便是烟消火灭时。

高鹗所补,没有照应到这一点,也是他底粗忽。

(2)小红应当和贾芸有一个结局。这也引适之先生说:

> 即如小红,曹雪芹在前八十回中极力描写这个攀高好胜的丫头;好容易他得着了凤姐的赏识,把他提拔上去了;但这样一个重要人才,岂可没有下场?况且小红同贾芸的感情,前面既经曹雪芹那样郑重描写,岂有完全没有结果之理?(《胡适文存》卷三)

颉刚也说:

> 小红事,我从"遗帕惹相思"数回看来,似乎应和贾芸有些瓜葛,但后来竟不说起,似乎是一漏洞。(一九二一,五,二十六,信。)

小红在后四十回中虽屡见,(第八十八、九十二、一〇一、一一三各回)但只和丰儿当了凤姐底小丫头,毫不重要。即第八十八回,和贾芸捣了一回鬼,以后也毫无结局,可见高鹗确是没注意到她。且所以遗漏了她底结局,或者他因为不知道应当怎样写法?即我们现在对于这点也是不知道的。适之只说"岂可没有下场";颉刚只说,"应有些瓜葛"。究竟下场是什么?瓜葛是什么?他们既说不出来,我也说不出来。只好请雪芹自己说罢,但他却没有说什么!

(3)鸳鸯不必定是缢死。这是消极的话。我并不知道她底结局,究竟是的确怎样,(虽然大概可以知道)只觉得高氏补这节文字,不免有些武断,虽不一定就是错误。鸳鸯底结果底暗示,如下:

> 鸳鸯冷笑道:"……纵到了至急为难,我剪了头发,做姑子去,不然,还有一死!……"
>
> "我也不跟着我老子娘哥哥去,或是寻死,或是剪了头发,当姑子去。"(均第四十六回)

她明是出家与自尽双提,在第一节中,似以当姑子为正文,而自尽是不得已的办法。即后来当着贾母剪发,也是出家底一种表示。不知高先生何以会知道她定是缢死的?这明是一种武断。我们作八十回后底揣测,便应当排斥这种武断,而使鸳鸯底结局悬着,庶不失作者底本意。

(4)麝月是跟随宝玉最后的一人。这层意思,在下卷《后三十回的红楼梦》一文中详说。现在只把明证写下来。

> 麝月便掣了一根出来，大家看时，上面一枝茶蘼花，题着“韶华胜极”四字；那边写着一句旧诗，道是：“开到茶蘼花事了。”注云：“在席各饮三杯送春。”（第六十三回）

麝月将为群芳之殿，于此可见。我疑心敦诚所谓“新妇飘零”或就是指的她。（原诗见《四松堂集》，《努力》第一期所引）但这亦是瞎猜，只供读者底谈助而已。

（5）袭人应是个负心人。她嫁蒋玉函应为宝玉所及见。这也在后文尚有论到的。现在举证列下，而分论之。

（A）“这袭人有些痴处：伏侍贾母时，心中眼中只有一贾母；今跟了宝玉，心中眼中又只有一个宝玉。”（第三回）

这可谓绝妙的形容。换句话说，便是“见一样爱一样”，“得新忘旧”的脾气。这就是将来作负心人底张本。这儿把她底性格写得如此轻薄，反说是“有些痴处”，可谓蕴藉之至。我想，这文还没有完全，应当补上一句：“将来跟了蒋玉函，心中眼中只有一个蒋玉函。”但如此痛快，恐非作者所许的。他如何肯一语道破呢？

（B）袭人底册词是：“枉自温柔和顺，空云似桂如兰。堪羡优伶有福，谁知公子无缘？”（第五回）

这几个挈合词，已把作者底愤怒，袭人底负心，完全地写出。如读了这两节，还不相信袭人底负心，可谓不善读书。

（C）自晴雯被逐，宝玉渐渐厌弃袭人，有好几处，而最清楚的是：

> 宝玉笑道：“你是头一个出了名的至善至贤的人，……焉得有什么该罚之处？只是芳官尚小，过于伶俐，未免倚强压倒了人，惹人厌。四儿是我误了他。还是那年我和你拌嘴的那日起，叫上来做细活的，众人见我待他好，未免夺了地位，也是有的；故有今日。只是晴雯，也和你们一样，从小在老太太房里过来的，虽生得比人强，也没什么妨碍着谁的去处。就是他性情爽利，口角锋芒；究竟也没得罪那一个。可是你说的——想是他过于生得好了，反被这个好带累了！”说毕，复又哭起来。袭人细揣此话，直是宝玉有疑他之意，竟不好再劝，因叹道：“天知道罢了！此时也查不出人来了，白哭一会子，也无益了！”（第七十七回）

> 孰料鸠鸩恶其高，鹰鸷翻遭罦罬，薋葹妒其臭，茝兰竟被芟锄。

花原自怯，岂奈狂飙？柳本多愁，何禁骤雨？偶遭蛊虿之谗，遂抱膏肓之疾。……诼谣謑诟，出自屏帏；荆棘蓬榛，蔓延窗户。既怀幽沈于不尽，复含罔屈于无穷。高标见嫉，闺闱恨比长沙，贞烈遭危，巾帼惨于雁塞。……呜呼！固鬼蜮之为灾，岂神灵之有妒？毁诐奴之口，讨岂从宽？剖悍妇之心，忿犹未释！……（第七十八回，宝玉祭晴雯，作的《芙蓉女儿诔》。）

这两节话是何等的感慨！对袭人这节话，简直是字字挟风霜之势，说得声泪俱下，把袭人底假面具揭得不留丝毫余地。所以袭人也无可再辨，只付之于“天”作为遁词。于此可见作者对于人情世故阅历之深，何尝真是傻大爷？如袭人这种伎俩，又岂可以瞒过聪明绝顶的贾宝玉？我常常这么想，厌恶世故的人，每是深知世故的；因为深知了这无非变把戏，所以深恶而痛绝之。若茫然不知世故是什么，早已目迷五色，被他诱惑了，如何再能发生厌恶的情绪？祭晴雯文中语，则简直是声罪致讨的檄文了！

从上三项，归纳起来，袭人底改嫁有两个原因：（1）她底负心，因宝玉底贫穷。（2）宝玉厌恶袭人。但她底改嫁，是在宝玉出家之前，或在其后？（如假定宝玉终于出家）以我说，应在其前。因如高本所写，宝玉失踪以后，袭人再去改嫁，似不得谓之负心。（高氏是抱狭义贞操观念的，所以在书末深贬斥她。）必宝玉落薄之后，未走以前，袭人即孑然远去，另觅高枝，这才合淋漓尽致的文情！高氏所以不能如此写，正因为不写宝玉贫穷之故；我们看后三十回本，一方写宝玉贫穷，一方即写袭人嫁在宝玉出走之先。这可以见这两事底因果关系，是怎样的密切。我们试想，宝玉若不贫穷，又不出走；袭人如何能改嫁蒋氏？

本书八十回后底事实，可以考见的，约在这四大项中包举。以我底知识这般的不完备，而这文篇幅已逾万言，这也可见我文字底芜杂，须得请求读者底原宥。我在本文开首已说过，在黑夜中，去辨别路途，是件不可能的事。我强为其难，这失败也是当然的。我所以甘心冒这失败底危险，只是因自从高本流行之后，世人每每误认高鹗为曹雪芹，实在是一种很深的遗憾。我想矫正这个错误，使《红楼梦》底真相得再显于世，于是便不自揣自己底力薄，而竟来负荷这个重任。我总时时觉得《红楼梦》一书底价值，很当得有人来做番洗刷底事业。我便是一个冲锋者啊！

本论已将终了，却还有些零碎的洗刷工夫，现在也写下来，作为收场时的小锣。第五回，《红楼梦曲》，最后的一折，是《飞鸟各投林》，世人对于这折底解释往往错了，譬如汪原放君便因此故，所以把标点符号错得很多。我把我底意见申说一番。现在先把原文录下，即依我底解释作句读。

> 《飞鸟各投林》——为官的，家业凋零；富贵的，金银散尽；有恩的，死里逃生；无情的，分明报应；欠命的，命已还；欠泪的，泪已尽；冤冤相报岂非轻；分离聚合皆前定；欲知命短问前生；老来富贵也真侥倖；看破的，遁入空门；痴迷的，枉送了性命：好一似食尽鸟投林，落了片白茫茫大地真干净！

我说明之如下：（一九二一年五月十三给颉刚的信。）

> 十二钗曲末折是总结；但宜注意的，是每句分结一人，不是泛指，不可不知。除掉“好一似”以下两读是总结本折之词，以外恰恰十二句分配十二钗。我姑且列一表给你看看，你颇以为不谬否？（表之排列，依原文次序。）
>
> （1）为官的家业凋零——湘云
>
> （2）富贵的金银散尽——宝钗
>
> （3）有恩的死里逃生——巧姐
>
> （4）无情的分明报应——妙玉
>
> （5）欠命的命已还——迎春
>
> （6）欠泪的泪已尽——黛玉
>
> （7）冤冤相报岂非轻——可卿
>
> （8）分离聚合皆前定——探春
>
> （9）欲知命短问前生——元春
>
> （10）老来富贵也真侥倖——李纨
>
> （11）看破的遁入空门——惜春
>
> （12）痴迷的枉送了性命——凤姐
>
> 这个分配似乎也还确当。不过我很失望，因为我们很想知道宝钗和湘云底结局，但这里却给了她们不关痛痒这两句话，就算了事。但句句分指，文字却如此流利，真是不容易。我们平常读的时候总当他是一气呵成，那道这是“百衲天衣”啊！

这虽非八十回后之事，但却于十二钗底结局有关，所以列入本篇。《红楼梦》除此以外还有一节很重要的预示，便是甄士隐做的《好了歌注》。《好了歌》是泛指一般人的，而《歌注》却专指贾氏一家之事。可惜现在我们不能把这个解析分明，有些是盲昧的揣想，有些连揣想底径路也没有，只觉得八十回后，对于此点，应有个关照而已。关照是什么？我们当然是不知道。

> 陋室空堂，当年笏满床；衰草枯杨，曾为歌舞场。蛛丝儿结满雕梁，绿纱今又糊在蓬窗上。（宝玉之由富贵而贫贱）说什么脂正浓，粉正香，如何两鬓又成霜？（宝玉之由盛年而衰老）昨日黄土陇头堆白骨，今宵红绡帐里卧鸳鸯。（似指宝玉续娶之事，如高鹗写黛玉死而宝钗嫁，旧时真本写宝钗死而湘云继。）金满箱，银满箱，转眼乞丐人皆谤。（谁？旧时真本以为是湘云。）正叹他人命不长，那知自己归来丧！（谁？什么？）训有方，保不定日后作强梁；（谁？高鹗大概以为是薛蟠。）择膏粱，谁承望流落在烟花巷。（我以为是巧姐。）因嫌纱帽小，致使锁枷扛；（谁？什么？）昨怜破袄寒，今嫌紫蟒长。（我以为是贾兰。）乱哄哄你才唱罢我登场，反认他乡是故乡。甚荒唐，到头来都是为他人作嫁衣裳！

可疑的，可盲揣的，都在括弧中表现。我觉得这决不是泛指，在八十回都应有收梢。我觉得高鹗本中只照应了一小部分，以外便都抛蔽了；因为他也没有懂得，正和我们一样。我看了这个，觉得现在我们所可揣测的，即使全对了，至多只有二分之一。《歌注》中这些暗示，都是八十回后底主要文字，而我们竟完全不知，不但不知，有些连盲想都还没有。这可见八十回后底光景，是怎样的黑暗；而我们从微明中所照见的，是怎样的稀少！因此，这文中所罗列的，是怎样的不完备！

只考辨一部《红楼梦》，可谓微细极了；但我已在这么小的领域内带了这么多的失望归来了。这可见失望是知识底伴侣，是千真万确的。但我以为这个伴侣，正足帮助人生底活动。失望便是不知足，不知足便去寻求，寻求所得的是失望，失望还是不知足。“吾生也有涯，而知也无涯。”我愿为《庄子》下一转语：“因知底无涯，所以才能容受有涯的吾生哟！”

一九二二，六，二五。

十一　论秦可卿之死（附录）

十二钗底结局，八十回中都没有写到，已有上篇这样的揣测。独秦氏死于第十三回，尚在八十回之上半部，所以不能加入上篇中去说明。她底结局既被作者明白地写出，似乎没有再申说底必要。但本书写秦氏之死，最为隐曲，最可疑惑，须得细细解析一下方才明白；若没有这层解析工夫，第十三至第十五这三回书便很不容易读。因为有这个需要，所以我把这题列为专篇，作为《八十回后的红楼梦》一文底附录。

这个题目，我曾和颉刚详细讨论过。现在把几次来往的信札，择有关系的录出，使读者一览之后便可了然。问答本是议论文底一种体裁，我们既有很好的实际问答，便无须改头换面，反增添许多麻烦。平常的论文总是平铺实叙的，问答体是反复追求的，最便于充分表现全部的意想。所以我写这篇文的方法，虽然是躲懒，却并非全无意义的躲懒。这是我懒人底一种辨解。

我对于秦可卿之死本有意见，平空却想不起去作有系统的讨论。恰好颉刚于一九二一年六月二十四日来信，对于此事表示很深的疑惑。他说：

> 晶报上《红楼佚话》，说有人见书中的焙茗，据他说，秦可卿是与贾珍私通，被婢撞见，羞愤自缢死的。我当时以为是想象的话，日前看册子，始知此说有因。册子上画一座高楼，上有美人悬梁自尽，其判云："情天情海幻情身，……"历来评者也都不能解说，只说："第十一幅是秦氏，鸳鸯其替身也。"（护花主人评）又说："词是秦氏，画是鸳鸯，此幅不解其命意之所在。"（眉批）然鸳鸯自缢，是出于高鹗底续作。高鹗所以写鸳鸯寻死时，秦氏作缢鬼状领导上吊的缘故，正是要圆满册子上的一诗一画。后来的人读了高氏续作，便说此幅是二人拼合而成。其实册子以"又副"属婢，"副"属妾，"正"属小姐奶奶，是很明白的，鸳鸯决不会入正册。（平案：又副属婢是确的；至于副属妾却不甚确，虽明文只见一香菱，但我疑心李纹李绮宝琴都应入此册中。）若说可卿果是自缢的罢，原文中写可卿的死状，又最是明白。作者若要点明此事，何必把他的病症这等详写？这真是一桩

疑案。……这可卿册子一案可难说了，因为他的结果早在原文内写出，无待补作者底增改迁就了。我们若是学今文学家的办法，凡逢到抵牾不安的地方，都说是刘歆伪托，倒也罢了，偏偏又觉得他过于武断，不肯用一网打尽的法子。如之奈何？

他这纯怀疑的态度，却大可以启发我讨论这问题的兴趣。我在同月三十日复他一信上面说：

从册子看，可卿确是自缢，毫无疑义。我最初看《红楼梦》也中了批语底毒，相信是秦鸳二人合册。后来在欧游途中，孟真说，就是秦氏，何关鸳鸯。我才因此恍然大悟，自悔其谬。这段趣事想你尚不知道。高鹗所以写鸳鸯缢死由秦氏引导的缘故，即因为他看原文太晦了，所以更明点一下，提醒读者，知可卿确是吊死而非病死。即因此可以知道兰墅所见之本，亦是与我们所看一样。我们觉得疑暗的地方，高君也正如此。我现在可以断定秦氏确是缢死。至于你底疑惑，我试试去解说：

一、本书写可卿之死，并不定是病死。她虽有病，但不必死于病，这是最宜注意。秦氏之死不由于病，有数据焉。

(A) 死时在夜分，且但从荣府中闻丧写起，未有一笔明写死者如何光景，如何死法？可疑一。

(B) 第十三回说："彼时合家皆知，无不纳闷，都有些疑心。"下夹注云："久病之人，后事已备，其死乃在意中，有何闷可纳？又有何疑？一本作'都有些伤心'，非是。"此段夹注颇为精当。"纳闷""疑心"，皆是线索。现新本(亚东本)却作"伤心"。我家本有一部《金玉缘》本的书，我记得是作"疑心"，今天要写这信时，查那本时正作"疑心"。要晓得"有些疑心"正与"纳闷"成文；若说"有些伤心"，不但文理不贯，且下文说"莫不悲号痛哭"，而此曰"有些伤心"，岂非驴唇不对马嘴？此等文章岂复成为文理？真所谓"失之毫厘谬以千里"。

(C) 第十回张先生说："今年一冬是不相干的，过了春分便可望全愈了。"第十一回秦氏说："好不好，春天就知道了。"则秦氏患的是痨症，一时决不致就死。而现在可卿之死却在冬底，则非由病可知。(虽未明写，然看凤姐闻凶讯时底光景，确是冬天。)她底死本不奇，本无可以疑心纳闷之处，所以使人如此者，乃因死得太骤耳。

(D) 秦氏死后种种光景，皆可取作她自缢而死底旁证。今姑略举数事：

(1)“宝玉听秦氏死，只觉心中似戳了一刀，不觉哇的一声，直奔出一口血来。”若秦氏久病待死，宝玉应当渐渐伤心，决不致于急火攻心，骤然吐血。宝玉所以如此，正因秦氏暴死，惊哀疑三者兼之：惊因于骤死，哀缘于情重，疑则疑其死之故，或缘与己合而毕其命。故一则曰“心中似戳了一刀”，二则曰“哇的一声”，三则曰“痛哭一番”。此等写法，似隐而亦显。（同回写凤姐听到消息，吓的一身冷汗，出了一回神，亦是一种暗写法。）

(2) 写贾珍之哀毁逾恒，如丧考妣，又写贾珍备办丧礼之隆重奢华，皆是冷笔峭笔侧笔，非同他小说喜铺排热闹比也。贾珍如此，宝玉如此，秦氏之为人可知，而其致死之因与其死法亦可知。（有人说，《红楼梦》写那时的贾珍，简直是个杖期夫。此言亦颇有趣。）

(3) 秦氏死时，尤氏正犯胃痛旧症睡在床上，是一线索。似可卿未死之前或方死之后，贾珍与尤氏必有口角勃谿之事。且前数回写尤氏甚爱可卿，而此回可卿死后独无一笔写尤氏之悲伤，专描摹贾珍一人，则其间必有秘事焉，特故意隐而不发，使吾人纳闷耳。

(4) 我从你来信引《红楼佚话》底说话，在本书寻着一个大线索，而愈了然于秦氏决不得其死。第十三回（前所引的话都见于此回）有一段最奇怪而又不通的文章，我平常看来看去，不知命意所在，只觉其可怪可笑而已。到今天才恍然有悟。今全引如下：

“忽又听见秦氏之丫环，名唤瑞珠的，见秦氏死了，也触柱而亡。此事可罕，合族都称叹。（夹注云，称叹绝倒。）贾珍遂以孙女之礼殡殓之，一并停灵于会芳园之登仙阁。又有小丫环名宝珠的，因秦氏无出，愿为义女，……贾珍甚喜，……从此皆呼宝珠为小姐。”

这段文字怪便怪到极处，不通也不通到极处；但现在考较去，实是细密深刻到极处。从前人说《春秋》是断烂朝报，因为不知《春秋》笔削之故。《红楼梦》若一眼看去，何尝有些地方不是断而且烂。所以《红楼梦》底叙事法，亦为读是书之锁钥，特凭空悬揣，颇难得其条贯耳。

《红楼佚话》上说：“秦可卿与贾珍私通，被婢撞见，羞愤自缢死的。”此话甚确。何以确？由本书证之。所谓婢者，即是宝珠和瑞珠两个人。瑞珠之死想因是闯了大祸，恐不得了，故触柱而死。且原文云“也触柱而亡”，似上文若有人曾触柱而亡者然，此真怪事。其实悬梁触柱皆不得其死，故曰“也”也。宝珠似亦是闯祸之人，特她没死，故愿为可卿义女，以明其心迹，以取媚求容于贾珍；珍本怀鬼胎，惧其泄言而露丑，故因而奖许之，使人呼之曰小姐云尔。且下文凡写宝珠之事莫不与此相通。第十四回说：“宝珠自行未嫁女之礼，引丧驾灵，十分哀苦。”第十五回说：“宝珠执意不肯回家，贾珍只得另派妇女相伴。”按上文绝无宝珠与秦氏，主仆如何相得，何以可卿死而宝珠十分哀苦？一可怪也。贾氏名门大族，即秦氏无出，何可以婢为义女？宝珠何得而请之；贾珍又何爱于此，何乐于此，而遽行许之？勉强许之已不通，乃曰“甚喜”，何喜之有？二可怪也。秦氏停灵于寺，即令宝珠为其亲女，亦卒哭而反为已足，何以执意不肯回家？观贾珍许其留寺，则知宝珠不肯回家，乃自明其不泄，希贾珍之优容也。秦氏二婢，一死一去，而中冓之羞于是得掩。我以前颇怪宝珠留寺之后杳无结果，似为费笔。不知其事在上文，不在下文。宝珠留寺不返，而秦氏致死之因已定，再行写去，直词费耳。

二、依弟愚见，从各方面推较，可卿是自缢无疑。现尚有一问题待决，即何以用笔如是隐微幽曲？此颇难说，姑综观前后以说明之。

可卿之在十二钗，占重要之位置；故首以钗黛，而终之以可卿。第五回太虚幻境中之可卿，“鲜艳妩媚有似乎宝钗，风流袅娜则又如黛玉”，则可卿直兼二人之长矣，故乳名“兼美”。宝玉之意中人是黛，而其配为钗，至可卿则兼之；故曰“许配与汝”，“即可成姻”，“未免有儿女之事”，“柔情缱绻，软语温存，与可卿难解难分”。此等写法，明为钗黛作一合影。

但虽如此，秦氏实贾蓉之妻而宝玉之侄媳妇；若依事直写，不太芜秽笔墨乎？且此书所写既系作者家事，尤不能无所讳隐。故既托之以梦，使若虚设然；又在第六回题曰“贾宝玉初试云雨情”，以掩其迹。其实当日已是再试。初者何？讳词也。故护花主人评曰：“秦氏房中是宝玉初试云雨，与袭人偷试却是重演，读者勿被瞒过。”

既宝玉与秦氏之事须如此暗写，推之贾珍可卿事亦然。若明写缢死，自不得不写其因；写其因，不得不暴其丑。而此则非作者所愿。但完全改易事迹致失其真，亦非作者之意。故处处旁敲侧击以明之，使作者虽不明言而读者于言外得求其言外微音。全书最明白之处则在册子中画出可卿自缢，以后影影绰绰之处，得此关键无不毕解。吾兄致疑于其病，不知秦氏系暴卒，而痨病无骤死之法。细写病情，正以明秦氏之非由病死。况以下线索尚历历可寻乎？

从这里我因此推想高鹗所见之本和现在我们所见的是差不多。他从册子上晓得秦氏自缢，但他亦颇以为书中写秦氏之死太晦了，所以在鸳鸯死时重提可卿使作引导。可卿并不得与鸳鸯合传，而可卿缢死则以鸳鸯之死而更显。我们现在很信可卿是缢死，亦未始不是以前不分别读《红楼梦》时，由鸳鸯之死推出的。兰墅于此点显明雪芹之意，亦颇有功。特苟细细读去，不藉续书亦正可了了。为我辈中人以下说法，则高作颇有用处。

第十三、十四、十五三回书，最多怪笔，我以前很读不通，现在却豁然了。我所致谢的有三个人：第一个是高鹗，第二个是孟真，第三是你了。因为你若不把《红楼佚话》告诉我，宝珠和瑞珠底事一时决想不起，而这个问题总没有完全解决。

从这信底一节里，我总算约略把颉刚底策问对上了。秦氏是怎样死的？大体上已无问题了。但颉刚于七月二十日来信中，说他检商务本的《石头记》第十三回，也作"都有些伤心"。这又把我底依据稍摇动了一点，虽然结论还没有推翻。他在那信中另有一节复我的话，现在也引在下边。

我上次告你晶报的话，只是括个大略。你就因我的"被婢撞见"一言，推测这婢是瑞珠宝珠。原来《红楼佚话》上正是说这两个。他的全文是："又有人谓秦可卿之死，实以与贾珍私通，为二婢窥破，故羞愤自缢。书中言可卿死后，一婢殉之，一婢披麻作孝女，即此二婢也。又言鸳鸯死时，见可卿作缢鬼状，亦其一证。"这明明是你一篇文章的缩影。但他们所以没有好成绩的缘故：(1) 虽有见到，不肯研究下去，更不能详细发表出来。(2) 他们的说话总带些神秘的性质，不肯实说他是由书上研究得来的，必得说那时事实是如此。此

> 节上数语更说："濮君某言，其祖少时居京师，曾亲见书中所谓焙茗者，时年已八十许，白发满颊，与人谈旧日兴废事，犹泣下如雨。"其实他们倘使真遇到了焙茗，岂有不深知曹家事实之理，而百余年来竟没有人痛痛快快说这书是曹雪芹底自传，可见一班读《红楼梦》的与做批评的人竟全不知曹家底情状。

他把前人这类装腔扭势的习气，指斥得痛快淋漓，我自然极表同意。但"疑心""伤心"这个问题，还是悬着。我在七月二十三日复书上，曾表示我底态度。

> 你说我论证可卿之死确极，最初我也颇自信。现在有一点证据并且还是极重要的既有摇动，则非再加一番考查方成铁案：就是究竟是"疑心"或是"伤心"的问题。我依文理文情推测当然是"疑心"，但仅仅凭藉这一点主观的意想，根据是很薄弱的。我们必须在版本上有凭据方可。我这部《金玉缘》本确是作"疑心"的，并且下边还有夹评说，"一本作伤心，非"，则似乎决非印错。但我所以怀疑不决，因为我这部书并非《金玉缘》底原本，是用石印翻刻的，印得却很精致，至于我们依赖着他有危险没有，我却不敢担保。我查有正抄本也是作"伤心"。这虽也不足证明谁是谁非，因为钞本错而刻本是的最为常事，抄写是最容易有误的；但这至少已使我们怀疑了。我这部石印书如竟成了孤本，这个证据便很薄弱可疑了。虽不足推翻可卿缢死的断案，但却少了一个有力底证据。我们最要紧的，是不杂偏见，细细估量那些立论底证据。……总之，主观上的我见是深信原本应作"疑心"两字，但在没有找着一部旧本《红楼梦》做我那书底旁证以前，那我就愿意把这证据取消，或暂时阙疑。我们在上下前后，已可断定可卿是缢死，何必拉上一个可疑的证据呢？我想如能觅着一部原刻《金玉缘》本看一下，这问题就可以算解决了。

可惜得很，我所表示的期望竟没有达到，石印《金玉缘》底原本颇不易觅；所以这点疑问，以现在论，还终于疑问。以我揣想，或者刻本流传，都是作"伤心"的；而"疑心"为后人校书时所改，也说不定。但这一处底校改，却颇有些道理，不是胡闹，或者竟反而有当于作者底原意。我近日觅得一有夹评的旧刻本也是作"伤心"，想胡先生所藏的程刻本也是一样的。

惟有正书局印行的戚本，作“无不纳叹，都有些伤心”，却实在不见高明。纳闷是我们常说的话，纳叹却颇生硬。我不能凭依戚本，正和不能凭依石印本《金玉缘》是一样的。

虽细微之处还有研究底余地，但秦可卿底结局是自缢而死，却断断乎无可怀疑了！

一九二二，六，二十一。

下 卷

十二 后三十回的《红楼梦》

现行的《红楼梦》有两种本子：一种是一百二十回本，内有高鹗续作的四十回，我们叫他“高本”；一种八十回的钞本，是有正书局印行的，有戚蓼生底序，我们叫他“戚本”。这两本比较起来，各有短长，这儿不能详说。

凡续书有两种：（甲）从原本八十回续下的，如高本便是，我在这里所介绍的佚本也是。（乙）从高本百二十回续下的，这便是那些滥恶不堪的作品，不足当我们底叙述。我们承认原本只有八十回，故这种虽面貌、价值有些不同，却都是续书。我在这文里，要考定一种散佚的甲类续书，我认他是部最早且较好的续书。

我在一星期以前，原想不到可以做这件事的，因为并没有搜罗着什么“原本”“秘本”的《红楼梦》。我前几天偶然披阅戚本，想去参较他和高本底得失所在，不想却无意中发见有这一种“佚本”。这真是我底一种意外的喜悦，所以即时写定这一节短文，正如高鹗补书序上所说：“欣然题名，聊以志成书之幸。”

八十回的《红楼梦》在未刊行以前，经辗转传钞，本子极多，现在存的只有“戚本”。戚蓼生是浙江人，（《红楼梦》序上作德清，《进士题名录》亦作德清，《戚氏家谱》作余姚。）清乾隆三十四年己丑进士，（一七六九）比高鹗底科名早了二十六年，距高本告成，早了二十三年。即使他作《红楼梦》序在中进士以后，也必早于高鹗补书底时候。看序上说：“乃或者以未窥全豹为恨，……”可见当时百二十回本决还没有通行，他所看见的只有这八十回。戚本底评和注，不知是谁做的？（第四十一回末，诗评署立松轩。）也不知是否一人做的？看他们（？）说话相呼应，即不是一人，也必是同时人。他们（？）底年代，也决不晚于高鹗。（这点下面详说。）至于戚本底价值如何，既有专篇详论，这儿不关本题。

我怎样可以断定在高本以外，另有这样的佚本呢？这个证据在戚本底评注里，评书人在八十回书以外，胸中另有一个“后数十回”，故每每征引。因为如此，现在的我们方能窥见佚本底大概。评注原未必佳，且谬语极多；但有此一用，自有可保存底价值。

在欣幸之中，有几点是很可惋惜的。（1）作评作注的人没有姓名、年代。（2）作佚本的人，也没有姓名、年代。（3）在八十回中只一小半有评注，四十回后绝没有夹注，即四十回内也有许多回无注的。因此我们不能充分考见佚本底面目。

但是，佚本既为评书人所称引，当然为他所及见，自应较早于评书人底年代即不然，至少也是同时的。（看他底口气，不像是征引同时人底著作。）我们若能够知道评书人底年代，也就能约略推算出佚本底年代了。我揣想，评注戚本的人，他底行辈应当较前于高鹗。这有下列的各证：

（1）高本刊行于乾隆五十六年，如评书人生在其后，或和高鹗同时，必然见及。他既见了，必不会一字不提的，即使非议也必然有非议的话。但现在的评注里，对于高本，却连一句一字都没有提到。

（2）在戚本第十八回，（以下只言某回，不说某本，都指戚本。）龄官做戏节下注：“余历梨园子弟广矣，……亦曾与惯养梨园诸世家兄弟谈议及此，……今阅《石头记》……与余三十年前目睹身亲之人，现形于纸上；便言《石头记》之为书，情之至极，言之至确，然非领略过乃事，迷陷过乃情，即观此茫然嚼蜡，亦不知其神妙也。”在这节文中，有两点可以推求评书人底年代：（甲）看他似乎也生在富贵的环境中，当清乾隆中年，物力殷富之时。譬如家蓄伶人这类风尚，知道不是晚清底事情。（乙）他说：“今阅《石头记》……与余三十年前，……”似乎在评书三十年前，他没有读过这书，到现今方才得读的。如那时高本已刻成，或《红楼梦》已脍炙人口，他怎么会说这样话呢？我们试去解释，何以这位先生到了三十年后，方才得读《红楼梦》？这必有两个缘故：或者是在三十年前，连《红楼梦》钞本也是没有的；若这样，评书人应和雪芹并世而行辈稍晚。再不然，便是因那时钞本流传未广，不易得读，所以迟到三十年以后。但这说恐未确：一则因《红楼梦》传钞以后，即便风行一时，不会三十年后方才得读的；二则高本告成，上距雪芹成书，不过三十多年，至多四十年。评书人生在高前，再上推三十年，当然不会有钞本流传。至于评书时，依我底大略推测，总在钞本已盛行，而刻本还没有告成的时候，在一七七二——一七九二之间（乾隆三七—五七）。他所说的三十年前，《红楼梦》或者方才脱稿，或者还没有。总之，我们不能不承认，这是很早的《红楼梦》评注。

（3）看他底思想并不见十分高明，但他却颇有《红楼梦》是部作者自传这个观念，是正当解释底开山祖师。他怎样会有这样的见解呢？这实在因他上距作者不远，能了解当年底环境，空气，且叙述底踪迹处处可以考证，谬说无从发生。到后来年代越久，流传越广，遮上的面幂越厚，真相越湮没；然后才有荒唐可笑的"红学家"。且看他说（略引数则作例）：

八字便是作者一生惭恨。（第一回，"无材补天幻形入世"下注。）

盖作者自云，所历不过红楼一梦耳。非作者为谁？余曰："亦非作者，乃石头也。"（均第五回，注。）

此回铺排非身经历，……则必有所滞罣牵强，岂能如此触处成趣？（第十八回，总评。）

作者一生为此所误，批者一生亦为此所误。（第二十一回，注。）

他不但知道宝玉是作者自寓，且很能了解作者底生平、性情；这也可见他两人相去不远，大约是可以及见而没有见过的。（以我想，雪芹卒时，正当评书人底青年。）

评书人底年代大概晓得了；佚本底年代必更早于评书之时，所以定比高本要早得多，总在一七六五——七八八之间，（清乾隆三〇—五三）是部很早的续书。但我们为什么能断定他是部续书，不是原本呢？（1）如系原本，戚本决不会只钞了八十回，而且戚蓼生也决不会说什么"未窥全豹。"（2）如系原本，程伟元、高鹗决不至于一笔抹杀，说些从鼓担上得来的鬼话，做那种"画蛇添足"、"狗尾续貂"的蠢事情。所以我敢断定如此。

但这书并不以续作而损他底价值。作者距雪芹极近，或和他同时，所以很容易从各方面窥测雪芹底意思。他所补的，虽未必处处和原意相符，也总是"不离其宗"，要比我们在百余年之后，妄自猜测，事半功倍了。这使我们不得不推重这书，觉得有做一篇遗文考底必要。

就我底眼光看，佚本似胜于高本，只因他没有付刊，以致湮没不彰，让高本独步。内容底比较，在下边详说。现在只举一点便可以晓得他底谨慎，非高鹗所及。他底续作大约是单行的，不和八十回混在一起。所以戚本始终只有八十回，并没有八十回以后的书。不然，评书人明明及见这书，为什么不钞在一起，像高鹗把四十加八十，成百二十回本呢？他不肯把续作和原书混合，正是审慎之至，这种态度便是佚本底声价底保证。我这一文，原题《百十回本的红楼梦》，后来因为觉得不大妥当，才改用今名。

以上所说都是引论，现在渐入正文了。这个佚本原题什么名字，我一点不晓得。戚本中评注所引，只称"后三十回""后数十回"；我也只得沿用了，题为《后三十回的红楼梦》。但这回目是否三十，确也有些可疑，我不得不略说一说。我说他是三十回，且用来作标题，因为有明文为证：

> 按此回之文固妙，然未见后之三十回，犹不见此之妙。（第二一回，眉评。）

这是第二十一回底评，从二十一算到八十，有六十回书，决不得说三十。可见这三十，是指八十回后的三十回，不在八十回以内的。（而且下边所说情事，亦不见于八十回内，更可为证。）但有人说："他虽说三十，未必只有三十回。"我想来这也不对。譬如不作续书只有三十回解释，只有两种可能的说法：（1）后边有三十回书专讲这一件事的。这就文章论，万没有这种情理。（2）三十回作第三十回解，但增字解释，似不甚妥。三十回怎能任意解为第三十回呢？况且，还有一证：

> 以百回之大文……（第二回，评。）

原本只八十回，不得说百回；这里说百回，正是连后三十回算。八十加三十应得一百十，所谓百回，是举成数言之。以这两证，我武断有三十回的续书。

但在另一方面着想，依然可以怀疑，使我自己不能相信上节所得的结论。在评注中，除这两条明指数目外，言后数十回的，屡见而不一见，这实在很可疑。他既说数十回，似乎又不止三十。且依文情看，要补完这书，三十回那里够？我平常时谈论高本，总嫌他太迫促，收尾时简直像记账目。若佚本只有三十回，岂不是分外急促了？且从评语中，看他底结构，似比高作为宽广，这尤非区区三十回所能了事。如这书叙述贾氏凋零，宝玉穷苦，终于出家，似转折极多，何以三十回便能写毕？或者虽回目只有三十，而每回篇幅极长，也未可知。但这总无非是些悬揣，无当于事实。这是我底一个疑问，希望读者能帮我解决他。

这佚本底年代、书名、回目，可考见的止于此；这虽使我十二分不满意，但现在却没有什么法子可想，所谓“文献不足”，连孔二先生也只有叹气而已。我现在要说到本篇较重要的一部分，就是考定佚本底回目。自然是一样的，可怜得很，但姑且让我作一简短、残缺的叙述罢。这或者可以引起读者们底兴趣，而努力去访求原书；如这个妄想一旦实现，那么，这文自然可烧，我也无所惋惜。但是，恐怕这文没有被烧底机缘，除非在万一如此的光景下面。

言归正传，这佚本仅为评注戚本的人所说及，以外不见有他人征引（或者是有的，而苦于我不知）；所以我底取材极为简单，不过费一番搜求、纂述底工夫罢了。况且戚本我本不熟，匆匆的阅了一两遍，自难免有遗漏的地方。我自己也知道这文底无价值，只是觉得佚本埋没了百余年，很当得有人为他做一篇详细的考证。我虽是才短，但戚本行世（有正书局出版）十年之后，还没有人提到这本底存在、价值，这使我被迫着去写定这篇文字。

从评注里得来的材料，都是些零零碎碎不成片段的；我们不得不从零乱中寻出一个头绪来。我总希望读者读后，三十回底影子便跳出来，故试把书中底人物来做经纬，读者就可以知道佚本和高本底优劣、同异所在。

我们先看他叙述贾家底结局是怎样的？

> 此等人家……总因子弟不肖，招接匪人，一朝生事则百计营求，父为子隐，群小迎合；虽暂时不罹祸网，而从此放胆，必破家灭族不已，哀哉！（第四回，注。）
>
> 此其人（探春）不远去，将来事败，诸子孙不致流散也。（第二十二回，注。）

第四回注所指此等人家，当然是贾史王薛等族。他说“破家灭族”，在前八十回内，后四十回内都没有，何所见而云然？可见这是后三十回里底事情。第二十二回注亦说“子孙流散”，和上说相合。这可见评书人所见的佚本，其中叙述贾氏衰落底状况，必极其淋漓尽致，不和高鹗所谓“沐天恩”、“延世泽”相同。比较起来，他要比高鹗强得多，就是说，这样补作深合于作者底原意，怎样见得呢？我姑且随意举几条八十回中底原文为证，便可以在这一点上，分两本底优劣。

警幻说："……奈运终数尽，不可挽回。"（第五回）

贾妃点的第一出戏是《一捧雪》中底《豪宴》。（第十八回）

贾珍道："第三本是《南柯梦》。"贾母听了，便不言语。（第二十九回）

探春道："……你们别忙，自然连你们抄的日子有呢！你们今日早起，不曾议论甄家，自己家里好好的，抄家，果然真抄了？咱们也渐渐的来了。可知道这样大族人家，若从外头杀来，一时是杀不死的。……必须先从家里，自杀自灭起来，才能一败涂地呢！"（第七十四回）

高鹗叙贾氏抄家，本此。这原不算错。但他却不该重新说回来，让他们去"沐天恩""延世泽"。第五回说，"运终数尽"，我们应当注意这"终""尽"两字，第十八回点《豪宴》，是以严东楼之败比况贾氏之将来。第二十九回说《南柯梦》，这剧中底结果是"充军烟瘴"，"斩首云阳"，不曾有复兴的事情。第七十四回说，"自杀自灭"，"一败涂地"，可见没有恢复祖业底希望了。这都是作者原意所在，高鹗却未曾见到。佚本底详细内容究竟是如何的，我也不敢妄说，只看评注里所说的，处处和原本相映射，可见佚本是部较近真的续书了。

评注里又说后数十回内，宝玉贫寒不堪，这是佚本最优越之点，决非高本所能及。我们试看：作者晚年流落穷途，证一；八十回内说"一事无成，半生潦倒"，"蓬牖茅椽，绳床瓦灶"，"贫穷难耐凄凉"，等等，证二。我们看：

以此一句，留与下部后数十回，"寒冬噎酸齑，雪夜围破毡"等处对看。（第十九回，"袭人见总无可吃之物"句下注。）

高本写宝玉为僧，是从堂堂荣国府内出走的，何尝有什么"酸齑""破毡"呢？可见这是佚本底一最大特色了。佚本所补，最惬我意。我在没有知有这本以前，曾和颉刚讨论，以为从各方面参证，宝玉应如此下场的；那里知道，百余年前竟有这么的一种本子，所抱的意见完全和我相同，这真是可欣喜的事。

至于说这样写法，较高本好些，这是我个人底偏见，不是定论。譬如颉刚，他虽承认作者原意是要使宝玉落入穷途，可是他在另一方面，又替高鹗作辨护士。他说：

> 写宝玉贫穷方面太尽致，也蹈了俗滥小说的模样，似乎写了正面必得写反面似的。宝玉怎样的贫穷，原文中绝少说及，也不容易补作。……否则高氏这般留心，不致连极重要的宝玉一赞也忘记。（一九二一，六，十，来信。）

这是赞成高本，最有力的论辨。因为佚本无存，所以我们也不能分别究竟孰优孰劣，只可付之不论。惟颉刚以为高鹗不致于忘记《宝玉赞》，这也是没有凭据的。

佚本写宝玉，不但穷苦，且终于做和尚。

> 然宝玉有情极之毒亦世人莫忍为者，看至后半部，则洞明矣。……故后文方有悬崖撒手一回。……岂能弃而为僧哉！（第二十一回，注。）

这便是佚本写宝玉做和尚的铁证。他为什么要如此？注上说是"情极之毒"。但这是什么，依然使人迷惑。至于他怎样出家，佚本也不可深考，虽注中引有一句，却也在可解不可解之间。

> 伏甄宝玉送玉。（第十八回《仙缘》戏目下注。）

《仙缘》是《南柯梦》剧中最后的一出，说的是卢生随"八仙"而去，正是宝玉出家底影子。但是说甄宝玉送玉，这很奇怪。究竟是怎么一回事，也没有人能知道。以我揣想，大概和高本是差不多的，（高本第一百十五回，和尚来送通灵玉。）不过把和尚换了个甄宝玉罢了。这个揣想是不是呢？我不敢知。如果是的，那么，在这一点上，两本便是"鲁卫之政"了。

评中还有一节，我疑心也和宝玉出家有关连的。第二十回，"贤袭人娇嗔箴宝玉"，总评上说："此回'娇嗔箴宝玉'，……后回'薛宝钗借词含讽谏'，……今只从二婢说起，后文乃直指其主。然今日之袭人之宝玉，亦他日之袭人，他日之宝玉也。……何今日之玉犹可箴，他日之玉已不可箴耶？……"他既前后对提，可见宝钗所讽谏的亦是宝玉。讽谏些什么，已无可考；但总是和袭人所说过的相仿佛，叫他留心"经济"、"孔孟"之道，不要骂人家"禄蠹"等等鬼话。这儿说不可箴，可见那时的宝玉，已不复肯降心相从，委婉敷衍，大有决撒之兆了。试想第二十一回时，宝玉又何尝真肯受人箴规；今日之可箴不过如此，其所谓他日之不可箴可知。

我想，宝玉在那时候，已有撒手之意，所以宝钗婉施讽谏，他却不听，于是终于悬崖撒手。这是宝玉为僧以前的一件公案，现在还可以约略考知。

除掉叙贾家及宝玉外，全书底主干便是十二钗。佚本在这些地方的叙述和高本，我们所揣想的，都差不甚远；这因为在第五回内，有册子曲子，断定她们底终身，拘束着底缘故。但细微之歧点却是很多的。现在可考见的，佚本叙十二钗底事也不完全得很。粗略说来，稍有些异同的，是黛玉，宝钗，湘云，凤姐，探春，惜春这六个人。以外所写的诸人，或者是评注没有提到，或者是和高本看不出什么差别，现在只好从略不说。又副册底人物，说到的只有两人（袭人、麝月）。副册中人没有说到的。叙香菱事能否改正高鹗底大错，也不可知；只是从戚本第八十回之目，"姣怯香菱病入膏肓"看去，似乎佚本不致于和高鹗犯同一的毛病。

她们底结局，令人最无可怀疑的，是宝钗、黛玉。而黛玉尤无问题。大凡稍有常识的人，都相信她俩底姻缘不会团圆的。果然团圆了，岂不是《红楼梦》可以不作？这话原不必多说。宝钗底结局（嫁宝玉守寡），从别一方面想，或稍有些可疑；（我在第十章中详及。）若从大体上看，金玉姻缘总是先团圆而后离散的。这类证据在八十回中多极了，不在这篇举引，想读者自然随处可以找得。因为如此，佚本在这些地方，也没有什么特色，大致和高本相同（黛死，钗寡）。惟在佚本里，钗黛两人各有一段佚事，为高本所不载。这其间并不发生显著的优劣问题，只是在佚本中，有这两事，我们应当知道。

先说黛玉，在第一回中有还泪之说是宝黛底一段大因缘；想其情理，到她临死时，泪债还尽了，应当有一个照应。评注上说：

> 以及宝玉轧玉，颦儿之泪枯……（第二十一回，注。）
>
> ……将来泪尽夭亡已化乌有。（第二十二回，注。）

一说泪枯，再说泪尽，且和宝玉轧玉作对文。可见黛玉泪尽，在这本上或另有一段主要文字，不仅如高鹗在第九十七回，以"一点泪也没有了"一语了之。

再说宝钗，她讽谏宝玉，在佚本另有一回书，前论宝玉出家时已详及了。高本写她嫁后，和宝玉感情似尚好。佚本亦然，所以有谈旧这一节文字，但这在高本上却没有的。高本写她嫁后，和宝玉谈话有好几节，却并没有一节是话旧的。就情理论，这也是题中应有之义。钗玉两人系从小相识，成婚之后，岂能对于旧事一字不提？大观园诸人风流云散，宝钗和宝玉谈话时，何得毫无感念？佚本写出这一点，好像也不坏。评书人说：

……杜绝后文成其夫妇时，无可谈旧之情。（第二十回，注。）

《红楼梦》中十二钗，钗黛以外便推湘云。湘云底结果如何，最是聚讼纷纭，到现在还没有定论。佚本写湘云，是早卒，是守寡，是偕老，不得而知。故对于“云散水涸”和“白首双星”底冲突点上，依然是悬而不断。但却有极重要的两点发见：(1) 说明“因”“伏”底意义。(2) 证明第三十一回目底没有经过改窜。湘云底结局，见于评注里最明白的只有两条：

金玉姻缘已定，又写一金麒麟，是间色法也。（第三十一回，眉评。）

后数十回，若兰在射圃所佩之麒麟，正此麒麟也。提纲伏于此回中，所谓草蛇灰线在千里之外。（第三十一回，总评。）

从第一条，我们知道，佚本底作者读这段文字，只当他是文章底间色法，并没有宝湘成婚之说。从第二条，知道在佚本上，湘云夫名若兰，也有个金麒麟，或即是宝玉所失，湘云拾得的那个麒麟，在射圃里佩着。这里边前因后果究竟是怎样的，我们却不知道。我揣想起来，似乎宝玉底麒麟，不知怎样会辗转到了若兰底手中，仿佛蒋琪官底汗巾，到了袭人底腰间一样。所以回目上说“因”“伏”，评语说，“草蛇灰线千里之外”。不然，如宝湘因麒麟而配合，这是很明且显的，说“因”则可，似乎用不着“伏”字。

“因麒麟伏白首双星”，作这样解，以我看来，甚妥。一则因什么，伏什么有了着落。二则不必推翻金玉姻缘。三则冲突已少了一层，不必一定假设回目底经人改易。这虽不见得定有合于作者底原意，但总是较满意的解释。

回目经人改易这个判断，从这里看去，是无根据的。颉刚底假设当然不能成立。（详见《八十回后的红楼梦》）我在前边已证明，评书人，佚本补书人，都上距作者年代至近，或者说不定是同时人。他们都只依文直解，一点没有疑心到这回目底不可靠，可见即在高鹗以前的人，也不知道有这么一回事。我们试想，统共不过一二十年内的事，何至原书回目底改窜，连踪影都不知？况且，第三十一回之目和曲子册子，有明著的冲突。他们在补书、评书的时候，岂有不稍加怀疑之理？岂有不去寻求原本之理？即使原本没有了，也不见得连较近真的初钞本都没有？在那时候，总不会“书缺简脱”，和我们处在同一的境遇。

至于湘云嫁后底光景如何，佚本原无可考。虽评书人说：“湘云为自爱所误”，（第二十二回，注。）也不知应作何解释？惟既曰“自误”，总不像结“白首双星”的。十二钗都是一例的薄命，以佚本作者这般精细，决不会梦然不知。以我推度，佚本写湘云也无非“早卒”“守寡”这类结局。但这些不幸是自然发生的，非人力所能为，何以评书人说“自爱所误”？这依然是终于不可解。回目和曲子，册子底冲突，也依然虚悬着。

高本叙凤姐底结局最劣，用她临命时所说，“到金陵归入册子去”（第一百十四回，高本。）来应册词所谓“哭向金陵事更哀”，简直是有些不像话。且和上句“一从二令三人木”，了无关照。想他也是猜不破这哑谜，所以就只得这样马马糊糊的算数了。我们原不以此责备他底才短，但他所补的，决无当于作者底原意，这也是不可讳的事实。佚本叙凤姐事可考见的，有这几条：

> 拆字法。（第五回，“一从二令三人木”下注。）
>
> 回首时，无怪乎其惨痛之态。（第十六回，注。）
>
> 后回……“王熙凤知命强英雄。”……但此日阿凤英气何如是也！他日之身微运蹇，亦何如是耶！人世之变迁，倏尔如此。
>
> 今日写平儿，后文写阿凤。文是一样情理、景况光阴，事却天壤矣！多少眼泪，洒与此两回书中。（两节，第二十一回，眉评。）
>
> 设使平儿收了，再不致泄漏。故仍用贾琏抢回，后文遗失，方能穿插过脉也。（第二十一回，注。）
>
> 这便是凤姐扫雪拾玉之处。（第二十三回，注。）

除最末一条，前后不接，无从悬揣外，其余几节可推度而知的，也不和高本相合。他所说拆字法，我们完全不懂怎样的拆法？想佚本必然照顾这一句，可以用拆字法解释，否则评书人何得“自充内行”，“瞎造谣言”呢？照他所谓“身微运蹇”，“事却天壤”，“回首惨痛”等语，似乎佚本写凤姐结局十分悲惨，决不如高鹗所写，胡言乱语，一病而亡，这样的简陋可笑。果真像高鹗底描写法，何必洒多少眼泪呢？第二十一回注说，贾琏后来有失发这件事,因而引起风波,高本没有这文。想后来必因此大闹,贾琏对于凤姐十分酷虐,所以评书人有“人世变迁”,“事却天壤矣”,这类感叹。琏凤夫妇,将来必至于决裂,这在八十回中也有暗示。最明显的是第六十九回,贾琏明说为尤二姐报仇。以我们想,尤二姐为贾琏所爱,一旦被逼吞金而死,万不会连一点反动都不发生的。况且作者写凤姐谋害尤二姐,可谓狠毒之至,故意留作后文底地步。所以我揣想凤姐后来,是被休弃返金陵的。(说魂返金陵,太不成话;且明言“哭向金陵”,魂哭不哭,何从知道?)颉刚也以为“似是”。(一九二一,六,十四,信)至于佚本是否作这样叙述,原也不敢妄断。

佚本叙探春、惜春底结局,也和高本小有出入。上在论贾氏这节文中引第二十二回注,很像探春远嫁,和贾氏家运颇有关系的;这和高本些微不同。同回惜春谜下注,(高本没有这谜)“公府千金至缁衣乞食……”照高本,惜春是在家削发的,并没有去穿了黑衣裳,沿门托钵,做走方尼姑。总之,佚本写十二钗底薄命,处处要比高本底文章色彩,浓厚强烈些,这是我们所知道的。

又副册中人物,还可以考见佚本底叙述的,是袭人、麝月。佚本写麝月,始终随着宝玉,直到他出家。

> 若他人得宝钗之妻,麝月之婢,岂能弃而为僧哉?(第三十一回,注。)

> 闲闲一段儿女口舌,却写麝月一人。袭人出嫁之后,宝玉宝钗身边还有一人,虽不及袭人周到,亦可免微嫌小弊等患,……(第二十回,注。)

这是麝月始终随着宝玉底证据。宝玉当时既已落薄,麝月还跟着他,所以评书人加以奖赞。我们从这里可以知道高本上底“佳人双护玉”,“五儿承错爱”等等,在佚本上都没有的。佚本为什么要留下麝月,随伴宝玉呢?这也是依据八十回中底暗示。第六十三回中,作者把她比荼蘼花,拿她来“了花事”,来“送春”;可见她是大观园中群芳之殿。佚本作者如此补法,正合原意,这也可见他底精细,远非高鹗所及。

袭人是嫁蒋玉函的,册子有明文,所以两补本叙她底事相同。但相同之中,有个大不同的地方。高本写她嫁,在宝玉出家之后,佚本写这件事,在他出家之前,袭人出嫁,为宝玉所及见。

既如此，何得袭人又作前语以愚宝玉？不知何意，请看下文。（第十九回，注。）

故袭人出嫁后云："好歹留着麝月。"宝玉便依从此话。（第二十回，注。）

箴与谏无异也，而袭人安在哉？宁不悲乎！（第二十一回，评。）

盖琪官虽系优人，后回与袭人供奉玉兄宝卿，得同终始者，非泛泛之文也。（第二十八回，评。）

上引各节，都可以互证袭人嫁在宝玉出家之先。袭人留言，宝玉听从，证一。宝钗谏宝玉时，袭人已不在贾府，证二。他俩夫妇怎样地供奉钗玉，虽不可知，但宝玉总是见袭人之嫁，证三。

这两种写法底好歹，不容易下判断。不过说她早嫁，宝玉后出家，文情似尤觉尽致，在这一点上看，佚本或者好些。（至少我底私见如此。）但有一点须要注意的。佚本虽叙袭人先嫁，但并不写她底薄情。这也是有证据的。宝玉肯听她嫁后底话，反证她底非薄幸：证一。评者虽然有偏见，处处赞美袭人。如果真佚本写袭人后来太负心了，他也未必这样傻，证二。如袭人负心，又岂能夫妇供奉宝玉，与之终始，证三。所以我揣想，佚本写她底嫁，是被迫而非自动的，必有个不得已的缘故在内；故评书人对她有怜惋之意，无贬诮之词。

但雪芹底意思却并不如此，佚本在这点上铸了个大错。《红楼梦》全书，对于诸女都无贬词，惟对于袭人却有言外微音。虽处处提她底端凝贤淑，但都含着尖刻的冷讽。到晴雯死后，宝玉对她尤觉疏远。祭文中底话，有些简直是热骂。即册词所谓"堪羡优伶有福，谁知公子无缘！"也是叹诧之词。高鹗深解这层微意，所以补得还好。在第一百十六回，宝玉看袭人底册子，便大惊痛哭起来。第一百二十回说："这'不得已'三字也不是一概推委得的。……'千古艰难惟一死，伤心岂独息夫人！'"这些都还不失雪芹底意思。评书人一味颂扬，未免太不善于读书了！佚本或者写袭人亦有微词，因为评书人成见太深，以致忽略，原也说不定的。只是从大体看去，似高本稍解人意些。

我以为袭人底结局，应当是因厌弃宝玉底贫苦，在他未做和尚以前，自动的去改嫁蒋玉函，是一个真的负心人。这就是合两本底写法，不知读者有同感吗？

这佚本补书底内容，在这三大项中（贾氏，宝玉，十二钗），已约略包举。至于本书底原文，评注中称引极少。除"好歹留着麝月"一语外还有：

落叶萧萧，寒烟漠漠……（潇湘馆景）（第二十六回，注。）

其余便都无可考。回目可知的只有一回是：

薛宝钗借词含讽谏，王熙凤知命强英雄。（第二十一回，评。）

这个回目，不见于高本、戚本，知为佚本底回目。这回事迹底大概，前节已言及。这回底次序，是在后三十回之第几，也不可知。所可推测的，是在袭人嫁后，宝玉有意出家而没有实行之时，大约是在佚本底下半部。还有"悬崖撒手"，想也是回目中语，这大约是最后的一回了。（见第二十一回，注。）

除此以外，佚本底一切光景，都消沉了。在第一回，"温柔富贵之乡"下注云："伏紫芝轩。"八十回的戚本，一百二十回的高本，都没有这个轩名，想也是佚本所载的。紫芝轩总是宝玉所居，循文意可知，或者是宝钗宝玉成婚之处，但这也是我底瞎猜罢了。

这样一部很早、且较好的补作，只因为没有付刊，遂致散佚，这自然是很可惜的。况且连作者底姓名，年代都无考，这更使我们惭恨。这书底面目，从评注里去窥测，不过"存什一于千百"，我们已觉得他底精细，远非高鹗可比。可见佚本底声价，决不能因散亡而减少的。这本和《红楼佚话》所说的"旧时真本"，高鹗本，是《红楼梦》底三大部甲类续书。以我底批评，这本最好些，那两本互有短长。现在只有高本通行，其余两本都只见称引，不见全书。但读者却不要以为高本独存，是优胜劣败。高鹗底书，因有程伟元替他刻成，他自己又做了大官，所以独能流传下来。那两本底作者，无力或无意于印行他们底著作，便致埋没了。我们不能把成败来估定作品底价值。

在这样枯窘的材料中（一部有正书局出版的《红楼梦》）能草就这一篇短文，我也没有什么抱憾。只是，我说这本有三十回，若就文中情，文中事论，断断不止的。但评注里所供给的证据，偏偏向着这三十回说。我只好暂时承认他，一面声明保留我底修正权，于将来这书再版底时候。

评注固十分可厌，在从别一方面看，却很可贵。所以我很致谢有正书局底老板，于戚本印行时，没有奋笔把评注删去，使这三十回佚书，有一旦重新暴露于文坛的机缘。

一九二二，四，二九。

十三　所谓“旧时真本《红楼梦》”

《红楼梦》八十回后，续书原不止一种，只是现存的只有高本这一种罢了。我曾在戚本评注中考定一种佚本，已在上章详述。现在所要说的，又是另一个补本。这补本底存在，事迹，只见于上海晶报《臞蝯笔记》里底《红楼佚话》上面。原文节录如下：

> 《红楼梦》八十回以后，皆经人窜易，世多知之。某笔记言，有人曾见旧时真本，后数十回文字，皆与今本绝异。荣宁籍没以后，备极萧条。宝钗已早卒。宝玉无以为家，至沦为击柝之役。史湘云则为乞丐，后乃与宝玉为婚。……

可惜他没有说出所征引的书名，只以某笔记了之。在蒋瑞藻底《小说考证》里亦有相类似的一段文字，他却是从《续阅微草堂笔记》转录下来的，或者就是《臞蝯笔记》所本。现在亦引如下：

> 红楼梦……自百回以后，脱枝失节，终非一人手笔。戴君诚甫曾见一旧时真本，八十回之后皆不与今同。荣宁籍没后均极萧条；宝钗亦早卒；宝玉无以为家，至沦为击柝之流；史湘云则为乞丐，后乃与宝玉仍成夫妇，故书中回目有“因麒麟伏白首双星”之言也。闻吴润生中丞家尚藏有其本，惜在京邸时未曾谈及，俟再踏软红，定当假而阅之，以扩所未见也。

这条文字较《臞蝯笔记》似较确实有根据些。(1) 所谓旧时真本确有人见过且能举出其人之姓名。(2) 他确说自八十回起不与今本同，可证其为另一补本。(3) 他明言这书写宝湘成婚事系依据于第三十一回之目。(4) 这种本子不但有人见过，且有人收藏。而且收藏这书的人，并不是名声湮没的寒儒，却是堂堂的一个巡抚。

这实在可以证明，以前确有这一种旧时真本，不是凭空造谣可比；所以使我觉得有考证一下底必要。就两书所叙述的事迹看，大都不和高本相同。(1) 荣宁后来备极萧条的景况，不见于高本。高本虽亦写籍没，但却有那些“沐天恩”,“延世泽”,“封文妙真人”,“兰桂齐芳”,这类傻话。(2) 宝钗早卒;高本却写她出闺守寡抚孤成名。(3) 宝玉击柝;高本却写他随双真仙去,受真人之号。(4) 湘云为丐,配宝玉;高本只写她嫁一不知名的人后守寡,没有一笔叙到她底贫苦。

可考的只有四项,而几乎全与高本不同。究竟是那一本好些,姑且留到最后再说。我们先要试问这本底年代问题,再讨求他所依据的——在八十回内的——是什么。

颉刚说:“我对于这所谓‘旧时真本’,有两个假定:(1) 这是补本,(适之先生也如此说);(2) 这补本在高鹗之先,为高鹗所及见。”(一九二一,六,十,信)他底第一个假定是无可疑的,因为前人——距雪芹年代极近的——如张船山、高兰墅、程伟元、戚蓼生,都说原本《红楼梦》只有八十回。(张说见于《船山诗钞》,高说见程排本《红楼梦》底引言,程说见于前书底序,戚说见于戚本《红楼梦》序。)他们底说话,即使非可全信,也决不是全不可信。他们又何至于联络起来造谣生事呢?至于第二个假定,颉刚并没有举示所根据的理由,我也不能妄下是非的判断,只可以悬着当作一个可能的想象罢了。(颉刚附案,我所以有这第二个假定,因为我先假定“因麒麟伏白首双星”的回目是做这部续书的人改的,高鹗续作沿用这部书的改文,所以假定高鹗曾见这部书。大意见《八十回后的红楼梦》篇中论湘云一段。)

这补本底取材,颉刚曾加以说明,现在引录如下。凡我另有意见的,加上案语。

(1) 荣宁籍没——第十三回,王熙凤梦中秦可卿的话。

〔按〕第七十四回,探春明言抄家事,暗示尤为显明,不仅如这回所说。

(2) 宝钗早卒——第二十二回制灯谜,宝钗的是“梧桐叶落分离别,恩爱虽浓不到冬。”

〔按〕颉刚所据,当是商务印书馆底《石头记》本。亚东本《红楼梦》,分作纷,虽浓作夫妻。有正本,即戚本,没有这一谜,却把高本所谓黛玉底谜,移作宝钗底。这究竟不知道那一本近真些?宝钗底薄命底预示,在八十回中还有数节,惟都不能够确说是早卒。如第七回,宝钗论冷香丸说:“为这病根,也不知请了多少大夫,吃了多少药，花了多少钱，总不见一点效验。”又如，“薛姨妈道：‘姨妈不知宝丫头古怪呢，他从来不爱这些花儿粉儿的。’”第四十回，贾母摇头道：“……年轻的姑娘们，房里这样素净，也忌讳。”这些或者也是补作底依据，至于所补的是不是，后面再详。

(3) 宝玉沦为击柝之役——第三回，宝玉赞，“贫穷难耐凄凉”。

〔按〕这是最显明的一例，以外在第一回中暗示尤多。

(4) 史湘云为乞丐——第一回，甄士隐注解《好了歌》，“金满箱，银满箱，转眼乞丐人皆谤。”

(5) 宝钗死而湘云继——同回，同节，“昨日黄土陇头堆白骨，今宵红绡帐里卧鸳鸯。”又第二十九回，张道士送宝玉金麒麟，恰好湘云也有这个。(以上均见一九二一，六，十，信)

除此以外，颉刚又以为第三十一回之目系这本作者所改窜，而白首双星即以第一回《好了歌注》所谓，“说甚么脂正浓，粉正香，如何两鬓又成霜”为张本。颉刚所说均极是，惟以第三十一回之目经过改窜，却不甚确。我在“后三十回的《红楼梦》”一章中，已详细辨难，这里不再多赘。

至于这本，比高本孰优孰劣，这自然可随各人底主观而下判断，没有一致底必要。照颉刚底意见，以为高本好些。他底大意如下：

(1) 写宝玉贫穷太尽致，且不容易补得好。

(2) 书中写宝钗，处处说他厚福，无早死之意。

(3) 第三十一回及第三十二回，屡点明湘云将嫁；且白首双星，也不合册子、曲子底暗示。他以为补作的人泥了金麒麟一物，不恤翻了成案，这是他底不善续。

(4) 史湘云为乞丐，太没来由。(一九二一，六，十，信)

关于第一点，我和他底眼光不同。诚然，要写宝玉怎样的贫穷，是极不容易，但作者原意确是要如此写的。高鹗略而不写，一方是他底取巧，一方是他没有能力底铁证。这补本已佚，所写的这一节文字如何，原不可知。悬揣起来，或未必能令人满意的。只是就一件事论一件事——补本究竟好不好，是另一问题——高本确是错了。颉刚似乎不宜十分左袒高氏。

第二节所说，我在大体上能承认。但八十回书中，写宝钗虽比黛玉端厚凝重些，但很有冷肃之气，所谓秋气；可见她也未必不是薄命人，(十二钗原都归入薄命司，见第五回。)颉刚说她厚福，似无根据。但守寡亦是薄命，不必定是早卒。即八十回内所暗示，亦偏向于这一面；故颉刚底结论，我并不反对。（只有一条，似乎有宝钗早卒之意，或为这补本作者所依据。第二十八回说："如宝钗……等，亦可以到无可寻觅之时矣。宝钗等终归无可寻觅之时，则自己又安在哉？"）至于若高鹗所补的，宝钗有子，后来"兰桂齐芳"，我却不敢赞一词了！

第三节的话我也赞成。但我既证明第三十一回原来是如此的；那么，这补本也不必大加菲薄了。高鹗宁可据第五回，却抛弃第三十一回之目不管他。这本底作者却和兰墅意思相反，专注重第三十一回之目，成就宝玉湘云底姻缘。这其实也不过是哥哥弟弟，不必作十分的抑扬。写这一点，比较最满我意的，是三十回的佚本。在这两本中，我只说，高鹗是较乖巧些。

第四节，我完全同意。但颉刚在另一信上说，（一九二一，六，十四。）《好了歌注》只是泛讲，我却不以为然。所谓"乞丐人皆谤"，必是确有所指，只未必便是指湘云。可惜这书没有做完全，使我们无从去悬揣。至于颉刚说"没来由"，却甚是；因为在八十回中，湘云并不是金满箱银满箱的富家小姐。史家在上代虽然和贾王薛三姓齐名，但当湘云之时，早已成了破落户。我们且看：

> 他们家嫌费用大，竟不用那些针线上的人，差不多的东西都是他们娘儿们动手。……我再问他家常过日子的话，他就连眼圈儿都红了。……（第三十二回，宝钗语。）
>
> 一个月通共那几串钱，你还不够使；……（第二十七回，同。）

一个月只有几串钱的月费，且家中连个做活计的婆子都没有这种生活，难道是可以说"金满箱银满箱"吗？这可以证明作者底原意，虽然必有个书中人将来做乞丐的，但却决不是史湘云。

在这四点以外，还有一点，我觉得这本要比高本好的，便是实写贾家底萧条，并无复兴这件事。这是两佚本所同，非高本所及。我所据的理由，已在上章中详举了。

这个某补本，可考的比那三十回本更加寥寥，真是我们底不幸。他和高本，只有抄家一点相同，抄家以后的景象且不尽同，以外便全不相合。就事迹论，这本写宝玉底结局有一点——贫穷——胜于高本。写宝玉、宝钗、湘云三人底关系，则又不如高本。就风格论，这本病在太杀风景，高本病在太肠肥饱满了；一个必说宝玉打更，湘云乞食，那一个却又说，宝玉升天，宝钗得子，都犯过火的毛病。

惟这本写宝玉终于贫穷而不出家，似又不如高本。因为一则书中暗示宝玉出家之处极多——贫穷之后出家——不能没有呼应；二则不如此写，这部百余回大书颇难煞尾。只有出家一举，可以神龙见首不见尾，一束全书，最为干净。颉刚也说："但是贫穷之后，也许真是出家。因为甄士隐似即是贾宝玉底影子。……甄士隐随着跛足道人飘飘去了，贾宝玉未必不随一僧一道而去。要是不这样，全书很难煞住，且起结亦不一致。"（一九二一，五，十七，信）高鹗见到这些地方，正是他底聪明处。这本不如此收梢，想其结尾处不能如高本底完密。高本误在没写宝玉底贫穷，这本又误在没写他底出家；其实贫穷和出家，是非但不相妨而且相因的。我曾经揣测宝玉底出家，与他底贫寒多少有连带的关系；虽仅仅是个揣想，但在反对方面，却也很有证据。

这某补本底存在，除掉《红楼佚话》、《小说考证》所引外，还有一证，颉刚说："介泉（潘家洵君）曾看见一部下俗不堪的《红楼续梦》一类的书，起头便是湘云乞丐。可见介泉所见一本，便是接某补本而作的。（我所谓乙类续书。）"（一九二一，六，二十四，信）这真是极好的事例，可以证实以前曾有这么一种补书底存在；又可以知道，前人曾有疑第三十一回之目，而据以补《红楼梦》的。（适之先生也如此说。）

所谓旧时真本底真相，为我所知道的，不过如此。我因为这也是一种散佚的甲类续书，且和高本互有短长，可以参较，故写了这一节文字。

一九二二，五，六。

十四 《读红楼梦杂记》选粹（附录）

我最初不知道有这一书。颉刚来信告我，并节录了数节很有趣味的文字，方才引起我底注意。（一九二一，七，二十，信。）这书作者底名姓、籍贯，也为颉刚所考定。他说：

> 《读红楼梦杂记》，是同治八年愿为明镜室主人在杭州刻的。这人只署别号，本不知道是谁。恰巧在友人处见到一本《愿为明镜室

> 词》，是旌德江顺怡做的，刻的时候与地方都是一样，可见这《杂记》是江顺怡所做无疑了。

这真是奇巧之至！如他不在友人处见江词，何从知道这书作者底真姓名？我因他所节录的颇有趣，很想自己买一本。果然，去年十月间被我在杭州买着了。

我所得的，共有六本书，中间以王雪香底《红楼梦》评赞为主体，有附刻四种，最后的一种便是这《杂记》了。颉刚书只有一本，却是原刻；我底是光绪丙子（光绪二年，一八七六年）夏天在上海翻刻的，离原刻书时只有七年。以沪杭之近，七年前后便重刻一次，可见这书在当时是颇盛行的。

可惜的很，其余附刻的三种，都只是诗词赋，不与我们考证《红楼梦》相干。只有江君底《杂记》，虽薄薄的八页书，却颇有些关系。现在把这书有精采的文字，选录下来，备读者底参阅。

> 《红楼梦》悟书也。其所遇之人皆阅历之人，其所叙之事皆阅历之事，其所写之情与景皆阅历之情与景正如白发宫人涕泣而谈天宝，不知者徒艳其纷华靡丽，有心人视之皆缕缕血痕也。……缠绵悱恻于始，涕泣悲歌于后，至无可奈何之时，安得不悟！（一页）
>
> 风尘碌碌，一事无成，已往所赖之天恩祖德，锦衣纨袴之时，饫甘餍肥之日，背父母教育之恩，负师友规训之德，以致半生潦倒，罪不可逭。此数语古往今来人人蹈之，而悔不可追者，孰能作为文章，劝来世而赎前愆乎？（一至二页）
>
> 或谓红楼梦为明珠相国作；宝玉对明珠而言，即容若也。窃案……苟以宝玉代明珠，是以子代父矣。况《饮水词》中，欢语少而愁语多，与宝玉性情不类。盖《红楼梦》所纪之事，皆作者自道其生平；非有所指，如《金瓶梅》等书，意在报仇泄愤也。数十年之阅历，悔过不暇，自怨自艾，自忏自悔，而暇及人乎哉！所谓宝玉者，即顽石耳。（六页）

江君竟敢断定《红楼梦》不是影射，指斥，只是明明白白，一部作者底自传。况且，他丝毫不知雪芹底事实（全书没有题到作者是曹雪芹），竟敢下这样的大胆的断语。在举世附会的“红学”盛行之时，他能独树一帜，开正当研究《红楼梦》底先路。他屏去一切的传说，从本书上着眼，汇观其大义；虽寥寥的几页书，已使我们十分敬佩了。千千万的人都是把《红楼梦》当消闲果子吃，他却以严肃的态度来读他。他看不见有什么纷华靡丽，只是些缕缕的血痕。所以他自己所谓“读者未尝不解其中味也”，是言大而非夸的。

以外还有两段批评文字：

> 真假二字，幻出甄贾二姓，已落痕迹；又必说一甄宝玉以形。贾宝玉，一而二，二而一，互相发明，人孰不解。比较处尤落小说家俗套。（一页）

> 西游记托名元人，而书中有明代官爵。今《红楼梦》书中有兰台寺大夫，及九省统制节度使等官，又杂出本朝各官，殊嫌芜杂。（二页）

此书叙甄家之事，原甚不可解；以我们看去，大可全删。江君所评，切极。但在一方面说是人孰不解，他方面想，实在是人都不解。因为这实在是文章底赘疣，毫无意思，且亦毫无风趣。至于他所谓，“比较处落俗套”；这实在骂的是高鹗。在八十回中，写甄宝玉完全和贾宝玉一样，只可以说“一而二，二而一”，却讲不到比较。真正的比较，在第一百十五回方见。江君既说俗套，想也不赞成高氏底补笔了。至于官名芜杂，虽无关这书文学上底声价，却也是“白璧之瑕”。惟作者自己说是荒唐言，或者故意作如此写，以掩其为清代之事，也未可知。（兰台寺大夫见于第二回，九省统制见于第四回，节度使最初见于第十五回。清朝官名屡见。）

他虽不知有高鹗补书事，但却也不满意于他底喜写举业科名。所以说：

> 贾兰之才，正以见宝玉之不才。在作者原以半生自误，不能为贾兰而为宝玉，愿天下后世之人皆勿为宝玉而为贾兰，然而吾读《红楼》，仍欲为宝玉而不为贾兰，吾之甘为不才也……（三页）

他既不羡慕贾兰之为人，当然也不以宝玉中举为必要的。他如知道后四十回是高氏补的，在这点上，也必定要加攻击，和现在我们底态度一样了。

他评袭人改嫁蒋玉函事，也公允得很，要比评注戚本人底一味颂扬，漂亮得多了。他说：

> 惟袭人可恨，然亦天下常有之事。（七页）

这书还有一节，可以备轶闻的。

> 又有满洲巨公谓《红楼梦》为毁谤旗人之书，亟欲焚其版。余不觉哑然失笑。……《红楼》所纪，皆闺房儿女之语，所谓甚于画眉者。何所谓毁？何所谓谤？（六页）

这些地方，可以看出，在他心目中《红楼梦》底风格是哀思的（缠绵悱恻于始，涕泣悲歌于后），而非愤怒的，（何所谓毁？何所谓谤？）正和我底批评相同。在现在的时候，这类“毁谤旗人”的解释还依然流行着；江君如及见，岂不要“冠缨索绝”，想不仅是“哑然”而已。

我因为这是部无名的著作，且篇幅极短，不足当人底注意，所以把书中底精粹转录下来，作为附录之一。

一九二二，五，十六，夜。

十五 唐六如与林黛玉（附录）

读者看了这个标题，想没有一个不要笑的，以为我大约是在那边大发精神病了。现在姑且让我慢慢的将这大谎圆上，读者且勿先去笑着。

《红楼梦》中底十二钗，黛玉为首，而她底葬花一事，描写得尤为出力，为全书之精采。这是凡读过《红楼梦》的人，都有这个经验的。但他们却以为这是雪芹底创造的想象，或者是实有的经历，而不知道是有所本的。虽然，实际上确有其人、其事，也尽可能；但葬花一事，无论如何，系受古人底暗示而来，不是“空中楼阁”，“平地楼台”。

我们先看葬花这件事，是否古人曾经有的？我们且看：

> 唐子畏居桃花庵。轩前庭半亩，多种牡丹花，开时邀文徵仲、祝枝山赋诗浮白其下，弥朝浃夕，有时大叫痛哭至花落，遣小伻一一细拾，盛以锦囊，葬于药栏东畔，作落花诗送之。（《六如居士外集》，卷二）

> 却是林黛玉来了，肩上担着花锄，花锄上挂着纱囊，手内拿着花帚……那畸角上，我有一个花冢。如今把他扫了，装在这绢袋里，埋在那里，日久随土化了，岂不干净。（《红楼梦》，第二十三回）

> 一直奔了那日同黛玉葬桃花的去处来。……只听那边有呜咽之声，一面数落着，哭得好不伤心。（第二十七回）

读者逐字句参较一下，便可恍然了。未有林黛玉底葬花，先有唐六如底葬花；且其神情亦复相同。唐六如大叫痛哭，林黛玉有呜咽之声，哭得好不伤心。唐六如以锦囊盛花；林黛玉便有纱囊、绢袋。唐六如葬花于药栏东畔；林黛玉说："那畸角上，我有一个花冢。"如依蔡孑民底三法之一（轶事可征）；那么，何必朱竹垞，唐六如岂不可以做黛玉底前身？

但我们既不敢如此傅会，武断，又不能把这两事，解作偶合的情况；便不得不作下列的两种假定。（1）黛玉底葬花，系受唐六如底暗示。（2）雪芹写黛玉葬花事，系受唐六如底暗示。依全书底态度看，似乎第一假定较近真一点。黛玉是无书不读的人，尽有受唐六如影响底可能性。

而且，还有一证，可以助我们去相信这个假设。黛玉底诗，深受唐六如底影响，这是一比较就可见的。《外集》所谓落花诗，是三十首的七律，与黛玉底葬花诗无关。但《六如集》中另有两首，却为葬花诗所脱胎。我们且节引下，并举葬花诗对照。

> 今日花开又一枝，明日来看知是谁？明年今日花开否？今日明年谁得知？（卷一，《花下酌酒歌》）
>
> 桃李明年能再发，明年闺中知有谁？……明年花发虽可啄，却不道人去梁空巢亦倾！（第二十七回）

又如：

> 一年三百六十日，春夏秋冬各九十。冬寒夏热最难当，寒则如刀热如炙。春三秋九号温和，天气温和风雨多。一年细算良辰少，况又难逢美景何！（卷一，《一年歌》）
>
> 一年三百六十日，风刀霜剑严相逼；明媚鲜妍能几时？一朝飘泊难寻觅。（第二十七回）

后诗从前诗蜕化而来，明显如此，似决非偶合的事情了。且可以参证的还不止此，唐六如住《桃花庵》，有"万树桃花月满天"的风物。林黛玉住的地方，虽没有桃花；（第四十回）但葬的是桃花，（第二十七回）又做桃花诗，结桃花社。（第七十回）我们试把六如底《桃花庵歌》，和黛玉底《桃花行》参较一下。

> 桃花坞里桃花庵，桃花庵里桃花仙；桃花仙人种桃树，又摘桃花换酒钱。（卷一，《桃花庵歌》）

桃花帘外东风软，桃花帘内晨妆懒；帘外桃花帘内人，人与桃花隔不远。（第七十回，《桃花行》）

这虽没有十分的形貌相同，但丰神已逼肖了。又如六如说："花前人是去年身，今年人比去年老。"（卷一，《花下酌酒歌》）黛玉便说："桃花帘外开仍旧，帘中人比桃花瘦。"（第七十回，《桃花行》）至于综观两人底七言歌行，风格极相似，且都喜欢用连珠体。六如有《花月吟》，效连珠体十一首，（六如集，卷二）句句有花有月。黛玉则拟"春江花月夜"之格，乃名其词曰，《秋窗风雨夕》。（第四十五回）

我约略翻阅了一遍《六如集》，举了几个上列的事例；如细细参较起来，恐怕还有些相似之处可以发见。只是一句两句，很微细的，也不必详举。总之，我们在大体上着想，已可以知道《红楼梦》虽是部奇书，却也不是劈空而来的奇书。他底有所因，有所本，并不足以损他底声价，反可以形成真的伟大。古语所谓"河海不择细流故能成其大"，正足以移作《红楼梦》底赞语。

一九二二，五，十三。

十六　记《红楼复梦》（附录）

乙类的续书，从甲类续书接下去的，几没有一部不是谬妄极了的书；所以使我们竟无可称述。其中只《红楼复梦》一书，以我所见，刊行最早，且有几条略有关系的凡例，姑且在这里略说一说。

这书没有明叙作者姓名，仅在卷一署"红香阁小和山樵南阳氏编辑"。卷首却有一序，署名为武陵女史月文陈诗雯，序中称作者为吾兄红羽，如假设为她底亲兄，则作者亦姓陈。序成于广东，她自己却称武陵女史，亦不知究竟是那里人氏？好在这书本无价值，亦不值得作一番详细考证。

这书底年代，却很明白，书眉刊有"嘉庆乙丑新镌"，（嘉庆十年，一八〇五）陈序后书"嘉庆己未秋九重阳"，在刻书六年以前（嘉庆四年，一七九九）。我们知道，程伟元刻高本告成，在一七九二年。故以此书作序之日——作书例应在作序之前——上推距高本成不过七年；即以成书时推溯，亦只有十三年。依我揣测，这书既有百回，决非数月可了，大约高本行世二三年之后，《红楼复梦》便在那边起草了。

以这样早的一部高本底续书，竟没有什么可以启发我们的，真是可惜得很。这书共有一百回，而全体异常荒谬，不可言说。其最后的一回——第一百回——是五枝花同归荣国府，十二钗重会大观园。读者也可以“尝一脔知全鼎之味”，不待我底赘说了。

本书既无可说的，幸上有几条凡例，却还有些意义，可以供我们底参考。其中有好几条，都是表现作者底胸襟，可怜可笑，可以作后来续《红楼梦》人底代表心理。

（一）此书虽系小说，以忠孝节义为本，男女阅之，有益无碍。

（二）书中因果轮回报应惊心悦目，借说法以为劝诫。

（三）此书雅俗可以共赏，无碍于处世接物之道。

（四）前书人物事实，每多遗其结局。此则无不成其始终。

（五）前书荣府，应以贾政为主，宝玉为佐，而书中写贾政似若赘瘤，乃《红楼梦》之大病。

这种妙论，真是闻所未闻，读者没有领教一番，岂不可惜！这五条凡例，表现有五种高见：(1) 做小说必讲忠孝节义；(2) 必讲因果报应；(3) 必不可以得罪世道；(4) 必要有头有尾；(5) 必要父为子纲。这是什么话！论《红楼梦》应以贾政为主，真是异想天开。这种妄人底心理，如他不自己宣布，我们简直是无从悬揣的。

还有两条，也不可以不录。

（一）书中无违碍忌讳字句。

（二）书中嘻笑怒骂，信笔发科，并无寓意讥人之意，读者鉴之。

这似乎隐隐说前书是“寓意讥人”，是有“违碍忌讳字句”的，虽不明说，却在对面含有这类的意思。这也可谓是妙解。可见《红楼梦》行世以后，便发生许多胡乱的解释，在那妄庸人底心里，不过没有什么“索隐”、“释真”这些大作罢了。

但凡例中最重要的还是下列的一条：

（一）前书八十回后，立意甚谬，收笔处更不成结局，复之以快人心。

这告诉我们有三件事：(1)《红楼复梦》底解释，就是“复之以快人心”，就是打破悲剧的空气，成就团圆的结局。(2) 他虽极不满意于后四十回，但却全和现在的我们底见解相反。他所谓“谬”，正是高作底妙处；他所谓不成结局，正是《红楼梦》正当的、应有的结局。这可见高氏如不假托作者，那就无以维持一百二十回本底运命，且亦无以维持《红楼梦》底悲剧的空气。他虽不辨八十回后是高鹗所作，尚且要复一下，又何况在知道以后呢！(3) 他不明说八十回后是谁作的，何以能断从八十回以后，这是颇可思的。他为什么不说七十回，或九十回以后，而必断自八十回？这可以想见，高本未行之前，已通行一种八十回抄本；所以他胸中很有八十回和四十回有点区别这个观念，大可以作高氏补书这件事情底旁证，但他何以不知道四十回是高氏底手笔？想因他脑筋简单，被“在鼓担上得来的”这一句鬼话轻轻瞒过了。且这书或是在广东做的，作者对于京师掌故，想亦不甚了了，这亦难怪他了。

以他这样不满意于高作，而不得不从高本续下去，这真是可怜极了！以后的续作，都抱同一的见解，而没有一个敢得罪高鹗的，都是些可怜虫啊！

一九二二，六，十八。

十七　札记十则(附录)

(A)

书中写的是贾氏，而作者却是姓曹。所以易曹为贾，即是真事隐去的意思。但所以必寓之于贾，却有两个意思：(1) 贾即假，言非真姓。(2) 贾与曹字形极相近故。

(B)

大观园地形并不甚大，所以写得这样的千门万户，正因曲折回环之故。此园决不甚大，可以从本书看出。有下列数项：

(1) 大观园只占会芳园(宁府之园)底一部分。

第十六回，拆会芳园之墙垣楼阁。

第七十五回，贾珍在会芳园丛绿堂中开宴。

（2）大观园底地形：

（a）宁府会芳园之一部，

（b）荣府东大院，

（c）荣府东边所有下人一带群房，

（d）两府为界之一条小港。（均见第十六回）

（3）贾政道："非此一山，一进来，园中所有之景，悉入目中，则有何趣？"（第十七回）

（4）贾政游园，虽经历处甚多，但已将全园兜了一个圈子，已大致遍览过了。（同回）

（5）大观园诸人来往极频繁。即以黛玉之娇弱，亦常至各处游览，可见园子决不甚大。而潇湘、怡红两处尤近。

这都可以见大观园是曲折而非广大，是人家园林所常有的，并不足为希罕，换句话说，以曹氏底累代富贵，有此一园亦并不在情理之外。况且书中叙述，自不免夸饰，以助文情。故大观园之遗址，不见于记述，并不足以此推翻"《红楼梦》是自传"这一说。

（C）

宝玉与秦氏之一段暧昧事，书中所叙也极明显。惟故意说些荒唐言，以愚读者而已。我举各证如下：

（1）秦氏案上设着武则天当日镜室中设的宝镜，一边摆着赵飞燕立着舞的金盘，盘内盛着安禄山掷过伤了太真乳的木瓜，上面设着寿阳公主于含章殿下卧的宝榻，悬的是同昌公主制的连珠帐。宝玉含笑道："这里好！"秦氏……亲自展开了西施浣过的纱衾，移了红娘抱过的鸳枕。

（2）秦氏便吩咐小丫环们好生在檐下看着猫儿打架。

（3）那宝玉才合上眼，便恍恍惚惚的睡去，犹似秦氏在前，遂悠悠荡荡，随了秦氏至一所在。

（4）警幻以表字可卿者，许配与宝玉。

（5）秦氏正在房外嘱咐小丫头们好生看着猫儿狗儿打架，忽闻宝玉在梦中唤他的小名，因纳闷道："我的小名，这里从无人知道，他如何知得，在梦中叫将出来？"（以上第五回）

(6) 宝玉道："一言难尽！"便把梦中之事，细说与袭人知了。说至警幻所授云雨之情，羞的袭人掩面伏身而笑。(第六回)

这些都可以作证。(1) 秦氏房中之陈设，及所用之衾枕，当然决非实在有的东西，是明点有枕席之事。(2) 宝玉随秦氏到了太虚幻境，是明写他被她诱惑了。(3) 警幻以其妹名可卿者，许配与宝玉，梦中之可卿与梦外之可卿，是一而非二。且老实说，实际上何尝会有这一梦，所谓入梦，明是假语村言。(4) 秦氏底小名，独宝玉知之，中间必有一节情事。(5) 第二条说秦氏吩咐丫环们看着猫儿狗儿打架，第五条说秦氏正在房外嘱咐小丫头们看着猫儿狗儿打架。以亚东本看，此两条相去有十七页书，何以秦氏底吩咐言语尚未了结？宝玉睡了一觉，做了这么一个长梦，至少亦有十分钟，何以秦氏还在那边嘱咐小丫头们？所谓"正在"，如何解释？此等破绽，明系故意如此脱枝失节，决非无心之疏忽。(6) 宝玉做梦，何必说什么"一言难尽"？且与袭人谈云雨之情，似非空中楼阁可比。故前人评此回，以为所谓"初试"，实际上是再试了，是很确的话。

这六条已如此明显了，在下文第十三回，秦氏死后，写宝玉之哀痛逾恒，以致口吐狂血；第十一回，写宝玉去问病，想起在这里睡晌觉时，又听得秦氏说了这些话，如万箭攒心一样。这些地方，都是不讳言有这么一回事，其相差只有"明明道破"一点而已。但如此写法，离明明道破相去亦已不多；微文曲旨故意回旋，正是作者底故弄狡狯，亦无甚深意可言。

(D)

《红楼梦》有许多脱枝失节处，前人评书的亦多有说过的。如第十二回说林如海冬底染病，贾琏送黛玉南下。第十三回头上，说凤姐与平儿拥炉倦绣，半夜闻秦氏之丧；则秦氏之死明在冬尽春初之交。但同回下半节秦氏底"五七"，昭儿回来，说林如海是九月初三死的，并述贾琏要带大毛衣服。这无论如何，是不能圆这谎的。我分析如下：

(1) 林如海于冬底染病，来唤黛玉，则昭儿所谓九月初三死的，应当是第二年了。如说一年，岂非林如海死了还会说话，岂非奇谈。

(2) 但秦氏死在贾琏走后数天之内，看第十三回可知。秦氏死了三十五天，昭儿即回来报林如海之丧，是林明明死在上年底九月初三了。

同年之中,冬底染病,秋末死了;这算怎么一回事?

(3)贾琏冬底去,为什么不带大毛衣服?昭儿又为何来回去得如此之快?

又如第二十六回,薛蟠说,明儿五月初三是我底生日。同回之末,叙是夜黛玉独立在怡红院外。到第二十七回,却说次日乃是四月二十六日。不但今天是五月初三,明天是四月二十六,本说不通。即非明日,亦说不通,因为二三页书,决不会在中间有一年之隔。况且书中明点次日,犹不能有所掩饰。这也是一大漏洞。其余类此等处的自然还有,不过这两点尤著明而已。

至于这种疏漏,是故意的,或者是无心的,很不容易判断。看第一回所谓"荒唐言"、"假语村言",则似乎是有意如此写得颠颠倒倒,使真事得以隐去。高氏补巧姐传,也写得光怪陆离,大约想作效颦的东家施了。

(E)

《红楼梦》有些特异的写法:如第五回赞警幻有一小赋,第十一回写会芳园景物,亦有一节小赋;但第十一回以后便绝不见有此种写法。(此圣陶所说)又如全书均称尊贵之闺女为姑娘,但第十三回宝珠为秦氏义女,却有小姐之称。此等特异之笔法,是有意与否,却不可知。

(F)

第二十九回之目,高本原作"享福人福深还祷福,惜情女情重愈斟情"。现行之亚东本却作"多情女",有正本却作"痴情女"均不合。因"享"、"惜"均是他动词,正可作对文,"多"和"痴"俱是形况之词,与上文不能铢两悉称。于此可见旧刻本之佳。

(G)

鸳鸯与邢夫人在八十回后必有一番情事,或者是场恶斗也说不定。因八十回中写鸳鸯必与邢夫人成对文,且对得很古怪的。如第四十六回,"尴尬人难免尴尬事,鸳鸯女誓绝鸳鸯偶";又如第七十一回,"嫌隙人有心生嫌隙,鸳鸯女无意遇鸳鸯";这不但是对偶得太奇,且回目底句法,亦是一个板子印下来的。即邢夫人与鸳鸯交恶,八十回中必屡屡说过。

又第七十一回，鸳鸯在贾母面前，说邢夫人底故意给凤姐下不去。鸳鸯平素不常在贾母前挑唆是非，而此回独独破例，可见两人交恶之深了。

(H)

第七十五回，有“新词得佳谶”之目。按此回本文并无甚“佳谶”可言。宝玉与贾兰做诗得赏，不得谓之为“谶”。贾赦贾政说些笑话，亦不得谓为佳谶。我以为“新词得佳谶”应为下引这一节文字。

> 贾赦道：“拿诗来我瞧。”便连声赞好道：“这诗据我看，甚是有气骨！……所以我爱他这诗，竟不失咱们侯门的气概！”因回头吩咐人去取自己的许多玩物来赏赐与他。因又拍着贾环的脑袋笑道：“以后就这样做去，这世袭的前程跑不了你袭了！”贾政听说，忙劝说：“他不过胡诌如此，那里就论到后事了！”

这是极可怪的话，颉刚在一九二一年五月十日信上亦曾提及此事。贾环做了一首诗，且并不甚好，贾赦胡遽以世袭许之？且宝玉嫡出为兄，贾环庶出为弟，如何能世袭底前程跑不了贾环？即贾赦有意将袭职让给贾环，但贾赦明明有个儿子，叫贾琏，并无承嗣他房之子底必要。且贾政本不喜贾环之诗，如何反以“那里论到后事”作劝语？看贾政底口气，似乎后事是应该如此的，（贾环袭职）不过现在还论不到罢了。这是什么话？

这一节所以特别可怪，明为后文作张本之用。若依现行本高补的后四十回，则“佳谶”一词并无下落，而此回之目反成为不通的赘语。这节本应在《八十回后的红楼梦》一章中说，因当时一时粗漏，故附记在此。

(I)

《红楼梦》用的是当时的纯粹京语，其口吻之流利，叙述描写之活现，真是无以复加。大观园诸女，虽各有其个性，但相差只在几微之间。因书中写的是女子，既无特异事实可言，只能在微异且类似的性格言语态度上着笔，这真是难之又难。《水浒》虽写了一百零八个好汉，但究竟是有筋有骨的文字，可以着力写去。至于《红楼梦》则所叙的无非家庭琐事，闺阁闲情；若稍落板滞，便成了一本家用账簿。此书底好处，以我看来，在细而不纤，巧而不碎，腻而不黏，流而不滑，平淡而不觉其乏味，荡佚而不觉其过火；说得简单一点“恰到好处”，说得 figurative 一点，是“秾不短纤不长”。此《红楼梦》所以能流传久远，雅俗共赏，且使读者反复玩阅百读不厌；真所谓文艺界底尤物，不托飞驰之势，而自致于千里之外的。古人所谓“桃李不言下自成蹊”，实至则名归，决不容其间有所假借。我们看了《红楼梦》，便知这话底不虚了。

现在的小说，虽是创作的，也受了很重的欧化；一方想来，原是一种好现象。因欧化的言语，较为精密些，层次多些，拿来作文学，容易引起深刻的印象。但在另一方面说，过分的欧化，也足以损害文学底感染性。且用之于描写口吻上，尤令人起一种“非真的”感想。因为人们平常说话——即使是我们——很少采用欧化的语法。为什么到了文学上，便无人不穿一身西服，这是什么道理？这所谓文艺界底“削趾适履”，是用个人底心中偶像来变更事实底真相。我觉得现行的小说戏剧，至少有一部分，是受了欧化底束缚，遂使文艺底花，更与民众相隔绝，遂使那些消闲派的小说，得了再生底机会，而白日横行；遂使无尽藏的源泉，只会在一固定的堤防中倾泻。这或者是我底过于周内，但这至少是原因之一个，却为我深信而不疑。

同样，我也反对用文艺来做推行国语统一底招牌。我觉得国语文学果然是重要；但方言文学仍旧应有他底位置。我们决不愿以文学来做国语统一底工具；虽然在实际上，国语文学盛行之后，国语底统一格外容易些，也是有的。譬如胡适之先生所说，因有《红楼梦》、《水浒》等白话小说，然后才有现行的雏形普通语，这原不错。但我们试问，当初曹雪芹施耐庵著书的时候，怕道他们独创一种特别用语吗？决不是的！那么，我们可以说文学仍以当时通行的言语为本，不是制造言语底工场。譬如国语中夹用伊字，表第三位之女性代词，我就不以为然。因为活人底语言中并没有这么一回事。南方人有说伊的，但并不是专指女性；且南方人学习北方语底时候，依然把他们所用的“伊”完全抛弃了。这可见用这字入文，是一种虚设的想象，并非依据于事实的。在事实上，人称代词底语音，不能分性；至多只可以在字形上辨别。我本不赞成造新字的，但除此以外，却没有更好的法子可想。我总不相信文学家应有“惟我独尊”的威权，使天下人抛弃他们底语音，来服从一二人底意旨。

我因论及《红楼梦》，想起方言的、非欧化的作品，也自有他底价值，在现今文艺与民众隔绝的时候尤为需要；便不禁说了许多题外的话。读者只要看《红楼梦》底盛行,便知道文艺与民众接近,也不是全不可能的事。不过文艺在民众底心里,不免要另换一种颜色,成了消闲果子,这却是可忧虑的事。但我以为这是由于民群底缺乏知识,和高尚的情趣,须得从教育普及与社会改造着手,不是从事文艺的人底应负的全责。我们果然要努力,更要协同地努力。

(J)

有人以为《红楼梦》既是文艺,不应当再有考证底工夫,(在《时事新报·学灯》上曾有人说过,我却不能记忆了。)我以为他是太拘泥了。考证虽是近于科学的、历史的,但并无妨于文艺底领略,且岂但无妨,更可以引读者作深一层的领略。这并不是自作辨解,故意瞎吹。我试作一点说明。

天下事物全是多方面的,而综合与分析,又是一件事底两面,是相成而不相妨的。这个道理浅近得很,随处可求,不必证明。我们可以一方作《红楼梦》底分析工夫,但一方仍可以综合地去赏鉴,陶醉;不能说因为有了考证,便妨害人们底鉴赏。这是杞人忧天,不通的话。正如有人以为科学与文艺是不相容的,有同样的不通。我们要知道,人性是多方面的,果然有时不免冲突,有时也可以调和的;即不是胶和漆,也决不是冰和炭。所以考证和赏鉴是两方面的观察,无冲突底可能。以我私见,觉得考证实在有裨于赏鉴。

文学底背景是很重要的。我们要真正了解一种艺术,非连背景一起了解不可。作者底身世性情,便是作品背景底最重要的一部。我们果然也可以从作品去窥探作者底为人;但从别方面,知道作者底生平,正可以帮助我们对于作品作更进一层的了解。这是极明白的话,无论谁都应当有这个经验。譬如游名山,赏鉴底时光,原可以不去疲神劳力,问某峰,某岭,某溪,某壑;但未游之前,或既游之后,得了一部本山底志,或得了一个向导全山底邱壑古迹,了然在心目中,岂有不痛快之理,岂有反以为山志是妨害游玩底兴趣之理?情感底传染与知识原无密切的关系;但知识底进步,正可以使情感底传染力快而更深。这决不能否认,我以为考证正是游山底向导,地理风土志,是游人所必备的东西。这是《红楼梦辨》底一种责任。

且文艺之有伪托、讹脱等处，正如山林之有荆榛是一般的。有了荆榛，便使游人裹足不能与山灵携手；有了这些障碍物，便使文艺笼上一层纱幕，不能将真相赤裸裸地在读者面前呈露，得有充分的赏鉴。我们要求真返本，要荡瑕涤秽，要使读者得恢复赏鉴底能力，认识那一种作品底庐山真面。做一个扫地的人，使来游者底眼，不给灰尘蒙住了；这是《红楼梦辨》底第二责任。

我能尽这个责任与否，这是另一问题。但无论如何，已足以祛除"考证与赏鉴不能并存"这个迷惑而有余。即使全然失败了，但我仍希望有人陆续做这事业，尽这两种责任。我总希望有一天，即使不是现在，《红楼梦》底真相与背景豁然显露于爱读诸君底面前，而我得分着一点失败的光荣。

一九二二，七，三夜。

附：

修正《红楼梦辨》的一个楔子①

明白和干脆是考证文字的两种美德。明白是能清，干脆是能断。这两种德性在文章上的具备绝非容易——或亦可说十分容易。何以故？凡作考证文字，志在求得密符所考证事物之真。这种真实在概念上虽应该是一致和谐的，在吾人心目中则往往呈复杂淆混的殊异光景。这真是一种无由弥补的遗憾！一致和谐的"真"不可得，所得的只是非一致和谐的"疑真"。处在这种状况下求文字的明白干脆，是否容易？我们答言："绝非容易。"

何以又下转语说十分容易呢？这可有两种解答。"人之度量相越，岂不远哉！"这种自古已然的感慨，我辈区区何能外此。我们以求获疑真自画，已经够没出息了，何敢强他人以相从？俯拾即是的本领，我、我们虽信未曾有，安见并世无命世之英才呢？就这一观点立论，做出明白干脆的考证文章，至少只可说："我们不大会，"（这已有点夸大狂了！）万不可说"你们亦不大会罢"。即使你们幸而有沧海的度量，宰相肚里好撑船般的度量，而我决不敢轻易造此口孽的。罪过！罪过！

较客气的解答有如上列，恕我还有一番卤莽的话呢。如有自信不见得有什么神通力。如鲁罔求玄珠似的一检就把"真"检着了，而又非做做明白干脆的文不过瘾的人，对付他我有一妙策，不敢不告：就是硬把淆混的化为明白，复杂的化为简单好了。这个简单化的诀窍说穿了，不值半文，但遭逢一切的事情，拿定 too simplify 的符咒，咬紧牙关对付下去，我不信人人都有这种勇气。我奉劝有志于此的诸公，不可轻心掉之，必要能勉为其难方好。（志是各人自己的，我不敢劝你们立下这个志愿。）

申说一句，经过简单化的文章的明白干脆是复制的，是矫揉的，是热菜回过锅的；所表现的既非"真"，亦非"疑真"，只是"似真"。若依孔二先

---

① 原载 1924 年 1 月 27 日《语丝》第十一期。

生的惯语，综括以上所述，可列作三项：

（甲）知之谓知之——得真

（乙）不知谓不知——得疑真

（丙）不知谓知之——得似真

从甲，因我的不配；从丙，因我的不敢。我只得老做大傻瓜，在其间悬着，白瞅着人家嘴里咕噜着漂亮的话，笔下挥洒着绝妙文而莫可奈何。您说，我倒霉吗？

凡感想均非徒然的，必有所为。发牢骚自然为着辨解，谁说不是！我常听见人评我的文章太缴绕，而同时在我方病其太单简；又曾听见人批评《红楼梦辨》一书太不断，而同时在我方病其太不疑，人我两方的意见这般歧异，真令人有怅怅何之之感，“自悔其少作”，这是我辈的常情，少作已经要不得了，而依照他们的估量偏又加上一重新的要不得。破笤帚可以掷在壁角落里完事。文字流布人间的，其掷却不如此的易易，奈何？我对于《红楼梦辨》有点修正的意见，在另一周刊上发布其一部分，希望过失不致因愈改削而愈多，其他更何所求呢。

《红楼梦辨》的修正[①]

《红楼梦辨》待修正的地方很多，此篇拣最重要的一点先说罢。我比较能略自信的，在高鹗续书及其回目这一件事，现在尚然坚持着；虽然近有人发见了一百二十回的钞本，拟翻此公案。我们从各方面看，高氏续书的证据着实不少；如竟翻全案，应怎样解释它们呢？而且，所谓百二十回的钞本既未写明时代及附有序跋，实无由确知其在程刻本以前抑在其后，或在其同时。（除非你武断。）单凭这个来作翻案张本，我嫌其未免太早计了。将来有机缘时当另篇论之，兹不详说。

究竟最先要修正的是什么呢？我说，是《红楼梦》为作者的自叙传这一句话。这实是近来研究此书的中心观念，说要贸贸然修正它，颇类似“索隐之学”要复活了，有点儿骇人听闻。但在明智的读者们，我信决不会轻易抱此杞忧的。所谓修正只是给它一个新解释，一个新看法，并不

---

① 原载 1925 年 2 月 7 日《现代评论》第一卷第九期。

是全盘推翻它。至于索隐行怪之徒，我岂敢尤而效之！

《红楼梦》系作者自叙其生平，有感而作的，事本昭明不容疑虑。现在所应当仔细考虑的，是自叙生平的分子在全书究有若干？（我想，决不如《红楼梦辨》中所假拟的这样多。）换言之，《红楼梦》一书中，虚构和叙实的分子其分配比率若何？这自然不能用算式来表示，只可凭赖我们的观察和判断；正确的程度须看各人观察判断的力而定。人都有几分自信的癖习，我也并非例外。我所以希望你们相信自己的心眼甚于相信他人的话。至于你们的心和眼一旦出了常轨，这固然可惜，然而我既没有解救的法子，只好置之不论了。

我从前写这书时，眼光不自觉地陷于拘泥。那时最先引动我的兴趣的，是适之先生的初稿《红楼梦考证》，和我以谈论函札相启发的是颉刚。他们都以考据名癖的，我在他们之间不免渐受这种癖气的熏陶。——虽然有时也微持异议，如在中卷七十页上说：

> 我想，有许多困难现在不能解决的原故，或者是因为我们历史眼光太浓厚了，不免拘儒之见。要知雪芹此书虽记实事，却也不全是信史。他明明说“真事隐去”，“假语村言”，“荒唐言”，可见添饰点缀处是有的。从前人都是凌空猜谜，我们却反其道而行之，或者竟矫枉有些过正也未可知。

这是我给颉刚信上的一节话。在书中又附以案语道：

> 《红楼梦》虽是以真事为蓝本，但究竟是部小说，我们却真当它一部信史看，不免有些傻气。即如元妃省亲当然实际上没有这回事，（清代妃嫔并无姓曹的）里面材料大半从南巡接驾一事拆下来运用的。这正是文字的穿插，也是应有的文学手腕。……

在《红楼梦辨》里找这样一节较滑头的话，实是仅有的笔墨。这几句话里，虽没有把意思说得十分圆满，但总承认《红楼梦》是小说而非变相的信史。到现在看，很足以为我解嘲，给我一个下台的地步。至于其余的，大约都有点像阎若璩《尚书古文疏证》的笔墨，（并非我敢唐突先贤，这是钱玄同先生恭维我的）令我无端惭愧了。

我在那本书里有一点难辩解的胡涂，似乎不曾确定自叙传与自叙传的文学的区别；换句话说，无异不分析历史与历史的小说的界线。这种显而易见，可喻孩提的差别相，而我在当时，竟以忽略而搅混了。本来说

《红楼梦》是自叙传的文学或小说则可，说就是作者的自叙传或小史则不可。我一面虽明知《红楼梦》非信史，而一面偏要当它作信史似的看。这个理由，在今日的我追想，真觉得索解无从。我们说人家猜笨谜，但我们自己做的即非谜，亦类乎谜，不过换个底面罢了。至于谁笨谁不笨，有谁知道呢！考辨的喽嗦令人起腻亦半由于此。有些问题，若换一个较聪明、较合理的看法去看，早已不了了之，不解自解了。

先要说一点绕弯儿的话，把这话说清楚了，转到本题只要蜻蜓点水般便够了。我们要想一想，文学的内涵与作者的经验有如何的关连，作者的经验投射入文学里有如何的光景。我先宣示我是一个崇拜物质、崇拜经验的人。我不能信物质和经验以上尚有其他超越实体的存在。果然，在另一方说，我不愿意，亦未必相信一切的文物声明止于破碎支离的境界，自然其间会形成一个完整，生物的完整。但是，这个完整只是片段的因子们所孕育而成，绝非另有一物，超越因子们而独在。因子者何？物质的因，经验的因是。尽诸因（只是未尽。尽、幻见而已。）不足以知此完整，考量此完整，这是我们的才短。所谓宇宙间的神秘，只因我们的愚昧而始有。我除自忏我有这重共命的翳障以外，不信世间有真的神秘的存在。

所谓貌似的神秘，只是一切事情明明以物质的、经验的为其成因，而又似超越于其诸因。文学即为一例。我以为文艺的内涵——无论写实与否——必被决定于作者生平的经验；同时，我又以为这个必非作者生平经验的重现，无论其作风是否偏于写实。事物全是新的，重现很不像一句话。譬如怀忆，所忆的虽在昨日，而忆却为今刹那的新生。忆中所有的，即使逼近原本，活现得到了九分九；但究竟差此一厘，被认为冒牌。再讲一句凿方眼的赘语，不似旧者为新；若果似旧，何新之有？以“似某”为文学的极则，则文学至多是一本靠得住的钞件而已，再贴上创造的签封，岂不羞死？（这个模拟是广义的。）

若创造不释为无中生有，而释为经验的重构，则一切真文艺皆为创造的。写实的与非写实的区别，只是一个把原经验的轮廓保留得略多，一个少些。就根本上观察，两项作品既同出于经验里，又同非经验的重现。所以视写实的文艺为某实事的真影子，那就“失之毫厘，谬以千里”了。一切文学皆为新生的，而非再生的。这个通则实没有例外。

以此通则应用于《红楼梦》的研究，则一览可知此书之叙实分子决不如我们所悬拟的多。写贾氏的富贵，或即取材于曹家；写宝玉的性格身世，或即取材于雪芹自己（其实作品中各项人物都分得作者个性的一面）；写大观园之“十二钗”，或即取材于作者所遭逢喜爱的诸女……这些话可以讲得通的。若说贾即是曹，宝玉即是雪芹，黛为某，钗为某……则大类“高山滚鼓”之谈矣。这何以异于影射？何以异于猜笨谜？试想一想，何以说宝玉影射允礽，顺治帝即为笨伯，而说宝玉为作者自影则非笨伯？我们夸我们比他们讲得较对，或者可以；说我们定比他们聪明却实在不见得。即使说我们聪明；至多亦只可说我们的资质聪明，万不可说我们用的方法聪明；因为我们和他们实在用的是相似的方法，虽然未必相同。老实说，我们还是他们的徒子徒孙呢，几时跳出他们的樊笼。我们今天如有意打破它、彻底地打破它，只有把一个人比附一个人，一件事比附一件事，这个窠臼完全抛弃。

经验们在作品中究竟是怎样一种光景？我以为是复合错综的映现，而非单纯的回现。如我写甲事，实只写甲事之一部，不自觉中且有乙丙丁等事的分子夹杂其间。如写某甲一人，亦然。所写出的只甲乙丙丁等各一部分之合相，说它是甲乙丙丁固可，说非甲乙丙丁亦通。只因就它的大部分看，甲在其间的分子较多于乙丙丁；故分类时，把它归入甲项，而乙丙丁不得与。其实若从另一观点看，则把它分隶于乙丙丁，又何尝不可。在这种光景下，名理上可以说有许多的是非同在；以致生分歧之论，彼亦一是非，此亦一是非了。

《红楼梦》中的自叙分子只是上述中之甲，非自叙的分子为乙丙丁等。甲既在众因子中独擅胜场，故说《红楼梦》是自叙传的文学非但没错，且可以说是比较的“是”；这是我们喜得自诩的。但若竟把此书老老实实当作一部自叙传读，无异全称肯定地说某是甲，那些被压迫的乙丙丁分子岂不要联合起来，一致呼冤呢。甲分敌乙丙丁固有余，而一敌八却又不足。凡主张某一说为定论的人，遭逢这种失败是不可免的。惟一的图免失败的计划是把话说得圆融些；换言之，就是不要说得太明白，太干脆了。明白干脆本是文章的美德；但你如没有把绝对的真一把抓住，却千万不可效颦，自己受罪。所谓明白，往往只是简单；所谓干脆，往往只是拘执。以此易彼，真如所谓“真宰不存，翩其反矣”，无有是处的。我随便举出三个试题，为新“红学”者的入学考试：

（1）人说宝玉是曹雪芹，曹雪芹有没有衔玉而生的奇迹？

（2）人说贾妃归省为皇帝南巡，何以皇帝变为妃子？贾家有妃入宫，何以曹家没有？

（3）大观园不南不北，似南似北，究竟在那里？能指出否？

这种难题，若当我正写《红楼梦辨》时拿来考我，必要曳白的。现在，可不然了。这并不由于我的智慧增长，只是滑头伎俩的进步而已。谨条对如下：

（1）书中每写到宝玉，作者每把自己的身世、性格映现出来，但却非借此影射自己；故雪芹虽实有其人，而宝玉之奇迹只是虚构，无涉于雪芹的本身历史。再申说一句，就是书中人宝玉，固然其构成分子中有许多“雪芹的”，但亦有许多“非雪芹的”。宝玉和雪芹只是一部分的错综，非全体的符合。

（2）描写元妃归省时的排场气派，是从南巡驻跸曹府中得来的提示。但既没有把某影射某，某家影射某家；故贾家的有妃子，无碍于曹家的没有，倒言之亦然。至于把穿龙袍的皇帝换上一个穿凤裙的妃子，这是作者的游戏三昧，腐儒何得而议之！

（3）作者旗籍，生于金陵，长曾到扬州，终老于北京。他写大观园是综合南北的芳韶风物，创造出这么一个极乐园。若我们作此愚问，“究竟它在那里呢？”则必要碰到一个软如天鹅绒的钉子。作者微哂道：“在我方寸。”

这仅举例而已。举一以反三，则泛览全书，殆太半已迎刃而解，不烦我的饶舌了。

小说只是小说，文学只是文学，既不当误认作一部历史，亦不当误认作一篇科学的论文。对于文艺，除掉赏鉴以外，不妨作一种研究；但这研究，不当称为历史的或科学的，只是趣味的研究。历史的或科学的研究方法，即使精当极了；但所研究的对象既非历史或科学，则岂非有点驴唇不对马嘴的毛病。我不说那些方法不可参用到趣味的研究上去；我亦不是说趣味的研究另有一种妙法，可以传人。我说欣赏文艺时附带一点研究，亦只是逢场作戏而已，若拿了一把解剖刀来大割，恐怕割来割去了无所得。这不怪你的手术欠佳，或你的宝刀欠快，只是“割鸡焉用牛刀”耳。

说到这里，人家又有点迷胡。趣味的研究既没有特殊的妙法，则何以区别于其他？我说，这种研究其对象和方法都不是固定的。如你把研究释为求得固定的知识，则它或本不成为研究，即说是在那边闹着顽亦可。我只自己觉得——毫无理由的直觉——这种研究大可存在。我们平心静气地仔仔细细地观察一件事，希望能够恰当好处（face the fact as it is），不把复综的密缕看作疏剌剌的几条，不把圆浑的体看作平薄的片。我们笃信自己观察的是，但同时了解而承认他们应有他们的是处。人各完成其所谓是，而不妨碍他人的。这或者是一般研究的方法所共有，但我以为在今日此地，实有重新提撕一番的必要。作趣味的研究者，能谨守这些陈言更能不贵卤莽的获得而尚缜密的寻求；我以为即独标一帜，不为过夸。

《红楼梦》在文坛上，至今尚为一篇不可磨灭的杰构。昔人以猜谜法读它，我们以考据癖气读它，都觉得可怜而可笑。这种奢侈的创作物是役使一切而不役于一切的，既不能借它来写朝章国故，却亦不能借来写自己的生平。仿佛一个浪荡子，他方且张口向你借钱，你反要叨他的光，岂不好笑。我们之愚，何以异此。文艺的作者们凭着天赋的才思，学得的技巧及当时犹坌涌着的白热情流来熔铸一切先天后天的经验，突兀地团凝出崭新的完整。所谓奇迹，如是而已。波斯诗人 Omar Khayyam 的诗，适之先生所译的那一首，我觉得很能把这意思说得充足。

要是天公换了卿和我，
该把这糊涂世界一齐都打破，
再磨再炼再调和，
好依着你我的安排，把世界重新造过。

我希望他亦以此眼光看《红楼梦》，觉得发抒活的趣味比依赖呆的方法和证据大为重要，而净扫以影射人事为中心观念的索隐派的“红学”。

一九二五年一月十六日。

读《红楼梦》随笔

前　言

《红楼梦》一名《石头记》，书只八十回没有写完，却不失为中国第一流长篇小说。它综合了古典文学，特别是古小说的特长，加上作者独特的才华，创辟的见解，发为沈博绝丽的文章。用口语来写小说到这样高的境界，可以说是空前的。书的开头说“真事隐去”仿佛有所影射，再说“假语村言”而所用笔法又深微隐曲，所以它出现于文坛，如万丈光芒的彗星一般，引起纷纷的议论，种种的猜详，大家戏呼为“红学”。这名称自然带一些顽笑性的。但为什么对别的小说都不发生，却对《红楼梦》便会有这样多的附会呢？其中也必有些原故。所以了解《红楼梦》，说明《红楼梦》都很不容易，在这儿好像通了，到那边又会碰壁。本篇先就它的传统性、独创性和作者著书的情况粗略地叙说。

一　《红楼梦》的传统性

中国小说原有两个系统：一、唐传奇文，二、宋话本。传奇文大都用文言，写爱情神怪的故事。它的发展有两方面，一面为笔记小说，又一面又改编成戏剧，如有名的《莺莺传》之为《西厢记》。话本在宋时，一般地说分四个家数，最主要的是"小说"（这小说是话本特用的术语）和讲史。"小说"更能够反映当时社会的情况，元明两代伟大的长篇小说，如《水浒》、《西游记》、《金瓶梅》都从这一派变化出来的。从《红楼梦》书中，很容易看出它如何接受了、综合了、发展了这两个古代的小说传统。

《红楼梦》以"才子佳人"做书中主角，受《西厢》的影响很深。书上称为《会真记》，有名的如二十三回黛玉葬花一段，宝玉说"看了连饭都不想吃"。以后《西厢记》几乎成为宝玉、黛玉两人对话时的"口头语"了。本书引用共六七次之多，而且用得都很灵活，如四十九回引"是几时孟光接了梁鸿案"一段，宝黛借《西厢》来说自己的话，非常自然。

再说《水浒》。这两书的关连表面上虽不大看得出，但如第二十四回记倪二醉遇贾芸，脂砚斋评云："这一节对《水浒》记杨志卖刀遇没毛大虫一回看，觉好看得多矣。"这可以想见作者心目中以《水浒》为范本，又本书第二回贾雨村有"正气"、"邪气"一段演说，跟《水浒》第二回"误走妖魔"意思相同。《红楼》所谓"一丝半缕误而逸出"，实即《水浒》的"一道黑气滚将出来"。

《红楼梦》开首说补天顽石高十二丈，方二十四丈，共有三万六千五百零一块，原合十二月，二十四气，周天三百六十五度四分度之一，跟《西游记》第一回说花果山仙石有三丈六尺五寸高，二丈四尺开阔，说法略异，观念全同。这点有人已经说过[①]。而且，这块高十二丈、方二十四丈的顽石，既可缩成扇坠一般，又变为鲜明莹洁的美玉，我觉得这就是"天河镇底神珍铁"（金箍棒）塞在孙猴子的耳朵里呵。

《金瓶梅》跟《红楼梦》的关连尤其密切，它给本书以直接的影响，近

---

① 景梅九：《石头记真谛》。

人已有专书论述，这儿不能详引[1]。如《红楼梦》的主要观念“色”、“空”（这色字读如色欲之色，并非佛家五蕴的“色”），明从《金瓶梅》来。又秦可卿棺殓一节，几全袭用《金瓶梅》记李瓶儿之死的文字。脂砚斋本评所谓“深得《金瓶》壸奥”是也。

如上边简单引用的各例，本书实集合古来小说的大成。不仅此也，它还继承了更远的文学传统，并不限于小说，如《左传》、《史记》之类，如乐府诗词之类，而《庄子》与《离骚》尤为特出。脂砚斋本第一回评，明说“《庄子》、《离骚》之亚”；第六十三回借妙玉的口气说“文是《庄子》的好”；第二十一回，宝玉摹拟《庄子·胠箧篇》，这都不必细说。我以为庄周还影响《红楼》全书。它的汪洋恣肆的笔墨，奇幻变换的章法，得力于《庄子》很深。

至于对《离骚》的关系，借本书里最大的一篇古典文《芙蓉诔》来说明。这文用《离骚》、《楚辞》最多，见于作者的原注。其中有更饶趣味的一条，不妨略谈的，即宝玉在这有名的诔文里把他的意中人晴雯，比古人中夏禹王的父亲叫“鲧”的。宝玉说：“直烈遭危，巾帼惨于羽野。”作者原注：“鲧刚直自命，舜殛于羽山。《离骚》曰，鲧婞直以亡身兮，终然夭乎羽之野。”这是特识、特笔。像晴雯这样美人儿，拿她来比自古相传“四凶”之一的鲧，够古怪的；所以后人把这句改为“巾帼惨于雁塞”，用昭君出塞的故事以为妥当得多了，而不知恰好失掉了作者的意思。赏识这婞直的鲧本是屈原的创见，作者翻“婞直”为“刚直”，仿佛更进了一步。这是思想上的“千载同心”，并不止文字沿袭而已。

上边所举自不能全部包括中国古典文学，但《红楼梦》的古代渊源非常深厚且广，已可略见一斑。自然，它不是东拼西凑，抄袭前文，乃融合众家之长，自成一家之言。所以必须跟它的独创性合并地看，才能见它的真面目。若片面地、枝节地只从字句上的痕迹来做比较，依然得不到要领的。

二 它的独创性

《红楼梦》的独创性很不好讲。到底什么才算它的独创呢？如“色”、

---

① 阚铎：《红楼梦抉微》。

“空”观念，上文说过《金瓶梅》也有的。如写人物的深刻活现，《金瓶梅》何尝不如此，《水浒》又何尝不如此。不错，作者立意要写一部第一奇书。果然，《红楼梦》地地道道是一部第一奇书。但奇又在那里呢？要直接简单回答这问题原很难的。

我们试想，宋元明三代，口语的文体已是发展了，为什么那时候没有像《红楼梦》这样的作品，到了清代初年才有呢？恐怕不是偶然的。作者生长于“富贵百年”的“旗下”家庭里，生活习惯同化于满族已很深，他又有极高度的古典文学修养和爱好，能够适当地糅合汉满两族的文明，他不仅是中国才子，而且是“旗下”才子。在《红楼梦》小说里，他不仅大大地发挥了自己多方面的文学天才，而且充分表现了北京语的特长。那些远古的大文章如《诗经》、《楚辞》之类自另为一局；近古（用口语来写小说，到《红楼梦》已出现新的高峰，）那些同类的作品，如宋人话本、元人杂剧、明代四大奇书，没有一个赶得上《红楼梦》的。这里边虽夹杂一些文言，却无碍白话的圆转流利，更能够把这两种适当地配合起来运用着。这虽只似文学工具的问题，但开创性的特点，必须首先提到的。

全书八十回洋洋大文浩如烟海，我想从立意和笔法两方面来说，即从思想和技术两方面来看，后来觉得技术必须配合思想，笔法正所以发挥作意的，分别地讲，不见得妥当。要知笔法，先明作意；要明白它的立意，必先探明它的对象，主题是什么？本书虽亦牵涉种族、政治、社会一些问题，但主要的对象还是家庭，行将崩溃的封建地主家庭。主要人物宝玉以外，便是一些“异样女子”所谓“十二钗”。本书屡屡自己说明，即第二回脂砚斋评也有一句扼要的话：“盖作者实因鹡鸰之悲，棠棣之威，故撰此闺阁庭帏之传。”简单说来，《红楼梦》的作意不过如此。

接着第二个问题来了，他对这个家庭，或这样这类的家庭抱什么态度呢？拥护赞美，还是暴露批判，细看全书似不能用简单的是否来回答，拥护赞美的意思原很少，暴露批评又很不够。先世这样的煊赫，他对过去自不能无所留恋；末世这样的荒淫腐败，自不能无所愤慨，所以对这答案的正反两面可以说都有一点。再细比较去，否定的成分多于肯定的，在“贾天祥正照风月鉴”一回书中说得最明白。这风月宝鉴在那第十二回上是一件神物，在第一回上则作为《红楼梦》之别名。作者说风月宝鉴，“千万不可照正面，只照背面，要紧要紧”。可惜二百年来正照风月鉴的多。所谓正照者，仿佛现在说从表面看问题，不仅看正面的美人不看反面的骷髅叫正照，即如说上慈下孝即认为上慈下孝，说祖功宗德即认为祖功宗德也就是正照。既然这样，文字的表面和它的内涵、联想、暗示等等便有若干的距离，这就造成了《红楼梦》的所谓“笔法”。为什么其他说部没有种种的麻烦问题而《红楼》独有，又为什么其他说部不发生“笔法”的问题，而《红楼》独有，在这里得到一部分的解答。

用作者自己的话，即“真事隐去”、“假语村言”。他用甄士隐、贾雨村这两个谐声的姓名来代表这观念。自来看《红楼梦》的不大看重这两回书，或者不喜欢看，或者看不大懂，直到第三回才慢慢地读得津津有味起来。有一个脂砚斋评本，曾对这开端文字不大赞成，在第二回之末批道：

> 语言太烦令人不耐。古人云惜墨如金，看此视墨如土矣，虽演至千万回亦可也。

这虽然不对，却也是老实话。实在看不出什么好处来。殊不知这两回书正是全书的关键、提纲，一把总钥匙。看不懂这个，再看下去便有进入五花八门迷魂阵的感觉。这大片的锦绣文章，非但不容易看懂，且更容易把它弄拧了。我以为第一回书说甄士隐跟道士而去；甄士隐去即真事隐去。第二回记冷子兴与贾雨村的长篇对白；贾雨村言即假语村言。两回书已说明了本书的立意和写法，到第三回便另换一副笔墨，借贾雨村送林黛玉入荣国府，立即展开红楼如梦的境界了。

作者表示三点：(一) 真事，(二) 真的隐去，即真去假来，(三) 假语和村言。第二即一三的联合，简化一点即《红楼梦》用假话和村粗的言语(包括色情描写在内)来表现真人真事的。这很简单的，作者又说得明明白白，无奈人多不理会它。他们过于求深，误认“真事隐”为灯虎之类，于是大家瞎猜一阵，谁都不知道猜着没有，谁都以为我猜着了，结果引起争论以至于吵闹。《红楼梦》在文学上虽是一部绝代奇书，若当作谜语看，的确很笨的。这些红学家意欲抬高《红楼梦》，实际上反而大大的糟蹋了它。

把这总钥匙找着了再去看全书，便好得多了，没有太多的问题。表面上看，《红楼梦》既意在写实，偏又多理想；对这封建家庭既不满意，又多留恋，好像不可解。若用上述作者所说的看法，便可加以分析，大约有三种成分：（一）现实的，（二）理想的，（三）批判的。这些成分每互相纠缠着，却在基本的观念下统一起来的。虽虚，并非空中楼阁；虽实，亦不可认为本传年表；虽褒，他几时当真歌颂；虽贬，他又何尝无情暴露。对恋爱性欲，十分的肯定，如第五回警幻之训宝玉；同时又极端的否定，如第十二回贾瑞之照风月鉴。对于书中的女性，大半用他的意中人作模型，自然褒胜于贬，却也非有褒无贬，是按照各人的性格来处理的。对贾家最高统治者的男性，则深恶痛绝之，不留余地。凡此种种，可见作者的态度，相当地客观，也很公平的。他自然不曾背叛他所属的阶级，却已相当脱离了阶级的偏向，批判虽然不够，却已有了初步的尝试。我们不脱离历史的观点来看，对《红楼梦》的价值容易得到公平的估计，也就得到更高的估计。《红楼梦》像彗星一般的出现，不但震惊了当时的文学界，而且会惹恼了这些反动统治者。这就能够懂得为什么既说真事，又要隐去；既然"追踪隐迹"，又要用"荒唐言"、"实非"之言、"胡诌"之言来混人耳目，他是不得已。虽亦有个人的性格、技术上的需要种种因素，而主要的，怕是它在当时的违碍性。说句诡辩的话，《红楼梦》正因为它太现实了，才写得这样太不现实的呵。

像这样的写法，在中国文学里可谓史无先例，除非拿它来比孔子的《春秋》，在本书第四十二回说过：

> 用《春秋》的法子，将市俗的粗话，撮其要，删其繁，再加润色，比方出来一句是一句。

正是所谓"夫子自道"了。不过《春秋》像"断烂朝报"谁也不想读的，《红楼梦》却用最圆美流畅的白话写出迷人的故事，二百年来几乎人人爱读。从前有一位我的亲戚老辈说过，"做了一个人，不可不读《红楼梦》"。我当时还小，完全不懂，只觉得这样说法古怪。说起书来，书是未有的奇书；说起人，人是空前的怪杰。话可又说回来了，假如《红楼梦》真有一点儿像《春秋》呢，岂不也依然承接了中国最古老的文学传统吗？这里可以看出本文虽分传统与独创两部分来谈，实际上只是一回事，一件事物的两方面。所以并不能指出《红楼梦》那段是创造的，那句是因袭的，要说创造，无非创造，要说"古典"，无非"古典"，就在乎您用什么角度来看。

读者原可以自由自在地来读《红楼梦》，我不保证我的看法一定对。

不过本书确也有它比较固定的面貌，不能够十分歪曲的。譬如以往种种“索隐”许多“续书”，至今未被大众所公认，可见平情之论，始能服人，公众的意见毕竟是正确的。

三　著书的情况

本节只能谈三个问题：（一）著者，（二）书未完成和续书，（三）著者和书中人物的关系。

大家都说曹雪芹做《红楼梦》，到底他做了没有呢？这个问题首先碰到。看本书对雪芹著书一节并不曾说煞，只在暗示。据通行本第一回：

> 空空道人因空见色，由色生情，传情入色，自色悟空，遂改名情僧，改《石头记》为《情僧录》。东鲁孔梅溪题曰《风月宝鉴》。后因曹雪芹于悼红轩中披阅十载，增删五次，纂成目录，分出章回，又题曰《金陵十二钗》，并题一绝，即此便是《石头记》的缘起。

照这里说，有空空道人、孔梅溪、曹雪芹（有的脂砚斋本，名字还要多一点），到底这些人干了什么事？这些名字还真有其人，还出于雪芹的假托？都不容易得到决定性的回答。现在似乎都认曹雪芹一名为真，其他都是他一个人的化名，姑且承认它，即使这样，曹雪芹也没有说，我做的《红楼梦》呵。脂砚斋评中在第一回却有两条说是曹雪芹做的。先看第一条：

> 若云雪芹披阅增删，然则开卷至此这一篇楔子又系谁撰，足见作者之笔狡猾之甚。

这很明白，无须多说了。再看第二条：

> 雪芹旧有《风月宝鉴》之书，乃其弟棠村序也。今棠村已逝，余睹新怀旧故仍因之。

这里说曹雪芹做《风月宝鉴》，他弟棠村做序。新，指《金陵十二钗》；旧，指《风月宝鉴》。《红楼梦》大约用两个稿子凑起来的，而都出于曹雪芹之手。照“脂评”看，应该没有什么问题的。但旧抄本刻本的序都说不知何人所为[①]，可见本书的著作权到作者身后还没有确定下来。

---

① 程甲本高鹗《序》：“作者相传不一，究未知出自何人。惟书内记雪芹曹先生删改数过。”新发见的乾隆甲辰抄本，梦觉主人《序》：“说梦者谁，或言彼，或云此。”

这个事实值得注意。依我的揣想，曹雪芹有时说他做的，有时又不肯明白地说。既做了绝世的文章，以人情论，他也不愿埋没他的辛苦；同时总亦有不愿承认的理由。这违碍太多，如大胆的色情表现，古怪的思想议论，深刻的摹写大家庭的黑暗面，这些就我们现在来看，这又算得什么，在当时却并不如此，可以引起社会的疑怪和非议。而且书中人物事迹难免有些根据，活人具在，恩怨亦复太多。凡此种种都可以使得他不愿直认，只在本书开首隐约其词，说什么“披阅十载增删五次”，有时便借批评家的口气道破一下。这些自然是我的揣想。还有一说，第一回书上虽写了这许多名字，本书又有许多矛盾脱节的地方，我始终认为出于一人之笔。八十回文字虽略有短长，大体上还是一致的。既只出一人之手，这一个人不是雪芹又是谁？所以这《红楼梦》的著作权总得归给曹雪芹。在脂评和其他记载，还有些别的证明，不再多说了。

作者问题如此决定了。关于他的生平，我们知道的也很少。曹雪芹名霑，汉军正白旗人。他们上辈做了三代的江宁织造，父亲叫曹頫，雪芹生在南京，到过扬州，后住北京西郊，生活很穷困。生于一七二三；死于一七六三，得年四十[①]。他本预备写一百多回的《红楼梦》，第一段著作时，约在一七四三到一七五二年[②]。十年之中完成本书多少不可考。至迟到一七五九年，有了八十回的抄本，中间还缺两回。此外八十回以后的稿子有五六段，后来都遗失了。再过三年书没有写完，他便死了。身后有妻无子，景况很萧条的。大概我们所知，简括说来不过如此。近来发现他的画像，跟《枣窗闲笔》所说“身胖头广”相似，这可能有些真实性。

曹雪芹是个早慧的天才，他写《红楼梦》的初稿不过二十岁左右，到一七五四年本书已有再评的本子了。但此后到一七六三这第二个十年中似乎没有续写多少，以致书始终没完。这跟他晚年的穷愁潦倒有些关系。若连遗失的残稿算上，则本书完成约亦有百分之八九十。残稿的情形大概这样：贾府完全破败，宝玉生活穷困，只有宝钗和麝月跟着他。黛

① 脂砚斋本评，雪芹卒于乾隆壬午年壬午除夕，以公元计，已到一七六三年。根据敦诚的挽诗“四十年华付杳冥”，由乾隆二十七年上推四十年，他应生在雍正元年癸卯，即一七二三年。

② 详见本人所著《红楼梦著作的年代》一文。

玉先死了，宝玉后来出了家。最末有警幻《情榜》备列十二钗的“正”、“副”、“又副”、“三副”、“四副”的名字共六十人，榜下都有考语，以宝玉居首。这些材料都分散见于脂砚斋评本中。

书一经传抄，流行即很广，大家可惜它没有完。雪芹身后不久，即有高鹗来补书。他说原本有一百二十回的目录，后四十回本文散佚，他陆续的在鼓儿担上配全了。其实后四十回无论回目或本文都出高氏之手，他不肯承认，却被他的亲戚张问陶给说破了。这后四十回的著作权高鹗也在推来推去中，可见当时人对小说的看法跟我们现在很不同。高鹗所续，合并于前八十回，程伟元在一七九一年、一七九二年两次排印，都称为程本。从此社会上流通的《红楼梦》都是这个百廿回本，直到一九一二年以后，方才印行了，后来又发见了好些旧抄的带评的本子，有的残缺，有的完全些，却没有超过八十回的。这些自比较接近作者的原稿，但很多错乱，若不经过整理，有些地方还不如刻本。因程、高二人除续书外，对前八十回也做过一些整理的工作，不过凭了他们的意思不必合于原本罢了。补书在思想上、故事发展和结构上、人物描写上都跟原本不同，而且还不及原本。《红楼梦》用这样本子流通了一百多年，虽然勉强完全了，却是不幸的。

此外《红楼梦》还有一种厄运，便是各式各样主观的猜谜式的“索隐”。近年考证《红楼梦》的改从作者的生平家世等等客观方面来研究，自比以前所谓“红学”着实得多，无奈又犯了一点过于拘滞的毛病，我从前也犯过的。他们把假的贾府跟真的曹氏并了家，把书中主角宝玉和作者合为一人；这样，贾氏的世系等于曹氏的家谱，而《石头记》便等于雪芹的自传了。这很明显，有三种的不妥当：第一，失却小说所以为小说的意义。第二，像这样处处粘合真人真事，小说恐怕不好写，更不能写得这样好。第三，作者明说真事隐去，若处处都是真的，即无所谓“真事隐”，不过把真事搬了个家，而把真人给换上姓名罢了。因此，我觉得读《红楼梦》，必须先要确定作者跟书中人物的关系，尤其是雪芹本人跟“宝玉”的关系。且分作两层来说：

（一）书中人物有多少的现实性？看本书第一回及脂砚斋评，当初确有过一些真人；有几个特出的人，如林黛玉、王熙凤之类，真实性更多。但虽有真人做模型，经过作者文学的手腕修饰以后，却已大大改变了原有的面貌。如将近事一比，即容易了然。如鲁迅先生的《阿Q正传》，据说绍兴确有过一个阿桂。鲁迅小说里的阿Q，虽以真的阿桂为“范”，却并非当真替阿桂写传，如阿Q大团圆，阿桂并未被杀之类。以此推想，曹雪芹即使有个情人叫“阿颦”，评书的还想为她画像，但真人的美丽怕决赶不上书中的“潇湘妃子”。她工愁善病，或者有之。这样说来，书中人物的现实性是有限制的，作者的意匠经营，艺术的修饰，占了重要的地位。

（二）为什么要这些人物？即书中人物功能的问题。这些人，若大若小，男男女女，生旦净末丑脚色各异，却大伙儿都来表演这整出的戏叫《红楼梦》。所以他们在某种情况下都可以代表作者的一部分，却谁也不能，谁也不曾代表他的全体。书既自寓生平，代表作者最多的当然是贾宝玉。但贾宝玉不等于曹雪芹，曹雪芹也不等于贾宝玉。

就曹雪芹不等于贾宝玉这一点来说，作者的范围比书中主角照例宽得多，如焦大醉骂，即作者借此大发牢骚；妙玉说“文是《庄子》的好”，即作者赞美《庄子》；黛玉跟香菱谈诗，不妨看作悼红轩的“诗话”。如宝玉的《芙蓉诔》、黛玉的《葬花吟》，同样地有资格收在曹雪芹的文集里。就贾宝玉不等于曹雪芹这一点来说，书中宝玉的一言一动，未必合于曹雪芹的日记。宝玉和他本家的关系，未必都合曹氏的谱系。如曹家有过一个王妃，曹雪芹的姑母，而书中元春却是宝玉的姊姊。如曹寅只有一个亲生儿子曹颙，次子曹頫是过继的；而书中却说贾母有两个儿子，而她喜欢次子贾政且过于长子贾赦，恰好把亲生过继的差别颠倒过来一般。如果处处附会，必致种种穿凿。雪芹以宝玉自寓，也不过这么一说。即如书中说宝玉与秦氏私通①，若把这笔账直写在曹雪芹的名下，未必合于事实，更不近乎情理。他为什么自己骂自己呵。书中人物要说代表作者，那一个都能够代表他，要说不代表作者，即贾宝玉也不能代表他。我另做一比喻，这都好像棋中的棋子，宝玉好比老将，十二钗好比车马炮，而贾赦、贾政之徒不过小兵而已。那些棋子们都拥护这帅字旗，而这盘棋的输赢也以老将的安全与否来决定的；但老将和车马炮甚至于小兵的行

① 详见本人所著《红楼梦研究》中《论秦可卿之死》；又胡适《考证红楼梦的新材料》中“秦可卿之死”一节。

动，都表现下棋人的心思，却谁也不代表棋手这个人，他们的地位原是平等的。若说只有老将代表下棋人，岂非笑话。

在此略见一斑，大家可以想到《红楼梦》里有许多麻烦的疑问。不但此也，《红楼梦》还有不少自相矛盾，前言不搭后语的地方，我在上文既称为绝世无双，读者如发见了有些缺点，恐不免要怀疑。我觉得在最后必须解释一下，这些疑窦和缺点，跟本书的遗憾是相关连的。

本书的不幸，作者的不幸，第一，是书没写完；其次，续书的庸妄；再其次，索隐的荒唐；再其次，考证的不能解决问题，其中尤以书的未完为先天的缺陷，无法弥补。假如写完了，我想有些疑问可以自然地解决，有些脱枝失节自相矛盾处，经作者的最后审定，也能够得到修正，但这些还都是小节。

没有写完的最大遗憾在什么地方呢？正因为没有完篇，那象征性的“风月宝鉴”还正悬着，不能够像预期完全翻过身来。这个影响未免就太大了。正照镜子的毛病原不能都推在二百年读者的身上，作品的自身至少要负一半的责任。惟其如此，更容易引起误解。反对这书的看作诲淫的黄色书籍，要烧毁它；赞成这书的，产生了“红迷”，天天躺在床上看。对待的态度似绝对相反，错误的性质却完全相同，都正看了这书，而这书，作者再三说，必须反看。他将在后回书中把它翻过身来，可惜这愿望始终没圆满。到了今日，谁能借大荒山的顽石补完这残缺的天呢。

我们对这未完之作觉得加倍的爱惜，读的时候又必须格外的小心，才对得起这样好书。我们应该用历史的观点还它的庐山真面，进一步用进步的文艺理论来分析批判它，使它更容易为人民所接受，同时减少它流弊的发生，考证研究的工作都配合着这总目的来活动。我们必须对我们的伟大的文学天才负责，我们必须对广大的人民负责。

四 《红楼梦》与其他古典文艺

《红楼梦》在中国小说中首屈一指，称为空前并非过誉，但即极伟大的著作亦不能前无所承、破空而起，我尝说它最能发挥近代国语（北京语）的特长，超越明代诸小说若《水浒》、《西游》等书而大大地进了一步。除这开创性的优点外，作者必有所承。他又受了些什么古典文艺的影响呢？要回答这问题也很有兴味的。我觉得他至少受了下列各书的影响。在古代诗文跟近古戏曲小说里各有两部。当然也不限于这四部书，我认为对《红楼梦》曾发生最大的影响的有这四部书罢了。

《红楼梦》第一得力于《庄子》。宝玉喜欢读《南华经》，并戏续了一节，见本书第二十一、第二十二回。这是显而易见的。脂砚斋乾隆庚辰评本（此书现藏北京大学，下简称脂庚）在二十二回“山木自寇”、“源泉自盗”下都有注，作者自己注的。又如第六十三回邢岫烟述说妙玉“赞文是《庄子》的好”。书中人的话，当然也代表了作者的意见。

更得力于《楚辞》。第十七回写蘅芜苑（今本作院）：

> 忽迎面突出插天的大玲珑山石来，四面群绕各式石块，竟把里面所有房屋悉皆遮住，且一株花木也无，只见许多异草，或有牵藤的，或有引蔓的，或垂山巅，或穿石隙，甚至垂檐绕柱，萦砌盘阶，或如翠带飘飖，或如金绳蟠屈，或实若丹砂，或花如金桂。

这把《楚辞》芳芬的境界给具体化了。随后宝玉又说了许多香草的名字，而总结为“《离骚》、《文选》所有的那些异草”。

尤可注意第七十八回的《芙蓉诔》，是本书里最精心结撰的一篇前骈体后骚体的古典文，可窥见作者的文学造诣。此文名为诔晴雯，实诔黛玉，在本书的重要可知。这文脂庚本有注，亦出作者之手。主要的共十八条，却八引《离骚》、《楚辞》，六引《庄子》，已得十四条，约占全数百分之八十。借这个数目字来表示《红楼》作者得力于什么古书，再明白没有了。

当然，《红楼梦》既为话本小说，更应有它直接系统的承受。它脱胎于近古的白话小说和戏曲。就戏曲看，虽引《荆钗》、《还魂》、《虎囊弹》等剧，最特出的要算《西厢记》，引用也最广泛，几乎成为宝、黛二人日常谈情的口头语了。

（一）有名的如二十三回黛玉葬花。宝玉说：“真是好文章，你看了连饭也不想吃呢。”下文就引《西厢》：“我就是多愁多病身，你就是那倾国倾城貌。”黛玉急了，然而后来也说：“呸，原来是苗而不秀，是个银样蜡枪头！”所以宝玉说：“你这个呢，我也告诉去。”两个人都在发《西厢》迷哩。

（二）如二十六回写黛玉在潇湘馆长叹，念着：“每日家情思睡昏昏。”宝玉在窗外听见，笑道：“为甚么每日家情思睡昏昏？”后文宝玉借着紫鹃说:"好丫头,若共你多情小姐同鸳帐,怎舍得叠被铺床。"

(三) 第四十九回文字较长,节引于下:

宝玉便找了黛玉来,笑道:"我虽看了《西厢记》,也曾有明白的,几回说了取笑,你曾恼过,如今想来竟有一句不解。……那'闹简'上有一句说得最好,'是几时孟光接了梁鸿案'。这句最妙。孟光接了梁鸿案,这五个字不过是现成的典,难为他这'是几时'三个虚字问的有趣。是几时接了?你说说我听听。"黛玉听了……笑道:"这原问的好,他的问的好,你也问的好。"……宝玉方知缘故,因笑道:"我说呢,正纳闷是几时孟光接了梁鸿案,原来是从'小孩儿口没遮拦'就接了案了。"

活用《西厢》成句已极微妙委宛之能事。这可谓无一处不大引特引其《西厢记》了。却还不止此。

书中有些境界描写,实暗从《西厢》脱胎换骨的。脂砚斋曾经指出,这儿也引两条。(一) 第二十五回:"宝玉……只妆着看花儿,这里瞧瞧,那里望望,一抬头只见西南角上游廊底下栏杆上似有一个人倚在那里,却恨面前有一株海棠花遮着,看不真切。"脂砚斋评曰:"余所谓此书之妙皆从诗词句中泛出者,皆系此等笔墨也。试问观者,此非'隔花人远天涯近'乎?"("隔花"句出《西厢》"寺警"折)(二) 同回下文叙红玉事,"展眼过了一日"。脂评,"必云展眼过了一日者是反衬红玉'挨一刻似一夏'也,知乎?"(此句出"赖简"折)

这两条评评得真不错,他说"知乎?"好比问着咱们,"你们知道么?"但他又怎么会知呢?这很奇怪。我近来颇疑脂砚斋即曹雪芹的化名假名。不然,作者作书时的心理,旁人怎得知。

《红楼》源本《西厢》,诚然不错,但尤其直接受了影响的,为明代的白话长篇小说《金瓶梅》。(当然,《水浒》也有些关系。)近人阚铎有《红楼梦抉微》一书,专就这点立说,亦不免有附会处,但某些地方却被他说着了,如《红楼梦》叙秦氏死后买棺一节几全袭用《金瓶梅》李瓶儿之文。

在"脂评"里也有两条明说《红楼梦》跟《金瓶梅》的关系的。(一) 即在第十三回买棺一段上,脂庚本眉评:"写个个皆到,全无安逸之笔,深得《金瓶》壶奥。"(二) 第二十八回,冯紫英、薛蟠等饮酒一节,脂砚斋甲戌本眉评:"此段与《金瓶梅》内西门庆、应伯爵在李桂姐家饮酒一回对看,未知孰家生动活泼。”这跟脂庚本第二十四回倪二醉遇贾芸一段眉批很相似。彼文云：“这一节对《水浒》记杨志卖刀遇没毛大虫一回看，觉好看多矣。已卯冬夜脂砚。”这些显然都是作者自己满意的口气。《水浒》、《金瓶梅》、《红楼梦》三巨著实为一脉相连的。《红楼》与《金瓶梅》的关系则尤为密切，在这里不暇详说了。

我总觉得《红楼梦》所以成为中国自有文字以来第一部的奇书，不仅仅在它的“独创”上，而且在它的并众长为一长，合众妙为一妙“集大成”这一点上。

五　宁国公的四个儿子

《红楼梦》第二回冷子兴说，“宁公居长生了四个儿子”，各种脂评旧抄本及程伟元第一次排本（即程甲本）均同；到了程氏第二次排本（即程乙本）却改为两个儿子。四个儿子或两个似乎没甚关系。亚东本《红楼梦》序言者有这样一段话：

> 我的脂砚斋《石头记》残本也作“四个儿子”，可证“四个”是原文。但原文于宁国公的四个儿子，只说出长子是代化，其余三个儿子都不曾说出名字，故高鹗嫌“四个”太多，改为“两个”。但这一句却没有改订的必要。脂砚斋残本有夹缝朱批云：贾蔷贾菌之祖，不言可知矣。
>
> 高鹗的修改虽不算错，却未免多事了。

他虽认为高氏修改未免多事，却不算错，这个判断是不对的。在本书的第七十六回上有这一段文字：

> 尤氏笑道：“我也就学了一个笑话，说与老太太解解闷。”贾母勉强笑道：“这样更好，快说来我听。”尤氏乃说道：“一家子养了四个儿子，大儿子只一个眼睛，二儿子只一个耳朵，三儿子只一个鼻子眼，四儿子倒都齐全，偏又是个哑巴。”

这正在遥遥呼应第二回的“宁公四个儿子”，自来却很少有人注意到。这样对贾氏祖先无情的嘲笑讽刺，偏偏出自尤氏口中，作者之意深切著明。下文说，“贾母已蒙眬双眼似有睡去之态，尤氏方住了口”。接得又自然之至，好像一味描写凄凉，而微言已在暗中度出。其实贾母即使不睡着，尤氏也说不下去了呵。高鹗的修改越改越错，不但看上文不看下文，而且把《红楼梦》极重要的暗示，对封建破落户的暴露揭发当作一个没说完、没趣味的笑话来听，可谓看朱成碧，颠倒黑白了。

六 大观园地点问题

本书所说贾家的地点约在北京城西北部分。第四十三回，宝玉骑马出北门，茗烟却说，出了北门的大道，冷清清没有可顽的，这很像德胜门。第五十七回邢岫烟说的"恒舒典"，在鼓楼西大街，亦近德胜门。地址都相符，大概没有什么问题，不过曹家在这地段是否有过住宅，那就很难说了。

说到大观园，似乎贾宅的地点已经确定，大观园所在的问题也随着解决了。可惜并不这样的简单。这里有三种的因素：(一) 回忆，(二) 理想，(三) 现实。以回忆而论，可在北京，亦可能在南京。曹頫罢官以后尽管住在北京，但作者忆想他家的盛时，在金陵曾有一个大大的花园，这可能性依然很大的，亦即所谓"秦淮残梦忆繁华"。袁子才所谓"大观园即余之随园也"，究竟是否谎话，亦不易确说。

以理想而论，空中楼阁，亦即无所谓南北，当然不完全是空的，我不过说包含相当的理想成分罢了，如十八回贾元春诗云，"天上人间诸景备，芳园应锡大观名"，显明表出想象的境界；否则园子纵好，何能备天上人间的诸景呢，而且京中的巨室豪门，附带的园林每每不大，事实上亦很明白的。

以现实而论，曹家回京后，还过了一段相当繁荣的时期，则他们住宅有小小的庭园自属可能。这就是真的大观园，再说明白些，即大观园的模型。地点随着住宅当然在北京西城，何况，宝钗诗"芳园筑向帝城西"，为最明确的内证。

这三种成分那一种占优势呢？自然很难说。以我看来，现实的成分固然有，回忆想象的却亦不少。如四十九回"琉璃世界白雪红梅"，显然出于虚拟、回忆或者想象。像近人周汝昌君所说，我觉得不很对。他说"亦并未言定非盆中所植"(《红楼梦新证》五〇六页)，栊翠庵的红梅，宝玉隔墙看见，决非盆景；且在五十回中说，折枝有二尺来高，横枝有五六尺长，如何会是盆栽。像这样拉扯，没有什么意义。不管成林也罢、成片也罢，十数株的红梅映雪而开，久住北京的恐谁都没有见过这样境界，也等于说北京事实上不曾有过。至于偶然有一两棵梅花短期间在地面上活了，这些珍奇之例，显与本书叙述无关。若青苔翠竹，景物固似江南，但北京亦或有之，不足深论。

更有人以为大观园名为大观，其实并不太大，书中云云乃形容之词。这果然也有些道理。不过假定它不大或很小，事实上也有困难，让我且用粘滞的看法来看。据本书第十六回：

从东边一带，接着东府里花园起至西北，丈量了一共三里半。

故老相传，京师各城门间的距离为三里，我却没量过。书上却说，大观园从东到西有三里半。南北不知道，未必是见方三里半罢。就是这样也很可以。假如偏西北角，该从西直门直抵德胜门；假如正北，又该从德胜门直抵安定门。这在北京城里是个奇迹，仿佛把故宫给搬了个家。而且更有一点古怪的，十二钗朝夕步行往来其间，岂不都要累坏了么？所以《红楼梦》有些话真是所谓“荒唐言”，不让我们穿凿地来考证它。而且还有一说，宁府的花园在第十六回上曾再三地说并入大观园了，如云：

先令匠役拆宁府会芳园的墙垣楼阁，直接入荣府东大院中。

这例最明白。可是在第七十五回上又跑出一个会芳园来了！

贾珍……备了一桌菜蔬果品在会芳园丛绿堂中……赏月。

您想，这如何能够考证？又前回说天香楼在宁府花园中，建造大观园时想必亦已拆改归并了，但七十五回又说，“天香楼射鹄子”，则此楼还在，亦很奇怪。

反正大观园在当时事实上确有过一个影儿，我们可以这样说。作者把这一点点的影踪，扩大了多少倍，用笔墨渲染，幻出一个天上人间的蜃楼乐园来。这是文学上可有应有的手腕。它却不曾预备后人来做考证的呵。

作者明说荒唐言，我们未免太认真了。假如在北京城的某街某巷能够找出大观园的遗址来，在我个人自感很大的兴味，但恐怕事实上不许我们有这样乐观的想法，所以我最近的意见还跟《红楼梦研究》里所说差不多少。

七　天齐庙与东岳庙

即以现实的成分来说，亦不太简单。如前篇所云《红楼梦》中有些近真的地名，如宝玉出的北门是德胜门，如鼓楼西大街是北京真的街名等等。但本书并非只用一种笔法，如东西南北或如实而道，或指东说西，所以碰到了这些地方，读者须用自己的常识来判断。如看了一个西字便认为真西，看了一个东字便认为真东，有的地方讲得通，有的地方便讲不通了。这儿举一个例来说明：

第六十三回记贾敬的死，“令其子孙扶柩由北下之门入都”，这北下之门亦可说为德胜门，但我想西直门或者更像一点。京畿名迹多在西郊，贾敬可能在那一带养静。这“北”字已不有十分呆看，但还不很显明。如第八十回叙宝玉“坐车出西城门外天齐庙来烧香还愿”，这西城门明明白白是我现今所住的齐化门。其证明有二：

（一）天齐即东岳。唐玄宗开元十三年，封泰山神为天齐王，见《诏书·礼仪志》。俗称东岳为天齐本此，即《西游记》所谓齐天大圣殆亦从此设想。（二）依本书叙述天齐庙，正和今之朝阳门外东岳庙相合。

> 宝玉天性胆怯，不敢看狰狞神鬼之像。这天齐庙本系前朝所修，极其宏壮，今年深岁久又极其荒凉，里面泥胎塑像皆极其凶恶。（据脂砚斋庚辰本）

逛过东岳庙的想必都会说光景宛然的罢。天齐庙既定为东岳庙，则宝玉出的是朝阳门，而西门是东门的反语影射无疑。反过来看，有些关于方向的记载并不颠倒，例如四十三回的北门便是。若处处相反地讲，则又跑到“前外”、“宣南”去了，说冷冷清清没可顽的，岂非笑话。

我认为《红楼梦》一书用笔灵活且多变化，决不可看呆了。看呆则这儿对了，那儿又错了，弄得人到处碰壁，有走入迷魂阵的感觉。

八　陆游诗与范成大诗

小说摹写人情，以能够意趣生动引人入胜为贵，其中引用书卷不过是陪衬而已，文字每每跟原本稍有出入是无妨的。实不必改，亦不应妄改，且有时竟不能改。这儿以《红楼梦》引陆放翁、范石湖诗句为例。

《红楼梦》中有一个重要人物大家熟悉的而且对她为人究竟如何议论纷纷的，便是袭人。她的命名也很特出，书中再三表示，似乎有某种暗示，以致“红学家”种种猜疑，或拆为龙衣人，或以谐音格读为花贱人等等。她的命名三见本书，除第三回只说旧人诗句有“花气袭人”四字，未引全句外，其他两处第二十三回、第二十八回俱引全句，作“花气袭人知昼暖”。第二十三回尤特别郑重地表示出来。兹引如下：

贾政便问道：“谁叫袭人？”王夫人道：“是个丫头。”贾政道：“丫头不拘叫个什么罢了，是谁起这样刁钻名字？”王夫人见贾政不喜欢了，便替宝玉掩饰道：“是老太太起的。”贾政道：“老太太如何晓得这样的话？一定是宝玉。”宝玉见瞒不过，只得起身回道：“因素日读诗，曾记古人有句诗云：‘花气袭人知昼暖’，因这丫头姓花，便随意起的。”

这样重复地郑重地说，似乎决不会得错，而事实上这句七言诗却偏偏有了个错字。原诗见陆游《剑南诗稿》卷五十：

红桥梅市晓山横，白塔樊江春水生。花气袭人知骤暖，鹊声穿树喜新晴。坊场酒贱贫犹醉，原野泥深老亦耕。最喜先期官赋足，经年无吏叩柴荆。（《村居书喜》）

原作“骤暖”不作“昼暖”，误“骤”为“昼”，以二字音近容易搞错之故。且“昼暖”的意境亦复甚佳，不减于“骤暖”。无意误记么，有意改字么，亦不得而知。我们自应该说他引错了古诗，但在《红楼梦》上却无须用古诗原文来硬改，这样蛮干对于《红楼梦》怕没有什么好处的。

另外有一个引范石湖的诗的例子更比较复杂，同样郑重的提出，同样有了错字，而且这错字决不能改，改了便会闹笑话。偏偏真有人改了。

第六十三回邢岫烟引妙玉的话：

他常说，古人中自汉晋五代唐宋以来皆无好诗，只有两句好，说道，“纵有千年铁门槛，终须一个土馒头”。

既然两千年来只有两句诗好，想其情形这两句话总不会搞错了罢，不幸偏偏又错了。兹引范成大《石湖诗集》卷二十八：

家山随处可行楸，荷锸携壶似醉刘。纵有千年铁门限，终须一个土馒头。三轮世界犹灰劫，四大形骸强首丘。蝼蚁乌鸢何厚薄，

临风拊掌菊花秋。(《重九日行营寿藏之地》)

有"门限"与"门槛"之别。范诗有出处,不比"昼暖"、"骤暖"不过形容之词,这个矛盾是尖锐的而不能调和的。分原典及小说两方面来说:

(一)依原典论,必须作"铁门限",而且范诗作"铁门限"本不会错。范引用六朝的故事:智永以书法得名,宾客造请,门阈穿穴,以铁固其限,故人号曰"铁门限",见《宣和书谱》。虽然引用,却跟原典意思稍不同。诗意说身后之事,一个人保卫自身像千年不坏的"铁门限"一般,但终究要埋在坟堆里去的。

(二)依小说论,必须作"铁门槛",硬依原典来改便成为笑话。第一,我们白话只说"门槛"而不说"门限",曹改原诗是有他的理由的。第二,《红楼梦》作者既特别喜爱这两句,在别处还大用而特用,如第十五回"王凤姐弄权铁槛寺,秦鲸卿得趣馒头庵",这难道也能改为铁限寺么?况且六十三回贾宝玉还明说"怪道我们家庙说是铁槛寺呢,原来有这一说"。

所以《红楼梦》的铁门槛、铁槛寺是一回事、一句话,无论在那里都不能瞎改的。刻本如程甲、乙本以及道光王雪香本都还不曾改,到了光绪间石印《金玉缘》本便改了。

> ……只有两句好,说道:"纵有千年铁门限,终须一个土馒头。"(注云:"此范石湖自营寿藏诗也,实为本书财色二字下大勘语,故为十五回对待题目,特用秦宝熙凤演之,遂为众妙集大成也。一寺一庵名义到此方出,可见当日谋篇不是枝枝节节为之。")

注者的确查了原书,惟其如此所以要改,亦惟其如此所以会错。他既明白"作者的一寺一庵(铁槛寺、馒头庵)名义到此方出",他亦明白"特用秦宝熙凤演之",为什么把六十三回所引诗句原作"铁门槛"的给改了呢?改了,即跟"铁槛寺"之"槛",名目不符成为两段,把本书血脉相通、神情一贯的好处给打了个折扣。

征引原书一字不易,在做考证研究的工作上是值得称赞和学习的。小说却又当别论。小说必须意趣生动活泼,最怕掉书袋。当然,生动活泼,不一定要把书给引错了;不过偶然错了一两个字,于文义无妨,即无关系,若有好处更不应妄改。《红楼梦》把"门限"改为"门槛",一字的差别,即活用了古诗,把它相当地白话化了融会入小说中,正是点石成金的妙手。依我揣想,大概是作者有意如此改写,并非错忆或笔误。在这里,我们该专对范石湖来负责呢,还是该对曹雪芹来负责?这必须首先考虑的。若《金玉缘》本的太平闲人,名为依证改字,殊失作者之意,不止大杀风景而已。幸而像这样本子不甚流传,现在通行本还作"铁门槛"的多。

若说对付这样问题原很容易的。注解附原文之后,引了原曲原句,其是非得失读者一览自明,何须谬改前文,成为蛇足呢。

九 姬 子

第五十六回"敏探春兴利除宿弊"有这么一段文字:

> 探春笑道:"你这样一个通人,竟没看见姬子书。当日姬子有云:'登利禄之场,处运筹之界者,穷尧舜之词,背孔孟之道。'"宝钗笑道:"底下一句呢?"探春笑道:"如今断章取意,念出底下一句,我自己骂我自己不成。"……三人取笑了一回,便仍谈正事。(据亚东排本)

姬子书到底是部什么书呢,谁也说不上来。特别前些日子把这一回书选为高中国文的教材,教员讲解时碰见问题,每来信相询,我亦不能对。

这原来是一个笑话。上文宝钗先说朱子又说孔子,探春就说你这么一个通人,竟没看见姬子。拿姬子来抵制她,比朱子孔子再大,只好是姬子了。殆以周公姓姬,作为顽笑。至于这四句文章乃探春信口诌的,大意讲做官做买卖的便得违反尧舜孔孟之道,本无下文。所以宝钗问她,"底下一句呢?"仿佛在说,你还编不编了?我看你怎么编?果然没有下文了。探春再说下去,她亦不便肯定官僚买卖人而否定孔孟的,所以她说,"念出底下一句我自己骂我自己不成"。这个对话的意思原很明白,不想最近有人认为真有过这样的书。

以下除掉我不知有这书一点以外,更举几点来说明这个:(一)我所藏图注《金玉缘》本,太平闲人注云:"闲人穷,藏书少,实未见姬子书。"看他语气似乎说不知道,其实说压根儿没有呵。从前人知道是作者杜撰的。(二)就中国书籍文字的常识看,百家诸子中决不可能有姬子这样的名目;所以造出这样的书名也不怕人误会。周公虽姓姬,古代男子自来不以姓冠在名上。像"姬旦"这样说法,六朝以后间或有之,却违反古代原来的习惯。

（三）脂庚本与通行本文字稍稍不同，试节引一部在下方：

探春笑道："你这样一个通人，竟没看见子书。当日姬子有云"……三人只是取笑之谈，说了笑了一回便仍谈正事。

比较前引有两点不同：一、只作"子书"，是用口语，不作"姬子书"，这是对的，探春编造出姬子来，那就说姬子，也不该说姬子书。犹如我们引《庄子》即说《庄子》，不说庄子书。引《老子》、《墨子》、《列子》亦然，不说老子书、墨子书、列子书。这姬子书三字是不通的。二、普通本虽有"取笑了一回"之文，却未明言上文是笑话，脂本却明说"只是取笑之谈"。若探春正经地引了一部子书上的话，岂非一点风趣都没有，何笑话之有。这地方作者明明告诉我们不可认真，偏偏我们依然要认真。

此外本书还有一个类似的例，不妨一谈。第三回有一部书叫做《古今人物通考》恐怕也出于杜撰，兹引如下：

宝玉道："《古今人物通考》上说：'西方有石名黛，可代画眉之墨。'况这妹妹眉尖若蹙，取这个字岂不甚美。"探春笑道："只怕又是杜撰。"宝玉笑道："除了四书，杜撰的也太多呢。"

宝玉虽似明征确引，探春已叫破了他，"只怕又是杜撰"。假如真有这书，宝玉大可驳回，他却不，绕着弯儿说，"除了四书，杜撰的也太多呢"。既不说有，也不说没有，口气圆滑。这就是所谓"明明德以外无书"，宝玉一向的痴想；同时，在这里默认或明认出于杜撰。我想，这或是作者想要编写的一部书罢。

有人或者要问为什么净瞎捣乱，造书名？我回答，这是小说。若引的书，每部都有，那岂不成了图书馆的目录卡片了。

十　贾　　政

近人考证《红楼梦》的以宝玉即雪芹自寓，推算起来，雪芹的父亲曹頫便该是书中人贾政，如胡适便屡次这样说。（见《红楼梦考证》及《考证红楼梦的新材料》）他又引了甲戌脂本，在第二回"赐了这政老爹一个主事之衔……升了员外郎"的旁边也有朱批：

嫡真实事，非妄拥也。（此"拥"乃"拟"字之误）

他认为颠扑不破的证据。我觉得这样看法,《红楼梦》上贾家的世系即等于曹家的家谱了,这未免太呆板。现在从另外一个角度来看,《红楼梦》中对贾政并无怨词,亦无好感。若贾政是事实上的曹雪芹的父亲,似乎不应该这样写。

(一)贾政跟宝玉是敌对的。宝玉每到贾政那里去,一家人都替他担惊受怕,等他平安回来方才放心,屡见本书。突出的像三十三回这样的打法,仿佛要致之死命一般。这无论如何,不能说作者对贾政有好感。

(二)从给他取名这一点,即在贬斥。书中贾府的人都姓贾原不足奇,偏偏他姓贾名政。试想贾字底下什么安不得,偏要这政字。贾政者,假正也,假正经的意思。书中正描写这么样一个形象。

(三)读者或者要问,贾政命名亦许偶合罢,何必谐音。《红楼》作者他似乎也想到这点,所以用烘云托月的办法把贾政的身边人都一古脑儿搬了出来,其姓名见于第八回,分列在下面,括弧内均系甲戌脂本评。

门下清客相公詹光。(妙,盖沾光之意)

单聘仁。(更妙,盖善于骗人之意)

管库房的总领吴新登。(无星戥)

仓上的头目戴良。(大量)

买办钱华。(亦钱开花之意)

这是非常明白的。谐音格在白话小说里通行,但《红楼梦》人名并不大用这个的(不是不用),独有贾政的贴近的身边人管财务的人一系列地这样写法,岂无深意?况且詹光名曰沾光,我们在书里却也看不出他的沾光的行为;单聘仁,我们也看不出他善骗人的伎俩来;跟《海上繁华梦》的计万全、萧怀策不同,又何必用这样恶名加在他们身上呢?这没有别的解释,无非烘托出贾政之为假正罢了。

(四)当然,《红楼梦》之恶贾政,并不单靠这谐音法来表现,应该有些具体的描写。正面的话不多,多了便失去微文刺讥的作用,依然烘云托月写他的身边人。《红楼梦》人物中有一个人人惹厌个个摇头的,便是赵姨娘,而这"政老"偏最宠爱这赵姨娘,可谓味在酸咸之外。书中有周姨娘一角,若隐若现,似有如无,仿佛赘疣,这也专为衬托赵姨娘的,而赵姨娘被宠又为衬托贾政的为人而设。《论语》说"察其所安"。贾政所安如此,则贾政亦可知矣。

（五）第七十六回击鼓传花，花到贾政手中，作者偏给他开顽笑，叫他说个笑话，他只得说了一个怕老婆的故事。怕老婆也很容易描写的，他却说那个人舐老婆的脚，恶心要吐，描写得很恶赖。这也十足地表出贾政的低级趣味来。

（六）宝玉每作诗，贾政总不肯赞好，甚至于“断喝一声”，似乎他总该对诗很有研究罢。但“大观园试才题对额”一回，贾政虽屡说宝玉作得不好，自己却只字未题。第二回说贾政“酷喜读书”，但通观全书，贾政并无一文一诗一词，我们常笑他，怕没有别的能为，只会得断喝一声罢了。

从上列六点来看，贾政确是如此的。曹雪芹写他父亲的形象应该如此否，是另一个问题。反正《红楼梦》对贾政有贬无褒，退多少步说，亦贬多于褒。再者，贾政的配偶王夫人，作者对她亦并无好感。如第七十七回她跟晴雯的一场恶斗，百世之后，千载以下，同情王夫人呢，还是同情晴雯？我想，不用我来多嘴了。

我们的感想也就是作者的感想。作者，他要我们对“梦”中人采用这样的态度，这样的看法的。可惜程伟元、高鹗每不懂这样意思，于所补后四十回对贾政既屡有好评，最后还让宝玉给他磕了一个头才去。即在前八十回中亦妄增字句，如第三十七回开首，贾政放学差，脂本非常简单地说，程本却加了数十字大恭维贾政一阵，说他“人品端方风声清肃”等等，可谓痴人说梦了。

程、高固喜欢贾政，但这种看法却也不从他二人起始的。在程刻以前甲辰第二回便给贾政加了上上的考语，说什么“为人端正方直”（这话脂本也没有），可见此话亦源流甚远，已非一日了。

十一　贾　　赦

《红楼梦》对在封建家庭占统治地位的男人，一概都没有好评，如贾敬、贾赦、贾政、贾珍、贾琏、贾瑞、贾蓉等，其中尤以对贾赦、贾珍贬斥为甚。如十三回记秦可卿之死写贾珍痛不欲生，如丧考妣，走路都扶着拐杖，形象的丑恶不必说了。贾赦更作恶多端，陷害良民，显明的例见第四十八回：

谁知雨村那没天理的听见了，便设了个法子，讹他拖欠官银子，拿他到衙门里去，说所欠官银，变卖家产赔补，把这扇子抄了来，作了官价送了来。那石呆子如今不知是死是活。老爷拿着扇子问着二爷说："人家怎么弄来了？"二爷只说了一句："为这点子小事，弄的人坑家败业，也不算什么能为。"老爷听了就生了气，说二爷拿话堵老爷了。因此，这是第一件大的。还有几件小的，我也记不清，所以都凑在一处，就打起来了。

贾赦为了想得一些玩好，勾结了贾雨村，利用官面的势力，弄得老百姓家败人亡。"石呆子如今不知是死是活"，平儿言外意，死多活少。这些行为直接虽出雨村，授意显系贾赦。这段文字暴露封建大地主跟官僚狼狈为奸的实情非常明白，斗争的意味很尖锐。本回题曰，"滥情人情误思游艺，慕雅女雅集苦吟诗"，似写薛蟠、香菱；薛蟠出行，以便于香菱进园学诗入社，尤以香菱为主，原是一回很风雅的文章。其叙平儿跟宝钗说话，不过插笔而已。其实不是的，而且正相反。依我看，名为插笔反是正文，而正文反是陪衬。本回主要的目的，即攻击贾赦。

贾琏也够坏了，比起他父亲来还好一些。他说："为这点子小事，弄的人坑家败业，也不算什么能为。"贾赦的行为连他儿子都看不上眼，其恶可知。从这里又可以看出，《红楼梦》对人物的褒贬，含有相对性，即贾琏虽坏，比贾赦却好；因此有些地方虽亦贬贾琏，在这儿因欲形容贾赦之恶，便不得不把贾琏提高了一步。这个笔法是很深刻严冷的。至如第四十六回"尴尬人难免尴尬事"，尴尬者，邪僻不正的意思。这回书里深恶贾赦、邢夫人，人人皆知，无须多说了。

关于贾氏诸人，特别是男人的坏处，本书有一句归总的话，读者看了，便知作者之意。见于第四回之末：

> 不上一月，贾氏族中凡有的子侄俱已认熟了一半，……引诱的薛蟠比当日更坏了十倍。

上文说过薛蟠打死冯渊，是个杀人的凶手，这儿说"更坏了十倍"，试问再坏到那里去？好像有点儿不通，而贾氏诸人的坏亦可想了。

《红楼梦》既表示得这样明白，最奇怪的，后人偏有点儿喜欢贾赦。这个道理，我始终不大懂。如第七十六回，贾母吃饭一段，有人把这文字给修改了许多，仿佛上慈下孝一般，另见"《红楼梦》校例"，这儿不说了。第二回贾赦在冷子兴口中初见时，脂本、戚本都没有考语，到乾隆甲辰抄本上便加上一句"为人平静中和"。这"平静中和"在古代乃上上的考语，却无端加在贾赦身上，可谓不伦不类，妄谬极矣。偏有程伟元的初次排本(即程甲本)还依照甲辰之文，想来程伟元、高鹗也很喜欢这贾赦的。到了第二年排的程乙本，却改为"为人却也中平"，大约程、高二人想了一想，觉得这样恭维贾赦未免太过了，所以又改回来一些。我平常每说程甲本胜于程乙本，为着程甲稍接近原本一点。但如程甲已经妄改了，程乙加以修订，碰到这些地方，程乙反而比程甲会好一点，像这例便是。所以程甲、乙本的优劣是相对的，究竟谁优谁劣，必得有人仔细将两本对勘过，才能够水落石出呢。

十二　送宫花与金陵十二钗

脂砚斋重评石头记甲戌本首有《红楼梦》旨义云：

> 是书题名极多。《红楼梦》是总其全部之名也。又曰《风月宝鉴》，是戒妄动风月之情。又曰《石头记》，是自譬石头所记之事也。此三名皆书中曾已点睛矣。如宝玉作梦，梦中有曲名曰《红楼梦》十二支，此则《红楼梦》之点睛。又如贾瑞病，跛道人持一镜来，上面即錾"风月宝鉴"四字，此则《风月宝鉴》之点睛。又如道人亲眼见石上大书一篇故事，则系石头所记之往来，此则《石头记》之点睛处。然此书又名曰《金陵十二钗》，审其名则必系金陵十二女子也。然通部细搜检去，上中下女子岂止十二人哉。若云其中因有十二个，则又未尝指明白系某某，及至《红楼梦》一回中亦曾翻出金陵十二钗之簿籍，又有十二支曲可考。

《红楼梦》的许多异名在本书中皆有点睛之笔，以上引文已说明了。其论《石头记》、《红楼梦》、《风月宝鉴》都很对，惟对于《金陵十二钗》说得很拖沓，尚不得要领。我以为本书第七回"送宫花贾琏戏熙凤"，即金陵十二钗之点睛也。这回薛姨妈说：

> 这是宫里头作的新鲜样法堆纱的花儿十二枝。

即十二根金钗的另一写法非常显明，却不是配给十二个人每人一枝，假如这样点题固然醒豁了，却未免太呆。

他给了六个人每人一对，这六个人是：迎春、探春、惜春、凤姐、可卿、黛玉。

拿了宫花的当然不成问题了，其不拿宫花的六个人又怎样呢？我以为有三人是借笔法来间接地点破的，即宝钗、李纨、巧姐。

宝钗从不带花。薛姨妈道："姨娘不知道宝丫头古怪着呢，他从来不爱这些花儿粉儿的。"但花儿本是她的呵。至于李纨、巧姐，周瑞家的虽不曾把宫花送给她们，却在送花时走过她们住的所在。书上说：

> 便往凤姐儿处来，穿夹道，从李纨后窗下过，隔着玻璃窗户，见李纨在炕上歪着睡觉呢。（脂本）

脂评曰，"细极，李纨虽无花，岂可失而不写者，故用此顺笔便墨，间三带四，使观者不忽"。这是对的。又周家与凤姐送花，事实上到了巧姐的房里。书上说：

> 周瑞家的会意，忙蹑手蹑足往东边房里来，只见奶子正拍着大姐儿睡觉呢。周瑞家的悄问奶子道，姐儿睡中觉呢，也该清醒了。奶子摇头儿。

似乎闲笔，实系暗地关合巧姐儿。脂评曰，"总不重犯，写一次有一次的新样文法"，是关于李纨一种写法，关于巧姐儿又是一种写法，说得也很明白的。

如今总算起来，所谓"十二钗"跟这十二枝宫花有关连的已占了四分之三，即九人；剩下三人：元春、湘云、妙玉。湘、妙其时尚未出场，自无缘牵扯。迎、探、惜三春都有了，则元春虽然没有，笔不到而意已到。况且什么花儿不好送，偏要送宫花呢？又说"宫里头作的新鲜样法"。原从元春那里来的呵。其关合之法与前文宝钗云云实相类似。

大体说来，作者包括地、扼要地将这"十二钗"给点醒了。打破了呆板的每人一枝的方式，用笔变化而意无不周，可谓神妙矣。但又不止此，第七回全回，似乎用几桩零碎事凑合的，我从前也这样想，列举大端如下：

（一）宝钗谈冷香丸，（二）周瑞家的送宫花，（三）凤姐宝玉到宁府初会秦钟，（四）焦大醉骂。这许多事只是一意转折，一气呵成的。如冷香丸就跟这送宫花是分不开的。如"十二两"、"十二钱"、"十二分"，共用了十一个"十二"；脂评曰，"凡用十二字样皆照应十二钗"是也。以蜜糖为丸，以黄柏汤送，则先甘后苦；脂评曰，"末用黄柏更妙，可知甘苦二字不独十二钗，世皆同有者"是也。至于送宫花跟贾琏、熙凤之事以及宁府诸事，皆为不可分析的整体，所以末了借醉汉一呼，而全文振动，好像天气闷热久了，忽遇迅雷暴雨一般，岂不快哉。

作者在本回之初，自题云：

> 十二花容色最新，不知谁是惜花人。相逢若问名何氏，家住江南姓本秦。

这诗好极，把我这里要说的都给他说尽了。足证冷香丸送宫花不特为十二钗之点睛，且为金陵十二钗之点睛，不然，他为什么说“家住江南姓本秦”呢。可卿一人本书虽淡淡写来，常在宾位，实为书中主人。即第五回太虚幻境的册子曲子她均居末位，若当作颠倒叙次看，她实际上是首座亦未尝不可。既兼钗、黛之美，即为钗、黛二人之合影，（书中秦氏从不与钗黛对话办交涉，这点很可注意）其当为十二钗之首，实无可疑者。此诗以可卿名氏领十二花容即此意耳。

十三　宝玉为什么净喝稀的？

这是版本校勘上的一个小插曲。第八回上，宝玉在梨香院饮酒，通行本大抵相同。引一七九一的程排甲本及一九五三的作家出版社的新本为例，以有正本作为参考。上文都记载着：

> 宝玉已是三杯过去了。

后来薛姨妈说，“姨妈陪你吃两杯，可就吃饭罢”。但宝玉偏偏没有吃饭。主要的文字这样：

> 幸而薛姨妈千哄万哄，只容他吃了几杯，就忙收过了。作了酸笋鸡皮汤，宝玉痛喝了几碗，又吃了半碗多碧粳粥。一时，薛、林二人也吃完了饭，又酽酽的喝了几碗茶。

这是非常奇怪的。我们且替宝玉算算这篇账看。上文说“已是三杯过去了”，后来不知又喝了几钟。照前引文，最后是吃了几杯酒，又痛喝了几碗酸笋鸡皮汤，又吃了半碗多的碧粳粥，又酽酽的喝了几碗茶，总有十几碗了罢，比卢仝七碗茶还多。他为什么老这样喝稀的？实在不可解。有正本所记稍微少了一点，大概也因为他喝得未免太多了罢。录有正之文：

> 幸而薛姨妈千哄万哄，只容他吃了几杯，就忙收过了。作酸笋

鸭皮汤，宝玉痛啖了两碗，吃了半碗碧粳粥。一时薛、林二人也吃完了饭，又漾上茶来，大家吃了。

如酸笋鸡皮汤(有正本作鸭皮是很可笑的)，程本今本作“痛喝了几碗”，有正本作“两碗”;“半碗多粥”为“半碗粥”，“喝了几碗茶”作“大家吃了”，不记数目字。这些地方比较起来，的确减去了不少，然而也还够多的。

从上下左右来看，更觉奇怪。第八回上宝玉到梨香院，一进门薛姨妈便命人沏滚滚的茶来，后来宝钗又叫莺儿倒茶来，又嗔怪她不去倒茶，可见宝玉总先喝过茶了。再看下文，茜雪捧上茶来又喝了半盏，然则他回房又去喝茶。李嬷嬷说过，“那怕你喝一坛呢”，莫非他真想喝一坛么?为什么不吃干饭呢?

假如说，宝玉养得娇，东西吃得少，但也不该比弱不禁风的美人儿吃得更少更加娇气呵。书上明记钗、黛是吃了饭的，说：

薛、林二人也吃完了饭。

那么，宝玉的不吃干饭，分明是各本漏写无疑了。解决的办法很简单，让他吃些干的不就结了。引脂砚斋甲戌己卯本之文：

吃了半碗饭碧粳粥。

庚辰本同，旁注两字是后人加的，写在括弧内：

吃了半碗饭(合些)碧粳粥。

依我们看，无论如何不该删去“饭”字的，为什么偏偏删去“饭”字呢?这缘由从上引庚本可以想象得到。他们大约以为“半碗饭碧粳粥”文气不顺，或增“合些”两字如庚本，或干脆删去饭字，成为“半碗碧粳粥”;或不干脆删去饭字保留下面多一字的痕迹，成为“半碗多碧粳粥”。这都是不用新式标点之故。

我们现在看：

吃了半碗饭、碧粳粥。

是毫无问题了。雪芹当初不曾点断，便闹出笑话来。不过这个笑话一搁就二百年，也不大听人说起，总算《红楼梦》的好运气。您要说是它的不幸，自然也随您的便。

十四　曹雪芹卒于一七六三年

关于曹氏的卒年本不成什么问题。在脂砚斋甲戌评本有了明文：

壬午除夕书未成，芹为泪尽而逝。

壬午是清乾隆二十七年，那年的除夕即一七六三年二月十一日。这批虽不能定为何人手笔，却靠得住；因这个人跟曹氏的关系非凡密切，下文又这样的写道：

余尝哭芹，泪亦待尽，每意（欲）觅青埂峰再问石兄，奈余不遇癞头和尚何，怅怅。……甲午八月泪笔。

甲午八月乃一七七四的九月，以公历计算在他死后十一年。

但近来却有了异说。有人认为曹雪芹死于乾隆二十八年癸未。证据在雪芹的朋友，有个旗人叫敦敏的，他的《懋斋诗钞》上有一诗《寄曹雪芹》，本诗虽不题年月，却编在题癸未年的诗的后面，遂认这首诗也是癸未年作。既然癸未年尚有人送他诗，则曹氏决不能卒于壬午了。不过这个说法很悬虚。本诗既不题年月，安见得不是错编在癸未年的诗后面呢？这也出于我的揣想，且不去讲他。且述正面的理由。

第一，上引脂评没有什么可疑的，即主张新说的人也不完全否定它。壬午他虽认为癸未之误记，（又怎么知道他记错了？）而除夕却又说不错，于是折衷为癸未除夕，即一七六四年的二月一日，新版《红楼梦》就这样写着的。殊不知主张新说，必须把旧的推翻了才成。若东拼西凑，折衷为癸未除夕，这新说便站不住了。因为牵涉到另外一个证据。

第二，雪芹的另一个朋友叫敦诚的，有挽他的诗，题甲申年（一七六五）。诗云：

四十年华付杳冥，哀旌一片阿谁铭。孤儿渺漠魂应逐（前数月伊子殇因感伤成疾），新妇飘零目岂瞑。牛鬼遗文悲李贺，鹿车荷锸葬刘伶。故人惟有青山泪，絮酒生刍上旧坰。

末两句分明是隔了一年来上坟的口气。“旧坰”即旧坟，《礼记》所谓“朋友之墓有宿草而不哭焉”。我们且把两个说法比较一下。雪芹若卒于壬午除夕，葬于癸未，到甲申年有人做诗这样说，正合式了，若移后一年便乱了。死在癸未的“年三十”，不得不葬于甲申；葬于甲申当年有人去凭吊他岂非簇簇新新的新坟，为什么要说“旧坰”呢？毛病出在不曾把敦诚的诗意看得明白，只依据敦敏的一首本未题年月的诗，这样模糊影响的证据创为异说。这完全是不必要的。

因此我主张依据“脂评”，说曹雪芹卒于一七六三年；再用敦诚的诗

“四十年华”往上推，即生于一七二三年。这样说法就不会出大错，因为诗上的“四十年华”也不宜十分呆看的。

十五　刘老老吃茄子

俗语北方乡下人进城，说“刘老老进大观园”。的确刘老老进大观园，闹过不少的笑话儿。且讲一讲她那天吃的茄子。从版本上看，有“茄鲞”、“茄胙”的不同。大约各本均作“茄鲞”，独有正本作“茄胙”，不仅名目不同，做法也完全两样的。先录脂砚斋庚辰本之文：

> 贾母笑道：“你把茄鲞搛些喂他。”凤姐儿听说，依言搛些茄鲞送入刘姥姥口中，因笑道：“你们天天吃茄子，也尝尝我们的茄子，弄的可口不可口？”刘姥姥笑道：“别哄我了。茄子跑出这个味儿来了，我们也不用种粮食，只种茄子了。”众人笑道：“真是茄子，我们再不哄你。”刘姥姥诧意道：“真是茄子，我白吃了半日。姑奶奶再喂我些，这一口细嚼嚼。”凤姐儿来又搛了些放入口内。刘姥姥细嚼了半日，笑道：“虽有一点茄子香，只是还不像是茄子，告诉我是个什么法子弄的，我也弄着吃去。”凤姐儿笑道：“这也不难。你把才下来的茄子把皮䨴了，只要净肉，切成碎钉子，用鸡油炸了，再用鸡脯子肉，并香菌、新笋、蘑菇、五香腐干、各色干果子俱切成钉子，用鸡汤煨干，将香油一收，外加糟油一拌，盛在磁罐子里封严。要吃时拿出来，用炒的鸡瓜一拌就是。”刘姥姥听了摇头吐舌说道：“我的佛祖，到得十来支鸡来配他，怪道这个味儿。”

各本大致差不多。最近作家出版社本承亚东本之误，把“用炒的鸡、瓜子，一拌就是了。”这样标点。把瓜子一拌又怎么吃呢？这是非常可笑的，炒的鸡瓜或炒的鸡瓜子，即炒鸡丁呵。

有正本则作“茄胙”，做法不同，节引如下：

> 凤姐笑道：“这也不难。你把四五月里的新茄包儿摘下来，把皮和穰子去尽，只要净肉，切成头发细的丝儿，晒干了，拿一只肥母鸡靠出老汤来，把这茄子丝上蒸笼蒸的鸡汤入了味，再拿出来晒干。如此九蒸九晒，必定晒脆了，盛在磁罐子里封严了。要吃时，拿出一碟子来，用炒的鸡瓜子一拌就是了。”刘姥姥听了摇头吐舌道：“我的

佛祖，到得十几只鸡儿来配他，怪道好吃。”

读者要问这两个做法那个好吃，或者可以做，我非厨师傅不能解答这问题，依常识想来，那一个都似乎没法做，更别提好吃了。不过有正本的“茄胙”似乎更不能做。区区一茄子，乃切成头发细的丝儿，九蒸九晒，那连茄子的魂灵儿都没有了。这还能够“必定晒脆了”？茄鲞当然也不好做，但比茄胙稍近情一点。

它说的菜事实上既没法做，就会牵扯到一个似乎严重的问题：即这样是否妨碍了《红楼梦》的现实性？我的回答，毫不妨碍。《红楼梦》只是小说，并非食单食谱，何碍之有？照了小说去烧菜吃，这也未免太天真了吧。

菜既不能做，做了也未必能吃，他为什么这么写？这是大有深意的。要知道，他在讽刺贵族生活的不近情理的奢侈。照茄鲞的说法，要用鸡油、鸡脯子肉、香菌、新笋、蘑菇、五香腐干、各色干果子、鸡汤、香油、糟油、炒的鸡瓜，这么许多东西来配它，难怪刘老老摇头吐舌地说：

> 我的佛祖，到得十来支鸡来配他，怪道这个味儿。

言外也并不怎么佩服。作者之意盖可见矣。

再看“茄胙”。上文说过，把柔软的茄子切成头发一般细的丝，试问这是什么手艺？又把它去九蒸九晒，试问成什么了？这多么荒乎其唐。凤姐儿叫刘老老“尝尝我们的茄子”，也难怪刘老老说：

> 别哄我了。茄子跑出这个味儿来了，我们也不用种粮食，只种茄子了。

是的，“不种粮食，只种茄子”，老百姓吃什么呢。这大有东晋惠帝“何不食肉糜”之意。《红楼梦》原是非常现实的，而有时好像不现实。惟其貌似违反现实，更表现了高度的现实性。

十六 《临江仙》题词

《红楼梦》有些诗是作者自己留题本书的，如甲戌本有这一首就很好。

> 浮生着甚苦奔忙，盛席华筵终散场。悲喜千般同幻渺，古今一

梦尽荒唐。谩言红袖啼痕重，更有情痴抱恨长。字字看来皆是血，十年辛苦不寻常。

近来校治《红楼梦》，追怀作者，辄有所感，为赋《临江仙》调一词，略附诠释，以便省览。

惆怅西堂人远，（第二十八回，薛蟠、宝玉饮酒一段，甲戌本脂批："谁曾经过，叹叹。西堂故事也。"庚辰本脂批："大海饮酒，西堂产九台灵芝日也，批书至此宁不悲乎。壬午重阳日。"是西堂乃曹氏旧日书斋。）仙家白玉楼成。（用李贺故事。雪芹卒年才四十耳。）可怜残墨竟纵横。（第一回甲戌本脂批："壬午除夕书未成，芹为泪尽而逝。"）茜纱销粉泪，绿树问啼莺。（本书第五十八回："杏子阴假凤泣虚凰，茜纱窗真情揆痴理"，暗示书中主角宝黛将来的情形，详见本人著《谈红楼梦的回目》之十三。）　　多少金迷纸醉，真堪石破天惊。（作者以补天荒石自喻，信乎言大而非夸也。）要从生际见无生。（第一回曰："自色悟空。"盖种种风月繁华，只是多方比喻而已，所谓"假语村言"也。）千秋宁有待，（作者下笔有千秋之想，此愿果酬于身后。）一梦与谁听。（"一梦"已见前所引诗。又曰："都云作者痴，谁解其中味"，则知音之少，作者已自知而自言之矣。）

顷承叶遐庵先生赐以和词，文义隽雅，不胜抛砖引玉之感，并录于下：

证忆怡红泪墨，萦怀早燕新莺。镜花谁与计亏成。态浓心自远，调苦曲难听。　　幻觉依然直觉，有生宁识无生。海枯石烂底须惊。忘言清磬断，醒梦坠钗横。

十七　香　芋

本书第十九回宝玉讲故事给黛玉听，有这么一大段，节引如下：

小耗道："米豆成仓，不可胜记。果品有五种：一、红枣，二、栗子，三、落花生，四、菱角，五、香芋。"……只剩香芋一种。因又拔令箭问谁去偷香芋。只见一个极小极弱的小耗应道："我愿去偷香芋。"……"我不学他们直偷，我只摇身一变也变成个香芋，滚在香芋堆里。"……"我说你们没见世面，只认得这果子是香芋，却不知盐课林老爷的小姐才是真正的香玉呢。"

北语“芋”“玉”同音，作为谐谑。说了这半天“香芋”，香芋到底什么东西？这不是芋头（南方叫芋艿），而另是较小的一种。按“香芋”有两说，一说即落花生。《本草纲目》卷七引《花镜》，“落花生一名香芋”，这当然文不对题。上文已有了落花生。其二说见于《本草纲目拾遗》卷八：

> 土芋即黄独，俗名香芋，肉白皮黄，形如小芋，一名土卵，与野芋不同。《群芳谱》，土芋，其根惟一颗，色黄，故名黄独。

《中国药学大辞典》卷上土芋条下亦云，别名黄独，土豆，香芋，肉白皮黄，可食用，则大略相同。本书所云香芋，大概就是这个了。

旧抄本这一段到底全作“香玉”，不写出“芋”字来的，当另有缘故。虽写香玉，意思还影射这个香芋说的。不然，就不能跟枣、栗、花生之类并列了。

十八　贾瑞之病与秦可卿之病

本书第十二回上记贾瑞之病：

> （贾瑞）不觉就得了一病，心内发膨胀，口内无滋味；脚下如绵，眼中似醋；黑夜作烧，白日常倦；下溺遗精，嗽痰带血，诸如此症，不上一年都添全了。于是不能支持，一头跌倒，合上眼还只梦魂颠倒，满口说胡话，惊怖异常。百般请医疗治，诸如肉桂、附子、鳖甲、麦冬、玉竹等药，吃了有几十斤下去也不见个动静。倏又腊尽春回，这病更又沉重。

“倏又腊尽春回”承上“腊月天气”而言；“又”者又是一个腊月也。其说贾瑞病了一年原很明白的，也向来不成问题。即近来发见脂砚斋己卯本、庚辰本等亦并作“不上一年”。近有人据不知名的晚近本子（据说是蝶芗仙史评本），妄改为“不止一月”。殊不知，（一）贾瑞本来是个小伙子没有什么病的，若心内发胀、口无滋味、脚如绵、眼似醋、黑夜作烧、白日常倦、下溺遗精、嗽痰带血，这许许多多的病症，就医学上谈，不上一月万无添全之理。（二）不到一个月如何能把肉桂、附子、鳖甲、麦冬、玉竹等药吃了几十斤下去？即使方剂开得重些，也断不可能有这么多。像这样乱改，可谓越改越胡涂了。

不过贾瑞病了一年，而这一年书中无话，完全空白，确很古怪。这样的写法自有一种缘故，这关于秦氏之死。若不了解秦氏之病、之死，是不能够了解贾瑞之病、之死的。换句话说，作者正为着秦可卿的缘故，才这样写贾瑞的。主要的是"时间证明"，告诉我们确过了一个年头。

本书记秦氏之死费了很大的周折。说她没有病，或有病而不重，不行；书中既不肯明说她是吊死的，那就必须有病，有重病才行。不然，一个人好端端地，忽然死去，于文义为"不词"。但说她因病而死也不成，她原不是病死的呵。因此表面上必须写她病得很厉害，如第十一回：

凤姐儿低了半日头，说道："这个就没法儿了，你也该将一应的后事给他料理，冲一冲也好。"尤氏道："我也暗暗的叫人预备，就是那件东西不得好木头，且慢慢的办着罢。"

暗地儿须使她病好了，即使不好，也不致命了。本文借张大夫、凤姐、秦氏本人屡说过了春分就可无碍。现既有一年之久，则历春夏秋冬四季，病即使不好，也转为慢性的了。但这写法却万不能明显，稍一明显，又将前文病得很厉害的空气给冲散了。一言蔽之，在文字的表面上，必须病重与死相连；这样，才能表示她好像是病死的。在文字的骨子里，必须说她病见好而忽然死；这样，才能表明她的确不是病死的，而以后全家的"纳罕"、"疑心"等等才有所根据。一张嘴要说两家话，好像是算学上的难题。因此用史家"附见"之法，而借重了贾瑞。过了一年这句话，不见于秦可卿传里，也不见于其他的地方，没有其他的情事（所以成为空白），只附见于贾瑞传中，而轻轻一笔带过。

近人不识本书有明文的贾瑞病死，既确为一年，也不明白本书所暗示的秦氏非病而死，尤其必须一年，却相信不可靠的、传讹的本子来改本书，我认为这是错误的。

十九　记郑西谛藏旧抄《红楼梦》残本两回

近承郑西谛（振铎）兄惠借此本，即记所见。旧抄《红楼梦》一册，两回。题"石头记第二十三回第二十四回"，中缝每页俱书《红楼梦》，共三十一页；每半页八行，每行约二十四五字。木刻乌丝栏抄，首有"晰庵"白文图记。

这本抄写字迹工整，惟讹脱依然很多。如二十三回"梨香院墙下"

(二十三回,十二页上)用今本比照,脱落一大段,约二百五十字以上。若零碎的讹脱,且不去说它。

话虽如此,从异文比较来看,区区短篇却尽有些特别处。以下分四点叙说:

(一)书中人名的不同。这不必有什么关系,有些似乎不很好,但差异总是非常显著的。如贾蔷作贾义(二十三回,一页上),贾芹母周氏作袁氏(同页下),花儿匠方椿作方春(二十四回十五页下,按"方椿"本是"方春"的谐音,这儿直把谜底给揭穿了),秋纹作秋雯(十六页上),檀云作红檀。书只有两回,名字却已不同了五个。

(二)名虽无异,而用法非常特别,如茗烟焙茗。原来《红楼梦》里,一个人叫茗烟又叫焙茗,虽极小事,却引起许多的麻烦。大体讲来,二十三回以前叫茗烟,二十四回起便叫焙茗。[①] 从脂评抄本这系列来说,二十三回尚是茗烟,到了二十四回便没头没脑地变成焙茗。我认为这是曹雪芹稿本的情形。程、高觉得不大好,要替他圆全。所以就刻本这系列来说,程甲本二十四回上明写着"只见茗烟改名焙茗的"(九页),以后各本均沿用此文。无论从抄本刻本,都可以分明看得出作者的原本确是二十三回叫茗烟,二十四回叫焙茗。

这抄本虽只剩了两回,恰好正是这两回,可谓巧遇。查这本两回书一体作焙茗,压根不见茗烟。我想这是程、高以外,或程高以前对原稿的另一种修正统一之法。就新发现的甲辰本看,又俱作茗烟,不见焙茗,虽似极端的相反,其修改方法实是同一的,均出程高"改名法"以外,可能都比程、高时代稍前。因假如改名之说通行以后,便可说得圆,并无须硬取消一名,独用一名了。

(三)关于小红(红玉)的出场叙述,颇有不同,也分几点来说:一、有正本第二十四回说:(贾芸)"只听门前娇声嫩语的叫了一声哥哥。贾芸往外瞧时,却是一个十六七岁的丫头……"(各本大略相同)我从前看到

---

① 为什么在二十四回上便叫焙茗,也稍微有点原故。这回里把宝玉的小厮一古脑儿开列出五个来:锄药、引泉、扫花、挑云、伴鹤,只剩了孤零特出的茗烟,不在排行内,所以便作焙茗。这是曹雪芹的一忽儿这么写,一忽儿又那么写,他在举棋不定,并非书中人宝玉要把小厮改名,所以程甲本这般的说法,似乎合理了,实在是错误的。我认为这些地方,读者用常识来看,自然明白,并无需硬改为一致的。

这里总不大明白，小红亲切地"叫了一声哥哥"的不知是谁，下文又绝不见提起。在这残本便作"只听门外娇声嫩语叫焙茗哥"(二十四回十三页上)，说明了叫的是谁，比秃头哥哥，似比较明白些。是否合作者之意，却另一说。二、小红出场时的姓名，各本都用作者的口气来叙述的。如有正本说："原来这小红本姓林，小名红玉，只因玉字犯了林黛玉、宝玉，便都把这个字隐起来，便叫他小红。"但这残本，却是在小红嘴里直接向宝玉报了名的，下文便也不再用作者的口气来叙了。

> 那丫头听说，便冷笑一声道："爷不认得的也多，岂止我一个。我姓林，原名唤红玉，改名唤小红。……"(二十四回，十七页)

最特别的是二十四回的结尾一段。残本文字简短，又跟各本大不相同。如有正本"原来这小红本姓林"以下至结尾，约有三百七十字，这本却短得多，只有约一百四十字。兹抄录于下：

> 原来这小红方才被秋雯、碧痕两人说的羞羞惭惭，粉面通红，闷闷的去了；回到房中无精打彩，把向上要强的心灰了一半，朦胧睡去。梦见贾芸隔窗叫他，说："小红，你的手帕子我拾在这里。"小红忙走出来问："二爷，那里拾着的？"贾芸就上来拉他。小红梦中(此处脱去一字)羞，回身一跑，却被门槛绊倒。惊醒时却是一梦。细寻手帕，不见踪迹，不知何处失落，心内又惊又疑。下回分解。(二十四回，十八页下至十九页)

这个写法跟各本大不相同。特别是结尾很好，描写她梦后境界犹在，以为帕子有了，细细去找；这仿佛苏东坡的《后赤壁赋》结尾的"开户视之，不见其处"，似乎极愚，却极能传神。从心理方面说，把白天意识下的意中人在梦中活现了；又暗示后文手帕确在贾芸处，过渡得巧好。我认为这样写法善状儿女心情，不仅表示梦境恍惚而已。若一般的本子，如有正本：

> 那红玉急回身一跑，却被门槛绊倒唬醒，方知是梦。要知端的，下回分解。

便是照例文章，比较的平庸了。

(四) 零零碎碎的异文，当然不能列举，略引三条：一、绣凤一把推开金钏，叹道："人家心里正不自在，你还奚落他，趁这会子喜欢，快进去罢。"(二十三回四页至五页)这个推开金钏的人，各本俱作彩云，不作绣风。二、春夜即事云:“露绡云幄任铺陈,隔岸嚣更听未真。”(同回七页下)“露绡”各本俱作“霞绡”;但“露绡”可能是错字。“隔岸嚣更”,脂庚有正俱作“隔巷暮更”。甲辰本作“隔巷暮声”,程甲本作“隔巷蛙声”。这当然也有些好坏,在这儿不能详辨了。三、那丫头穿着几件半新不旧的衣裳,到是一头黑鬖鬖的好头发,……(二十四回,十六页下)黑鬖鬖,脂庚作“黑真真”,有正作“黑鬒鬒”,甲辰、程甲并作“黑鸦鸦”。

从上面说的看来,这飘零的残叶,只剩了薄薄的一本,短短的两回,却有它鲜明的异彩。它是另一式的抄本,可能从作者某一个稿本辗转传抄出来的,非但跟刻本不同,就跟一般的脂评本系统也不相同(甲辰本虽不题脂评,实际上也是的)。这是此本最特别之点。书既零落,原来有多少章回当然不知道,却不妨武断为八十回本。再者,书名《石头记》,又称《红楼梦》,这也是旧抄本的普通格式。书无题记,年代也不能确知。其原底必在一七九一程伟元排印本以前,也似乎不成问题了。草草翻阅,姑记所见,质之西谛,以为如何。

二十 增之一分则太长

从前有好文章一字不能增减之说,我不大相信,认为过甚其词,说说罢了的。近校《石头记》,常常发见增减了一字即成笑话,方知古人之言非欺我者。

如第二十一回“贤袭人娇嗔箴宝玉”,脂砚斋庚辰本有一段:

> 袭人冷笑道:“我那里敢动气,只是从今以后别进这屋子了。横竖有人伏侍你,再别来支使我,我仍旧还伏侍老太太去。”

只说,“从今别进这屋子”,谁别进这屋子?似乎上边缺一个字。再看有正本程甲本。引程甲之文:

> 袭人冷笑道:“我那里敢动气,只是你从今别进这屋子了……”

通行各本大抵相同(有正本亦有“你”字)。“只是你从今别进这屋子了”,意思虽比较清楚,这个“你”字却大可斟酌。你看,袭人如何能叫宝玉别进他自己的屋子呢?岂非把和尚赶出庙么?改为“我”字如何?如作“只是我从今别进这屋子了”也不通。袭人本在这屋里,只可出去,无所谓进;应该说“只是我从今别耽在这屋子了”才对。但本书文字又不是那样的。

有“你”字不通，换“我”字又不通，怎么办呢，干脆不要这个字，像上引脂本云云就结了。这句话根本没有主词的。没主词不成句，一般文法上虽如此说，却不能机械地用在文艺方面。

这里不但无须主词，且不能有主词，一有主词便呆了。袭人这句话的意思，确冲着宝玉来的。宝玉黑家白日跑到黛玉、湘云的屋里去，所以袭人说“从今以后别进这屋子了”，是气话亦是反话，原当有“你”字的。不过在当时她的身份地位上，在本书的事理文义上，却不能说“你”。说了你，便不是袭人告退，而是她撵宝玉了。因此含胡其词，不说煞谁别进这屋子，好像宝玉，又好像她自己。说的是她自己指的却是宝玉，极“手挥五弦，目送飞鸿”，灵活离合之妙。后人不知，妄增“你”字，虽只一字之差，却有仙凡之别。

二十一　减之一分则太短

更有因减一字而闹笑话的，也举一个简单明了的例子。如第十回“张太医论病细穷源”有这么一段：

> 旁边一个贴身伏侍的婆子道：“何尝不是这样呢，真正先生说得如神，倒不用我们说的了。如今我们家里现有好几位太医老爷瞧着呢，都不能说得这样真切；有的说道是喜，有的说道是病，这位说不相干，这位又说怕冬至前后，总没有个真着话儿。求老爷明白指示。”那先生说：“大奶奶这个症候，可是众位耽搁了。要在初次行经的时候就用药治起，只怕此时已全愈了。”（程甲本）

后来的刻本如程乙本、道光本均同。冲着婆子们说，则“众位”云云当然指婆子。这不大好懂。那先生为什么把秦氏患病给耽搁了的责任，都归在婆子们身上呢？她们能够管这个吗？我从前看到这儿，总觉得有些别扭似的。

再看有正本、脂庚本，这句话多了一个“那”字，作：

> 可是那众位给耽搁了。

这就一点不错了。“那众位”者，指太医院的大夫们，即张先生的同行也，言外自大有不满之意，妙合医生的口气。若删去“那”字指婆子说，不但不通得可笑，而且当面这样说人也不妥当。

“那”字在文法上大概叫指示形容词罢。有了“那”字和没有“那”字，一般说来好像差别不多；在有些地方呢，进出却很大，如这里便是，断断乎删它不得。

从这两个简单的例子来看，文章的确有一字不能增，一字也不能减的境界，并非前人故神其说，或夸夸其谈。从校勘《红楼梦》的工作里，完全证明了这个，因而借用宋玉赋里的话，题为“增之一分则太长，减之一分则太短”。

二十二 《红楼梦》下半部的开始

在本书第五十五回开端，脂砚斋庚辰批本（此本现藏北京大学）有一节文字：

> 且说元宵已过，只因当今以孝治天下，目下宫中有一位太妃欠安，故各嫔妃皆为之减膳谢妆，不独不能省亲，亦且将宴乐俱免，故荣府今岁元宵亦无灯谜之集。

这似无关紧要、不甚精彩的文字，且跟上文亦不很符合。本书第五十三，“宁国府除夕祭宗祠，荣国府元宵开夜宴”；第五十四，“史太君破陈腐旧套，王熙凤效戏彩斑衣”；两回接连，是非常热闹红火的场面，紧接本回却说“荣府今岁元宵亦无灯谜之集”，好像过年过得很不起劲的光景。莫非作者忘了吗？翻过一页纸来立刻就忘，未免太怪了。

各本均缺，脂庚本独有这一段，虽似闲文，实颇紧要，必须补入，分说如下：

（一）地位的重要。《红楼梦》原书一百多回，上半部与下半部在那里分界？我以为应在五十四、五十五之间，即到第五十五回已入下半部。这一节文正在五十五回的开首，转关的位置上。

上下半部应在这里分界，须要说明。我们看五十三、五十四这两回花团锦簇的文章实有极盛难继之感。在本回已屡次暗示，例如：一、演戏是《八义观灯》，以春秋时晋赵氏之破败暗示贾氏。二、凤姐说笑话，开头非常热闹，子子孙孙的说了一大串，后来“冰冷无味”，她自己说，“年也完了，节也完了”。她的第二个笑话是聋子放炮仗，一哄而散。三、那天直到后半夜的"晚会"最后的节目是打莲花落，满台抢钱(我疑心后来补书的，有说宝玉为乞丐，未尝不受此文的暗示)，一言蔽之，这五十三、五十四两回，是书中热闹的顶点，以后便要急转直下了。

作者在五十五回开端即下这样文字，显然含有深意，并非他忘了，实系自己把前文给否定了，所谓繁华过眼、空花幻泡一般。要证明这个很容易：一、本书第一回，"好防佳节元宵后，便是烟消火灭时"，好像只指甄氏英莲，实系统括全书。甲戌本脂评云"前后一样""伏后文"是也。这后半部书便实写这烟消火灭的实情。二、从五十五回起属后半部，还有一个更好的证明。本书第二回，讲金陵甄府，脂评云，"甄家之宝玉乃上半部不写者"。这里上半部下半部的分别有了明文。按五十四回前绝不提甄宝玉，讲甄宝玉在五十六回。所以分界应放在五十五回上，毫无问题。大段落的区分决定，便可以明了作者特提这几句话的缘由了。

（二）跟这个联带的，便有文章风格变异的说法。这仿佛音乐中的变调。戚本第五十五回有一总评甚好："此回接上文，恰似黄钟大吕后转出羽调商声，别有清凉滋味。"这个感觉是不错的。我们读到这里好像"沉了下去"。《红楼》后半净是些清商变徵之声，即再有繁华场面，如"怡红夜宴"之类亦总不似从前，有些强颜欢笑，到了"品笛""联诗"，无非哀怨，凄凉气氛入骨三分。这是人人共有之感了。

（三）从形迹方面看，有章法上的结上启下的关系。这里明文消缴上文两件事：一小事，一大事。所谓小事者，即第五十回"暖香坞创制春灯谜"；大事者，即第十七回"荣国府归省庆元宵"。上文屡说要做了灯谜预备年下顽，到五十三、五十四回上写过年虽很热闹，却偏不曾顽这灯谜，似亦须有所说明。这还是小节，主要的是元春不再归省了。原来元春去时曾说，"倘明岁天恩仍许归省"(第十八回)，直到第五十三回贾蓉还在那儿说，"再一回省亲只怕也就净穷了"。但从这回起却把省亲一事从此搁下不提。精确地说，本书所谓"极盛"，当指归省而言，元春不复再归，即是"难继"，正如第十三回秦可卿托梦凤姐时，所谓"瞬息繁华，一时欢乐，盛筵必散"。本书屡屡表出这个意思，如四十三回写凤姐做生日亦然。不过到了第五十四回上，便算真到了顶点，以后明明白白地走下坡路。所以这几句不仅近结五十三、五十四两回，并从五十回往前到四十三回，再往前到十七回，虽寥寥短语，而全篇筋脉俱动，上半部就此结住。

至于“启下”，更为明显。如第五十八回，“谁知上回所表的老太妃已薨”，这句话现行各本都还有的。所谓“上回”，即五十五回，所谓“所表”，即“太妃欠安”也。脂庚本固合，各本俱不可通。照这些本子，又何尝表过这位老太妃呵，岂非在那里自己说梦话。这样明白的错误，不用多说了。然即此可见这段文字的删掉或残缺，是不对的。

老太妃的死写得如此隆重，恐有当时实事作为背景的，疑指康熙通嫔之死。因她是康熙的妃子，从乾隆时说来称为老太妃，详见《红楼梦的著作年代》一文中。

在文章的布局上，这样一来便于贾母、王夫人比较长期离开荣府，生出种种嘈杂打岔的琐事。各本在此没法可删改，也只好留着，却忘了和上文已不接头了。

二十三　秦可卿死封龙禁尉

本书叙秦可卿之死每多微言，已见《红楼梦研究》。这儿谈一个版本上的问题。第十三回“秦可卿死封龙禁尉”，照脂砚斋评看来，原作“秦可卿淫丧天香楼”，后来删改本文，连目录也改了，改得似乎不妥，我曾这样说过：“秦可卿丈夫捐得龙禁尉，似乎也不应该说秦可卿死封龙禁尉呵。”文字上的毛病且不去说它。

首先要说，龙禁尉在满清时代，并没有这样的官名，大约暗射乾清门侍卫之类。有些官虽可以捐，而“侍卫”这一种缺，皇帝贴身的近卫，向例不能捐的。书中说捐官已非事实，而且说死封龙禁尉，果然当真封了，也没有什么奇怪的。好顽在似乎并没有封。我们且看本回的文字：

> 贾珍因想着贾蓉不过是个黉门监，灵幡经榜上写时不好看，便是执事也不多，因此心下甚不自在。……戴权道：“……如今三百龙禁尉短了两员……既是咱们的孩子要捐，快写履历。”

明说要捐这龙禁尉了。龙禁尉到底有多们大呢？它的品级下边也有明文：

> 起一张五品龙禁尉的票，再给个执照。

五品龙禁尉真就那样的大、那样的阔吗？本是瞎说。后来，果然在灵幡经榜上写了。在十三、十四两回共有三处，自乾隆甲辰抄本，有正书局的戚序本，程伟元初次排印的本子以及各种坊本大都这样写着的；兹引较早的甲辰本：

灵前供用执事等物俱按五品职例。灵牌疏上皆写天朝诰授贾门秦氏宜人之灵位。

僧道对坛，榜上大书世袭宁国公冢孙妇，防护内廷御前侍卫龙禁尉，贾门秦氏宜人之丧。（十三回）

前面铭上大书诰封一等宁国公冢孙妇，防护内廷紫禁道，御前侍卫龙禁尉，享强寿贾门秦氏宜人之灵柩。（十四回）

这无论如何看不出任何错处，五品封宜人，谁都知道的。但看脂砚斋乾隆己卯本、庚辰本，偏这三处的"宜人"都作"恭人"。若说明显的笔误，抄写之误罢，却不能一连三处都错，若说作者连三品恭人五品宜人都搞不清楚罢，他还写什么《红楼梦》呢。况且脂本十三回"灵牌疏上"云云的上文也作按"五品职例"，上面方说五品，下面接写恭人，可称矛盾之至！难道他立刻就忘了吗？

这明系特笔，在秦可卿这一段书上的特笔。恭人既是三品封，那么谁是三品呢？本书却有明文，即上文所说的履历：

上写着："江南应天府江宁县监生贾蓉，年二十岁。曾祖厚任京营节度使，世袭一等神威将军贾代化。祖丙辰科进士贾敬。父世袭三品爵威烈将军贾珍。"（甲辰本）

原来这三品是贾珍的品级，却无端移到秦可卿的灵牌、经榜、铭旌上去了。这个写法，是没情没理的"硬来"，作者之意也就深切著明到了极处。他似乎要让咱们相信，因为要摆阔，要好看，要面子才捐这个官的，其实满不是那么一回事。不管五品的龙禁尉也罢，三品的威烈将军也罢，就该这样排场的吗？上文说过龙禁尉根本不能捐，捐官已是谎话；为了排场阔绰而捐官，更是谎而又谎。所以这品级即使写对了，也并不真对；搞错了，也没有关系。作者却借这个，故意卖个破绽给我们瞧。换句话说，作者虽把"淫丧天香楼"的文字删去了，却另外用一种笔法来写这回书。校刊各本的人不明了这个，用官制的常识来衡量，简单的改为宜人，自然一点不错，表面上的破绽矛盾都消灭了，作者之意也因而不见。且对原意不免有所误解，真好像捐了龙禁尉才能这样阔绰，忘了如此写来反而不通。即作者在这龙禁尉、三品封、五品封等处用的本是虚笔，虽然自相矛盾，反乎常识，倒不大要紧；后来各本使他合理化了，便坐实了。一用实笔，反与全篇发生真的矛盾。我们都想问，一个五品封的宜人，为什么这样阔？这也可以说虽误不误，不误反误之例，不过要多绕一些弯子才可明白罢了。

看《红楼梦》一书，现实荒唐每相交错，说现实，便极现实，说荒唐又极荒唐，如用"胶刻"的方法来考证它，即处处发生障碍。这儿不过举例来说明。作者写秦氏之丧多微词讽刺，并不止这一处，但这"一字之差"却是画龙点睛之笔。

二十四　药官菂官药官

本书里藕官有一个情侣，叫做……。今本作什么药官。用吃药来取名够古怪的，莫非是芍药花吗？

> 芳官道："他祭的就是死了的药官儿。""药官是小旦。""药官儿一死。"（亚东一九二七排本第五十八回一七页）

三处俱作"药"。有正本呢，却发见一件好玩的事，三处却有了异文。

> "他祭的是死了的药官"。"药官是小旦"。

俱作药。但下文却作"菂官一死"，不写"药"字了。

"药""菂"本是两字，但通俗每把这"菂"当作"药"字的简笔小写用，这由来已久了。传统的刻本石印本，如程甲本、道光本、光绪本，这三处文字俱作"菂"。旧抄本如甲辰本亦同。因为"菂"是香草，《楚辞·湘夫人》"辛夷楣兮菂房"。王逸注："菂，白芷也。"她以香草为名，自比用很苦的"药"来取名要合理些。有正本校者或抄写者大约已在误认"菂"为"药"的俗体，改了两个，还剩得一个没有来得及改的"菂"。到亚东校者便更不客气，一切校正清楚了。

作"菂"的固比作"药"的好，但"菂"也是讹字。脂庚辰本正作"菂"。这"菂"字很好，"菂"是莲子，与"藕"配合。这五十八回"杏子阴假凤泣虚凰，茜纱窗真情揆痴理"，在《红楼梦》全书非常重要。藕、菂二官的身世实为将来的宝、黛二人作影，已详另篇。很明显的，"菂""菂"字体相近，"菂"之一误为"菂"原系抄写的形误。同时"菂"为香草的一种，也还适合女子取作名字。后人却并忘却古字古谊，反认"菂"为"药"之俗体。俗体要不得，不如把它改正了吧，于是再误。始而传讹，继而妄改，自己以为合理，殊不知越来越错。校理唐宋以来小说戏曲的人每将俗字改写正体，这虽是对的，但也必须特加小心。你认为错字的，它也未必准错。即使是错字，你也不一定能够知道它究竟是那一个字的错。假如不知道清楚就去改，会不会越改越错呢？我想，这是很可能的。

二十五　宝玉喝汤

整理古书工作的基础应该是校勘。校勘工作没有做好，其他的工作即如筑室沙上，不能坚牢。如标点注释都必须附着本文，若本文先错了，更从何处去安标点下注解呢。这是最浅显的事理。这儿举本书一个最明白的例子来说明。

《红楼梦》第五十八回，一般的本子都有这么一段文字，兹引甲辰本之文：

> 一面又看那盒中却有一碗火腿鲜笋汤，忙端了放在宝玉跟前，宝玉忙就桌上喝了一口，说道好汤，众人都笑道，菩萨能几日没见荤面，馋得这样起来，一面说，一面端起来，轻轻用口吹着，因见芳官在侧，便递与芳官说道，你也学些服侍，别一味呆憨呆睡，口儿轻着些，别吹上唾沫星儿。（程甲本、道光王本、光绪《金玉缘》本、亚东排本大致相同。）

因不好标点，只简单地断了句。这段文字显然有错误，再看脂庚本则不如此，引脂庚本略加校正如下：

> （上略）宝玉便就桌上喝了一口，说"好烫"。袭人笑道："菩萨能几日不见荤，馋的就这样起来"；一面说，一面忙端起，轻轻用口吹；因见芳官在侧，便递与芳官，笑道："你也学着些伏侍，别一味呆憨呆睡，口劲轻着，别吹上唾沫星儿。"

这两个系统的版本的主要差别有两点：（一）宝玉所说"好汤"与"好烫"之异；（二）"袭人笑道"与"众人都笑道"之异。先说（一）点：假如作"好汤"，文理固未尝不通；但不过一碗火腿笋汤罢了，宝玉又何必说好汤。从下文看，细细地描写吹那汤，可见这碗汤很烫。若汤不烫，又何必这样你吹我吹的呢。作"烫"的自优。其所以致误，则因二字形音俱近，容易缠错。照古义说来，汤是开水，本来很烫的，烫可作为汤之俗体看；但却不便应用于近代的白话小说上。音讹形讹之外，我还有一个说法，便是妄改，可能即从下文的馋字发生了误解。要形容嘴馋，必须说“好汤”；会不会有人这样想？殊不知说“好汤”固然十足地形容馋，说“好烫”也未尝不形容馋，且更觉形象化哩。脂庚本评“画出病人”，评得不错。他急不及待去喝那汤，才烫了嘴呵，无怪下文袭人笑他嘴馋了。

就（二）点来说，牵涉文义更广。表面地一看，作“众人都笑道”也是非常不妥的。宝玉才喝了一口汤，那起丫头们便群起而笑之，“你多们馋呵。”这情景已很奇怪。再看下去，上文既作“众人都笑道”，下文的“一面说”乃承上之词，当然还在指众人，那么“一面说，一面端起”（汤），谁端起呢？“一面说，一面端起”，联络之语，中间不能切断的。端起来，轻轻地用口吹；谁吹？因见芳官在侧，递给芳官；谁递？更教训芳官一番话，谁教训？若说全是某一个人，则书上没有明文，而且文字连连络络的下去，无从中断。我们不得不定为这惟一的文法上的主词为“众人”。“众人”这个主词管着一连串的动作：仿佛异口同声地笑话宝玉，一齐端起汤来，一齐用口吹，一齐把碗递给芳官，再异口同声地去教导她。世上可有这事？若不是这样，又应该哪样？《金玉缘》本太平闲人夹评稍稍见到了这个，在“轻轻用口吹着”下评曰“是谁吹？”“别吹上唾沫星儿”下评曰“吹汤人未明指，而语气恰是晴雯。”他曲为之说，假定为晴雯。书上既没说，他从何处知道。总算他看到这点，亦可谓“读书得间”了。

改从脂本，则文字平顺，情事恰合。以袭人平日的地位，自不妨对宝玉略致嘲笑，一也；她自然地拿起汤来吹，二也；她把汤递给芳官，教她怎么吹，责备她还带着一些招呼的意思，正合袭人的身份、行为和性格，三也。晴雯尖酸，这些话算她说的，不很恰当，可见太平闲人是猜错了。本为袭人一人的事，文字连串，自无问题。

这致错误的原由，我揣想先把“袭人”误作“众人”；既曰“众人”，便又加了一“都”字，成为今本这样子。但作“众人笑道”的版本现在并没有，这无非空想，不必多说了。

错误的文字必发生矛盾，用旧式的句读或竟不句读，还可马虎得过去；若加上新式标点，这矛盾立刻突出、尖锐化起来，使你不解决它不成。按今本的文字，不能切断。切断便没有主词，立刻发生这些事“谁干”的问题。亦不能连连不断，不断只有一个主词，又发生“一齐干”的问题。无论啥事，大家一齐来。举一实例，咱们且看亚东本（新近作家出版社本大致相同）：

宝玉便就桌上喝了一口，说道：“好汤！”众人都笑道：“菩萨能几日没见荤腥儿？就馋的这个样儿！”一面说，一面端起来，轻轻用口吹着；因见芳官在侧，便递给芳官，说道：“你也学些伏侍，别一味傻顽傻睡。嘴儿轻着些，别吹上唾沫星儿。”（第五十八回一五页）

分明众人一起在吹，试问这碗汤宝玉他还喝不喝了。

这倒不怪今本标点得坏，因为照这文字，谁也无法标点得太好。基本上不是标点好坏问题，而是该不该、能不能标点的问题，也就是校勘上的问题，如本文开头所说。

就标点而论，我也有两句题外的话。自有新式标点以来，在文化事业上立功固多，造下的罪过、闹出的笑话也实在不算少了。有了标点，使你看文章比较容易明白，有时却使你更加胡涂起来，应了俗语所谓“你不说我还明白，你越说我越胡涂了”。我们不能因噎废食，但下标点的必须特别小心，看书的人也须时时警觉，自求文义，别一味依靠这拐棍儿。有些古书用新式标点根本上有困难，在这里不能多说了。

二十六　作者一七六〇年的改笔

第九回闹学堂后段，记宝玉的话，从乾隆己卯（一七五九）到一九五三年的本子，大致均同。兹录脂砚斋己卯本为例：

瑞大爷反派我们的不是，听着人家骂我们，还调唆他们打我们。茗烟见人欺负我，他岂有不为我的。他们反打伙儿打了茗烟，连秦钟的头也打破，这还在这里念什么书。

直到晚近的本子都这么写着的，好像没有错。但看脂砚斋庚辰本（一七六〇）却不如此。

大爷反倒派我们的不是听着大家骂我们还调唆他们打我们茗烟连秦钟的头也打破这还在这里念什么书茗烟他也是为有人欺负我的不如散了罢。

仔细地看，方知此本之佳，而各本皆误。尤有兴味的，己卯本那样，庚辰本这样，表示这段文字是曹雪芹在一七五九年到一七六〇年之间改动的。他为什么要这样改动？想必因这里宝玉的言语与上文事实必须相符之故。

先言各本之谬。如说“还调唆他们打我们”，但他们并没打秦钟和宝玉呵。又说“他们反打伙儿打了茗烟”，打茗烟事诚有之，不过并没有大伙儿打。几时群众起来大打茗烟呵？照这叙述，似乎他们先要打宝玉秦钟，然后茗烟进来帮宝玉，又打了茗烟，最后把秦钟的头也打破了。读者试检上文是这样的么？既不是这样，岂非宝玉在那边讹诈人，造谣生事，颠倒黑白吗！无论如何，这跟书主人宝玉的身份和个性是决不相当的。

再言庚本之佳。复引前文，加以点句：

> 大爷反倒派我们的不是，听着大家骂我们，还调唆他们打我们茗烟，连秦钟的头也打破，这还在这里念什么书。茗烟他也是为有人欺负我的。不如散了罢。

与前例相反，句句都符合事实的。“我们茗烟”四字连读，我们茗烟者，对李贵而言，犹说咱们的茗烟也。上文所谓：

> 那里经得舞动长板，茗烟早吃了一下。

则说“打我们茗烟”，当然是事实。“连秦钟的头也打破”者，是他们也不曾安心打秦钟，含有误打误撞的意思。如上文：

> 秦钟的头上早撞在金荣的板上，打起一层油皮。

书上不说金荣的板子打着秦钟，却说秦钟的头撞在金荣的板上；所以宝玉这里也只说“连秦钟的头也打破”了。连者，牵连之意。讲起茗烟的闯祸来，他说：

> 茗烟他也是为有人欺负我的。

这句话文理虽不很好，意却可通，而且也不坏。茗烟捣乱虽然不对，他也为有人欺负了他主人才这样的。宝玉话中自有回护茗烟之意。末了说：

> 不如散了罢。

这句总结，有行为上的决定性，也断不可少。若如各本“还在这里念什么书”，以仅仅商量口气作结，还是不大够的。李贵劝“哥儿不要性急”云云，针对这“不如散了罢”而发。

经过仔细分析，方知脂庚本此处绝佳，言言恰当，字字精严，口气之间妙有分寸，合于当日宝玉的身份，也合于《红楼梦》书主人的地位，其为作者最后定稿无疑矣。

二十七　林黛玉谈诗讲错了

《红楼梦》中文字有各本皆同，实系错误，又不曾被发现的。如第四十八回，香菱跟黛玉学诗，黛玉告诉她说：

平声对仄声。虚的对实的，实的对虚的。若是果有了奇句，便平仄虚实不对，都使得的。

好像不错，实则大错而特错。当真做律诗，把虚字对实字，实字对虚字，岂不要搞得一塌胡涂？难道林黛玉这样教香菱而《红楼梦》作者又这样教我们么？这是承上文"平声对仄声"，句法顺下，因而致误。恕我不客气说，恐非抄者手底之误，实为作者的笔误。语曰："智者千虑必有一失。"此殆万虑中之一失也。

我向来不赞成"以意改字"，但碰到有些情形又当别论。像这样明显的错误应当校正的。因为这儿发见的错误，不仅从做诗的实际分明看得出来，即从本书的文字说，也同样的分明看得出来。

平声对仄声，当然仄声对平声了。虚的对实的，当然实的对虚的了。这还用说吗，每样一句就足够了。试看平对仄，本书只有一句：

平声对仄声。

这是不错的。但虚之对实偏是两句：

虚的对实的，实的对虚的。

为什么？一句不也够了？下文以"平仄虚实"平列连称，这儿偏用两样的句法，岂不表示情形本有点不同。平对仄，仄对平（恕我这样噜苏地说），而实不对虚，虚不对实，所以平仄一句而虚实两句，作者偶尔笔误，忘记校正，事或有之，而文理未尝讹谬，亦无冗赘，固无伤其日月之明。其原本当作：

虚的对虚的，实的对实的。

可谓毫无疑问的了。从《红楼梦》的语法文法看，本来如此，则这样的改法既不同用做诗的方法来硬扣，亦非以意改字，只是以《红楼梦》来改《红楼梦》。而且这样性质的错误，若再不改正，未免对不起读者了。

这条例子固最浅近；惟其浅近，更值得我们的注意，因往往会失之眉睫之间也。

二十八 曹雪芹画像

曹雪芹的画像，前闻陶忆园先生说，在上海曾看见两种：（一）蒋家一直幅，（二）李家一手卷。后陶复晤蒋，蒋则云初未收藏此画。李藏手卷，顷有照片流传。据陶先生云两帧相貌相同，自属可信。画像胖胖的，微须，眉梢下垂。裕瑞《枣窗闲笔》云：

> 闻前辈姻戚有与之交好者，其人身胖头广而色黑，善谈吐，风雅游戏，触境生春。闻其奇谈娓娓然，令人终日不倦，是以其书绝妙尽致。

所记形貌，与画像又相合，可以帮助证明此画像的真实性。

李藏画卷为王南石所绘，画上却未题"雪芹"字像，只有一标签，书明悼红轩小像，系后人所题，闻后尚有跋语甚多，均未得见。顷从叶遐庵先生处得读李祖韩君致遐老一笺，述说画像者及诸题跋，节录于下：

> 曹雪芹像卷昔年曾经鸿题，后为友人借久不归，致无法钞录。上次寄呈照片，系前为《美术周刊》所摄底片重印者。当时韩附有题识一则云："此独坐幽篁图小像，乃王南石为雪芹所绘者。南石名冈，江苏南汇人，黄本复弟子，乾隆庚寅年卒（见《画史汇传》）。近人谓雪芹生于康熙卒于乾隆三十年左右，果尔，则雪芹绘此像时当在晚岁矣。题咏有皇八子（有宜园印）、钱大昕、倪承宽、那齐、穆礼、钱载、观保、蔡以臺、谢墉等，皆一时闻人。近时又经樊樊山、朱彊村、冯煦、褚德彝、叶恭绰等题跋，尤为可贵。"

其言虽不详，然因此可知画者生平、年代及题跋者姓名，此图当非伪作也。

二十九 香菱地位的改变

香菱在《红楼梦》是非常重要的一个人，她首先出场（第一回）作者特致珍重惋惜之意，名曰"英莲"实"应怜"的谐音，与"娇杏"之为"侥幸"相对待。"应怜"云云不仅对香菱一人说，实包括书中的十二钗，即大观园中一切女子而言。如十二钗之"元迎探惜"即谐音"原应叹息"，亦与"应怜"相同。作者之意非常显明的。

还有一点，香菱有列在副册或又副册的问题，在一般本子都把她列在副册之首。在脂砚斋批里则有两种不同的说法：一说在副册，又一说在又副册。这矛盾的情形表示作者对她的列入册子当时也经过一番游移的。最后大约仍把她列入副册罢。

这里牵涉到《红楼梦》一个比较基本的观念，就是在封建家庭地位高的，它不一定是赞美；地位低的，它不一定是瞧不起。而且正相反，越是占高位的，越贬斥得厉害；越是地位卑微，越对他表示同情。《红楼梦》作者就用了这个方式来初步批判了封建家庭。因此提高身份不等于褒，降低身份不等于贬，似乎颠倒，实很深刻，后来续书如高鹗的后四十回，因为同情平儿，凤姐死后便说把她扶正。这充分地表明了他不懂得曹雪芹的意思。

现在谈到香菱地位改变的问题。香菱有姨娘的身份，见于本书第十六回凤姐的话：

> 也因姨妈看着香菱模样儿好，还是末则，其为人行事却又比别个女孩子不同，温柔安静，差不多的主子姑娘也跟他不上呢。故此摆酒请客的费事，明堂正道的与他作亲。

这比袭人平儿她们的身份总要高一点。但到了第八十回上却把香菱的境遇写得非常的不堪，成为一个被虐待的小丫头了。

> 今夜令薛蟠和宝蟾在香菱房中去成亲，命香菱过来陪自己先睡。先是香菱不肯。金桂说，他嫌脏了，再必是图安逸，怕夜间劳动伏侍。……薛蟠……忙又赶来骂香菱"不识抬举，再不睡，就要打了"。香菱无奈，只得抱了铺盖来。金桂命他在地下铺睡。香菱无奈，只得依命。刚睡下便叫倒茶，一时又叫捶腿，如是一夜七八次，总不使其安逸稳卧片时。

香菱受夏金桂的压迫折磨而死，在第五回册子上原有"自从两地生孤木，致使芳魂返故乡"这样明文的，续书人不了解，以致搞错了。这早已说过，不在话下。(《红楼梦研究》四四、四五页)她的地位忽然猛跌，表面上似乎因金桂的欺凌，实际上并不如此简单，主要的还是薛蟠的态度骤然变了。何以骤变，则与宝玉有关。细看本书，其中蛛丝马迹历历可循。

第四十八回“滥情人情误思游艺，慕雅女雅集苦吟诗”，作者费了许多的力量使香菱进了大观园。在脂砚斋庚辰本有一段长批说明这创作时心理的经过，这分明是作者自己批的。他费了这么大的气力，难道果真只为让香菱学作诗吗？恐怕没有那么风雅呵。主要的要写这“呆香菱情解石榴裙”。这第六十二回原是很可注意的一回书。《金玉缘》本护花主人评曰：

> 宝玉埋夫妻蕙并蒂菱，及看平儿鸳鸯梳妆等事，是描写意淫二字。香菱叫住宝玉红了脸，欲说不说，只嘱裙子的事，别告诉薛蟠，脸又一红，情深意厚，言外毕露。

大某山民评曰：

> 香菱换裙时有人在侧，佯教宝玉背过脸去，及袭人既走，即来拉手，以后脸红脉脉，至半晌方云裙子的事。其媟嫚之痕，西江不能濯也。

试引本回最末一节文字：

> 香菱复转身回来，叫住宝玉。宝玉不知有何话说，札煞着两只泥手，笑嘻嘻的转来，问作什么。香菱红了脸，只管笑，嘴里却要说什么，又说不出口来。因那边他的小丫头臻儿走来，说二姑娘等你说话呢。香菱脸又一红，方向宝玉道：“裙子的事，可别和你哥哥说就完了。”说毕，即转身走了。宝玉笑道：“我可不疯了，往虎口里探头儿去呢。”

拿这一段文章和上文所引诸评来参看，知道他们原说的不错，不过也还没有说得很透彻，因这里又在搞微词曲笔了。表面一看似无问题，再看去便觉得不通，必须细看细想，方知作者用意的深刻。我们试想：香菱为什么要叮嘱宝玉这些话？难道不叮嘱，宝玉真就会告诉薛蟠：我曾如何如何调戏你的爱妾吗？这在情理之外，绝对不可通的。难怪宝玉说：“我可不疯了。”

这话得分“事理”和“文理”两面来看。就“事理”说，不但无此必要，而且这样写法根本上不通。就“文理”来说，又必须这样，才能表示宝玉、香菱的关系，如评家所云是也。这“事理”跟“文理”是矛盾的，而作者恰好通过这矛盾来说出他的真意所在。这里原有个破绽的。惟其有破绽，才便于读者的觉察，并非当时说话真正如此。质直言之，宝玉跟香菱有必须瞒着薛蟠的事。

再说薛蟠一边。薛蟠号为“大傻”、“呆霸王”，其实这个人的性格很不单纯，这里暂不能详说，只提出一点来。薛蟠是非常嫉妒，而且时时刻刻害怕宝玉偷他的爱妾，所以香菱进园是一个重要的关键。及她再出园，薛蟠的态度马上就变了。好像香菱直被夏金桂逼死，其实何尝如此。薛蟠真喜欢香菱，难道不会“宠妾灭妻”么？

这儿恕我提起一段怪文，一段老话，趁这机会我对《红楼梦研究》修正一点，因这段文字原系《红楼梦辨》的旧文：

> 戚本虽也有好处，但可发一笑的地方却也不少。如高本（即程刻本）第二十五回，“贾政心中也着忙，当下众人七言八语……”文气文情都很有贯串，而戚本却平白地插进一段奇文，使我们为之失笑。
>
> 贾政等心中也有些烦杂，顾了这里丢不了那里。别人慌张自不必讲，独有薛蟠更比诸人忙到十分了，又恐薛姨妈被人挤倒，又恐薛宝钗被人瞧见，又恐香菱被人臊皮，知道贾珍等是在女人身上做工夫的，因此忙的不堪；忽一眼瞥见了林黛玉风流婉转，已酥倒那里。当下众人七言八语。……
>
> 不但文理重沓，且把文气上下隔断不相连络。评者反说“忙中写闲，真大手眼，大章法！”这也是别有会心了。（第八十九页）

在这里我不赞成戚本（脂本也如此），对于脂评也不赞成，像这样的说法是浅薄的。因为那时不曾联想到薛蟠、香菱、宝玉等人的复杂微妙的关系，只觉插进这一段怪文不大通顺。现在看这段怪文仍有这样的感觉，不过认为作者原稿的确如此。这里说明“又恐香菱被人臊皮”，又明说“知道贾珍等是在女人身上做工夫的”。“贾珍等”，只一个“等”字便包括宝玉在内了。其实以《红楼梦》而论，宝玉是书主人，贾珍虽领衔反是陪客。此句若改为：“知道宝玉是在女人身上做工夫的”。便明白晓畅之至了。不过这样过于现露了，又非作者之意。必须将前后文统看，方知这段怪文大有用处，不该删去的。

香菱地位的降低是作者的特笔。他为薄命女儿抒悲，借香菱来写照。就身份而论确是贬；然而这个贬正是作者对她同情最多、最深切的地方,又最容易引起读者同情的地方,这就是褒。所谓褒,不一定封王封妃;所谓贬,不一定作婢作妾,甚至于可以反过来说。至于假如把她列入又副册呢,其理由相若,也决不是贬。看十二钗册子,以为“正”最重要,“副”次之,“又副”又次之,这是从形式上看问题。譬如晴、袭二人都在又副册,试问《红楼梦》中人物还有比她俩更煊赫的么。香菱若与之同列,其重要并不减于她为副册的首座。作者一度想把她列入又副册,恐怕是这个原由罢。

三十 曹雪芹自比林黛玉

近来人都相信曹雪芹以书中人宝玉自寓生平,甚至于有想得过分,讲得过火的,仿佛书主人贾宝玉一举一动都代表曹雪芹似的。这样的说法,非但是错误,不能解决什么,而且不必要,还会生出更多的麻烦来。我在《红楼梦简论》里曾经谈过一点,这儿只提出“曹雪芹为什么也可比林黛玉”那样的问题,来破除这类迷惘的见解。

我曾说过书中人谁都可代表作者的一部分,却谁都不能代表他的全体;又说假如宝玉的《芙蓉诔》有资格收入曹雪芹的文集,那末黛玉的《葬花诗》岂不同样同等有这样的资格么?因此有人拿林黛玉来比曹雪芹,作者且以之自比,似乎很奇怪,实在一点不奇怪。所以觉得奇怪,只为咱们被“自传说”所惑,一死儿把作者曹雪芹拴在贾宝玉的身上哩。

脂砚斋甲戌本第一回在“满纸荒唐言,一把辛酸泪”上眉批:

> 能解者方有辛酸之泪,哭成此书。壬午除夕,书未成,芹为泪尽而逝。余尝哭芹,泪亦待尽。

“芹为泪尽而逝”一句,再明白没有了,评者拿雪芹来比书中人林黛玉。按“还泪”之说见于第一回,兹录庚辰脂本之文:

> 那绛珠仙子道:“他是甘露之惠,我并无此水可还。他既下世为人,我也去下世为人,但把我一生所有的眼泪还他,也偿还得过他了。”因此一事就勾出多少风流冤家来陪他们,去了结此案。那道人道:“果是罕闻,实未闻有还泪之说。”

“泪尽”之说见于第四十九回:

> 黛玉拭泪道:“近来我只觉心酸,眼泪恰像比旧年少了些的,心

里只管酸痛，眼泪恰不多。”宝玉道：“这是你哭惯了心里疑的，岂有眼泪会少的。”

若其他黛玉每哭哭啼啼都不引了。“欠泪的泪已尽”是林黛玉有名的故事，为什么拿她比雪芹呢？不但此也，甲戌本第一回另有两条脂评，更进一步地表现了这个。

知眼泪还债大都作者一人耳。余亦知此意，但不能说得出。

眼泪还债只有作者一人知道，可见这事与作者有非常密切的关系了，这且不说。其另一条似更有关系，在“绛珠草一株”本文旁，夹批云：

点红字。细思绛珠二字岂非血泪乎。

这不但把林黛玉来比曹雪芹，简直用“绛珠仙草”来比。你怎么知道？按“血泪”之说见于甲戌本开首题诗：

字字看来都是血，十年辛苦不寻常。

血泪云云明为作者真实的自叙。绛珠即血泪的影射，其可以比曹雪芹，不但应该这样，而且是唯一可能的合理的比喻，即上文所谓“知眼泪还债大都作者一人耳”。

或者有人会说这都是批者的话，作者自己似乎不曾这样说。他有血泪，林黛玉亦有血泪，但他几时把黛玉跟自己拉扯在一块呢？不错，这是批者的话。但这样的话已分明代表了作者的意思，把“血泪”跟“绛珠”合起来看，决不算胡拉扯，这姑且都丢开。实在，作者自己也这样说了。如上引“字字看来都是血，十年辛苦不寻常”已是作者的话，尤值得注意的是上边的两句诗：

谩言红袖啼痕重，更有情痴抱恨长。

这分明上一句说林黛玉，下一句指自己。翻成白话，即“莫说美人爱哭，情痴的人亦复如此”。雪芹自己既这样说了，那“甲午八月”的评称为“泪尽而逝”，不管是脂砚还是畸笏吧，反正深得作者之意。若雪芹没有这样的意思，没有这样说过，则脂砚、畸笏之流如何能把书中的女子来比雪芹呢？

上文历历证明“的确已如此”，下文说“为什么要如此”，这样写法有什么意义。我认为这问题的解答也很必要的。

“还泪”之说本是寓言，作者借此发发牢骚而已，既非真有那么一回事，依小说里情事来讲也很不通的。据书上说，绛珠要报神瑛的恩，所以把眼泪来还他。但还了泪，神瑛有什么好处呢？没有。像《红楼梦》里林黛玉这样的哭哭啼啼，宝玉是非常的糟心。最后她“泪尽夭亡”，当然更糟。以之报恩，无乃颠倒。可是这非但是神话，且是虚而又虚之笔，用笔虽虚，感慨却是真实的。主要的意思毕竟只是：

满纸荒唐言，一把辛酸泪。都云作者痴，谁解其中味。

谩言红袖啼痕重，更有情痴抱恨长。字字看来都是血，十年辛苦不寻常。

即另一脂评所谓：

以顽石草木为偶，实历尽风月波澜，尝遍情缘滋味，至无可如何，始结此木石因果，以泄胸中悒郁。古人云，一花一石如有意，不语不笑能留人，此之谓耶。

这里说明“木石因果”并属他自己而言。石既如此，木亦当然。雪芹以黛玉自寓只在这一点上，不过“夺他人的酒杯浇自己的垒块”，并非处处肉肉麻麻将美人来比自己，像后来才子佳人鸳鸯蝴蝶派的小说一般。这一点我最后必须郑重说明的。不然，才脱了一重魔障，又掉到另一个迷魂阵里去了。

三十一　梨园装束

《红楼梦》虽是现实主义的名著，其中非现实的部分却也很多。为什么这样，我想到的有两层：(一) 浪漫主义的成分；(二) 因有所违碍，故意的回避现实。这两层也不大分得开的，皆所谓“荒唐言”是也。不明白这个，呆呆板板考之证之，必处处碰壁。譬如它的官制非明非清，它的称呼非满非汉，它的饮食未必好吃，它的活计未必好做等等。这儿举一例子，请看北静王爷的打扮。

话说宝玉举目见北静王水溶，头上带着洁白簪缨，银翅王帽，穿着江牙海水五爪坐龙白蟒袍，系着碧玉红鞓带。面如美玉，目似明星。(第十五回)

清朝“王爷”的装束吗？不是的。那又是甚么？原来这是晚明阮胡子的一身打扮，当时人讶为梨园装束的。夏完淳《续幸存录》曰：

阮圆海誓师江上，衣素蟒，围碧玉，见者诧为梨园装束。钱谦益家妓为妻者柳隐，冠插雉尾，戎服，骑入国门，如明妃出塞状。大兵大礼皆倡优排演之场，欲国之不亡，安可得哉。

素蟒袍，碧玉带，真够漂亮的呵。阮胡子既云偷自梨园，而曹雪芹偏给北静王穿上，岂无深意。像这样的“流传有绪”，真是“备致嘲讽”。

《红楼梦》一书如看呆了，认真了，果然不对；若以为失真，便怀疑它的现实性，那是更错。其实作者自己说得最明白：

满纸荒唐言，一把辛酸泪。

真与非真，当作如是观。以非现实的荒唐无稽之言来表示真情实感的辛酸之泪，这是本书的特征，种种笔法由此而生，种种变局由此而幻，而种种误会曲解亦由此而起。我常说《红楼梦》是中国有文字以来的一部奇书，读者听者恐不免稍稍疑惑，或以为卖药的自夸药灵，过甚其词；或以为空言赞美不很切实，殊不知我确有此感，只言词笨拙，不能形容其百一罢了。

三十二　宝玉想跟二丫头去

《红楼梦》多用虚笔。所谓虚笔者，指既不必符合事实，且似于书中的情理亦不允惬，或过重，或过轻，或所言在此而所感在彼，……总之他不愿意分明地说，如实地说的。为什么要这么写？动机各各不同，高低总有他的理由。如第五回说宝钗对黛玉浑然不觉，而宝钗决不会不觉。第十五回说馒头庵因发面而得名，其实何尝是那么一回事。第六十二回末，香菱对宝玉说不要告诉薛蟠，事实上宝玉本不会说的，香菱决无须叮嘱，作者有意要告诉我们罢了。第六十九回说，大夫因尤二姐的貌美着迷而用错了药，事实上是凤姐买嘱的。以上各例，有些已另文说明。

亦有后人不知虚笔的用处而妄改的，这儿举第十五回的二丫头为例：

只见迎头二丫头怀里抱着他小兄弟，同着几个小女孩子说笑而来，宝玉恨不得下车跟了他去，料是众人不依的，少不得以目相送，争奈车轻马快，一时展眼无踪。

再看程甲本，则作：

却见这二丫头怀里抱了个小孩子，想是他的兄弟，同着几个小女孩子说笑而来，宝玉情不自禁，然身在车上只得以目相送，一时电卷风驰，回头已无踪迹了。

似乎刻本改对了[1]，实在改错了。就事理说，宝玉恨不得下车跟了她（二丫头）去，这不大通，而且也不对。宝玉看了个乡下丫头就想跟了她去，不可能这样的，难怪后人要把它改了。不过这是虚笔，特用过重之笔来表示宝玉之倾倒备至。不但此也，严格说来，宝玉也未必就这样，只是作者对于田庄生活的朴素自然辛勤劳苦，有所爱好，有所憧憬罢了。我认为这有关于本书的思想性，非常重要的，还想多说几句。

这一段关于村庄的记叙描写，抄本刻本差别很多，这差别表示思想的问题。除上引文外，对照引录如下，有关系的文句均为圈出。

（一）同入一庄门内，早有家人将众庄汉撵尽，那村庄人家无多房舍，婆娘们无处回避，只得由他们去了。那些村姑庄妇见了凤姐宝玉秦钟的人品、衣服、礼数、款段，岂有不爱看的。（脂庚本）

同入一庄门内，那庄里人家无多房舍，妇女无处回避。那些村姑庄妇见了凤姐宝玉秦钟的人品、衣服，几疑天人下降。（程甲本）

刻本将贵家豪横的情形给删了，反而夸张地说劳动人民对富贵人的羡慕为“几疑天人下降”。

（二）宝玉听了因点头叹道，怪道古人诗上说，谁知盘中餐，粒粒皆辛苦，正为此也。（脂庚本）

程本删一“叹”字，将重事轻报。

（三）宝玉听说便上来拧转作耍，自为有趣。只见一个约有十七八岁的村庄丫头跑了来乱嚷，“别动坏了”。众小厮忙断喝拦阻。宝玉忙丢开手，陪笑说道：“我因为没见过这个，所以试他一试。”那丫头道：“你们那里会弄这个。站开了，我纺与你瞧。”秦钟暗拉宝玉笑道：“此卿大有意趣。”宝玉一把推开笑道：“该死的，再胡说，我就打了。”（脂庚本）

宝玉便上炕摇转作耍。只见一个村妆丫头约有十七八岁走来，说道：“别弄坏了。”众小厮忙喝住了。宝玉也住了手，说道：“我因不

---

① 这是甲辰抄本改的，程本依甲辰本，而通行刻本又依照程本。因程本较习见，故以为例。

曾见过，所以试一试顽儿。”那丫头道：“你们不会，我转给你瞧。”秦钟暗拉宝玉道：“此卿大有意趣。”宝玉推他道：“再胡说，我就打了。”（程甲本）

刻本将二丫头的“乱嚷”改为较有礼貌的“说道”；小厮的“断喝”改为较轻的“喝住了”。宝玉“陪笑”，刻本以为大可不必，不许他陪笑。二丫头说“站开了”，乃命令口气，脂评曰“三字如闻”，刻本大约亦以为对贵人失礼罢，将它删去。秦钟有调戏她之意，宝玉说“该死的”，亦删去了。

从上三个例子比较看来，再合了以前所说，作者对农村的人民和他们的生活，至少，的确很羡慕，而且表示相当的尊敬，却被甲辰抄本、程甲本以下胡乱删改坏了。

由此可知，宝玉想跟了二丫头去，不必有其事，不可无此说；似乎不近情理，实在大有情理。虚笔的用处在这里可见一斑了。

三十三　谈《红楼梦》的回目

引　言

《红楼》一书荟萃中国文字的传统优异，举凡经史诗文词曲小说种种笔法几无不具，既摄众妙于一家，乃出以圆转自在之口语，发挥京话特长，可谓摹声画影，尽态极妍矣。未知来者如何，若云空前诚非过论。即以回目言之，笔墨寥寥每含深意，其暗示读者正如画龙点睛破壁飞去也，岂仅综括事实已耶。作者自己借书中人说过，试引其文：

> 宝钗笑道：“世上的话到了凤丫头嘴里也就尽了，幸而凤丫头不认得字，不大通，不过一概是市俗取笑。更有颦儿这促狭嘴，用《春秋》的法子，将市俗的粗话，撮其要，删其繁，再加润色，比方出来一句是一句。……”（第四十三回）

窃欲以之转赠此书，若论回目尤为切至。明知管窥一豹，所见甚陋，似有所会，亦泚笔记之，聊供同人谈笑之助。举例诠明，取其较为醒豁耳。

（一）总括全书不必黏合本回之例

第一回“贾雨村风尘怀闺秀”。

这在本书已有说明：

然闺阁中本自历历有人，万不可因我之不肖自护己短一并使其泯灭也。……虽我未学，下笔无文，又何妨用假语村言敷演出一段故事来，以悦人之耳目哉，故曰贾雨村风尘怀闺秀。（新校脂本第一回）

所以第一回之目，乃全书的提纲，简单说来，作者用假语村言的写法来怀念当日的情人女友，并不必黏定本回甄士隐、贾雨村两个人的事迹。若切定本回说，情事反而不合。贾雨村既不曾怀念金陵十二钗，他不过看中娇杏丫环罢了，实无所谓"怀"，所怀更非"闺秀"。且娇杏这脚色根本上是虚的，用谐音的名字暗示倘来富贵无非侥幸而已。所谓"偶然一着错，便为人上人"，微文刺讥溢于言外。不然，娇杏偶因回顾雨村，居然做了夫人，正是不错之极了，何错之有。今本作"偶因一回顾"，想必也因为这个缘故。

（二）虚陪一句之例

第二回"贾夫人仙逝扬州城，冷子兴演说荣国府"。

回目两句，有一句虚，一句实的。第一、第二两回为全书总纲。首回说甄士隐去了，即真事隐去；次回记贾雨村谈话，即假语村言，事实不过如此。但若照此写去，每回只有一句。且"贾雨村风尘怀闺秀"既已见前，本回就得设法回避，所以改用冷子兴出面。其实荣府诸事虽从冷子兴讲来，而本回最主要的议论即古人所谓"间气钟灵"，却出于贾雨村之口，其中自有深意。并非雨村有此说法，实系作者有此意见。不然，雨村在这回书既对宝玉一流人有这样透辟的了解，但从第三回雨村到京后和荣府人交往，只贾政赏识他，雨村既不了解宝玉，宝玉又很厌恶雨村，好像作者忘却前文，失于照应。其实不然，贾雨村好比一只棋子，作者好比下棋的人，一会把它这样用，一会那样用，根本无所谓前后不符。

本回既仅此一事，而单句不成回目，只得陪上一句"贾夫人仙逝扬州城"。冷子兴已在宾位①，林夫人尤虚而又虚，所以本文只有"不料女学生

① 脂砚斋甲戌本评："此人不过借为引绳，不必细写。"

之母贾氏夫人一疾而终”这样十五个大字，即说黛玉居丧，亦非常简单[1]。在第一、第二两回所用的笔墨完全跟以后两样。看第三回写林黛玉什么光景，就明白了。

第十四回“林如海捐馆扬州城”当与此同例。不过下一句“贾宝玉路谒北静王”亦系随文点缀，而且宝玉谒北静事，大部见于第十五回，又稍不同。

（三）文字未安可见初稿面目之例

第七回“送宫花贾琏戏熙凤”。

第十三回“秦可卿死封龙禁尉”。

关于这两回，我从前曾说过：

> 言贾琏戏熙凤者乃作者初稿，（可能文字和今本不同，因为《红楼梦》本由《风月宝鉴》改写，文字是相当猥亵的。）犹第十三回本作“秦可卿淫丧天香楼”也；言周瑞叹英莲者乃是作者改稿，犹十三回之改作“秦可卿死封龙禁尉”也。其有语病亦相若，周瑞的老婆固不能省文作周瑞，秦可卿的丈夫捐得龙禁尉，似乎也不该就说秦可卿死封龙禁尉呵。这可见有些回目，都是未定之稿，作者也在改来改去之中。（《红楼梦研究》二百页）

现在我的意思也差不多。先谈第十三回，奇怪的地方并不在秦可卿封龙禁尉，而在她不曾封龙禁尉。龙禁尉五品职，书中有明文，应封宜人，而旧本皆作封恭人（作“宜人”出于后人妄改）。恭人是三品，不合于贾蓉的五品龙禁尉，倒合于贾珍的三品威烈将军的品级，可谓奇文。作者难道胡涂到连三品恭人五品宜人这样的常识都没有了，这是不可想象的。说明白了，“死封龙禁尉”正顶着原来“淫丧天香楼”的缺，完全是一回事；不过原本明书，所以回目亦明；改本删去文字自不得不改回目，却从回目与本文的违异处微示其意作为暗笔，如此而已。换句话说，作者虽取消“淫丧天香楼”这事，却并不曾改变他的作意。本回怪笔甚多，即为此，前人亦多点破，不重提了。

再看七回“贾琏戏熙凤”，我认为这是《风月宝鉴》的旧回目。虽然

---

① 同书：“故一句带过，恐闲文有妨正笔。”

"脂评"这样说：

阿凤之为人岂有不着意于风月二字之理哉，若直以明笔写之，不但唐突阿凤声价，亦且无妙文可赏；若不写之，又万万不可；故只用柳藏鹦鹉语方知之法，略一皴染，不独文字有隐微，亦且不至污渎阿凤之英风俊骨。所谓此书无一不妙。

余所藏仇十洲幽窗听莺暗春图，其心思笔墨已是无双，今见此阿凤一传，则觉画工太板。

但这可能已是进步的改写。想象这第七、第十三回的原文，色情描写显露，很有点像《金瓶梅》。后来删去"天香楼"之文，却借"笔法"点破一二；戏熙凤一回则用了"暗春"的写法（这样写法当然好一些，如脂评所说）。第十三回之目改了去，第七回没有改，作者也想改的，想改得更暗一点，甚至于做了像"周瑞叹英莲"这样不大通顺的文字，从这里可以揣测作者的心情。其结果没有改成，好在亦无大碍，就至今留下了。

"送宫花"与"戏熙凤"，照今本看来，两事偶然凑合，并没什么关连，但原本是否有大大的不同也很难说。可惜《风月宝鉴》的旧文已不可见了。以上这些话，揣想的成分原很多，不过供"谈助"而已。

（四）名字互见之例

第十二回"贾天祥正照风月鉴"。

第三十回"椿灵画蔷痴及局外"。（脂庚本）

一人的名字，或见本文，或见回目。如贾瑞在本文始终只称贾瑞，并不见贾瑞字天祥之文，但回目上却出了一个"贾天祥正照风月鉴"。这所谓互文见义，似没有特别提出的必要，不过却也有因此引起可笑的误解的。

如龄官这个人书中只叫龄官而已，亦没有其他名字，如有正本回目作"龄官画蔷"，一点不错。但其他各本都不如此：

椿灵画蔷（脂庚辰本、甲辰本）

椿龄画蔷（程甲、乙本）

程本还关合了一个龄字，庚、晋两本作"椿灵"，与龄官一名竟若不相干，岂她名椿灵又叫龄官耶？可能当初真有这么一回事，故作者随笔记之，在本文与回目中参互出现。若今传戚本作“龄官”自妥，不过要知道旧本并不如此，作“椿灵”或“椿龄”的都不算错。颇疑原作“椿灵”，程、高改写了一个字。

这名字互见正与“贾天祥”一回同例，不过彼回大家似乎看得顺眼，不觉得有问题，而这回龄官的名字便发生了笑话。如《红楼梦索隐》便从“八千龄为椿”这个典故上，疑心龄官，书上虽说她是个小女孩，实际上是个老头儿，影射清初的范承谟。因他被耿藩拘囚，在牢狱的墙壁上画来画去，写出大篇的文章。这虽是有名的故事，但如此捏合，亦可谓想入非非，疑神见鬼了。

（五）与本文相违，明示作意之例

第十五回“王凤姐弄权铁槛寺，秦鲸卿得趣馒头庵”。

回目说王凤姐弄权在铁槛寺，秦鲸卿得趣在馒头庵，地点再明白没有了。但看本文并不如此，馒头庵与铁槛寺是两个地方，明说：

> 这馒头庵便是水月寺……离铁槛寺不远。

凤姐弄权的事实与尼姑净虚勾结，得贿三千两都在馒头庵，与铁槛寺无干，书中叙述得又很分明。回目上怎么说她弄权铁槛寺呢？关于这点，我觉得从前人已说得很透彻，无须我多讲，引《金玉缘》本十五回总评：

> 凤姐弄权，因净虚而揽张、李之讼，乃馒头庵事，何尝在铁槛寺，乃上半回云弄权铁槛寺，醉语耶，睡语耶。殊不知馒头庵即是铁槛寺。写一弄权之凤姐，则凡为凤姐者无不送入馒头矣。写一铁槛寺，则送大殡而入铁槛寺者亦无不送入馒头矣。何必既到馒头方弄权耶？抑既到馒头又从何而更弄权耶？甚矣铁槛之限人也。

意思很不错，文字或稍欠醒豁。文章上只能说“王凤姐弄权铁槛寺”，决不能说弄权馒头庵。弄权馒头庵虽切合事实，在意义上却大大的不通。一个人到了土馒头里还“弄权”么？若问馒头庵里可以“得趣”么，那你得问秦钟去。铁槛、馒头虽说明是两地却只代表一个概念，即是“纵有千年铁门槛，终须一个土馒头”。引第六十三回之文：

> “他（妙玉）常说，古人中自汉晋五代唐宋以来皆无好诗，只有两句好，说道‘纵有千年铁门槛，终须一个土馒头’，所以他自称槛外之

人。”……宝玉听了如醍醐灌顶，嗳哟了一声，方笑道：“怪道我们家庙说是铁槛寺呢，原来有这一说。”

已明点这是本书主要作意之一。因此，回目的乖互，不但有意，且有深意。他故意卖个破绽，让咱们知道、觉得。那些贪财纳贿、为非作歹、害人自害的家伙或者会回头猛省罢。事实上怕不见得会，不过作者一片婆心，为尘俗痛下针砭，已算尽到心了。

这回本文里还有一个特点，不妨附带一谈，便是多用虚笔。从馒头庵一名水月寺，表示这无非镜中花、水中月。既名为水月，即无所谓地点的问题，无所谓是一是二是三，(《金玉缘》总评：“不出铁槛，便是水月，便是馒头，一而三，三而一也。”)也无所谓合与不合，这都好像痴人说梦。作者有时非常狡狯，会楞说谎话。如本回说：

原来是这馒头庵就是水月寺，因他庙里做的馒头好，就起了这个浑名。

照书直讲，馒头庵的得名，因尼姑们发馒头发得好，请问作者，真格的这样，还是骗我们的？我想他或者会微笑罢。《红楼》一书虚笔甚多，读者不可看呆了，在这里不过举一个例罢了。

（六）后人分回拟改目录不妥之例

第十七、十八合回“大观园试才题对额，荣国府归省庆元宵”。

这例表示回目不很易做，作者有时尚且为难，教咱们来搞，一定会搞糟的。

如上引脂庚本虽不分回，这目录却没有毛病。各本分回之后，拟改的目录始终没有妥帖。这可以见得回目的确有些不好做。我在《红楼梦研究》八二页上曾说戚(即有正)高(即程)二本分回的不同。

戚本之第十七回，较高本为短，以园游既毕宝玉退出为止，所以回目上只说“怡红院迷路探曲折”。至于黛玉剪荷包一事，戚本移入第十八回去。高本之第十七回，直说到请妙玉为止，关涉元春归省之事，所以回目上说“荣国府归省庆元宵”。这两本回目所以不同，正因为分回不同之故。我们要批评回目底优劣，不如批评分回底优劣较为适当些。高戚两本底分回我以为戚本好些。

虽说戚本比高本稍好一些，实在有些半斤对八两。先引两本十七、十八两回之目于下：

第十七回	大观园试才题对额，荣国府归省庆元宵（高）
	大观园试才题对额，怡红院迷路探曲折（戚）
第十八回	皇恩重元妃省父母，天伦乐宝玉呈才藻（高）
	庆元宵贾元春归省，助情人林黛玉传诗（戚）

原来这儿有两种的改法：（一）把十七、十八合回之目整个儿给了第十七回，而在第十八回上另做了一个，例如高本。（二）把合回目录两句拆散，把第一句给了第十七回，第二句稍变其形（庆元宵贾元春归省，即荣国府归省庆元宵）给了第十八回，例如戚本。虽改法似乎不同，却犯了同样的毛病：重复。高本的重复，一望可知不用说了；戚本字面上虽不重见，而事实上亦系复出。他们在怡红院迷路之事，即逛大花园的一部分。而且宝玉到怡红院后也题了"红香绿玉"匾额，这难道不是"大观园试才题对额"么？此外两本又同犯一种毛病，即大观园之赐名本在十八回，而十七回先出了目录；戚本十七回的目录更多了一个怡红院，也在第十八回才定了名的；这虽然无大关系，却也是个小错。一言以蔽之，都不妥当。

是戚、高二本改的不好吗？这也不尽然。这一段书的分回原有一个基本的困难，我甚至猜想作者当时也感到了这个，所以直到他临死，这两回始终没有分家（庚辰在曹雪芹死前两年）。从十七回到十八回这大块文章只有两回事：（一）宝玉题园中各处的匾额，（二）元宵节元春归省。所以原本这十六个字："大观园试才题对额，荣国府归省庆元宵"是情真理当，千真万确的。若分作两回书，十七回得上句，十八回得下句，而在第十七回上出大观园也不大好，事实如此而已。每回只一句不成回目，必须配上一句。配上一句呢，即毛病百出，非重复即琐细。如戚本第十七回之"怡红院迷路探曲折"，即兼重复琐细之病，若亚东初排本作"疑心重负气剪荷包"，更觉伤于琐碎。这段书在分量上过重，原该分做两回的，但实际上只是一大回书。我们将来的校本仍拟从脂庚合回，不独可存原稿之真，且各本的目录都不好，亦无所适从。假如容易出词，雪芹早已分了回，写好回目了。作者尚且为难，你我如何能成。

（七）句似未工，意义却深之例

第二十五回 魇魔法叔嫂逢五鬼，通灵玉蒙蔽遇双真（甲戌本）
魇魔法姊弟逢五鬼，红楼梦通灵遇双真（庚辰本）

这两个旧的回目殆都出于作者之手，甲戌本所作似乎是初稿，而庚辰本所作是再稿。改稿是应该要好一些，不过文字反不如初稿之醒豁，所以后来各本如程甲乙本王刻本俱从甲戌本，只有正本从庚辰本。这两稿的优劣有稍稍一谈之必要。

先就对偶来说，两稿都不够工稳，而“蒙蔽遇双真”与“叔嫂逢五鬼”尤其对不上。“蒙蔽”如何能对“叔嫂”呢？自不如用“通灵遇双真”对“叔嫂逢五鬼”还工一些，但这是末节，丢开不论。

就意义来说，两稿原也差不多，文字颠倒一下罢了。所谓“红楼梦”者即梦幻境界，即所谓“蒙蔽”。不过“通灵玉蒙蔽遇双真”者，有通灵被僧道救护之意，而红楼梦通灵遇双真，则意思很圆浑包括甚广。以下就这点来说。

这句目录好像对偶既不很工，文义也很朦胧晦涩，“红楼梦”三字写入回目也很有点儿特别。仔细想来，此句却佳。请看这一段文字：

> 那和尚接了过来擎在掌上，长叹一声道：“青埂一别，展眼已过十三载矣。人世光阴如此迅速，尘缘满目，若似弹指，可羡你当时的那段好处：天不拘兮地不羁，心头无喜亦无悲。却因煅炼通灵后，便向人间觅是非。
>
> 可叹你今日这番经历：粉渍脂痕污宝光，绮栊昼夜困鸳鸯。沉酣一梦终须醒，冤孽偿清好散场。”（脂庚辰本）

此即所谓“红楼梦通灵遇双真”也。盖大荒顽石与双真本有夙缘，自从历劫投胎，幻形入世，被多少粉侵脂涴，阅几许离合悲欢，今忽在茜纱如烟的梦境中重见故人，诚不禁感慨系之矣。持诵使其复灵，不过小说家关目，说说而已，不关宏旨。主要的是这一段感慨，作者写入回目有深情，因不能以文字形迹求之。如曰对或未工，句或未醒，虽亦似有理，毕竟搔不着痒处也。

（八）用典寓意之例

第二十七回“滴翠亭杨妃戏彩蝶，埋香冢飞燕泣残红”。

写宝钗扑蝴蝶、黛玉咏葬花诗，是很风流旖旎的一回书，而回目上却又见煞风景的特笔。不说宝钗而曰杨妃，不说黛玉却云飞燕[①]，既非记实，亦不关合本文，显明地有关于本书的微旨。原来作者对十二钗（广义的）表面上似褒多于贬，实际上非褒而不贬，而且有时贬斥得很厉害。

环燕以喻佳人，从传统的某种意义上说并非赞美之词。如李太白的《清平调》以飞燕比杨妃，本不是什么好话，相传把贵妃都给惹恼了。以本书而论，宝玉将宝钗比杨妃，宝钗冷笑了两声："我倒像杨妃，只是没个好哥哥好兄弟可以做得杨国忠的。"见第三十回。对于宝钗有微词，原不消说得。惟以飞燕比黛玉仅在这里一见。大约作者对钗黛晴袭之间确乎有些抑扬的，只不如后来评家那样露骨罢了。

在回目只此一条，本文里和这个可相提并论的，见于第五回：

> 案上设着武则天当日镜室中设的宝镜，一边摆着赵飞燕立着舞的金盘，盘内盛着安禄山掷过伤了太真乳的木瓜……

这全然胡说，全非好话，比回目又显明得多多。甲戌本脂评却说：

> 设譬调侃耳，若真以为然，则又被作者瞒过。

评者也在瞎说。读者纵低，何至于"真以为然"。说为"设譬调侃耳"，明明重事轻报。设譬固然，而又何调侃之有，后边又另有一条脂批：

> 一路设譬之文，迥非《石头记》大笔所屑，别有他属，余所不知。

他何以亦不知？究竟是怎么一回事呢？大约作者觉得太显露了，就借"脂批"来掩护一下；作者不愿叫破的，自然脂砚斋也不肯把它说漏了。脂评作用如何，且不详论。不管怎样，这两条脂评还不如甲戌本后人所加的墨笔眉批。

> 历叙室内陈设皆寓微意，勿作闲文看也。

以没有关碍，实话实说，反有一二中肯处。

以上是关于书法的比拟。至将钗黛一起抹杀这样奇怪的议论，则见于第二十一回宝玉拟《庄子·胠箧篇》：

> 焚花散麝，而闺阁始人含其劝矣。戕宝钗之仙姿，灰黛玉之灵窍，丧灭情意，而闺阁之美恶始相类矣。彼含其劝则无参商之虞矣，

---

① 各抄本，程甲乙本，王刻本均同。改作"宝钗戏彩蝶，黛玉泣残红"，大约是很晚的事。我藏的光绪己丑石印《金玉缘》本已经改了。

戕其仙姿无恋爱之心矣，灰其灵窍无才思之情矣。彼钗玉花麝者，皆张其罗而邃其穴，所以迷惑缠陷天下者也。

虽似戏发牢骚，殆暗伏后文线索。宝玉这种心思，当然代表了作者的一部分。他一方面极端崇拜女儿，一方面又似一个"憎恶女性者"。这样矛盾的心情，往往表现在《红楼梦》里，不过有明暗之别，赞美在明处，憎恶在暗地，造成了恋爱的至上观，也造成了恋爱的虚无观。情榜云："宝玉情不情"，大概指此等地方说，故事发展下去，随着客观条件的推移，暗的一面会渐渐地表面化起来，等到毁灭性占了优势，那"悬崖撒手"一回就跳出来了。尝疑宝玉之出家并非专为黛玉之死，如今程、高续书所云，惜原本既不可见，那亦无从谈起了。

（九）与本文错综互明之例

第四十四回"变生不测凤姐泼醋，喜出望外平儿理妆"。

依回目看，文义明清，这第二句"喜出望外平儿理妆"，当然是平儿为了宝玉给她理妆才喜出望外的。从本文看恰好相反，乃宝玉为平儿理妆而喜出望外也。引脂庚本之文：

宝玉因自来从未在平儿前尽过心，且平儿又是个极聪明极清俊的上等女孩儿，比不得那起俗蠢拙物，深为恨怨。今日是金钏儿的生日，故一日不乐，不想落后闹出这件事来，竟得在平儿前稍尽片心，亦今生意中不想之乐也。因歪在床上心内怡然自得。忽又思及贾琏惟知以淫乐悦己，并不知作养脂粉，又思平儿并无父母兄弟姊妹，独自一人供应贾琏夫妇二人，贾琏之俗，凤姐之威，他竟能周全妥贴，今儿还遭荼毒，想来此人薄命比黛玉犹甚。想到此间便又伤感起来，不觉洒然泪下。

所谓"亦今生意想不到之乐"，则"喜出望外"应当属于宝玉，再明白没有了。本文这么说，回目偏那么说，是闹蹩扭？还是回目的文字欠通？都不是的，此正错综互见之妙。盖宝玉固然喜出望外，平儿亦然；不过宝玉之喜在明处，故见本文，而平儿的心理作者并不曾多写，只不过如此一表：

平儿今见他这般，心中也暗暗的敁敠，果然话不虚传，色色想的周到。

正面再多说下去即不大好，故只在回目暗暗一点。详不必重，略不必轻。平儿之喜出望外或且过于宝玉。回目虽简，仍为主文，书文虽详，反是虚笔，固不必说什么背面傅粉法，亦是“空里传神，闲中着色”也。《红楼梦》一意有多少方面层次，一笔可当多少笔用，随处皆是。

又第四十六回“尴尬人难免尴尬事，鸳鸯女誓绝鸯鸳侣”，好像两句蝉联而下，指鸳鸯不肯做贾赦的妾说，实际上都暗示鸯鸳与宝玉的感情。所谓“誓绝鸯鸳侣”者，即本书所谓：

> 我这一辈子，莫说是宝玉，便是宝金、宝银、宝天王、宝皇帝，横竖不嫁人就完了。

指宝玉而言，并非指贾赦。贾赦与鸳鸯本不得称鸳鸯侣或鸳鸯偶。《金玉缘》本评曰，“所云誓绝，乃绝此人”，这是不错的。此亦系借回目叫醒本文，不过回目与本文相合，并非错综互见，与前例稍有不同耳。

（十）主文在宾位不见回目之例

第四十八回“滥情人情误思游艺，慕雅女雅集苦吟诗”。

这回说两段事：（一）薛蟠出门游历，（二）香菱入园学诗，并见于回目，可谓没有什么问题。两事之中，上一事系陪衬之笔，只为下一事作因。庚辰本有一段长评，说得最明白：

> 细想香菱之为人也，根基不让迎探，容貌不让凤秦，端雅不让纨钗，风流不让湘黛，贤惠不让袭平，所惜者青年罹祸，命运乖蹇，是为侧室。且虽曾读书，不能与林湘辈并驰于海棠之社耳。然此一人岂可不入园哉。故欲令入园，终无可入之隙。筹画再四，欲令入园，必呆兄远行后方可。然阿呆兄又如何方可远行？曰名不可，利不可，正事不可，必得万人想不到自己忽一发机元事方可，因此思及情之一字及呆素所误者，故借“情误”二字生出一事，使阿呆游艺之志已坚，则菱卿入园之隙方妥。回思因欲香菱入园，是写阿呆情误，因欲阿呆情误，先写一赖尚华，实委婉严密之甚也。（脂砚斋评）

仔细看来，本回的最重要的意义非但不在薛蟠出门，而且不在香菱进园，而另有所在。当薛蟠去后香菱方要入园，中间有一横插笔，碰见平儿，从平儿口中说出贾赦、贾雨村与石呆子的事，暴露贾家的如何勾结官府，欺压良善，迫害人命，用笔非常犀利。作者借了贾琏来骂贾赦：

为这点子小事，弄得人坑家败业，也不算什么能为。

贾琏本来够糟的，却被他父亲给抬起来了。作者甚言贾赦之恶，连他儿子都看不过。又借平儿来骂贾雨村：

平儿咬牙骂道："都是那贾雨村什么风村，半路途中那里来的饿不死的野杂种，认了不到十年，生了多少事出来。……谁知雨村那没天理的听见了，便设了个法子，讹他拖欠官银子，拿他到衙门里去，说所欠官银，变卖家产赔补，把这扇子抄了来，作了官价送了来。那石呆子如今不知是死是活。"

"不知死活"不过一句冠冕些的好听话，其实他早已死了。这是本回的主文，却当作插笔书用，作者有意或无意地这样做，都可以谅解的。既搁在宾位，便亦不出回目。若上引脂评，虽委宛动人却不得要领，读者自应分别观之。须知本书不但作者时时给我们当上，评者也会帮着作者使咱们上当呵。

（十一）词藻表现意境之例

第四十九回"琉璃世界白雪红梅，脂粉香娃割腥啖膻"。

意、意义，境、境界，用词藻来表现它，词藻并非空设。

本书虽现实意味很浓，但现实性不排斥想象。通过了想象，与它融会，表现了更高度的现实。如"琉璃世界白雪红梅"气魄何等开阔，景象何等清净，沾滞在北京有无这样的风景一点来讨论，怕没有什么用处的。北京纵然没有，中国之大岂能没有，这就够了，决不能说作者违反了现实。

作者生平虽多住在北京，看他的朋友赠诗，有"秦淮残梦"、"扬州旧梦"等句，他非但到过江南，而且有些陈迹往事，何况他家三代为江宁织造，所以《红楼》一书实将南北的人情风物，冶合为一个整体。书记贾府的"末世"当在北京，本书又名"金陵十二钗"（金陵指广义的江南，并非专指南京。第二回林如海出场，称为"本贯姑苏人氏"，甲戌本评曰，"十二钗正出之地，故用真"。可见金陵包括苏州，即江南之代用语也）。其为江南佳丽可知，何尝只是梳两把头的旗下贵女呢。再说，这"金陵十二钗"一词跟"秦淮八艳"有些仿佛的。

人物如此，风景可知。像大观园这样的园林岂北京本地风光所能范围。看元春题诗，“天上人间诸景备，芳园应锡大观名”，至少是全国性的，而且是理想性的。所谓“琉璃世界”显然受了佛教西方极乐世界的暗示。有人对我说，《红楼梦》一书不但有南边的空气，江南的情趣也很重，他举黛玉引诗“留得残荷听雨声”为例，（北京当然有荷花荷叶，不过这就情趣说）我想这是对的。此外还有一条可以帮助说明大观园为南北园林的综合，即有正本第四十九回的目录作：

白雪红梅园林集景，割腥啖膻闺阁野趣。

作者明知北方不可能有这样风景的，所以才说“集景”，若非会合南北风光，何谓集景呢。

女儿们大吃鹿肉，野意野趣，固甚风流洒脱，但以“割腥啖膻”对“白雪红梅”两两相形，作者宁无微意？就借黛玉说道：

罢了，罢了，今日芦雪庵遭劫，生生被云丫头作践了。我为芦雪庵一大哭。

至于说了，旋即抹去，惯弄狡狯，固《红楼梦》之长技也。

（十二）字义深隐，仓卒难明之例

第五十七回“慧紫鹃情辞试忙玉，慈姨妈爱语慰痴颦”。

宝玉为什么叫“忙玉”？奇怪得很，怕是错字罢。我说，非但不错，而且很好。这事说来话长，我也经过一些曲折才得到这样的结论的。本节标目曰“仓卒难明”，并不敢说别人难明，这指我自己说的。

各本大抵均作“试莽玉”，也有作“试宝玉”的。一般的意见，认为“莽玉”不错，我最初也这样想的。我的想法有三步：（一）认“忙”为“莽”之误。（二）从版本上知道“忙”字不错，那“莽”字自然错了。（三）经过谈论，才知道“忙玉”之所以为佳，且非它不可；莽玉的何以不通。这思想转折的经过在这里自不能详说，只把我最近见到的说出来。

先假定为“莽玉”，得问宝玉莽在那里？本回说他摸了紫鹃一把，难道就算他鲁莽吗？还是他曾面向黛玉求婚呢？这些解释显然不通，只有一个解释：宝玉实心眼儿，鲁莽地轻信紫鹃的谰言致大发痴病，故称为莽。这才比较可通。然而这“莽”的形象，均发生在紫鹃试他以后，并不在受试以前。宝玉工于体贴女儿们的心情，二百年来，可谓通国皆知，未试以前，何尝莽呵。紫鹃要试他的心，自有不得不试的原故。紫鹃若早知他这样心直情多，给了一根针当作棒槌看，如本回所示，也就不必试了。

把莽玉撇开，才能够明白忙玉之忙的真意。“忙”是未试以前的宝玉形景，这字是有来历的，见第三十七回宝钗给下的考语：

你的号早有了，“无事忙”三个字恰当得很。

咱们让宝钗来做注解，再好没有了。宝玉不又叫“富贵闲人”（亦见三十七回），何忙之有？宝钗回答得好，“无事忙”。语含讽刺，精绝妙绝。懂得这“无事忙”三字之形容宝玉如何传神，则忙玉之所以为忙玉，自然迎刃而解，无须多说了。

盖宝玉之为人，虽一往情深而波澜千尺，偶遇佳丽，便要瞎张罗一起的，如游蜂浪蝶，处处沾花惹草。怡红公子这样的忙忙碌碌的生涯，若钗若黛均平日深知。宝钗已谥之曰“无事忙”，而黛玉尤不放心。紫鹃的不放心，当然是黛玉的不放心。紫鹃之试玉虽非黛玉授意，她也是体贴了黛玉的心才这样干的，回目所以曰“慧紫鹃”。不然，闯这样大祸，应当说莽紫鹃才对，何慧之有？

简简单单只有一两句话。惟其为貌似泛爱不专之“忙玉”，才有一试之必要，若确知其为情有独钟之“莽玉”，压根就不消试得。故忙之一字非凡贴切，莽之一字绝对不通。

话可又说回来，把贾宝玉唤作“忙玉”，骨子里虽精绝，表面上够怪的，若非体会全书，仅就本回看来，自容易疑为“莽”之音误，亦不足深病。我从前也这样想过的。幸而脂庚本上文字分明，证据确凿，不然，怕谁也会搞错的。这亦可见《石头记》文字很不易读。“忙”字用得这样古怪，显出于原稿；若非作者，谁也想不到这样古怪的用法的。

（十三）似一句自对各明一事，实两句相对，以上明下之例

第五十八回“杏子阴假凤泣虚凰，茜纱窗真情揆痴理”。

这一回目似乎本句自对，如以“假凤”对“虚凰”，“真情”对“痴理”，一句说明一事；实际上并不如此，上下两句相对，主要的对偶，以“假凤”对“真情”（真对假是《红楼梦》的主要观念），而上句之义已包于下句之中，下句之义即由上句而来，仿佛又像诗中的流水对。即以对偶论，亦交互错综，变幻之至。当然不止此，上段述藕官与药官的同性爱，所以说“虚”

说“假”，但宝玉对女儿们的情恋是真的，所以说“真情”、“痴理”。翻成白话，即以虚假的恋爱明真实的感情道理。就回目的本身说，不过这样简简单单一句话罢了。若讲到本文如何写，却很繁复，以下预备多引原文，非如此不能明了。因本回在《红楼梦》里是特别重要的一回，尤其八十回后的原稿“迷失”了，关系就更大——牵涉到黛玉死后，宝玉究竟取怎样一个态度的问题。

先要详察本回登场扮演的脚色，书上载明：

> 将正旦芳官指与宝玉，将小旦蕊官送了宝钗，将小生藕官指与了黛玉。

这似乎也看不出宝、黛、钗三人的关系。他并不曾将小生指给宝玉，而把两个旦色分给钗、黛呵。这样一来便成笨伯，岂是《红楼梦》文字。将蕊官指给宝钗，这一句是老实的，将芳官给宝玉，藕官给黛玉，这两句是巧妙的。先要把这三个登场脚色正变的情形分别清楚了，才可以读下去。

本回上半虽系虚幻之情，空灵之笔，而开首写“杏子阴”一段感慨甚深，关注全书，已非泛泛，试抄这一段：

> 宝玉便也正要去瞧林黛玉，便起身拄拐辞了他们，从沁芳桥一带堤上走来，只见柳垂金线，桃吐丹霞，山石之后一株大杏树，花已全落，叶稠阴翠，上面已结了豆子大小的许多小杏。宝玉因想道，能病了几天竟把杏花辜负了，不觉到“绿叶成阴子满枝”了。因此仰望杏子不舍。又想起邢岫烟已择了夫婿一事，虽说是男女大事不可不行，但未免又少了一个好女儿，不过两年便也要绿叶成阴子满枝了。再过几日这杏树子落枝空，再几年岫烟未免乌发如银红颜似槁了，因此不免伤心，只管对杏流泪叹息。正悲叹时，忽有一个雀儿飞来落于枝上乱啼。宝玉又发了呆性，心下想道：这雀儿必定是杏花正开时，他曾来过，今见无花，空有枝叶，故也乱啼。这声韵必是啼哭之声，可恨公冶长不在眼前，不能问他。但不知明年再发时，这个雀儿可还记得飞到这里来与杏花一会了。

情文相生，自系妙笔，虽指邢岫烟说，实在岂只她一人。但咱们却不知这故事怎样发展下去，怎样用人物来表现这感慨。看他又这样说：

> 正胡思间，忽见一股火光从山石那边发出，将雀儿惊飞，宝玉吃

一大惊。

我们不禁也吃一大惊,下叙藕官烧纸不用说了。宝玉帮助藕官斥退婆子之后,便问藕官究竟是怎么一回事。

藕官因方才护庇之情感激于衷,便知他是自己一流的人物,便含泪说道:“我这事除了你屋里的芳官并宝姑娘的蕊官,并没第三个人知道。今日被你遇见,又有这段意思,少不得也告诉了你,只不许再对人言讲。”又哭道:“我也不便和你面说,你只回去背人悄问芳官就知道了。”说毕,佯常而去。

这一段话有很重要的一点,说“除了芳蕊并无第三人知道”;又说“背人悄问芳官就知道了”。蕊官是她(当作他)恋爱的对象,芳官又是什么呢?这里应当看做芳官与藕官即一人的化身。这样就把这上面迷惘的公式给解决了一大半。下文接说:

宝玉听了心下纳闷,只得踱到潇湘馆瞧黛玉,益发瘦的可怜,问起来比往日已算大愈了。黛玉见他也比先大瘦了,想起往日之事不免流下泪来,些微谈了谈,便催宝玉去歇息调养。宝玉只得回来,因记挂着要问芳官那原委,偏有湘云、香菱来了。

这段看黛玉的文字似乎闲笔、插笔,都不是的,实系正文,看完本篇就明白了。以下穿插了许多情节,到最后宝玉才有机会问了芳官:

芳官笑道:“你说他祭的是谁,祭的是死了的药官。”宝玉道:“这是友谊也应当的。”芳官笑道:“那里是友谊,他竟是疯傻的想头,说他自己是小生,药官是小旦,常做夫妻,虽说是假的,每日那些曲文排场皆是真正温存体贴之事,故此二人就疯了,虽不做戏,寻常饮食起坐两个人竟是你恩我爱。药官一死,他哭的死去活来至今不忘,所以每节烧纸。后来补了蕊官,他们俩一般的温柔体贴。我也曾问过他,得新弃旧的。他说,这又有个大道理,比如男子丧了妻,或有必当续弦者,也必要续弦为是,便只是不把死的丢过不提,便是情深意重了。若一味因死的不续,孤守一世,妨了大节,也不是理,死者反不安了。你说可是又疯又呆,说来可是可叹。”宝玉听说了这篇呆话,独合了他的呆性,不觉又是欢喜又是悲叹,又称奇道绝,说:“天既生这样人,又何用我这须眉浊物玷辱世界了。”

看他这样“称奇道绝”,“独合了他的呆性”,藕官的意思显明代表了宝玉的意思。她跟药官的关系，显明是宝黛的关系，她跟蕊官的关系，显明是黛玉死后，钗玉的关系。咱们平常总怀疑，宝玉将来以何等的心情来娶宝钗，另娶宝钗是否“得新弃旧”。作者在这里已明白地回答了我们：嗣续事大必得另娶，只不忘记死者就是了。这就说明了宝玉为什么肯娶宝钗，又为什么始终不忘黛玉。作者圆满地将这“假凤泣虚凰”来表现这真情揆痴理。揆者量度之意，即人世一切的道理，必须要用感情来量度它，回目上说得再明白没有了。不过宝玉之情虽属真情，而宝玉之理只是一种痴理而已。

这已够分明了，譬如把登场人物改排一下，尤一目了然。

藕官给了宝玉，蕊官给了宝钗，药官给了黛玉。

上文说过，果真这样一个代表一个，未免太呆板、太显露了。作者因此稍稍移动了一下：蕊官一句不动，把藕官的替身芳官给了宝玉，而藕官本人反在黛玉处，她情侣药官早死了。如此一变换便有错综离合之妙，顿觉文有余妍题无剩义。

回看“杏子阴”一段明似写景，已到正文，其无端枨触，寄意甚深。“绿叶成阴子满枝”固然可叹，“乌发如银红颜似槁”尤其可叹，殊不知还有“茜纱窗下我本无缘，黄土陇中卿何薄命”哩。“茜纱窗”三字不见正文，这里用来对“杏子阴”好像拼凑，其实不然，不但叫起七十八回《芙蓉诔》，七十九回宝黛对话（修改《芙蓉诔》），笔力已直贯本书的结尾。书虽未完，却也可从此想见不凡了。

正文已入神品固不待言，即以回目论，用心之深，叹观止矣。

（十四）不见全书，回目点破之例

第六十三回“寿怡红群芳开夜宴，死金丹独艳理亲丧”。

本书状美人，有虚实明暗种种写法，不及备说，却有一个最特别的写法须一表的，即尤氏之是否美及其如何美，全书一概没有，只在本回上用“独艳”点明。记得从前曲园先生曾谈及《红楼》，说尤氏是很美的，想必也根据这回目罢。

前文曾说，详不必重，略不必轻，回目之文必不会长，正当作如是观。万绿丛中一点红，原非常突出；以“独艳”对“群芳”又是很有分量的。且尤氏之美，从她的得姓亦可以知道。本书六十六回宝玉讲起二尤，“真真一对尤物，他又姓尤”已明点出来。二尤如此，则尤氏可知矣。

像这样的笔法，的确有点像《春秋》了。作者小题大做，难道专为写尤氏的美貌？当然别有用意的。

我以为本书是以《风月宝鉴》和《十二钗》两稿凑合的。《风月宝鉴》之文大都在前半，却也并非完全在前半部。若宝玉、秦氏，凤姐、贾瑞，秦钟、智能等事固皆《宝鉴》旧文，但下半部也是有的，如贾敬之死只尤氏理丧以及二尤的故事，疑皆《风月宝鉴》之文。仔细看去，文章笔路也稍微有些两样，不知是我神经过敏否。

“死金丹独艳理亲丧”实和“玉熙凤协理宁国府”遥遥相对。叙贾敬之死与秦氏之死，对文还多，兹不详列。《红楼梦》有一个人物，老在暗地里，非常隐晦的，即贾敬是。如贾赦、贾珍之恶不言可知，贾政之假正经亦不言可知，惟独贾敬不大引人注意，作者却在《红楼梦》曲文里给点破了，所谓“箕裘颓堕皆从敬”，将贾氏一门种种罪恶归狱于贾敬，文笔深冷之至。尤其应该注意，此句用合传法写在秦氏曲中，殆所谓上梁不正下梁歪欤。脂评虽说得是，后人却尽有不解的，认为贾敬有什么错呵[①]，亦可见深隐之笔，每不被时人所知。若体会了这句话，则本回及以下各回便迎刃而解了。

仅就尤氏之美着想，自未得作者之心，却也算找着了一条线索。区区一尤氏，其为美恶皆属寻常，何必深文。既有深文岂无微意，再思再想，就明白了。

（十五）回目直书，正文兼用曲笔之例

第六十九回“弄小巧用借剑杀人，觉大限吞生金自逝”。

尤二姐之死，一曰“杀人”，二曰“自逝”。到底她自杀还是被杀呢？缘凤姐有必死二姐之决心，故归狱凤姐，称为“杀人”，老当之至。

回目跟正文仿佛《春秋》经传的关系。这里回目用直笔，正文兼用曲笔。如杀人之法为“借剑”，而“借剑杀人”书中有的。

---

① 甲戌本脂评：“深意他人不解。”又曰：“是作者具菩萨之心，秉刀斧之笔，撰成此书，一字不可更，一字不可少。”己卯本此句作“箕裘颓堕皆荣王”，归罪于荣国府的王凤姐，后人妄改可笑。

凤姐……用借剑杀人之法，坐山观虎斗。等秋桐杀了尤二姐，自己再杀秋桐。

似乎并无曲直之异，却正相符合了。不过二姐之死并非完全由于受秋桐的气，被她所害，主要的由于胎被打下了。书上说：

况胎已打下无可悬心，何必受这些零气，不如一死到还干净。

其记打胎之事，多遮掩之笔，荒唐之文。如胡君荣之来也，只说：

谁知王太医亦谋干了军前效力，回来好讨荫封的。小厮们走去，便请了个姓胡的太医名叫君荣。

果真这样，是小厮们走去便请了来么？最大的关键在于药误。书上又这样记胡医的胡涂，才用错了药：

尤二姐露出脸来，胡君荣一见，魂魄如飞上九天，通身麻木一无所知。

今人假如这样写小说，我想医生工会要提抗议的，难道真见了美色，即一无所知吗？况且贾琏已说过：

已是三月庚信不行，又常作呕酸，恐是胎气。

本家这样明说，医生虽庸，何至置若罔闻。况胡医既恋二姐之色，以常情论，用药必更郑重，何至于违反贾琏之意，一死儿用定了虎狼药呢。

到后来闯下了祸，贾琏查问，不过这样说：

急的贾琏查是谁请了姓胡的来的。一时查了出来便打了半死。

到底查出了下落没有呢？如果查不出来，为什么查不出来呢？

这很显明，这大段的叙述虚头很多，事实上有大谬不然者。请胡君荣的小厮乃凤姐授意的，而胡医坚决用打胎的药殆出于凤姐的贿嘱。胡医虽庸，但这儿与庸或不庸无关；他虽姓了胡，与胡涂不胡涂亦无关，循文细诵即可明了。凤姐害人的行为书多明叙，这儿忽改用暗场，必有深意。况在五十一回目录先出“胡庸医乱用虎狼药”，好像胡医一向这样乱七八糟的，他用错了药打下胎来不足为奇，千里伏线，早为本文占了地步。

打胎之事关系尤二姐之死，却不见于回目；回目所谓“借剑杀人”，包括胡医用药在内可知。回目上既已明说二姐被凤姐杀害，正文改用暗场什么缘故？难道回护凤姐么？再看本文这一段就明白了。

凤姐比贾琏更急十倍，只说：“咱们命中无子，好容易有了一个，又遇见这样没本事的大夫。”于是天地前烧香礼拜，自己通陈祷告，说：“我或有病，只求尤氏妹子身体大愈，再得怀胎生一男子，我愿吃长斋念佛。”

她要吃长素念佛，保佑尤氏妹子生男，咱们信不信？下文接说：

贾琏众人见了，无不称赞。

明明真人面前说谎话哩。荒唐肉麻到如此，作者岂有不感觉之理，盖借以形容凤姐之恶耳。若上边不用暗场，这一段文字便安插不下了。不但本回如此，即六十八回凤姐骗赚尤二姐，句句通文达道，口口声声自称奴家，正亦此意。

须知回目用直笔者，断凤姐之毒辣；正文用曲笔者，状凤姐之虚伪；言非一端，各有所当，实为互明，并无两歧。甚言凤姐之恶，已情见乎词，非但不曾替她回护，而且进一步去批判她。

（十六）叙次先后颠倒之例

第七十九回“薛文龙悔娶河东狮，贾迎春误嫁中山狼”。

按回目薛蟠之娶在前，迎春之嫁在后。本文呢，先叙迎春将嫁，宝玉感慨赋诗，后碰见香菱，说出薛蟠娶亲一事，其叙述程序恰好先后相反。

以上十五例的说明，大都出于我个人的看法，本节完全依据庚辰本“脂评”，且有作者自评之可能。原文抄写讹误极多，略以意校正，引录如下：

此回题上半截是“悔娶河东狮”，今却偏连“中山狼”倒装，工(致)细腻写来，可见迎春是书中正传，阿呆夫妻是副。宾主次序严肃之至。其婚娶俗礼一概不及，只用宝玉一人过去，正是书中之大旨。

这文大体上还算明白。我想有些问题大家会提出的，既然正文的“宾主次序严肃之至”，那末回目为什么颠倒叙次呢？是否把这宾主次序搞乱了呢？若作“贾迎春误嫁中山狼，薛文龙悔娶河东狮”岂不符合正文，一切都对了么？这些疑问，如不细看本书也很难回答。我以为回目应当肯定的。

第一，回目依据本事而来，不能改写。按本回的故事虽迎春待嫁在先，薛蟠之娶在后；但金桂河东狮吼之威本回之末已见大凡，而七十九回书上于迎春只言其将嫁，未言其已嫁，更别提误嫁什么中山狼了。其事见于第八十回。事实既先河东狮而后中山狼，回目自然不得不如此，无所谓错误。

第二，脂评所谓“宾主”，虽从次序说，也并不限于次序，更有文章风格的关系，所谓“工致细腻写来”。用这样的风格来表示“主位正传”，并非先主后宾这形式所能束缚的。既然这样，回目的先薛蟠而后迎春，并不会搞乱这宾主关系可知。

第三，就回目说，上下句法的先后排列，非即重轻的区分。以本书而论，如第二、第三、第十、第五十八、第七十八回重点均在下一句。此外，还有重点在上一句的，也有不分轻重平列的。回目本不以上下句分“轻重”，自亦无关于“宾主”了。

以上说明，回目正文虽次序互倒，而意不相违。脂评里更有一些值得注意的话，稍费解释。如曰：

> 今却偏连中山狼倒装。

按“中山狼”事不见本回，而回目逆探下文连类书之，故曰“偏连”。“偏连”者，本不连而把它连起来也。何谓倒装？“倒装”者，无论就回目、就本文看，迎春误嫁事均在后，今却将其待嫁情形先作一冒放在薛蟠将娶以前，故曰倒装。此外还有一句：

> 只用宝玉一人过去，正是书中之大旨。

文理似欠通顺，意却甚精。宝玉到紫菱洲一带徘徊瞻顾，另有脂评云：“先为对竞（境）悼颦儿作引。”这里方见作者真意。阿呆夫妻其非正传不必说了，即迎春之为正传，脂评虽这般说，还是相对的虚笔，直引起宝玉追怀黛玉，才是真正的正传呵。所谓“书中大旨”指此而言，若阿呆之与二木头，河东狮之与中山狼，亦伯仲之间耳，又何必斤斤较量其孰为宾主耶。

是脂评虽佳，每多虚笔，却借此看出作者写定本书，安排回目，的确费了一番苦心。有好几回书，至今犹缺回目，则当时下笔郑重可知。今日虽作闲谈，亦谈何容易。以上诸例若有一二中肯处，也只好算蒙对了罢。

馀　　文

引言提到的熟故事恕我引用全文。《宣和画谱》曰：

> 张僧繇尝于金陵安乐寺画四龙不点目睛，谓点则腾骧而去。人以为诞，固请点之。因为落墨，才及二龙，果雷电破壁，徐视画已失之矣。独二龙未点睛者在焉。

回目的作用也仿佛如此，只未免说得过于神奇耳。

要了解回目的做法，先要了解回目的三种最基本最简单的情况：(一)文字总比较简短，(二)上下两句相对，(三)与正文有密切的关系。根据这三点来说：从(一)，须用最精简的文字，于是有了"炼字"和"用典"；从(二)，须用骈偶的文字，于是有了"对比"与"相因"的写法；从(三)，须与正文发生配合的作用，却不一定重复，于是有了"离合"与"错综"。当然也还有别的，就一时想到的说来如此，这些都从回目的基本性质上来的。

第一点尤为凸出。回目大都没有几个字，如何能容纳拖沓的文章呢？因此有必要，也更容易接受中国文字精简的古老传统。所谓"凝炼"、"紧缩"在诗词中例子很多，不用说了。在近古的小说戏剧里却比较少用，因为这里需要的是口语流畅。若过分凝炼，便会妨害了流利之美，减弱了普及的功能。但《红楼梦》在白话小说为异军突起，非其他小说可比，它综合了、发展了中国文字语言的一切长处而自成一家。所以兼备凝炼与流畅之美，即在正文中已往往有之，在回目里凝炼的状况尤其显著。

"炼字"、"用典"同为文字的精简，而稍稍不同。典故每把一个整的故事紧缩成几个字，暗示当更多一些。如本篇第八例"环燕"即用典之例。十二例"慧""忙""慈""痴"，十三例"假""虚""真""痴"，十四例"独艳"，并炼字之例。此外本篇未及载的，如第四十二回"蘅芜君兰言解疑癖，潇湘子雅谑补余香"，今本多作"补余音"。补余香似乎费解，而含蕴却深。所谓"同心之言其臭如兰"，香字从此翻出，示钗、黛二人之交谊渐深，补余音好像易懂，其实意义反不明确。这是炼字如用典的混合型。

第二点是回目两句之间的关系，如第十一例以"割腥啖膻"对"白雪红梅"；第十四例以"独艳"对"群芳"，即是"对比"；第五例始于铁槛终于馒头；第十三例以"假凤虚凰"明"真情痴理"，即是相因。自然，第五例"铁槛"、"馒头"欲作为对比看亦未尝不可，随文立说，无须拘执也。

第三点是回目与正文的关系在本篇中比较多，如第一例贾雨村所怀乃丫环娇杏，而回目上书闺秀；第五例王熙凤在馒头庵弄权而回目称铁槛寺；第十三例本文不见“茜纱窗”，第十回本文不言尤氏美，而回目俱特笔点明，并皆“离合”之例。如第四例名字互见；第九例“喜出望外”，回目指平儿说，本文指宝玉说；第十五例，直书曲笔之异；第十六例事实叙次的不同，虽情形各别，并为“错综”之例。

本篇偶举十六例，在全书回目的比重上，不过百分之二十左右，以上概括得也很不完备，聊表大意而已。以回目论回目，固有这些情形，此外《红楼梦》本身也另有一种情形必须一表的，即有过多的微言大义。引言中曾拿它来比《春秋》经，读者或未必赞成，不过我确是那样想的。以纲目来比，则回目似纲，本文似目。以《春秋》来比，则回目似经，本文似传。上边所举回目的特点，大都可以在《春秋》经上去找的。就与本文离合这一点来说，与《春秋》经传的关系十分相似。如《左传》上明说赵穿弑灵公于桃园，而经文承晋史董狐之旧，书赵盾弑其君。本篇第十四例以“独艳理亲丧”贬斥贾敬，第十五例以“借剑杀人”归狱凤姐，用笔深冷，实私淑《春秋》得其神髓。盖作者生值专制淫威之朝，出身封建礼法之家，追忆风月繁华，历尽凄凉境界，悼红轩削稿，黄叶村著书，岂独情深，实茹隐痛，固未尝不以石破天惊古今第一奇书自命，虽托之于小说，亦只可托之于小说，妄揣其心，实有不甘于小说者，于是微言间出，幻境洞翻，读者或讶其过多，殊不知伊人自有其衷曲，所谓“满纸荒唐言，一把辛酸泪。都云作者痴，谁解其中味”；又云，“字字看来都是血，十年辛苦不寻常”，诚慨乎其言之矣。残墨未终，泪尽而逝，于今百世之下识与不识皆知《红楼梦》为奇书，宿愿之偿在于身后，作者自可无憾于九原。然而知人论世，谈何容易，若兹野人芹献，君亦姑妄听之可耳。

三十四　记吴藏残本(一)

近承吴晓铃先生借阅所藏钞本《红楼梦》四十回，原系八十回本，今缺四十一回以下。有乾隆五十四年序，出程高排本三年以前，诚罕见之秘笈也。是否乾隆时原抄固亦难定，但看本文的情形，以原抄论殆无不可。抄者非一手，乃由各本凑合而成者。

这儿先谈它的序文。作序者乃杭州人舒元炜字董园。他和他弟弟舒元炳同来北京赶考。藏校这抄本的却另是一人，舒应他的请而写这篇序，故自称为“客”，称那人为筠圃主人（筠字残半，以意揣补）。序文是骈偶的滥调，而且很长，不能全录，摘出有关系的几条。其弟有《沁园春》一词题《红楼梦》亦敷衍故事而已，无甚精采。

（一）他告诉我们，当乾隆五十四年（一七八九）还只有八十回的《红楼梦》。

> 惜乎《红楼梦》之观止于八十回也，全册未窥，怅神龙之无尾，阙疑不少，隐斑豹之全身。（舒序）
>
> 重展卷，恨未窥全豹，结想徒然。（舒《沁园春》）

（二）筠圃所藏亦只有八十回，而且这八十回是拼凑起来的。

> 于是摇毫掷简，口诵手批，就现在之五十三篇特加雠校，借邻家之二十七卷合付钞胥。……返故物于君家，璧已完乎赵舍（若先与当廉使并录者，此八十卷也）。

（三）但《红楼梦》原本是一百二十回，在这序里有两条。如说：

> 漫云用十而得五，业已有二于三分。

即八十回得了百二十回的三分之二。下接说：

> 从此合丰城之剑，完美无难；岂其探赤水之珠，虚无莫叩。

即拟用四十回将八十回配全，而且很有希望的。至于全书应该是一百二十回，序上有明文：

> 核全函于斯部，数尚缺夫秦关。

“秦关百二”原典出于《史记·高祖本纪》①，“百二”本是一百和二的意思，但“秦关百二”已是成语，流俗沿用自不必拘。此百二即一百二十之简称。

详述这第三段，因这话是很重要的，乾隆末年相传《红楼梦》原本一百二十回，这跟我以前所想到所说过的稍有不同。从他的说法有显明的两点：

（一）跟我们所说的不甚相合。我根据脂砚斋评，认原本八十回后还有三十回，合成一百十回（详见《红楼梦研究》），但他却说有一百二十回。

---

① 《史记·高祖本纪》载田肯之言：“秦形胜之国，带河山之险，县隔千里，持戟百万，秦得百二焉。”集解索隐本有两说：一、秦二万人足当诸侯百万人；二、百二，倍之意，即秦兵百万可当二百万人用。

（二）跟程伟元的话有些相合。程甲本程伟元序：

然原目一百二十卷，今所传只八十卷，殊非全本。即间称有全部者，及检阅，仍只八十卷，读者颇以为憾。不佞以是书既有百廿卷之目，岂无全璧。

我从前以为这是程、高二人的谎话，现在看来并非这样。

乾隆末年虽有《红楼梦》百二十回的传说，我们以前的说法不必因之推翻，却需要一些修正和说明。可以有下列三种不同的揣想：

（一）百二十回即百十回的传讹，因相差不过十回而已。（二）曹雪芹可能有过百二十回的计划，后来才有这样的传说。以《石头记》之洋洋大文，用三十回来结束全书，的确也匆促了些。（三）从雪芹身后（一七六三）到程本初行（一七九一）这十八年之中，有人续作四十回合于前回，冒称原著，却被程伟元、高鹗给找着了。程序所谓：

爰为竭力搜罗，自藏书家甚至故纸堆中，无不留心。数年以来仅积有廿余卷，一日偶于鼓担上得十余卷，遂重价购之，欣然翻阅，见其前后起伏尚属接笋，然漶漫殆不可收拾。

也非谎言，可能是事实，不过他买了个“铳货”罢了。这样便摇动了高续四十回的著作权，而高的妹夫张船山云云，不过为兰墅夸大其词耳。程伟元所云：

乃同友人细加厘剔，截长补短，抄成全部。

当然指的是高鹗。但他究竟写了多少，现在无法知道。以上所云也不过是我的悬想，尚留待海内学人论定。

书本是八十回，下半遗失，剩了四十回，回目应该是全的。但后人因书不全，有了完全的回目反而不好，遂将回目中间扯去五页，只剩第一至三十九，第四十回用原来第八十回的目录张冠李戴着。

回目的异文：如第三回“托内兄如海酬闺师”；第九回“恋风流情友入学堂，起嫌疑顽童闹家塾”；第二十回“林黛玉巧语学娇音”；第二十五回“通灵玉蒙蔽遇双仙”，都和各本不同。差得最多的还是第十七十八回和第八十回。我们知道，第十七十八脂本合回，作者原来未分；第八十回脂本无目，从这几回差得那么多，可见这本也出于脂本，来源很古的。

第八十回作“夏金桂计用夺宠饵，王道士戏述疗妒羹”，和通行本有正本均不同。第十七回下作“荣国府奉旨赐归宁”，第十八回作“隔珠帘父女勉忠勤，搦湘管姊弟裁题咏”，亦和各本不同，而十八回之目差得尤多。因这不仅是回目之异，且有分回的不同。原来脂本并不分回，因此后来各本分回以己意为之，如通行的程刻本系统和有正戚本，其十七十八回目均互异。回目所以不同，正因分回不同之故，我在《红楼梦研究》（八二页）曾经说过。

以十七回作标准，有正本最短，到宝玉出园为止，不包括黛玉剪荷包等事，所以它的目录作“大观园试才题对额，怡红院迷路探曲折”。程本长了一些，包括预备归省，到请妙玉为止，所以它的目录下句作“荣国府归省庆元宵”，似乎与十八回的上句“皇恩重元妃省父母”重复。程高之意，大约以为十七回乃归省之准备，故就荣国府说；十八回为归省之实现，故就元妃说，似不怎么妥当，却也无可如何。

这残本回目的异文已如上引，它的分回跟上两类都不同。第十七回特别的长，直叙到元春回家，石头大发感慨为止，故目录下句有“赐归宁”之文。第十八回从元春进园开始，遂有“隔珠帘父女勉忠勤”之说。总括地说，这三种本子的目录都相当地配合了本文，很难说那一个最好。不过残本分回自成一格，可见这本确在程高排印以前，与戚本相先后，其时《石头记》尚在传抄中，未有固定的面貌，可以自由改动的。——虽然有些地方是妄改，详见下文。

谈到本文的异同，自非短文所能列举，王佩璋同学已将全书校录了，这儿拟就第一回和第五回又第十三十六回谈一谈。

第一回记甄士隐看见太虚幻境的牌坊，上有七言对联，看《红楼梦》的大概都记得，即“假作真时真亦假，无为有处有还无”。却不道这本偏是五言：

色色空空地，真真假假天。

有人说大约从城隍庙里的“是是非非地，明明白白天”偷来的，殆非《石头》原作。这且不去说他。尤特别的到第五回上贾宝玉游太虚幻境，看见对联，又改回七言的原词，难道幻境换了楹帖吗，当然不是的。

这事证明这残本并非一个整的抄本，乃是杂凑而成。舒序已明说，而且第五回抄写的笔迹，亦跟第一回至第四回的迥别，尤为明证。

第十三回记秦可卿的死，本有个老问题，即“无不纳罕都有些疑心”，脂本、程甲本都作“疑心”，而程乙本以来改作伤心，这问题算已解决了。

这本不但作“疑心”，在下面还多出一句话来：

> 彼时合家无不纳罕，都有些疑心，说他不该死。

这不见得是作者的手笔。但强调这“疑心”两字，说秦可卿决不是病死的，却不失作意。这又证明妄改作“伤心”，时间比较晚，大约从程乙本开始（一七九二）。有正本作“伤心”，疑亦非戚本之旧，可能近人根据刻本改的。后来的嘉庆道光本并作“伤心”。但这伤心两字并没有能够统一起来，到光绪间石印《金玉缘》本又作“疑心”，且附一条很好的夹注（见《红楼梦研究》一七七页）。从这里看出，晚近的本子反而回头有些地方跟原本接近，可见《红楼梦》的版本流传，无论在前半部或后半部，其情形都是非常复杂的。

此外这第十三回还有一个特点，古怪且近乎荒谬的异文特别的多。这个本子原近戚本，但在这回差得很多，姑录数段以供谈助，不再多费笔墨了。

如太监戴权来祭秦氏，贾珍趁势花一千二百两银子给贾蓉捐了一个五品龙禁尉，戴权走时，贾珍送他。

> 戴权在轿内躬身笑道：“你我通家之好，这也是令郎他有福气造化，偏偏遇的这们巧。”

在轿内躬身，说贾家与太监通家之好；贾蓉才死了媳妇而反说他有造化，这都是奇怪的。

又如贾珍求凤姐协理宁府这一大段，文字很特别，又添了许多，而且不见好。

> 贾珍笑道：“婶婶意思侄儿猜着了，是怕大妹子劳苦了。若说料理不来，我保管必料理的来。他料理的便是错一点儿，别人看着还是不错的。……婶婶不看侄儿，也别看侄儿媳妇现在病着，只看死了的分上罢。况且侄儿素日也听见说他们娘儿两个很好，又很疼侄儿媳妇的。”
>
> （凤姐）便向王夫人道：“大哥哥说的这们恳切，太太就依了罢，省的大哥只是着急。”王夫人悄悄的问道：“你可能么？”凤姐道：“有什么不能的，学着办罢咧。外面的大事大哥哥已经料理清了，不过里头照管照管，便是我有不知道的，再请示太太就是了，难道太太不赏我主意么。”王夫人听他说的有理，又兼着宝玉在傍边替贾珍说了

几句，王夫人便不则声。

王夫人又说："我方才不是不肯叫你大妹妹管理事件，但恐他年轻不懂事的原故。岂有一家子有事反不张罗，必定还等你再三求吗。你心里到别不好思想。"贾珍道："侄儿知道，婶婶的算计周到。"便向袖中取了宁国府的对牌出来，命宝玉送于凤姐。

这些文字与今本差异很多，读者亦必一目了然罢。

又如第十六回的结尾"秦钟之死"，通行刻本与有正本不同，我在《红楼梦研究》上（八六、八七页）曾说过。程排以下各刻本只写众小鬼抱怨都判胆怯为止，下边接一句"毕竟秦钟死活如何"，就算完了。到第十七回开场，秦钟已死了，也就是说他始终没有醒过来。有正戚本在众鬼抱怨都判以后却多了一段：

都判道："放屁，俗语说的好，天下官管天下民，阴阳并无二理，别管他阴，也别管他阳，没有错的了。"众鬼听说，只得将他魂放回，哼了一声，微开双目，见宝玉在侧，乃勉强叹道："怎么不早来，再迟一步也不能见了。"宝玉携手垂泪道："有什么话，留下两句。"秦钟道："并无别话，以前你我见识自为高过世人，我今日才知自误了。以后还该立志功名，以荣耀显达为是。"说毕，便长叹一声，萧然长逝了。

后来知道这也就是脂本的原文。看这残本第十六回的结末，众鬼埋怨都判，也有下文，既不同刻本；而文字很特别，又不同脂戚本，引录如下：

"……他是阳，我是阴，怕他也无益。"此章无非笑趋势之人，阳间岂能将势利压阴府么。然判官虽肯，但众鬼使不依，这也没法，秦钟不能醒转了。再讲宝玉连叫数声不应，定睛细看，只见他泪如秋露，气若游丝，眼望上翻，欲有所言，已是口内说不出来了，但听见喉内痰响若上若下，忽把嘴张了一张，便身归那世了。宝玉见此光景，又是害怕，又是心疼伤感，不觉放声大哭了一场。看着装裹完毕，又到床前哭了一场，又等了一回，此时天色将晚了，李贵、茗烟再三催促回家，宝玉无奈，只得出来上车回去。

这样看来，本回记秦钟的最后，便有了三种格式：（一）没有下文，次回说他已死，当然不曾醒过来（刻本）。（二）虽有下文，都判却拗不过众鬼，也不曾醒过来（吴藏残本）。（三）众鬼服从都判，放秦钟还阳，还跟宝玉说了一些话(脂本、戚本)。自当以脂本为正,程本妄删,残本却是妄改而已。

三十五　记吴藏残本(二)

一七九一程本以前,流传的抄本,就现存材料而言,大约有两种:一种是正统的脂砚斋评本,有正戚本也可勉强附在这类;又一种也根据脂本,删去评语,随意改窜的,如甲辰抄本、郑藏残本两回、吴藏残本四十回皆是。这些改窜,极大部分没有什么道理。譬如郑藏本将贾蔷改为贾义,便不大好懂,蓉蔷这一辈取名都从草字头,若贾蔷作贾义,莫非那些人用仁义礼智信来排行的么。这例说明这些抄本虽然珍贵,好处却很少,校《红楼梦》时也不能依它定字的。又知道程、高整理《红楼》,虽非原稿之真,却从此有了一个比较可读的本子,二百年来使本书不失其为伟大,功绩是很大的,即有过失,亦功多于罪,有人漫骂程、高,实非平情之论。

闲话休题,言归正传。从上文所举第一、第十三、第十六各回,其如何妄改,可见一斑。虽然妄改,所依据的却是脂本。如上言回目不同,也可以看出。即如脂本本来矛盾的地方,它也没改,尤为显证。凤姐本有一女叫大姐儿,后来在四十二回,刘老老命名为巧姐儿,谁都知道,原不成问题的,但脂本前回偏说他有两个女儿,一个叫巧姐儿,一个叫大姐儿,而且说了不止一遍,两见本书(第二十七、二十九回)。这本亦同。可见它的底本,的确也是个脂本。

至于为什么要妄改,也不好懂,妄改大约没有理由,假如有理,便也不成其为妄改了。这儿举一些可笑的零碎例子:

如第一回“锦衣纨裤之时”,作“绸裤”;第七回尤氏说,“先派两个小子送了这秦相公家去”,作“小孩子”;第十二回王夫人道,“就是咱们这边没了,你打发个人往你婆婆那边问问”,作“婆婆家”;第十六回“号山子野者”,者字本是虚字,下文作“又有山子野制度”,原不误。此本作“又有山子野者制度”,他似乎认为有个人真叫山子野者。第十八回宝玉作诗想不起典故来,“便拭汗道”,此本作“拭泪”,宝玉急得哭了。这些都是非常可笑的。

又如第十一回凤姐问秦氏的病说，“你公公、婆婆听见治得你好，别说一日二钱人参，就是二斤也能够吃得起”，改成“二两”，未免寒酸；在第十四回凤姐协理宁府，吩咐道，“这四个人在内茶房收管杯碟茶器，若少一件，便叫他四个人赔”，又作“四十个人”阔绰得没有情理。又第三回写黛玉的形容，有名的句子如“似蹙非蹙的笼烟眉，似喜非喜的含情目”，却改为“眉弯似蹙而非蹙，目彩欲动而仍留”，也并不见好。

此外有因脱误而闹笑话的。如第十四回追荐秦氏，以缺了：

> 正伏章申表，朝三清，叩玉帝。禅僧们行香。

十六个字，变为“那道士们放焰口”了。

第十九回宝玉到花自芳家，原作：

> 花自芳忙出去看时，见是他主仆两个，唬的惊疑不止，连忙抱下宝玉来，在院内嚷道，宝二爷来了！

抄者把“抱”字误写作“跪”，于是变为：

> 花自芳忙出去，看见他主仆两个，唬的惊疑不止，连忙跪下。宝玉来在院内，嚷道，宝二爷来了！

这情形够古怪的了。

所改诗句亦往往错误，如第二十三回宝玉初进大观园，赋春夏秋冬即事四首，其《春夜》云，“隔巷蟆更听未真”。乱点虾蟆，本形容更鼓，是虚说，各本已多误。此本作“蛩蟆更深听未真”，变成虾蟆跟蛐蛐在春天一块儿叫了。其《秋夜》云，“沉香重拨索烹茶”，改作“沉吟趺坐索烹茶”，宝玉一进大观园就打起坐来了。

以上所举虽东鳞西爪，很不完全，而妄改的情形已可见大凡。所以这些“异文”不过是“异闻”而已，对我们校订《红楼梦》文字的工作，用处不很多。

一九五四，三，二十二病中。

三十六　记嘉庆甲子本评语

我近来得到一部嘉庆年刻本《红楼梦》，凡百二十回，上写着“藤花榭原版耘香阁重梓”，并题明“近有程氏搜辑”云云，可见离程刻不远，下署

“甲子夏日”，当是嘉庆九年(一八〇四)的本子。这本上有许多评语，不知何人手笔，最末有“光绪十四年三月既望古越朱湛录于襄国南窗下”，这是抄录批语的姓名。这些评语都跟后来《金玉缘》本的太平闲人、护花主人、大某山民的评不同，想是嘉道年间人写的。

这些评语也不太好，每把后四十回与前八十回混合了讲，但他看本书却很细，是忠实于《红楼梦》的。现在从这本上摘录一些较好的来一谈。

(一) 第一回：“当此日，欲将已往所赖天恩祖德锦衣纨裤之时，饫甘餍肥之日，背父母教育之恩，负师友规训之德，以致今日一技无成半生潦倒之罪，编述一集以告天下，知我之负罪固多，然闺阁中历历有人，万不可因我之不肖，自护己短，一并使其泯灭也。”批曰：(以下所引都是眉批，夹行批另注出)

九十五字作一句读，惟《左传》、《史记》有此长句。

按《红楼》开首一段实为全书总批，仿佛自序性质，其中多长句。依我看，几乎一二百字可作一长句读。此批颇好。

又同回石头说话，批曰：

石言载在《春秋》，并非故作奇笔。

这合上例又说明了《红楼梦》与古史有一种关连。

(二)《红楼梦》上还有一个老问题经过多人提出，即第二回说生元春后次年生宝玉，与下文元妃省亲时说，虽为姊弟有如母子，明显地冲突；所以有的抄本，刻本如程乙本都往往改了。改得也不见得妥当。这原是很难的，且不去说他。这书批道：

次年二字误，妙在冷子兴口中演说。彼不过陪房之婿，未得其详耳。

嘉庆本偏重于程甲本。这儿用冷子兴传讹的说法，替作者圆谎，似乎也不见别人说过。虽未必是，亦可姑备一说。

(三) 第七回焦大醉骂，本书特笔，极力暴露封建大家的丑恶。焦大在这里代表了作者的意思。也有两条批语：

作者所欲言，借醉汉口中畅言之。

“有天没日”四字屈曲之甚，此诗人忠厚之遗也。

(四)《红楼梦》写衣服，每避免真正的满洲服装，当时有所违碍，不得已耳。如记北静王的一身打扮是梨园装束，明朝阮胡子的打扮，已见另文。但书上亦有用真的地方，不过写得很隐约。如第十一回凤姐在宁府天香楼看戏，批道：

上楼提衣是旂（旗）装。

虽只寥寥七字却很搔着痒处。“款步提衣上了楼”，这描写穿旗袍贵妇人的行动是非常形象化的。

（五）第十四回“享强寿贾门秦氏宜人之灵柩”，批曰：

计贾蓉年二十岁（见第十三回）秦氏不过二十上下耳。享强寿三字虚诞假借已极。此正是作者妙处。

他懂得《红楼梦》多用虚笔，也是很好的。按“四十曰强，而仕”，见于《礼记》。

（六）第十五回本书有这么一段：

老尼道：“……张家连倾家孝敬也都情愿。”凤姐听了笑道：“这事到不大，只是太太再不管这样的事。”老尼道：“太太不管，奶奶可以主张了。”凤姐笑道：“我也不等银子使，也不做这样的事。”净虚听了打去妄想，半晌叹道：“虽如此说，只是张家也知我来求府里，如今不管这事，张家不知道没工夫管这事，不希罕他的谢礼，到像府里连这点子手段也没有的一般。”凤姐听了这话，便发了兴头，说道：“你是素日知道我的，从来不信什么阴司地狱报应的……”

这里好像看不出有什么可批的。他却批得很好。在“张家连倾家孝敬也都情愿”句上批曰：

吃紧语，投其所好。

在下文总括地眉批曰：

其实发兴头在倾家孝敬句，老尼巨猾知凤姐不肯便发兴头，故将不希罕谢礼句替他撇清，再将没有手段句一激，使凤姐发兴头原不为谢礼起见也者，而凤姐喜矣，故曰便发了兴头也。

凤姐“发兴头”虽是事实，写得却很空灵。批者说得分明，她原在听了张家肯倾家孝敬便发兴头了，书上偏不这样，把它按着，留到下文老尼激发后再点出，似乎凤姐好胜负气，并非一味的贪财，给她留了一些地步，用笔实中有虚，于老辣中见微婉。评得极是。像这按语，未免蛇足矣。

（七）《红楼梦》脱胎《西厢记》，而加以灵活的运用，评者亦有一处指出。第十六回记黛玉奔丧后回来，宝玉看见她。

宝玉心中忖度黛玉越发出落的超逸了。

夹行批云：

《会真记》，穿一套缟素衣裳，合评精细固也，然尚说出缟素来。此但从宝玉心中忖度，用“超逸”字、“越发”字不觉黛玉全身缟素活现纸上。《红楼》用笔之灵往往如此。

脱胎非抄袭之谓，这也是很好的举例说明。作者写到这里，恐怕的确会联想到双文的一身缟素衣裳，不过正惟其想到了，更得回避它。下“超逸”二字得淡妆之神而遗其貌，正是作者的置身高处，非世俗的笨伯文抄公可比。这是谈《红楼梦》的传统性时不该忽略的一点。

（八）谈到大观园也有很好的批，不过他没有发挥，他的意思亦未必跟我的完全一样。近来颇有人注意大观园所在的问题，或来问到我，我每每交了白卷。大观园虽也有真的园林做模型，大体上只是理想。所谓“天上人间诸景备”，其为理想境界甚明。这儿自不能详说，且看批语。在第十七回上：

只见正面现出一座玉石牌坊……宝玉见了这个所在，心中忽有所动，寻思起来，倒像在那里见过的一般，却一时想不起那年月日的事了。

批曰：“可见太虚幻境牌坊，即大观园省亲别墅。”其实倒过来说更有意义，大观园即太虚幻境。果真如此，我们要去考证大观园的地点，在北京的某某街巷，岂非太痴了么。

（九）我常常谈到《红楼梦》多用虚笔。上文第五节批语已说秦氏“享强寿”是虚诞的。第二十八回上宝玉、薛蟠等喝酒行令，蒋玉菡酒令用了“花气袭人知昼暖”，妓女云儿告诉他这是宝玉丫鬟的名字。批曰：

云儿偏知道，奇极。非云儿真知道也。文法必如此方见生动。

这也是明通的话，当然也可以呆说：安见得云儿不知道呢？不过宝玉的丫鬟的名字，云儿实无知道的必要，文章到此必须叫醒；若用薛蟠、宝玉等人说出，便觉呆板耳。

（十）本书有许多对话是很尖锐，甚至于有些尖刻的。如第三十回宝钗说怕热，宝玉就拿她比杨妃。宝钗冷笑了两声，便说：

我倒像杨贵妃，只是没一个好哥哥好兄弟可以做得杨国忠的。

批曰：

语妙天下。元春现是贵妃，宝钗即以杨国忠比宝玉也。

这好像没说什么新鲜的，我们也可以懂得，只“元春现是贵妃”一句便坐实了《红楼梦》的现实性和批判性。宝钗当真以杨国忠比宝玉，也就是作者之意如此。无论以杨妃比宝钗，以飞燕比黛玉是贬（第二十七回），即以杨国忠比宝玉也是贬，以《一捧雪》的严家来比贾氏也完全是贬（第十八回）。《红楼梦》对贾府，对贾宝玉，对十二钗之首座钗、黛，十二钗之殿军可卿，这样的否定，我觉得现在这通行的自传说，实在有重新考虑的必要。

（十一）主张自传说的每以曹頫做员外郎，贾政也做员外郎，又引脂批“嫡真实事”，证明贾政即曹頫，贾宝玉即曹雪芹。这是比较有力的。但就《红楼梦》本书来看，对贾政、王夫人并无真正赞美之词。如第三十七回贾政“端方清肃”等语也是后人加的。《红楼》作者似并不怎么喜欢贾政、王夫人公母俩。还是雪芹对他的爸爸、妈妈感情不好呢，还是压根儿不这么一回事？这个问题暂时不易解决。

批书人对贾、王也都没有好感，得作者之意否自当别论。对于贾政的，我引两条：

王夫人护持宝玉，每将太君挡头阵，此时用此数语恰合，岂知政老提起老太太索性要绳来勒死宝玉。世之不孝不慈，而自附于道学先生者，可以鉴矣。（第三十三回）

本文是这样的：

王夫人哭道，宝玉虽然该打，老爷也要保重。且炎暑天气老太太身上又不大好，打死宝玉事小，倘或老太太一时不自在了，岂不事大。贾政冷笑道：“倒休题这话。我养了这不肖的孽障，我已不孝，平昔教训一番，又有众人护持他（夹批，‘明明是说老太太’），不如趁今日结果了他的狗命，以绝将来之患。”说着便要绳来勒死。

后来王夫人说到“夫妻分上”，贾政方长叹一声向椅子坐了，泪如雨下。批曰：

然则非看老太太分上饶宝玉，仍看夫妻分上饶宝玉，贾政果何等人耶。

说明贾政（假正）是封建社会的假道学，很明白的。其他不满贾政的话也很多，兹不详引。

关于王夫人的，我也引两条。在第三十回上称王夫人“是个宽仁慈厚的人”，眉批曰：“四字赋之。”又本回总批曰：

> 王夫人不能教子但迁怒于使婢。当时金钏跪求有“见人不见人”之语，明明示以必死；况其时金钏所云并无大过，也卒忍心撵逐。作者特下宽厚仁慈四字，赞之乎抑讥之耳(疑乎字之误)。

他解释“宽仁慈厚”是反语，虽稍迂曲，但其治王夫人、金钏之狱，我想是公平的。我们决不能说作者不站在金钏、晴雯这一面，却站在王夫人一边去。这不仅在感情上，且有思想上的问题。

（十二）第三十二回“诉肺腑心迷活宝玉”，回末总批：

> 肺腑之言宝玉至此不得不诉，然千万不可尽诉，尽诉则黛玉必至大翻，与上两次犯复；否则终不能以礼自持，坠入小家气象。作者于此千思万算出“你放心”三字来，刻骨铭心毫不着迹。黛玉不嫌唐突，佯不明白。又算出“皆因不放心”一段文字来，肺腑之言尽诉而仍不着迹。黛玉以“知道了”三字收之。宝玉肺腑之言尚留一半，却对袭人诉之，奇奇妙妙，令人不可思议。

这说得不错。有眉批一条意思重复，不录。

（十三）第四十一回写刘老老不认识八哥，称为“黑老鸹子长出凤头来”，似乎形容稍过，批者认为这是现实的。

> 余馆于吴川时，同事姚君蓄八哥，悬廊下，有挑夫数辈来均指为老鸹子，然后知北方乡里人都不认识八哥也，然后知《红楼》文字，都是真情实理，无一笔扯谎取笑也。

《红楼梦》每虚实互用，虚便极虚，实便极实。这评也说着了一面。

批者大约是南人，从有些地方不解北语看出，如第四十六回邢夫人对凤姐说：“也有叫你去的理，自然是我说去。”这本不误，“也有”云云是反语。批者不解，却说：“也字疑是那字”，可见他对北语的了解，也还不如我。但关于北京风土的也有两条。

第五十一回，“那是五两的定子”，批曰：

> 都中通用松江银，每锭五两，细甚。

第六十八回，“吩咐他们杀牲口备饭”，批曰：

> 京腔谓鸡为牲口。

虽讲得不错，这“京腔”二字用法颇奇，批者无疑是个南方人。

（十四）第四十三回“不了情暂撮土为香”，焙茗代宝玉祝告一段，批云：“焙茗滑贼，早窥宝玉之心事，与《会真记》红娘代莺莺祝告一样笔墨。”这又是摹仿《西厢》。红娘代祝，见《西厢》第三折“酬韵”。

（十五）批语也有很细的。如第四十七回薛蟠挨打以后，本文作：

忽见苇坑傍边，薛蟠的马拴在那里。众人都道：“好了，有马必有人。”一齐来至马前，只听苇中有人呻吟，大家忙走来一看。

批云：“人在苇中，如何寻得着，先听苇中有人呻吟，妙矣。人在旷野，苇中呻吟如何听得见，先看见薛蟠的马在那里。尤妙。文心之细，无一笔草率也。”

（十六）也有似乎说着，却仍被作者瞒过的。如第五十一回，胡君荣诊治晴雯，看见她的指甲一段，批曰：

此即看尤二姐之胡君荣也，使见指甲便回过头来，若见全面，又要魂飞天外矣。

胡医色迷是真，批得不错。但尤二姐之死，胡医实受凤姐的贿嘱，并非由于见了全面，魂飞天外，用错了药。作者有意在本回“胡庸医乱用虎狼药”，埋伏一根，好像庸医应该如此。见色而迷尤不足怪，其实满不是这么一回事。所以我说，在这儿评家又被作者瞒过了。

（十七）亦有因版本错误而妄批的。如第七十一回宝玉听贾政回来“又喜又愁”，这嘉庆本很特别，作“又喜又悲”（道光本仍作愁），这悲当是错字，而批者云：

子闻父归，喜且有余，悲于何有。父归见子，又有伤感之意。骨肉之间不应至此。孟子所谓，离则不祥莫大焉，可于贾政父子验之。

说贾政父子关系的疏远虽然不错，但根据这“悲”字，却是错的。这例比较简单，更有版本之误加上理解之误而妄批的。如本书第五十四回：

贾母又命宝玉道：“你连姐姐妹妹的一齐斟上，不许乱斟，都要叫他干了。”宝玉听说答应着，一一按次斟上了。至黛玉前，偏他不饮，拿起杯来，放在宝玉唇边，宝玉一气饮干。黛玉笑说：“多谢。”宝玉替他斟上一杯。凤姐儿便笑道：“宝玉别喝冷酒，仔细手颤，明儿写不的字，拉不的弓。”宝玉道：“没有吃冷酒。”凤姐儿笑道：“我知道没有，不过白嘱付你。”

批曰："凤姐排摈黛玉，于此见端。"这不但嘉庆本如此，即晚出的《金玉缘》本亦评曰："薛姨、宝钗曾同劝宝玉吃冷酒，今用凤姐劝之，直是群攻黛玉。"这都受了程、高续书的影响，造成钗凤结党群攻黛玉的观念，不必说了。其他又有版本上的问题。他们似都认为宝玉喝了黛玉的残酒、冷酒，其实不是的。

先说当时的情形，贾母本叫宝玉，姐妹的酒一齐斟上，宝玉按次斟上了，当然都是热酒。莫非独不给黛玉斟么？黛玉不喝叫宝玉代饮的，正是他刚才斟的热酒。宝玉一气饮干，又替她斟上门杯，实在斟了两杯酒。所以这"宝玉替他斟上一杯""替他"之上应该有个"又"字，以有正戚本为正，它作：

> 宝玉又替他斟上一杯。

而各本每脱此字①。缺了"又"字，便变为宝玉喝的是黛玉以前未喝的冷酒（其实这杯冷酒早已倒掉了），而这次新斟的才是热酒（其实第二杯子）。因为版本的错，引起误解；因为误解，致有妄批。上文说过，还有对本书理解的错误，不完全由于版本。

因此下文凤姐说，宝玉别喝冷酒，用意很深。宝玉回答，没有吃冷酒，这是事实。凤姐还说，我知道没有，不过白嘱付你。既知道没有，为什么白嘱付呢？讽刺之妙，含蓄之深，殆非如一般评家所言，这儿不能详说了。

（十八）第五十五回探春理家时，平儿来说：

> "奶奶说，赵姨奶奶的兄弟没了，恐怕奶奶和姑娘不知旧例。若照常例，只得二十两。如今请姑娘裁度着，再添些也使得。"探春早已拭去泪痕，忙说道："又好好的添什么。"

批曰："恐怕不知旧例，奶奶和姑娘并说；裁度添些，单请姑娘。凤姐之意，明明只照旧例，不得增添。所谓'若不按例，难见你二奶奶'，探春早已逆料及之。读者偏有议探春待生母太刻者，未知探春有不得不然，探春之于赵姨尤不得不然也。"我想，这话是对的。

---

① 脂庚辰本此句作："黛玉笑说多谢，宝玉宝玉（二字点去）替他斟上一杯。"重出宝玉两字。疑庚本"宝玉"之下有一"又"字傍注，而抄者以为这"又"字代"宝玉"两字的，遂写为"宝玉宝玉"了。

关于探春理家还有一条。第五十六回总批：

> 历朝有言利之臣，则国脉已伤；治家而搜括小利，则元气将绝。大观园系元妃行幸之所，原宜随时修理，谨敬封锁。兹奉命将姐妹们各住一院，既不令佳人落魄，又不使花柳无颜，而乃因赖大家花园中出息，搜括大观园中微利，此探春之败笔也。作者并不说破一字，下文五十九回特写“嗔莺叱燕”一篇，以见气象之难堪。大观园从此日形萧索矣。

他以为本回系贬探春。第五十六回总批说她“荣府人材完璧，而作者犹不满之，故接写兴利除弊一篇，以著白圭之玷”，意尤明显。得作者之意否，却大有商量之余地。“大观园从此日形萧索”，固是事实，而贾府倾颓之势已成，归罪探春不亦稍过。况五十六回目录作“敏探春兴利除宿弊，贤宝钗小惠全大体”（亦有作“识宝钗”者），似系赞美，并大贬斥。虽回目与本文有互见之例，但本文里也看不出贬词来，他所谓“并不说破一字”是也。所以这不过评者的一种看法而已。下半部文章从这里开始，大观园中因此生出多少是非，却是真的；若说是探春的过失，恐作者未必有这样的意思。

（十九）在第五十六回“甄贾宝玉”有批语四条还好。甄家女人说，“今儿太太带了姑娘进宫请安去了”，批曰：

> 进宫请安也有贵妃在内。此书但写贾贵妃，不提甄贵妃，真即是假，暗藏得妙。

又说，“我们看来，这位哥儿性情，却比我们的好些”，批曰：

> 要说性情一样，偏说性情好些；惟说性情好些，正说性情一样。用笔之妙，天仙化人。

宝玉梦见甄家的丫鬟骂他“臭小子”一段，批曰：

> 就借宝玉肚里的话骂宝玉。

这也说得对，连骂人的话都是宝玉自己的。又如：

> 榻上的忙下来拉住笑道，原来你就是宝玉，这可不是梦里了。宝玉道，这如何是梦，真而又真的。

批曰：“明明是梦，偏说不是梦，然则世之明明非梦者，实无一不是梦也，此《红楼梦》之所以命名欤。”

写甄、贾二姓如镜花水月，贾家有什么，甄家必有什么。贾家有贵妃，甄家也有贵妃，便是这个道理。甄贵妃者，岂有其人，不过贾元春的影子而已。其写甄、贾宝玉，身外有身，亦同倩女离魂一般。甚至于甄家骂宝玉，亦若出宝玉口中。这种写法，跟程、高续书写甄宝玉大不相同。评者未必了解此点，但上引四条相当的好。

（二十）第六十二回：宝玉、平儿、宝琴、岫烟四人同生日。

> 湘云拉宝琴、岫烟说："你们四个人对拜寿，直拜一天才是。"探春忙问："原来邢妹妹也是今日。我怎么就忘了。"

有批语两条：

> 次说岫烟同日，苟非湘云说出，亦置之不问矣，隐见世态炎凉，周旋疏忽。

> 忘了二字是明明知道的。岫烟已从贾府过帖，与薛蝌定亲，与宝琴亲姑嫂同辰，焉有不知之理。

下文记探春忘了黛玉的生日。批曰：

> 但记宝钗，不记黛玉，以衬出本日但知宝琴，不知岫烟。探春十二钗中之表表者，亦不免随人冷暖耶。此皆作者不满探春处。

作者未必不满意探春，但人情冷暖却是真的。

（二十一）第六十二回："湘云道：'宝玉二字并无出处，不过是春联上或有之，《诗》、《书》纪载并无，算不得。'香菱道：'前日我读岑嘉州五言律，现有一句说此乡多宝玉，怎么你倒忘了。'"批曰：

> 作者于此固写湘云已醉，不然，《尚书》"分宝玉于伯叔之国"，《春秋》"窃宝玉大弓"，"得宝玉大弓"，如何说《诗》、《书》纪载并无。

这条说"宝玉"在经典上有出处，话虽不错，未免拘泥了。湘云此时并无醉态，说湘云已醉亦不合。这全是虚笔。《诗》、《书》记载虽有"宝玉"，湘云楞说没有也无碍。如她说春联上或有之，其实又何以见得春联上有宝玉呵。这也不甚可解，不过随便说笑而已。即如香菱引岑嘉州诗来驳她，若改引《春秋》"阳虎窃宝玉大弓"如评家所云，岂不大杀风景么？小说贵机趣天然，风神谐畅，直掉书袋，便落俗套。如《镜花缘》后半部令人不耐，即此缘故耳。

（二十二）第六十三回，芳官先唱"上寿"唱了一句即被打回去，改唱"邯郸扫花"。批曰：

> 是戏子习气，却是即景生情，偏打回去，写出当时绝无拘泥，另

有一番雅兴。

此出名“扫花”。此回系群芳开宴，且各占花名，第一签即唱此曲，已寓一扫而空之意。

“上寿”是伶工俗曲，却很吉祥，改唱“扫花”，腔格细腻却很萧瑟，过渡处妙在使人不觉。此夕芳官未掣花名签，此曲当暗示她的结局，评家指出群芳消散，亦是。

（二十三）第六十八回凤姐到尤二姐处，她的打扮：

只见头上都是素白银器，身上月白缎子袄，青缎子掐银线的褂子，白绫素裙。

批曰：“贾琏与贾敬从堂，服系缌麻，无此纯素之礼，况此时百日已过，何素之有。此系凤姐要重贾琏家孝一层之罪，故意用此欺人法。”照服制讲，的确用不着这样。凤姐仿佛穿的是公公的服，对贾琏的从堂伯父何须如此。批语以为欲重家孝故意欺人，亦似有理。其实文章必如此写来方才有神。凤姐此日之对尤二姐，完全一团杀气，自非这样穿章打扮不可。接着下文所谓：

眉弯柳叶，高吊两梢，目横丹凤，神凝三角。

肃杀神情活现纸上矣。批语云云，似尚隔一层。

（二十四）还有一些驳正本书错误的。如第二十三回凤姐说，“若是为小和尚小道士们的那事”，批曰，“和尚应作尼姑，道士应作道姑”，话虽不错，但和尚道士本是通称，未为不可，若改作“小尼姑小道姑”云云，反而显得别扭了。

有驳得较有风趣的。如二十九回凤姐说，“把那些道士都赶出去”。夹批云：“道士都赶出去，谁打平安醮。”同回“小道士也不顾拾烛剪”；又说，“一手拿着蜡剪，跪在地下乱颤”。夹批云：“蜡剪已不顾拾，此时何得又有此。”看笔迹这是另一人所批，时间大约较晚[①]。

亦有虽见到，但无关宏旨的。如二十八回宝玉在王夫人处吃饭一段，批曰：

---

① 此书的批语大部分均一种笔迹，即朱淇所录。此外另有一种笔迹，即批“不顾拾烛剪”者，批的却很少。最显明的在第五十一回，蒲东寺梅花观怀古两诗批曰：“后二首第一是帐须，第二是团扇。”此乃朱淇所录。文下又有批曰：“鞋拔。隐刺宝钗，作者深恶宝钗之词。”同一蒲东怀古诗，而一猜帐须，一猜鞋拔，其出二手甚明。

此次贾母吃饭，何以王夫人、凤姐均不伺候，且探、惜春等均在王夫人处。此是疑团，不敢强解。

亦有不了解程、高续书而批的，如第十五回批曰："下文水月庵馒头庵分，此处合而为一，疑有误。"不知合为一者乃雪芹的原文，分为二者乃程、高的错误也，已见《红楼梦研究》。

亦有主张一说不甚妥当者，如彩云、彩霞究竟一人还是两人，本是一个虽小而颇麻烦的问题。他主张彩云即彩霞，共有两条：

此处彩云彩霞明是一人，后文分而为二，疑有误。（第二十五回）

彩霞就是彩云，犹鹦哥之改名紫鹃也。（第七十二回）

说得对不对姑不论，这问题自来有两说的。但彩霞在七十二回已被打发出去了，他又说彩云即彩霞。那么，第七十七回王夫人怎么又叫彩云找人参呢？因此在本回，又批道：

彩云疑有误，当作玉钏儿。

我想这话不对。关于这个问题说来很琐碎，俟有机会再谈吧。

亦有对本书的毛病企图解决，而不甚妥的。如贾母的生日本是个古怪的问题。六十二回探春明说在灯节以后，即在正月；七十一回却又有"八月初三日乃贾母八旬大庆"的明文（其实庆八旬也不对）。七十一回批曰，"此中必有舛错"，这话倒不错。但九十一回又批道：

生日无定，深讥之词，看者切勿被他瞒过。

这说贾母连生日都没有准日子，近乎恶骂，实无此必要，恐怕不对。

批者对程、高续书非常恭维，八十一回以后之评概不录。我在《红楼梦研究》曾说起巧姐儿忽大忽小的情形，这里也有一条批在第九十二回上：

巧姐一混就大，是此书不解处。

三十七　有正本的妄改

从一七九一以来流传的《红楼梦》都是一百二十回，直到一九一一上海有正书局才石印了八十回本，称为"国初抄本"，这说法当然可笑。不过它的确是个旧抄本，后来又知道这亦是脂砚斋本。第一次印的字大，叫大字本；第二次的字小，叫小字本，至今都还可以买到。

这本开首有乾隆时人“吾乡”戚蓼生的序，所以通称为戚本。但我不很喜欢这样叫它（虽然有时我也这么叫的），我认为戚本和有正本是有差别的。有正书局并非以戚本影印，却是传抄，传抄罢了，未免妄改。究竟改了多少，什么地方改了什么地方没改，也说不上来。因为这有正底本（戚序本）早已在上海时报社烧掉了。听说这还不是狄平子的，他借的别人的。

所以这有正本是难得处理的。我这次校订《红楼梦》，虽用有正本作底本，却采用脂庚本，改动相当的多，就为这个。这儿却找到一条明显的妄改之例，而且在书上可以看出痕迹来。这不但比较有趣，而且是相当有意义的一件事。

有正本的眉批是狄平子加的。眉批上每举出文字的同异，并夸赞他这本子比通行俗本如何如何的好法，这是广告性质，不在话下。其实有些所谓好文章，是狄改的，他老先生自己喝彩。不过也不都是那样，有些大概戚本原来如此的。难得处理在此，若看了有狄批，即认为狄改，这也不妥当。

这儿所举的例，却是百分之百无问题的。在第二十五回之末，有正本有这么一段：

> 林黛玉先就念了一声阿弥陀佛。薛宝钗便回头看了他半日，嗤的一笑，众人都不会意。惟惜春道：“宝姐姐，好好的笑什么？”宝钗笑道：“我笑弥陀佛比人还忙，又要讲经说法，又要普渡众生。”

这一点看不出破绽来，有正老板画蛇添足，加上一段很妙的眉批：

> “弥陀佛比人还忙”，今本改作“如来佛”，不知如来佛乃娑婆世界之佛，弥陀佛乃极乐世界之佛，吾乃知擅改此书者，不但不知佛法，即佛典之事迹名号亦均茫然，可笑甚矣。

说的是佛学上的 ABC，谁都知道的。他说“擅改此书”，不知谁擅改。不是别人，正是他自己。又说“可笑甚矣”，不知谁可笑。这是非常幽默的。

从近于原稿的旧本到民国初年有正妄改本，有一系列的倾向，即原本表面上矛盾得很厉害，后来渐渐减轻，最后矛盾消灭了，才合于佛法上的 ABC。这岂不原本反而坏了么？不然，曹雪芹做的是小说，意在摹写人情极其妙肖，并非宣传佛学的常识，何碍之有，何况矛盾只在表面，真格说来也还是通的。脂庚本作：

> 林黛玉先就念了一声阿弥陀佛，薛宝钗便回头看了半日，嗤的一声笑，众人都不会意。贾惜春道，宝姐姐好好的笑什么？宝钗笑道，我笑如来佛比人还忙，又要讲经说法，又要普渡众生。

黛玉念的是阿弥陀佛，宝钗笑的是如来佛，且不管佛书上怎么讲，反正两个名字先不对头，张冠李戴着。谁都一目了然的，难道曹雪芹连这个也不曾瞧见么。这是出乎想象之外的。

后人便觉得不大好，于是从乾隆甲辰抄本到程本以下如嘉庆道光的本子，都把上文的"阿弥陀佛"简化为一"佛"字，而下文的如来佛却没有动，便成为下列的样子，程甲本作：

> 黛玉先念一声佛，宝钗笑而不言。惜春道，宝姐姐笑什么？宝钗道，我笑如来佛比人还忙，又要度化众生。（甲辰本及其他各本同）

都归到如来佛的身上，好像通一点，虽然后来的狄平子先生还不满意。其实已经搞错了，不过他们的错正在狄说的反面。为什么改错了，我们先得问原本的何以不错。

第一，黛玉口中的阿弥陀佛，真是阿弥陀佛，不能简化为"佛"字的。因正和同回上文宝玉发病时她说的"该阿弥陀佛"相应，甲戌本脂批所谓：

> 针对得病时那一声

是也。若改为"佛"当然也不算错，但失却前后照应，非作者之意，而神理已非。

再说"阿弥陀佛"跟"如来佛"的矛盾也极其表面的。三千大千世界一切诸佛谁不普渡众生？千佛即一佛也，不然，又为什么都念南无本师释迦牟尼佛，南无阿弥陀佛？妄揣曹雪芹的佛学也未必怎样精深，但这点常识总是有的。况且一世界一如来。如来乃诸佛的通称，不限于释迦，阿弥陀佛亦称如来，经典上有明文的。不过，做小说，谈论小说，不必这般学院气罢了。

从《红楼梦》来看，林黛玉念阿弥陀佛，宝钗却笑如来佛，张冠李戴也有一种好处，使说话口气稍为错开一点，不太针锋相对，可能作者有意这样安排的。反正，俗情的说法，对诸佛名号本无须十分认真也。

总之，旧本原来不错，甲辰本以下简化佛号已非作意，有正本把旧本的“如来佛”改了去尤为大错。我虽没有看过一切的本子，就我所看到的，就常识来推测，决没有一个本子像有正本那样。这是狄平子改的，改了还为我们讲娑婆世界、极乐世界的区别。

最后还提出一个物证来，在有正本上第二十五回之末，看得出：

我笑弥陀佛

这弥陀两字，笔迹跟上下文不同，字形也稍大一些，挤在那儿不很舒服的样子。大字本最明显，小字本也看得出。这就证明戚蓼生序本亦同各本作如来佛，即有正的手民也还照抄了。其作“弥陀”者，不仅为狄平子所改，而且写好清样之后临时挖改的。

我对这有正本很觉头痛，不知它究竟改去戚本多少。这一例因非常突出，所以不惮烦的说明，别的地方咱们不见得有这样的好运气。

三十八　再谈嘉庆本

嘉庆本的评语大致如上文所引。关于这本子的本身也有些可说的，《红楼梦》从程、高以后刻本流传原是相当复杂的，从这本可以窥见一些模糊的轮廓。

（一）人与时代的问题。卷首有引言一段：

《红楼梦》一书向来只有抄本仅八十卷，近因程氏搜辑始成全璧。但彼用集锦板，校勘非易，不无颠倒错乱。藤花榭校雠刊刻，始极精详。兹本坊又将藤花榭刊本细加厘正，较定讹舛，寿诸梨枣，公行海内，阅者珍之。甲子夏日本堂主人谨识。

所谓耘香阁当是书贾。藤花榭，据启元白先生来信说：

藤花榭为额勒布斋名。额字约斋，满洲人，官至户部侍郎，于嘉庆九年刻中字本《说文》。此从刘盼遂先生处得之。刘并云，额曾刻《红楼梦》，但忘其说之出处矣。

“耘香阁重梓”在嘉庆九年，则藤花榭原版当在嘉庆初年，即紧接着乾隆末年程、高排印的本子。

（二）如何综合整理程本的问题，他说：“细加厘正，较定讹舛”，但所采用的程甲还是程乙呢？当是他们的折衷。那么，偏重于程甲还是程乙呢？这本虽也有采用程乙的地方，如第十三回“都有些伤心”，不作“疑心”，同乙而异甲，不过大体上同程甲本为多。我曾对校过第一回，跟程甲几乎没有差别，而跟程乙便差得很多了。即第九十二回，“评女传巧姐慕贤良，玩母珠贾母参聚散”，乙本原比甲本要完备些，它也采用程甲不同程乙，尤为明证。

（三）除采用程本以外，也采用抄本。这事实很重要。也就是说嘉庆以来的各本，乃是“刻本加上抄本”，并非程甲乙的嫡系。说各本都出于程甲，严格说来，这句话是错误的。程乙对后来各本的影响当然更小。这儿也举两个例子，如第三十二回：

> 宝玉一时醒过，方知是袭人送扇子来，羞的满面紫涨，夺了扇子，便忙忙的抽身跑了。（脂庚辰本）

> 宝玉一时醒过来，方知是袭人送扇。宝玉羞得满脸紫涨，夺了扇子，便抽身的跑了。（嘉庆本）

大体相同。至程甲、乙本却作：

> 宝玉一时醒过来，方知是袭人；虽然羞的满面紫涨，却仍是呆呆的，接了扇子，一句话也没有，竟自走去。

差别便很多了。又如第四十一回：

> （刘老老）便心下（嘉庆本作中）忽然想起，“常听大（无大字）富贵人家有一种穿衣镜，这别是我在镜子里头呢罢（呢罢作吗）。”说（想）毕伸手一摸（抹），再细一看，可不是四面雕空紫檀板壁，将（这）镜子嵌在中间。因说：“这已经拦住，如何走出去呢。”一面说，一面只管用手摸这镜子。（脂庚辰本）

嘉庆本小异处，已记在括弧内，可见两本相同。看程甲、乙本则大不然了。

> 刘老老便伸手去，羞他的脸，他也拿手来挡，两个对闹着。刘老老一下子却摸着了，但觉那老婆子的脸冰凉挺硬的，倒把刘老老唬了一跳。猛想起常听见富贵人家有种穿衣镜，这别是我在镜子里头吗。想毕，又伸手一抹，再细一看，可不是四面雕空的板壁将这镜子嵌在中间的，不觉也笑了。因说：“这可怎么出去呢。”一面用手摸时，只听咯噔一声，又吓的不住的展眼儿。

这不但表示嘉庆本从脂本不从程本，并且表示它校订的不错。因照程本，把乡下人挖苦得太厉害了，刘老老不至于那么傻。

（四）后来的刻本，我虽没有什么材料，大体上他们根据这嘉庆本或道光王本，并非出于程甲、乙本。还有一种特别的情况，即晚近的本子会比在它以前的本子，有地方更接近于古本。如第二十七回目录，嘉庆本已改"杨妃"为"宝钗"、"飞燕"为"黛玉"了，道光本仍作"杨妃戏彩蝶飞燕泣残红"，反而近古。又如第十三回程乙、嘉庆、道光各本俱作"都有些伤心"，而光绪间的《金玉缘》本却作"疑心"，跟脂庚本、程甲本相同。这重新回头的趋势，表示《红楼梦》刻本的流变，并非愈古愈好，愈晚愈差。用时间机械地排列，非但不能解决什么问题，反而把情形更搞乱了。详细的情形必须有人掌握大量的材料，加以仔细的校勘，才能明白。

综合以上所说四点，已分明表示出来用刻本或抄本混合的校理《红楼梦》这个方法，从十九世纪初年直到现在，已有了一百五六十年的历史。最近的作家出版社新本，混合了程乙、亚东、有正各本加以校订，用的方法完全和前人相同。至于这综合的成绩，究竟如何，须看个别的情形，不能一概而论的。我这里不过指出这混合的校订法，在《红楼梦》是古已有之，并非新事而已。